TANNENFALL

Bernhard Hofer, 1970 in Mürzzuschlag, Österreich, geboren, studierte Publizistik, Literatur und Drehbuch und arbeitete bei einer Investmentgesellschaft in Wien. Seit 2012 lebt er in Berlin, wo er als Storytelling-Experte das Studio einer internationalen Kommunikationsagentur leitet.

Dieses Buch ist ein Roman. Handlungen und Personen sind frei erfunden. Ähnlichkeiten mit lebenden oder toten Personen sind nicht gewollt und rein zufällig.

BERNHARD HOFER

TANNENFALL

Alpen Krimi

emons:

Bibliografische Information der Deutschen Nationalbibliothek
Die Deutsche Nationalbibliothek verzeichnet diese Publikation in der Deutschen Nationalbibliografie; detaillierte bibliografische Daten sind im Internet über http://dnb.d-nb.de abrufbar.

MIX
Papier aus verantwortungsvollen Quellen
FSC® C083411
FSC
www.fsc.org

Umschlagmotiv: iStockphoto.com/SIphotography
Umschlaggestaltung: Nina Schäfer, nach einem Konzept von Leonardo Magrelli und Nina Schäfer
Umsetzung: Tobias Doetsch
Gestaltung Innenteil: César Satz & Grafik GmbH, Köln
Lektorat: Lothar Strüh
Druck und Bindung: CPI – Clausen & Bosse, Leck
Printed in Germany 2018
ISBN 978-3-7408-0457-2
Alpen Krimi
Originalausgabe

Für Anna, Larissa und Alma.
Die beste Familie der Welt.

Wenn ein einziger Hund damit beginnt,
einen Schatten anzubellen, dann folgen die nächsten
und die nächsten, und bald machen
Hunderte Hunde daraus eine Wirklichkeit.

Leidemann, F.: Kriegstagebuch, 1914

Schuld

Ist er zurück?

Die Rückkehr

Seine Frau würde sterben. Wie viele Tage ihr noch blieben, wusste er nicht. Er verdrängte den Gedanken. Wenn sie im Tod ertrank, würde auch er verschwinden, versinken in ihren nassen Augen, als hätte er nie existiert.

Draußen schrien die Schneehexen. Die Heizung blieb kalt. Die knappe Rente reichte nicht mehr. Er griff nach ihrer faltigen Hand, sie war warm. Das war das Wichtigste.

Er zog die Wolldecke über die Schultern der Kranken. Ohne den Blick zu heben, rückte er das Bild zurecht, das hinter dem Bett an der Wand hing. Es zeigte einen Hirsch, gejagt von einem Rudel geifernder Wölfe. Der Rahmen war vergoldet. An manchen Stellen lugte die weiße Grundierung hervor.

Ein Hund bellte.

Sie fuhr hoch. »Schh. Schh. Alles wird gut«, sagte er und schob sie sanft zurück in das feuchte Kissen. Er achtete darauf, dass nichts sie aufregte oder störte. Nichts. In diesen Stunden fühlte er sich wie ein kleiner Junge, ohnmächtig und wütend.

Das Bellen. Wieder.

»Schh. Schh.«

Er stopfte den Schal in das Hemd und klappte den Kragen der Jagdjacke über das Kinn. Verfluchter Köter, dachte er und suchte seinen Hund im brüllenden Weiß. Was hatte ihn so aufgeschreckt? War er es? Das Bellen verwandelte sich in ein Wimmern und Flehen, bis es nach einer kurzen Stille darin erstarb.

Er zog die Hand aus dem Fäustling und legte den Zeigefinger auf den kalten Abzug der Bockbüchsflinte. Er konnte ihn nicht mehr retten. Er hatte es gut bei ihm gehabt. Jetzt war er weg. Vermutlich über die Felswand gestürzt.

Er hielt den Atem an.

Auf diese eine Jagd hatte er sein Leben lang gewartet. Ein Augenblick. Ein Schuss. Ein tödlicher Treffer. Er lauerte hinter der eisigen Schneemauer. Der Schatten, das mächtige Geweih, der heiße Nebel aus den starken Lungen: Das war er. Auch er hatte sich vorbereitet auf den großen, langen Kampf. Mann gegen Tier, Jagd gegen Flucht, er gegen ihn.

Den Schuss hörte er nicht.

Sie umschloss mit der Hand seine müden Finger. Er spürte ihren Herzschlag. »Ist etwas passiert? Ist er zurück?«, fragte sie und schob verwirrt den Kopf zu ihm. Er roch nach Weihrauch, nach bitterem Öl.

»Alles ist gut. Ich bin bei dir. Ich bleibe immer bei dir. Immer. Schh. Schh.«

Das stumme Lied

Das Abschiedslied des Hornbläsers drang in ihn ein wie ein heißes Messer. Er sah zu den hohen, schneebedeckten Tannen, die den Friedhof umgaben. Der Musiker wirkte davor verloren, schwach. Sein Lied aber schnitt schärfer als jedes Schwert. Er wandte den Blick ab, starrte auf die gefalteten Hände. Das karierte Flanellhemd lugte unter den Ärmeln des Trachtenanzuges hervor. Ein getrockneter Milchfleck hatte die Farben verblassen lassen.

Die Nachricht von Konrads Tod war überraschend gekommen. Er hatte eben die übergelaufene Milch vom Herd gewischt. Sie kochte wütend aus dem roten Stahlbecher, während er die frisch gewaschene Wäsche in den klammen Heizraum hängte.

Seine Frau hatte sich an den Geruch von Verbranntem längst gewöhnt. Sie liebte es, einen Schuss heiße Kuhmilch in den Morgentee zu rühren – eine kindliche Torheit, die jetzt, knapp vor ihrem Ende, nach zu Hause schmeckte.

»Wer war das?«, fragte sie mit brüchiger Stimme. Sie bemerkte gleich, dass etwas nicht stimmte, als sie ihren Mann mit erstickten Augen an der Tür stehen sah. Er ging über den alten Holzboden zu ihr und setzte sich ans Bett. Ihre Mundwinkel hüpften, neugierig wie damals, als er sie kennengelernt hatte, beim Tanzen, beim Kirchtag, vor dem Krieg.

»Konrad ist tot.«

Der abgemagerte Arm sank langsam an ihre Seite. »Konrad?« Tränen drückten an ihren Hals. Er schwieg. »Was ist passiert?«

»Beim Jagen. Ein Unfall.«

»Ein Unfall?«

Er nickte. Wie oft hatte Gott die Hand schützend über ihn gehalten? Konrad hätte dieses Jahr seinen hundertsten Geburtstag gefeiert. Eine gute Bilanz. Er hatte sich in Konrads Glück gesonnt. Das eine Mal etwa, als er mit der Motorsäge das Bein unter dem Knie fast abgetrennt hatte und dann mit dem Auto ins Krankenhaus gefahren war. Seine Frau besaß keinen Führerschein, seine Kinder waren zu klein gewesen, und sein Vater hatte sich nur mit Vorwürfen zu helfen gewusst. Es war damals keine Zeit zum Leiden gewesen. Er hatte an die anderen denken müssen, nicht an sich. Er hatte die Zähne zusammengebissen, bis er unter den Augen der Ärzte das Bewusstsein verloren hatte.

Oder als er vom Hochstand gefallen war, mit dem Rücken auf die Kissen aus Blaubeeren. Die letzte Sprosse war morsch gewesen. Er hatte Glück gehabt. Konrad hatte ihn immer ausgelacht. Er hatte sich daran gewöhnt. Er hatte meist mitgekichert, da ihm nichts anderes eingefallen war. Und obschon seine Wirbelsäule geschrien hatte, hatte er versucht, wenigstens zu schmunzeln, denn er hatte Konrad beneidet, der all das getan hatte, wovon er träumte. Er hatte nie die Gelegenheit dazu gehabt. Das Haus, der Vater, die Mutter, die Kinder. Für sie hatte gesorgt werden müssen. Eines Tages hätte er Anerkennung bekommen. Aber damals hatte er mit Konrad gelacht und sich vorgestellt, wie der Himmel über ihm zerbrach, während er wie ein Käfer versucht hatte, sich aufzurichten.

»Das Eis? Ist er ausgerutscht?«, fragte seine Frau.

»Das Gewehr, er ist hängen geblieben. Ein Unfall. Der Schnee soll ganz rot sein, der ganze Schädel …«

Sie drehte ihren Kopf zur Seite.

Konrad war tot. Er hatte ihn seit seiner Geburt gekannt. Sie hatten sich nie aus den Augen verloren. Es war, als hätte Konrad immer auf ihn achtgegeben. Wie ein großer Bruder, der ständig auf den kleineren hinschlagen musste, um sicherzugehen, dass er selbst existierte. Genau das war seine Rolle gewesen. Er war der lächerliche Verlierer an Konrads Seite gewesen. Jetzt, da Konrad tot war, war er auch kein Versager mehr. Jetzt war er nicht einmal mehr das.

»Möchtest du schlafen?«, fragte er.

»Gehst du zur Beerdigung?«

Er erhob sich, ohne zu antworten, und sah nach der Milch. Eine Angst befiel ihn, die er nie zuvor verspürt hatte. Was, wenn die anderen aufhörten zu sein? Wenn sein Herz als Letztes schlug?

Die Zeit bis zum Begräbnis brachte er schweigend zu. Er stand wie jeden Tag um fünf Uhr auf, kümmerte sich um das leere Haus, versorgte seine Frau, wusch Wäsche, las in der Zeitung. Eine Kaltfront würde noch mehr Schnee bringen. Er sah aus dem Küchenfenster zu den waldbedeckten Bergen. Noch mehr Schnee. Bevor er von Konrad Abschied nehmen wollte, musste er die Straße freischieben. Sonst würde kein Wagen hierherauf kommen.

Er zog den Trachtenanzug mit der schwarzen Armschleife an. Er hatte sie seit dem letzten Begräbnis nicht abgenommen. Er hasste den Anzug. Jetzt kehrte der Tod die Alten weg, und die Jungen verjagte das Leben. Sie wollte noch etwas sagen, aber sie war zu schwach. Er nickte, da er verstand.

Das Lied endete. Er hatte es gut überstanden. Der Pfarrer sah zum Hornbläser. Wer die Wahrheit nicht an sich heranließ, der ging darin auch nicht unter.

Er warf die zweite Schaufel Erde auf Konrads Sarg, als eine Stimme hinter ihm »Mein Beileid« sagte. Er kannte den Mann nicht. Auch die anderen beiden Männer kannte er nicht. Sie mussten aus dem anderen Dorf kommen. Vermutlich hatte sie der Pfarrer gebeten, dem Begräbnis beizuwohnen.

Er sah zum Dorf, seiner Heimat. Es war leer. Niemand konnte mehr sterben. Ein einziges Mal würde er noch hier stehen. Dann, wenn seine Frau starb. Und wäre er an der Reihe, wäre dort niemand mehr außer diesen drei Männern, die ihn nicht kannten und die er nicht kannte.

Auf ein geheimes Zeichen hob der Bläser zu einem neuen Lied an. Die letzten Vögel verließen die leeren Laubbäume hinter den Tannen. Die Traurigkeit in ihm erstarrte zu Stein. Es gab niemanden mehr, mit dem er über seine Benachteiligungen sprechen konnte. Was blieb, war der süße Duft des Todes, der Stein in seinem Herzen und der Geruch verbrannter Milch, die noch einmal überkochte und letztendlich verschwand wie seine Kinder.

Die Blutscheune

Traf ihn eine Schuld? Die blattlosen Äste griffen nach ihm, als er den Gottesacker verließ und das Weiß des Winters vor ihm zurückwich wie ein Vorhang, der die farbige Welt dahinter behutsam verbergen wollte. Wie hatte das geschehen können? Konrad war doch durchaus geschickt gewesen? Ein Unfall?

Er lugte zu dem einen Baum, der an der schmalen, am Friedhof vorbeiführenden Straße stand wie ein müder Wächter. Dort hatten sie damals gespielt, obwohl es nur zur kurzen Pause geläutet hatte. Sie waren hochgeklettert und hatten mit mutigen Sprüchen die Baumkrone erklommen. Falsch, Konrad hatte sie erklommen. Nicht er. Er war abgerutscht und hatte sich den Arm gebrochen. Er hatte Konrads Fuß zu spät kommen sehen.

Er blieb vor der Buche stehen und berührte die ledrige Rinde. Klebte noch etwas von damals daran? Ein Faden einer roten Wolljacke? Ein bisschen Blut? Ein Stück Haut? Was für ein Unsinn. Bäume erinnerten sich nicht. Bäume waren. Ihre

Gefühle und Empfindungen vergingen wie der Wind, trieben keine Narben in die Seele.

Der Unfall war auf der Bärenmauer geschehen, einem Felsvorsprung dicht unter dem Gipfel der Kammalm. Von dort aus sah man in das Tal hinein. Er hatte Konrad geholfen, den Hochstand zu bauen. Hatte er ordentlich gearbeitet? Eine dunkle Ahnung befiel ihn.

Er blickte zu dem Felsen, der mit blassem Schatten zwischen Kirchturm, Grundschule und den hohen Wäldern klebte. Wenn er jetzt losging, würde er zurückkommen, bis die Nacht hereinbrach. Seine Frau würde es nicht bemerken. Sie hatte das Gefühl für Zeit längst verloren. Er hätte ein Schwätzchen mit dem Pfarrer gehalten. Für den Fall, dass sie aufwachte. Sie hätten über Konrad gesprochen und über seine großzügigen Spenden an die Kirche. Er hasste Ausflüchte, doch die Neugierde war stärker.

Und wenn sie auf ihn wartete? Sie würde sich Sorgen machen. Er könnte das Auto nehmen. Wer sollte ihn sehen? Es gab keinen mehr. Und wenn schon. Würden sie die Waffen entdecken? Sie schliefen auf der Fahrerseite unter den Sitzen. Der alte Rucksack, das Heu, die Reste des Rehfutters. Und wenn schon.

Er war aufgeregt, als er den Wagen erreichte. Er hatte ihn in der Scheune des Fernerbauern abgestellt. Der Fernerbauer hatte sich vor vier Jahren erschossen. Das Blut klebte noch immer an der Schoberwand. In einer halben Stunde würde er oben bei der Mauer sein. Er würde sich umsehen und wieder zurückfahren. Niemand würde ihn sehen, niemand würde es bemerken, niemand würde ihm die Schrotflinten pfänden. Er hatte sie von seinem Großvater.

Der Fahrersitz kreischte und umklammerte ihn mit kaltem Atem. Seine Finger suchten neben der Handbremse nach den Gewehren. Mit den Fingerkuppen spürte er den eisigen Lauf. Alles noch da. Er schlug die Tür zu. Leise. Leise.

Er drehte den Schlüssel und stieg auf die Kupplung, bis der Wagen mit einem Husten ansprang. Der scharfe Geruch von Benzin drang in seine Nase. Die Augen füllten sich mit Tränen. Plötzlich schlichen dunkle Schatten hinter ihm. Nein, nein. Da war nichts.

Eine Faust krachte gegen die Fensterscheibe des alten Autos. Er sah zur Seite und starrte in die Gesichter der drei Männer, die er vorhin am Grab gesehen hatte. Einer hielt eine Polizeimarke in der Hand, der andere klappte den Kragen der Jacke hoch. Er erkannte das Abzeichen des Gerichtsvollziehers. Der Dritte war nur hier. Es spielte keine Rolle, was er von ihm wollte.

Nachdem er die Raten nicht mehr bezahlen konnte, hatte er versucht, mit der Bank zu reden. Die Kosten für die Pflege, die vielen Fahrten ins Krankenhaus, die Medikamente: Er war wirtschaftlich am Ende. Jetzt, da er seine Frau im Haus pflegte und auf keinerlei ärztliche Hilfe zurückgreifen konnte, blieb ihm nichts anderes übrig, als auf die Gnade seiner Gläubiger zu hoffen. Zugegeben, am Anfang waren sie auch gnädig gewesen. Sie hatten gesagt, dass sie mit den Pfändungen warten würden, bis seine Frau starb. Man kannte sie schließlich. Sie war eine stolze Frau. Diese letzte Ehre war man ihr schuldig. Doch sie lebte länger. Und die Bilanzen duldeten keine Gnade.

Man hatte im Keller angefangen. Dann kam der Dachboden dran. Dann die Elektrogeräte. Die Kleider. Die Waffen. Alles. Das Auto und die letzten beiden Gewehre waren bei der Einbruchswelle von Diebesbanden abhandengekommen. Der Gerichtsvollzieher hatte ihm geglaubt. Dass sie einen anderen schicken würden, hatte er nicht gewusst.

Er stieg aus dem Wagen und reichte den drei Männern die Hand. Er fühlte sich schuldig, wagte kaum, den dreien in die Augen zu sehen. Wortlos setzten sie sich in das Fahrzeug und ließen ihn allein zurück.

»Sie wird bald sterben, ich verspreche es …«, rief er ihnen nach. »Nicht das Haus … nicht jetzt.«

Er trat aus der Blutscheune und strich über den weißen Bart. Ein Wurm suchte im feuchten Scheunenboden ein neues Versteck. Er zertrat ihn und vergrub seine Wut. Die drei Männer hatten seine Identität geraubt und ihn zu einem Lügner gemacht.

Die Bärenmauer. Ein Sturm löste sich.

Wenn er jetzt losginge, würde er gleich nach Einbruch der Nacht bei seiner Frau sein. Sie sollte in Frieden sterben. Die zerfressenen Gedanken, die Gebrochenheit, die Ohnmacht, die Demütigungen: All das sollte sie nicht mehr sehen. Einen glücklichen Tod wollte er ihr schenken, das würde er doch schaffen. Sein ganzes Leben für einen glücklichen Tod. Die eigenen Ziele hatte er immer zurückgestellt. Seine Träume hatten in dieser Welt keinen Raum mehr. Und so musste er jeden Weg, der ihn von der Pflege seiner Frau fortführte, sofort verbrennen. Sonst würde er vor ihr zerbrechen wie altes Glas, und sie würde ohne ihn verhungern und eines unwürdigen Todes sterben.

Er hatte keine Wahl. Er musste sich von der Schuld befreien, die er vermutlich am Tod Konrads trug. Erst dann, wenn er befreit war von dieser Schuld, wollte er versuchen, noch einmal Mann zu sein und stark wie ein Tier.

Der Hochstand

Er öffnete den oberen Knopf des Hemdes. Weiße Brusthaare wirbelten heraus. Er blieb stehen und besah den langen Weg, der durch den verschneiten Wald kroch. Er hatte es anders in Erinnerung. Kürzer. Flacher. An seiner rechten Seite erhob sich ein Hang mit einer schmalen Schneise. Vor Jahren war er mit seinem Sohn im Geländewagen hinaufgefahren, um zu reden. Sein Kind hatte darauf bestanden. Er hatte Angst gehabt, aber geschwiegen. Manchmal war es besser, seine Träume unerfüllt zu lassen.

Die Hochspannungsleitungen surrten in der klirrenden Kälte. Sie schnitten mit ihren Fäden die Baumkronen ab und zerteilten den blassen Himmel.

Endlich, die Bärenmauer, wie ein Staudamm aus Fels.

Bei den drei alten Tannen führte ein dünner Weg zu einer Felskuppe, die Hunderte Meter steil abfiel. Das rostige Eisengeländer hatte in der Witterung den Halt verloren. Vorne an der Spitze des Felsens ragte ein knorriger Baum in die Höhe. Er nannte ihn Zweibaum, da er sich in der Mitte teilte und mit zwei Kronen nach oben drehte. Von der Ferne ähnelte die Föhre einem in sich geschlungenen Ypsilon.

Konrad und er hatten die Leiter zum Hochstand in die Rinde genagelt, der zwischen den beiden Ausläufern aus ein paar Brettern, einem Verschlag und einem mit Reisig getarnten Dach bestand.

Er blieb darunter stehen und sah in das Tal, in dem der Nebel verschwand. Am Horizont drückte die Nacht gegen die Berge und trieb die weißen Schwaden in die umliegenden Wälder. Der Hochsitz raunte, ächzte in der Kälte. Er liebte diese Geräusche.

Hier war es geschehen. Hier hatte Konrad den Tod gefunden. Er suchte nach Spuren. Fußstapfen hatten den Schnee zusammengetreten und grau eingefärbt. Obwohl die Zeit drängte, wollte er den Tatort genau untersuchen, wollte sichergehen, dass er nichts mit der Sache zu tun hatte.

Er hielt sich an der Leiter des Ansitzes fest und beugte sich über den Felsen. Zwanzig Meter tiefer ragte ein Felsvorsprung hervor, wo im Sommer Wiesenenziane blühten. Konrad und er waren oft hinuntergeklettert. Von dort kam man leichter zu den Höhlen. Jetzt lag an der Stelle gefrorener Schnee. Und Konrads Blut. Der Rest war vermutlich ins Tal gefallen wie Regen.

Er trat zurück und stieg die Holzleiter hinauf. Dabei kontrollierte er mit jedem Schritt die Festigkeit der Sprossen. Er erinnerte sich an jeden Nagel, den er in den Baum geschlagen hatte. Alles hielt stand. Er erreichte die oberste Stufe, schob den Querbalken des Hochstandes zur Seite und drehte sich mit geducktem Kopf in den engen Käfig. Die Holzbank war kalt. Seine Füße rutschten auf dem eisigen Boden. Er war erleichtert. Unter der Eisschicht der letzten Tage schimmerten rote Spritzer.

War Konrad abgerutscht? Er legte den Schießstock in die Position, die Konrad ebenfalls eingenommen haben könnte. Er hob ein unsichtbares Gewehr, richtete es auf den Schlag und stützte sich an der Stange ab. Er atmete tief ein, schloss die Augen, hielt mit einem stillen Lächeln inne. Dann ließ er den Arm abgleiten und tat so, als würde die Kugel seiner Flinte ihn treffen.

So könnte es gewesen sein. Aber warum war Konrad abgerutscht? Das Eis? Worauf hatte er gezielt?

Die Wimpern klebten aneinander. Er fixierte die Lichtung jenseits des abgeholzten Hanges. Ein Wild hatte Fährten im Schnee hinterlassen. Ein Mufflon? Eine Gämse? Ohne Fernglas waren die Spuren nicht zu lesen.

Nachdem er am Hochstand noch einmal alles kontrolliert hatte, um sicherzustellen, dass er an dem Unfall unschuldig war, beschloss er, über die steile Schneise zu gehen. Die Wildspuren ließen ihm keine Ruhe. Er versprach sich nicht viel davon, aber jetzt war er schon einmal hier und das vermutlich zum letzten Mal.

Er stieg die Leiter behutsam hinab und tastete sich mit ausgestreckten Armen den Weg auf dem Hang entlang. Eisige Äste peitschten in sein Gesicht. Er kannte den Pfad hinüber, an dem schon viele den Halt verloren hatten und in die Tiefe gedonnert waren. Auch er. Meist war es beim Schreck geblieben, und bis auf ein paar Schürfwunden waren die meisten heil wieder zurückgekommen. Auch er.

Diesmal musste er jedoch vorsichtig sein. Ein neuerlicher Aufstieg würde Zeit kosten. Zeit, die er nicht mehr hatte.

Außer Atem erreichte er die Lichtung. Der Hochstand lag nun auf der anderen Seite. Er sah sich um – und tatsächlich: Spuren. Sie führten von überall hierher. Es waren die eines Hochwildes. Zumindest hatten sie dieselbe Form. Er war aufgeregt, und ihn fröstelte. Ein Hirsch. Allerdings stimmte etwas nicht. Die Größe. Wenn die Abdrücke zu einem Hirsch gehörten, musste er … er legte die Stirn in Falten und sah zum Hochsitz. Die Fährte des Wildes lag zehn Meter oberhalb des Pfades, den er vorhin gegangen war. Über dem Felsen waren Äste zerbrochen. Es sah so aus, als wären sie mit einer Axt abgeschlagen worden. Erst jetzt aus der Ferne bemerkte er, dass der Zweibaum auf der einen Seite schwere Wunden aufwies. Ein großes Geweih musste sich daran gerieben haben.

War das die Ursache für Konrads Unfall? Ein Hirsch? Aber warum war das Tier auf Konrad losgegangen, und vor allem: Wie groß musste es sein, wenn es solche Spuren hinterließ und die gewundene Föhre derart schüttelte, dass ein Jäger den Halt verlor?

Er würde es nie erfahren. Seine Frau würde sterben. Er musste zurück. Noch einmal blickte er sich um, genoss die abendliche Stille. Er war schuldlos. Tief zog er die Luft, die er so sehr liebte, in die Lunge. Ein zarter Hauch von Rosmarin. Rosmarin? Er drehte den Kopf.

Ein gutes Stück weiter unten sah er ein Wurzelnest zwischen Eis und Schnee hervorblitzen. Es war umgeben von verfärbten Blüten des Sumpfporsts, geschützt von den festen Stielen schlafenden Schierlings und einer sonderbaren Pflanze, die er noch nie gesehen hatte. Behutsam stieg er hinab. Je näher er kam, umso mehr füllten sich seine Augen mit Tränen.

Sein Vater hatte ihm als Kind davon erzählt. Das blaue Leben. Eine kleine, zärtliche Blume mit fedrigen Blütenblättern und einem Blau, das nicht von dieser Welt schien. Hatte sie ihre dünnen Wurzeln erst geschlagen, schaffte es keine Witterung, sie zu vertreiben. So hieß es wenigstens in den Legenden.

Weder konnte sie ein Sommer verdursten lassen noch ein stürmischer Herbst zerreißen noch ein durstiger Frühling ersäufen oder ein Winter erfrieren – hatte sie zum Leben gefunden, hatte sie den Tod besiegt. Das blaue Leben, dachte er, das blaue Leben. Wieder und wieder rief er den Namen der Blume in ihrem Volkslaut und sank erschöpft neben dem Wunder der Natur nieder. Wie konnte das sein? Dass die Erde hier besonders war, wusste er. Er prahlte gerne damit, wenn er von Kräutern und Pflanzen erzählte, die keiner kannte. Aber das blaue Leben? Er streckte die Finger aus und berührte die zarten Blätter.

Er sah nichts als die blaue Blume und betrachtete sie lange mit unnennbarer Zärtlichkeit. Er wusste nicht, warum ihm diese Zeilen in den Sinn kamen. Das blaue, das ewige Leben.

Es war beinahe Nacht geworden. Er blickte ins Tal und stellte fest, dass ihn unendlich fror. Er hatte eine Antwort gesucht und eine noch größere Frage gefunden. Jetzt musste er schnell nach Hause zu seiner Frau, bevor die Nacht ihr Leben auslöschte.

Der Hirsch

Einmal im Leben tun, wofür man bestimmt ist.

Das blaue Licht

Er hatte den Weg zurück unterschätzt. Obwohl er lief, so schnell er konnte, geriet er in die Dunkelheit. Bald waren nur der Rhythmus der knirschenden Schritte und die feuchten Wölkchen seines Atems die letzten geduldigen Begleiter. Arme und Beine fühlte er nicht mehr. Das schwache Kerzenlicht im Küchenfenster seines Hauses führte ihn wie eine Laterne, die schwankend näher kam.

Mit zitternden Händen holte er den Schlüssel aus der steif gefrorenen Jackentasche und drehte ihn im Schloss. Die Wärme umhüllte ihn wie ein alter Handschuh. Er sah nach oben, als hätte er sie erwartet, an der Treppe. Früher, als sie noch gesund gewesen war, hatte sie dort immer auf ihn gewartet. Eine Gewohnheit. Als hätte sie ihn kontrollieren wollen. Er schlüpfte aus den Schneeschuhen und stieg leise die Stufen empor.

Sie schlief. Ein Rosenkranz hing zwischen ihren Fingern, und das Mondlicht malte mit blasser Schrift eine verblühte Jugend auf ihr knöchernes Gesicht. Wie sehr er sie doch liebte. Der Gedanke, dass sie von ihm gehen würde, war schwerer zu ertragen als jener, dass er selbst eines Tages gehen musste. Er hatte auf dem Heimweg über seinen Plan nachgedacht. Jetzt hatte er sich entschieden. Er tastete in der Hosentasche nach dem blauen Leben. Es schenkte ihm Hoffnung.

»Du warst lange weg«, sagte sie, ohne die Augen zu öffnen. Im Zimmer roch es nach Johanniskraut, getrockneter Minze und bitterem Öl.

»Es tut mir leid …« Er wollte von seiner Entdeckung erzählen, von den Spuren und seinem Verdacht. Aber er hielt inne und strich in der Hosentasche mit den Fingerspitzen über die Blätter der blauen Blume.

»Warum lachst du?«, fragte sie.

»Ich lache nicht.«

Ein Hustenreiz riss sie in die Höhe und verwandelte sie in eine Bestie, die brüllend um ihr Leben kämpfte und mit letzter

Kraft den Tod, der an ihr zerrte, anschrie. Erschöpft sank sie zurück in das feuchte Kissen.

Er umschloss das Geheimnis in seiner Tasche mit schützender Faust. Es war sein Schatz, die letzte Hoffnung, sein Wunder. »Ich mache einen Tee. Dann kannst du gut schlafen.«

Adrenalin schoss durch den alten Körper, als er den Herd einschaltete und das Wasser aufstellte. Er nahm das blaue Leben aus der Tasche und betrachtete es in der offenen Hand. Es war wunderschön. Genau so, wie es die Legenden beschrieben. Er zupfte die Blätter ab und mischte es in die Kräutermischung, die seine Frau gewohnt war. Natürlich, sie konnte daran sterben. Die Nähe zum giftigen Schierling und zum Sumpfporst deutete darauf hin, dass das blaue Leben selbst tödlich war. Aber: Das Leben, die Unsterblichkeit, die Hoffnung – sollte er diese Chance nicht nutzen? Diese letzte Chance? Womit sonst wollte er sich dem nahen Gevatter entgegenstellen? Er hatte sonst nichts. Er zog den Kopf ein, verdrängte die Stimme seines Gewissens und bekreuzigte sich, während er an den Kräutern roch, als wären sie eine Waffe. Damit wollte er das Tier besiegen, das an seiner großen Liebe zerrte.

»Hast du erfahren, wie es zu dem Unfall gekommen ist?«, fragte seine Frau mit schwacher Stimme. Sie wollte ein Stück des Lebens außerhalb dieses Hauses wahrnehmen. Natürlich wusste sie, dass das Tal, in dem sie lebten, ausgestorben war und nach Konrads Tod außer ihnen beiden niemand mehr hier lebte.

Ein Hirsch hatte ihn getötet. Ein weißer Riesenhirsch. Seine Schultern überragten den Kopf eines Menschen, und das Geweih würde hier im Schlafzimmer nicht Platz finden. Er hatte Jagd auf Konrad gemacht, hatte sich mit voller Wucht gegen den Zweibaum geworfen. Konrad hatte das Gleichgewicht verloren und sich durch den Kopf geschossen. Sein Blut war auf das leere Tal geregnet. Aber sie musste sich keine Sorgen machen. Er würde seine Waffe nehmen und die Bestie jagen.

Endlich! Er würde sie beschützen und ihren Freund, ihren gemeinsamen Freund, rächen. Er würde alles daransetzen, dass die Kinder und Alten in diesem Tal wieder schlafen konnten. Friedlich. Ruhig.

Er war ein Jäger. Er war immer ein Jäger gewesen, auch wenn das Schicksal etwas anderes mit ihm vorgehabt hatte. Jetzt aber war seine Zeit gekommen. Sie musste keine Angst mehr haben. Jetzt nicht mehr.

»Vermutlich ausgerutscht«, sagte er schließlich und verschluckte seine Aufregung bei dieser Lüge.

Er wirbelte den Löffel im heißen Tee und sah zu, wie die Wirkstoffe der blauen Blume in das dunkle Wasser schwebten.

»Dein Tee ist bald fertig.«

»Du bist so gut zu mir. Jeden Tag … so gut …«, sagte sie kraftlos wieder und wieder aus dem Schlafzimmer. »Du bist ein guter Mann.«

Er klopfte mit dem Teelöffel an die Tasse, als wollte er ihr damit sagen, dass er jetzt aus der Küche zu ihr komme.

»Du hast auf so viel verzichtet, immer warst du hier bei mir, und dabei vergisst du dich selbst. Du musst etwas für dich machen, hörst du? Sonst hörst du auf, du selbst zu sein.«

»Rede nicht so einen Unsinn«, sagte er und setzte sich mit dem Tee an die Bettkante. »Du brauchst mich doch.«

»Dafür bin ich dir auch so dankbar …« Die Tränen kehrten in ihr Gesicht zurück, und ihre Hand strich über seinen Unterarm. »Du bist so kalt. Trink du den Tee, du darfst dich nicht erkälten. Du musst gesund bleiben, hörst du?«

»Du bist alles in meinem Leben. Bist du gesund, bin ich gesund«, sagte er und küsste sie auf den müden, alten Mund, der zitternd in seinem Faltennest lag.

Schweigend gab er ihr den Tee. Dabei sah er sie mit leuchtenden Augen an wie ein Junge, der nur darauf wartete, das Geschenkpapier von den Weihnachtsgaben zu reißen.

Sie roch am Tee und nahm einen großen Schluck. Der Mond holte sein Licht aus der Schlafkammer und übergab es der Dunkelheit. Nachdem sie den Tee bis zur Gänze ausgetrunken hatte, drehte sie den Kopf und fiel in einen tiefen, langen Schlaf. Und mit einem Mal war ihm, als sank zugleich ein süßer Duft auf sie hernieder.

Er wachte an ihrer Seite und verließ kein einziges Mal das Zimmer. Der Morgen lugte durch das Fenster, vor dem sich grauer Schnee türmte und langsam an das Tageslicht gewöhnte. Was würde der Tag wohl bringen? Ihren Tod? Den hätte dann er herbeigeführt.

Sein Blick fiel auf die Wand. Das Bild von der Wolfsjagd auf den Hirsch hing schief. Er war zu müde, es erneut zurechtzurücken. Stattdessen sah er den ängstlichen Hund an, der hinter dunklen Tannen das blutrünstige Treiben der Wölfe beobachtete.

Einmal im Leben tun, wofür man bestimmt ist. Konrads Worte kamen ihm in den Sinn. *Wie viele Menschen sterben, ohne den Mut dafür zu haben?*

Draußen lag blaues Licht. Es war ihm noch nie aufgefallen. Genau an dieser Stelle traf die Nacht den Tag. Eine einzige blaue Minute lang, nicht mehr. Er bekreuzigte sich, kniete nieder und betete zu Gott, dass dieser Weg der richtige war.

Der Duft von Freiheit

Er wusste nicht, wann er eingeschlafen war. Er erinnerte sich an das Rascheln und Fauchen der Igel, die meist gegen fünf Uhr morgens an der Rückseite des Hauses vorbeiliefen. Seine Frau hatte sie täglich gefüttert, als sie noch die Kraft dazu gehabt hatte.

Wie spät war es? Er tastete mit der Hand die warme Höhle neben sich ab. Er schreckte hoch. Wo war sie? Sein trüber Blick huschte durch das schattige Zimmer. Und dann: Er traute seinen Augen nicht, als er diese zarte, aber stolze Frau vor dem Spiegel stehen sah.

Seine Frau, seine wunderschöne Frau.

Ihr graues Haar hatte sie zu zwei Zöpfen geflochten. Die Krankheit und das Alter hatten tiefe Furchen in ihre Haut gezogen. Und doch hatte sie nichts von ihrer Ausstrahlung verloren. Ihre Züge wirkten entschlossen, während ihre grünen Augen in Tränen versunken ihr Äußeres prüften: die braune Strickweste, die klein karierte blaue, bis oben hin zugeknöpfte Bluse, die dunkle Schürze. Sie zog alles zurecht, kontrollierte, strich durch ihr Haar, über ihre Wangen, suchte im Spiegel ihr Gesicht. Der Duft nach geschnittenem Heu, scharf, würzig, aber dennoch süß und modrig, lag im Raum, ein Geruch, der sie traurig zu machen schien und ihr stolzes Wesen in eine tiefe Bitterkeit tauchte.

Seine Frau, seine wunderschöne Frau.

Sein Herz begann wie wild zu schlagen. Die Hände zitterten. Hatte er es wirklich geschafft? Hatte er ihr das Leben wiedergeschenkt? Er war fassungslos und stieg aus dem Bett. Schweigend trat er hinter sie und sah über den Spiegel in ihre Augen. Eine Träne lief über seine Wange. »Wie geht es dir?«, fragte er vorsichtig und wagte nicht, sie zu umarmen. Sie war ihm fremd geworden in den letzten Jahren. Er überwand sein Zögern und schmiegte sich dicht an ihren Rücken. Sie schloss die Augen und legte den Kopf nach hinten. Er spürte ihren Herzschlag.

»Wir zwei, hm?«

»Du wirst wieder gesund. Ich wusste es immer.«

»Wie oft haben wir hier gestanden und uns die Zukunft herbeigewünscht. Jetzt ist sie da, und wir warten immer noch«, sagte sie und löste sich von ihm.

»Wie meinst du das?«

»Lass uns hinausgehen, lass uns an unseren Platz fahren und über das Tal sehen. Lass uns nach Tannenfall fahren …«

Sie sah aus wie ein Mädchen, das aufgeregt ihrer ersten Verabredung entgegenfieberte. Er genoss dieses Leben, diese Freude in ihr so sehr. Er hatte es geschafft, er hatte sie gerettet, seine wunderschöne Frau.

Er sah durch das Fenster nach draußen, wo ein Stück Himmel hinter einer hohen Schneewand auf die Wintersonne wartete.

»Du musst dich schonen. Du warst seit Jahren nicht mehr draußen. Die Welt hat sich verändert.«

Er blickte zu Boden. Ihre Krankheit hatte an ihr gerissen wie ein tollwütiges Tier. Die Spuren der Armut, die nun bei ihnen wohnte, würde sie nicht ertragen. Sie war immer eine stolze Frau gewesen, die sich mit aller Kraft gegen jede Form des sozialen Absturzes gestemmt hatte. Wenn sie das Haus so sehen müsste, es würde ihr das Herz brechen. Die leeren Schränke, die Kälte in den anderen Räumen, um Energie zu sparen, die leere Speisekammer, der klebrige Schmutz, der klamme Schlund des Elends. Nein, hier in ihrem Zimmer hätte sie warm sterben können, ihr Leben wäre in einer Illusion zu Ende gegangen. Draußen würde sie auf all seine Lügen stoßen. Natürlich, sie würde ihn umarmen und stolz auf seinen Kampf und seine Entbehrungen sein. Aber was, wenn nicht? War es denn wirklich ein glorreicher Sieg? Es war ein gestohlener, ein geborgter Sieg! Er musste das Stück Leben, das jetzt in ihr wohnte, beschützen vor der Fratze der Vergangenheit. Vielleicht war es besser, das Haus zu verlassen und an den Platz zu gehen, wo all ihre Träume zur Welt gekommen waren. Er schämte sich.

Schon als Kinder hatten sie Tannenfall gefunden. »Sieh doch«, hatte sie gesagt, »sieh doch, hier sehen wir alles. Hier sehen wir in die ganze Welt bis in den Himmel hinein. Sieh doch!«

Sie war so aufgeregt gewesen an jenem Tag. Er konnte sich nicht erinnern, sie je noch einmal so erlebt zu haben. Aber sie hatte auch recht: Dieser Ort schien eine Art Magie zu besitzen, eine Art geheimes Zentrum, an dem man sich wohl und stark fühlte. Der erfrischende Wind, der satte Duft der Blumen, die Unendlichkeit der Weite, die Heimat für alle Träume war: All das war dort so unbeschreiblich schön. Wann waren sie das letzte Mal dort gewesen? Mit einem Mal erinnerte er sich, und sogleich verfinsterte sich seine Miene.

»Du musst dich schonen«, wiederholte er und sah zur Tür. Konnte man von hier in die leeren Räume blicken?

»Ich hülle mich auch ein, und wir fahren mit dem Auto. Ein letztes Mal. Bitte.«

Der Wagen.

Er überlegte, griff nach ihrer Hand und küsste ihre zerknitterte Haut. »Erst trinkst du noch Tee. Ich bereite inzwischen alles vor, ja?«

Sie schmunzelte, und ihre Augen leuchteten, während er sie zurück ins Bett brachte und sie bis zum Hals zudeckte. Dann ging er in die Küche.

Er hatte Zeit gewonnen, mehr aber nicht. Was sollte er nur tun? Seine Frau würde sterben. Und dieser Ausflug war ihr letzter Wunsch.

Er nahm das blaue Leben und drehte es zwischen den Fingern. Auf den Blättern glitzerte eine Farbe, die er noch nie zuvor gesehen hatte. Er kannte alle Pflanzen in den Alpen und ihre farbigen Spiele. Aber dieses Wunder in seinen Händen kannte er nicht! War es am Ende möglich, dass …?

Er verdrängte den Gedanken an Unsterblichkeit. Der war töricht, kindlich, eine Illusion, nichts weiter. Wollte der Mensch sich selbst begreifen, musste er danach trachten, die Welt um sich herum zu verstehen, hatte sein Vater gesagt.

Hatte er einen Teil übersehen?

Die Blätter leuchteten in einer Art Indigoblau, und doch schien ihm, als ändere sich ständig der Farbton. Er goss heißes Wasser über die Blüten und rührte einen Löffel Honig in das Glas. Während er den Tee ziehen ließ, schnitt er den beiden Butterbroten die Rinde ab und würzte sie mit getrockneten Gänseblümchen.

Seine Frau lebte.

Sie lebte.

Er konnte es nicht fassen. Aber warum machte er keine Luftsprünge vor Glück? War es die Angst, bloßgestellt zu werden, jetzt, in der Stunde des Todes? Nein, er musste ihr diese letzte Bitte erfüllen. Das war seine Pflicht. Schließlich liebte er sie über alles. Wie konnte er auch nur einen Moment etwas anderes erwägen, als ihr jeden Wunsch zu erfüllen.

Er sah aus dem Fenster, hinauf zur Kammalm. Er dachte an Konrad. Den Hirsch. Ein warmes Prickeln stieg von seinem Bauch hoch, umschloss seine Lungen und schmiegte sich von innen an ihn.

Der Tee hatte nun die richtige Temperatur. Er siebte die Kräuter aus dem Wasser. All das Streben und Warten, all die Träume und Sehnsüchte, sie alle konnten noch in Erfüllung gehen. Noch waren sie beide am Leben.

Er schüttelte den Kopf und riss seinen Blick zurück auf die Teetasse. Was machte es, seinen Traum vom Jagen nie gelebt zu haben? Dieses Schicksal war ihm nicht bestimmt. Seine Aufgabe war, für andere zu sorgen. Er konnte sich später noch um sich kümmern. Dann, wenn sie gestorben war. Und ohnehin: Er hatte nicht einmal mehr eine Waffe, was also sollte der Unsinn?

Kaum hatte er sich diese Frage gestellt, war er wieder da: der Schmutz der eigenen Sehnsucht, der jedes Leben verunreinigte und jedem Moment die reine Luft raubte, sei er noch so wertvoll und heilig wie in diesen Stunden. Wäre er zur Jagd gegangen wie sein Vater, wie Konrad, seine Frau wäre jetzt tot. Niemand hätte sie gepflegt, ihre Hand gehalten und gewartet, bis der letzte Atem aus ihr wich. Er hätte auf Gämsen oder Rehe geschossen, hätte tagelang darauf gewartet, dass die Auerhähne aus dem Dickicht kamen oder ein Steinbock, ganz oben am Kamm. Er aber hatte sich damit begnügt, die Tiere zu füttern, ihnen im strengen Frost Heu und gestampfte Äpfel zu bringen oder salzige Steine in gespaltenes Holz zu stecken. Er hatte sich damit begnügt, dass das Wild genug Mineralien bekam, wenn der Winter sich unbarmherzig und geizig zeigte.

Nie hatte er einen Hirsch oder Steinbock erlegt oder einen Rehbock, einen Hasen, eine Krähe. Konrads Geste, ihm bei der Fütterung und beim Bau der Hochstände zu helfen, hatte ihm das Gefühl gegeben, im Wald ein zweites Zuhause gefunden zu haben. Konrad hatte aus ihm einen Jäger im Schatten gemacht. Jetzt, da Konrad tot war, war auch der Schatten tot.

Er verließ die Küche, in der Hand den Teller mit zwei Scheiben Brot. Der Tee dampfte in der anderen. Was sollte er ihr sagen? Die Kälte hätte dem Auto zugesetzt. Das war es! Er hätte es zur Reparatur bringen müssen. Ja! Die Marder hätten es lahmgelegt. Und obendrein drohte ein Sturm das schöne Wetter zu verscheuchen. Ein Sturm, ja, ein Sturm komme auf. Er dachte an 1937. Fast achtzig Jahre war das jetzt her. Auch damals waren sie von einem Sturm überrascht worden. Sie hatten sich in den Höhlen versteckt, weil es ihnen vorgekommen war, als regnete es Steine.

Er hatte sie mit einem knallroten Fahrrad von ihren Eltern abgeholt und gesagt, dass er mit ihr nach Paris fahren wolle und dann weiter in den Westen, bis ans Meer. Und dann noch weiter bis nach Amerika. Aber sie waren nur bis zu den Höhlen gekommen und hatten dem Sturm zugesehen. Für einen Heiratsantrag war es zu früh gewesen. Er hatte warten wollen.

Das rote Rad war sein großer Stolz gewesen. Meist saß er damals hinten, da seine Frau es genoss, auf den Pedalen zu stehen und über die flachen Wiesen der Alm zu jagen. Aus ganzer Kehle hatte sie immer wieder die Schlager der Zeit gesungen: »Ene mene mink mank.« Sie liebte das Leben, und er liebte sie. Jetzt lag sie im Sterben, und ihm war elend zumute. Ein Sturm komme auf, würde er sagen. Und sie würde es verstehen.

»Fahren wir?«

Seine Frau stand plötzlich in der Tür. Er erschrak so sehr, dass ihm beinahe der Teller aus der Hand rutschte. »Geh sofort ins Bett«, herrschte er sie in viel zu strengem Ton an. Und sah verzweifelt in ihre zitternden Augen, die sich wohl nichts sehnlicher wünschten, als noch einmal die Lichter der Welt zu spüren.

Beim Anblick der geflochtenen Zöpfe, der adrett zurechtgemachten Kleidung und des erwartungsvollen Ausdrucks war es ihm unmöglich, ihr den letzten Wunsch ihres Lebens abzuschlagen. Er war innerlich zerrissen. Eine Qual, was für ein Elend, wie nur konnte er das seiner Liebe antun.

In diesem Moment spürte er, wie ein Gedanke seine starre Verzweiflung durchdrang und neue Hoffnung brachte.

»Gib mir eine Stunde, dann fahren wir los«, sagte er und schob mit einem Ruck die schweren Vorhänge zur Seite. Dann öffnete er das Fenster. »Trink den Tee und genieße die frische Luft.« Er hatte einen Plan.

»Ich freue mich so«, rief sie, während er hastig und mit unbeholfenen Schritten die Stufen nach unten stieg.

»Dass du mir aber ja in der Kammer bleibst, hörst du?«

Sie schwieg, drehte den Kopf zum Fenster und starrte in den Himmel, der draußen auf sie zu warten schien. Er sah, wie eine kalte Brise ihr Gesicht berührte, als würde heißer Atem auf gefrorenes Glas treffen. Die beiden Brote schob sie auf die Seite und trank vom Tee. Die Müdigkeit der letzten Jahre kehrte in ihre Augen zurück.

Dämonen

Zwei Wege führten zum Paradies. Der eine, steil ansteigend, zwischen zwei schroffen Bergbacken hindurch, mit einem fabelhaften Blick auf den Nachbarort Edden. Der andere, deutlich leichter, vorbei an verfallenen Villen, über die Rehkrippe gemächlich den Berg emporschlängelnd.

Die Prunkbauten des leichten Weges standen leer und verfielen, nachdem die Menschen gestorben waren. Es ging das Gerücht um, dass nach Ende des Ersten Weltkriegs ein Bastard des Kaisers hierher geflüchtet war. Revolutionäre Kräfte sollten ihm nachgestellt haben. Sie hätten ihn gejagt, getrieben wie Wild, hieß es an den rauchigen Stammtischen der Dörfer. Er wusste nicht, ob die Geschichten stimmten und ob, wie man erzählte, in den Villen tatsächlich konspirative Sitzungen stattgefunden hatten. Er hatte nie darüber nachgedacht. Und doch blieb ein dunkles Gefühl, wenn er an die leeren Höfe dachte.

Nicht anders war es beim schweren Weg. Sein Vater war dort oben zur Welt gekommen und hatte mit seiner Frau ein hartes Leben als Bergbauer geführt. Über die Herrschaftshäuser sprach sein alter Herr nie. Erst recht nicht, seit sein eigener Hof vor langer Zeit verfallen war. Er wollte nie Bauer sein wie sein Vater. Die Stelle als Gemeindebediensteter hatte ihm erlaubt, ins Tal zu ziehen und dank eines großzügigen Darlehens ein neues Haus zu bauen, sein Haus. Eine Heimat für seine Frau, ein neuer Anfang nach dem Krieg. Nie wieder wollte er den Weg zwischen den beiden Bergbacken gehen.

Er beobachtete zwei Raben, die über den strahlend blauen Winterhimmel flogen. Schweren Herzens entschied er sich für den Pfad durch die alten Herrenhäuser. Ein mulmiges Gefühl befiel ihn. Er drehte das Gesicht zur Sonne, als wollte er Kraft sammeln für eine unbekannte Jagd.

Dass eines Tages das ganze Dorf, das er so liebte, nur noch aus verlassenen, kalten Häusern, verwilderten Gärten und verrosteten Kinderspielplätzen bestehen würde, hätte er nie für möglich gehalten. Die tote Vergangenheit ängstigte ihn. Ob es in Edden anders war, wusste er nicht. Er kannte das Nachbardorf nur aus der Ferne. Wegziehen, das wollte er nicht. Hier war er geboren, hier wollte er sterben. Und wer hieß ihn in der Fremde schon willkommen? Er war hier, gefangen inmitten seiner Dämonen.

Er schüttelte den Schnee von dem alten, klapprigen Fahrrad. Es hatte all die Jahre an einem Holzstoß gelehnt und das leuchtende Rot längst verloren. Traurig warf er einen Blick auf das wertvolle Holz, das nach dem Unfall nicht mehr zu gebrauchen war. Er beugte sich über den Stapel und roch an der oberen Reihe der Scheite. Der Geruch war verschwunden. Verdampft. Erfroren. Nein, es war zu gefährlich. Nein. Diese letzten Tage musste er ohne die verlockende Wärme auskommen. Er zog die Nase hoch, schüttelte das Rad erneut, als fasste er neuen Mut.

Es dauerte zwei Stunden, bis er das Rad auf Vordermann gebracht hatte. Die Schläuche in den Reifen waren geklebt und aufgepumpt, die Bremsen eingestellt und die morsche Kette geölt. Er trat ein paar Schritte zurück und betrachtete sein Werk. Er war zufrieden. Es hatte länger gedauert als erwartet, aber für ihre letzte Reise sollte es reichen. Sein schmutziger Daumen schlug an die Fahrradklingel, deren Klang eher einem hohlen Klopfen an der Tür des Heizraumes ähnelte als einem warnenden hellen Signal. Stolz strich er über den alten Fahrradsattel.

Den Anhänger hatte er gekauft, als seine Tochter zur Welt gekommen war. Um die beiden Kinder dort hineinzupacken und mit ihnen zu dem Ort zu fahren, den ihre Mutter so liebte. Er hatte es nie geschafft. Jetzt befreite er das Gefährt vom Staub der letzten Jahrzehnte. Sofort fiel ihm das weinrote Emblem des Herstellers ins Auge. Er erinnerte sich an das Unternehmen und dessen Sitz in der Stadt. Ob es noch existierte? Für die Gerichtsvollzieher war der Beiwagen wertlos.

Er zog den Anhänger zum Fahrrad und band ihn mit einem Seil an die Sattelstange. Aus dem Keller holte er das restliche, von Schimmel befallene Heu und legte den Wagen damit aus. Ein paar Kissen, dicke Decken, feste Kleidung – das konnte wirklich funktionieren. Er stellte das Gefährt vor die leere Garage und schloss das Tor, damit seine Frau nicht nach dem fehlenden Auto fragte.

Bevor er sie holen ging, sah er sich noch einmal um. Verriet irgendetwas seine Notlage? Oder wäre sie so aufgeregt, dass sie es nicht sehen würde? Dass die Sträucher umgeknickt waren, die Tannen verwildert jedes Sonnenlicht raubten, die Fenster keine Vorhänge mehr trugen und Teile des Dachs unter dem Schnee hervorlugten wie Geröll.

Er erschrak, als er die Gestalt hinter der schmutzigen Scheibe sah. Die tief liegenden Augen, die hauchdünne weiße Haut, die grauen Fäden, die wie totes Gras aus dem Kopf wuchsen und sich in zwei Zöpfen verloren, und dieses bittere letzte Lächeln. Sie schien nicht von dieser Welt, wie sie dort oben stand und zu ihm herunterblickte. Aber irgendetwas an ihr entzündete in ihm wieder diese tiefe Liebe, die er nur ihr gegenüber empfand. Wie schnell würde er wohl sterben, wenn dieses Gefühl ihn nicht mehr wärmte? Sie war sein Leben, seine Existenz.

»Wir können los!«, rief er nach oben und klatschte in die Hände. Hatte sie die Armut bemerkt? Hatte sie ihn ertappt? »Bleib dort, ich habe eine Überraschung für dich, du sollst sie erst hier draußen sehen, bleib dort und mach die Augen zu. Mach sie zu!« Sein Herz schlug bis zum Hals, und er lief humpelnd zurück ins Haus.

Es war ein großartiges Gefühl und ein Anblick, wie ihn das Dorf nie wieder zu sehen bekam: Er stand vorne auf dem Fahrrad und legte sein ganzes Gewicht abwechselnd in die Pedale, die hysterisch und laut quietschten. Die Kette rasselte und grollte, und der Wagen hinter ihm sprang wie wild im Schnee. Sie hatte Mühe, nicht herauszufallen, aber sie schien jeden einzelnen Augenblick zu genießen. Der Wind, der ihre Lungen füllte, die Sonne, die sie wie ein Irrlicht in eine andere Welt führte, die Kälte, die sich an ihrem warmen Körper erfreute, als wäre er ein willkommener Fremder: Alles war so wunderbar!

»Ich liebe dich!«, schrie sie aus ihrem zahnlosen Mund. »Ich liebe dich!«

Der Weg war anstrengender, als er gedacht hatte. Seine Brust brannte, und seine Glieder konnten die Kraft mit jedem Tritt weniger aufbringen. Er ärgerte sich über die Schwäche, die an ihm fraß wie Ratten. Er schlug vor, bei der Biegung vor den Villen Rast zu machen. Womöglich würde auch er einen Schluck von dem Tee nehmen, der ihr so viel Mut gab.

»Ich bin dir so unendlich dankbar, mein …«, sagte sie mit heller, glucksender Stimme.

Ein heftiger Ruck brachte den Wagen zum Stillstand. Ihr Satz erstarb, als er wie angewurzelt vor dem Rad stehen blieb. Am Ende des weißen Pfades, den hohe, spröde Tannen säumten, kam ein Wind auf. Mit strenger Hand bewegte er die Äste und wirbelte hektisch den Schnee in die Luft, als wäre er gewarnt vor etwas Bösem.

Der Hirsch war noch größer, als er ihn sich ausgemalt hatte. Ihm stockte der Atem. Seine Frau griff wortlos zu der Decke und zog sie vor den Mund. Noch nie in ihrem Leben hatten sie so etwas Schönes und gleichzeitig Schreckliches gesehen.

Der Hirsch sah die beiden an. Keine Faser seines Körpers bewegte sich. Wie ein Monument der Ewigkeit versperrte er den Weg.

»Was ist das?«, flüsterte seine Frau von hinten. »Ein Hirsch?«

Er schwieg.

Seine Frau begann zu weinen. Dieses grausame Geschöpf sollte nicht ihr letztes Glück zerstören. Sie flehte ihren Mann an, etwas zu unternehmen. Sie wolle so nicht sterben.

Er ging einen langsamen Schritt auf das Ungetüm zu. Er hatte nichts, was er dem Hirsch entgegensetzen konnte. Wenn das Tier sie angreifen wollte, wären sie machtlos. Er war alt, halb erfroren und erschöpft. Er hatte keine Waffe, noch wusste er, ob er aus dieser Entfernung überhaupt einen tödlichen Schuss abgeben könnte. Es war auch nirgendwo ein Unterschlupf zu sehen. Er war dem Hirsch ausgeliefert. Mann gegen Tier. Mensch gegen Natur. Da war nichts anderes. Wäre er allein, er hätte sich geschlagen gegeben. Aber wollte er seiner Frau dieses Schicksal zumuten? Wäre dann nicht sein ganzes Leben, das er ihr geschenkt hatte, mit einem Mal nichtig und wertlos? Ein ganzes mutiges Leben verschenken für einen schwachen Augenblick?

Nein. Er musste etwas unternehmen.

»Was machst du? Lass mich hier nicht allein.«

Er gab ihr mit einer langsamen Handbewegung zu verstehen, dass sie leise sein sollte. Vorsichtig ging er auf den Hirsch zu. Aber mit jedem Schritt sank sein Mut. Er dachte an die vielen früheren Gelegenheiten, bei denen er Entschlossenheit gebraucht hätte. Immer wieder war er losgegangen, um sich aus seinem selbst gebauten Gefängnis zu befreien. Das eine Mal etwa, als er vollen Mutes vor der Tür des Bürgermeisters gestanden hatte mit seiner Kündigung in den Händen. Oder als er die Feuerwehrleute verprügeln wollte, weil sie die verkohlten Leichen seiner Kinder von dem Holz kratzten, ohne den geringsten Anstand und einen Hauch von Mitgefühl. Oder als er Konrad vor den Herrenhäusern zur Rede stellen wollte, nachdem ihm seine Frau gestanden hatte, von ihm geküsst worden zu sein, damals vor dem Krieg.

Diesmal würde er nicht stehen bleiben. Dieses eine Mal nicht. Der Hirsch stieß den heißen Inhalt seiner Lungen mit einem drohenden Fauchen aus. Die Muskeln der vorderen Läufe spannten sich.

Er sah dem Hirsch direkt in die Augen. Er hatte von Konrad gehört, dass man wütende Hunde unterwirft, indem man ihnen in die Augen sieht. Auge in Auge.

Er blieb stehen. Warum zögerte er? Er musste weitergehen. Musste dem Tier ins Auge blicken. Wovor hatte er Angst? Vor dem Tod, der doch längst in seinen Knochen saß? Wovor in Gottes Namen hatte er Angst? Wovor? Was lähmte ihn?

Eine tiefe Leere machte sich in ihm breit. Jetzt war es an der Zeit, den Hirsch mit bloßen Händen zu zerreißen. Damit seine Frau stolz auf ihn sein konnte. Er musste sie ins Paradies führen wie ein Held seine Angebetete. Aber es war nicht der Hirsch, der zerbrach, es war er selbst. Er schrumpfte und verschwand in der Gegenwart vollendeter Größe und Schönheit, ausgelöscht durch seinen eigenen Dämon. Und genau in diesem Moment lief der Hirsch los.

Der gefrorene Boden erzitterte unter seinem Gewicht. Er senkte das Geweih und rannte direkt auf ihn zu. Und da wusste er: Er würde wieder verlieren. Bevor ihn die Wucht des Tieres niederriss, begriff er, dass er sein ganzes Leben lang keinen einzigen Tag lebendig gewesen war.

Der dritte Weg

Die Nacht fiel. Er schmeckte Blut. Zwischen einer Pyramide aus verschneiten Tannen drehte sich der Sternenhimmel. Der Mond senkte sein Leichenlicht auf ihn herab.

Er schrak hoch. Wo war sie? Langsam kroch er aus dem Schnee, der auf ihm wie Beton lag. Wo war sie? Wo?

Das Fahrrad und der Anhänger lagen in einem zugefrorenen Bachbett. Das Heu war verstreut. Es hatte hier einen Kampf gegeben. Der Wagen schwer beschädigt. Etwas hatte auf ihn eingeschlagen. Mit aller Wucht. Das Rad war in der Mitte gebrochen. Ihm stockte der Atem.

Er rief den Namen seiner Frau. Sein Herz, sein Herz. Es schlug wild. Wo war sie? Blut, fand er Blut? Ihr Blut? Er stand auf, torkelte, suchte, wankte. Nichts. Nur die Spuren des Hirsches. Waren das ihre? Nein. Er fiel, stemmte sich hoch, stolperte erneut, kroch verzweifelt auf allen vieren, um der diebischen Finsternis irgendeinen Hinweis zu entlocken. Nichts. Er schrie aus voller Kehle! Dann heulte er und grub die alten Finger in das harte Eis, bis die Nägel nachgaben und brachen. »Warum nur? Warum? Was habe ich getan? Was? Warum hast du mich verlassen? Warum?«

Er heulte und schrie die ganze Nacht und rief immer wieder ihren Namen, bis seine Stimme versagte und er das Heu zusammenraffte, um sich ein wenig zu wärmen. Wie ein Kind rollte er sich zusammen und wimmerte unter der Totendecke, hier, mitten im tiefen, dunklen Wald, erfroren, verdurstet, verhungert, allein.

Als der Mond hinter schwarzen sturmbringenden Wolken verschwand, beschloss er, zu sterben. Wofür sollte er denn noch leben? Wie sollte er seine geliebte Frau je finden? Ihm fehlte es an allem. Er hatte keine Kraft, die ihn vorantrieb, keine Waffe, die er schwingen konnte, kein Herz, das ihn liebte, und nun auch kein Licht, das ihn führte. Nein. Nein. Er wollte aufstehen, er konnte sie nicht einfach so aufgeben, seine Liebe, nein, er musste weiter, weitergehen, sie suchen, auch im Dunkel, in der Kälte. Er musste. Er konnte nicht mehr.

Der Wald nahm einen tiefen Atemzug, und ihm war, als raubte er ihm die letzte Lebenskraft. Er gab auf und drehte sich mit letzter Kraft auf den Rücken. Über ihm spannte sich der Sternenhimmel. Er überließ dem Wind, der durch den Tann schlich wie ein heimtückischer Waldläufer, alles, was er noch besaß. Um den Tod zu beschleunigen, knöpfte er das Hemd auf und entblößte seine Brust. Der Speer des Gevatters, der mit tosendem Sturm von oben herabstieg, sollte ihn durchbohren. Jetzt. Hier. Wie Hunde ihre Nacken für den Todesbiss senken, so senkte auch er demütig das Haupt vor einem überstarken Gegner.

»Warum hast du mich verlassen?«, wimmerte er. »Ich bin nichts mehr ohne dich, nichts bin ich mehr. Warum hast du mich verlassen?«

Er bebte vor Kälte, und seine Zähne klapperten. Als der Schnee fiel, wärmten ihn die ersten Flocken. Er lachte, dankbar, ängstlich. Was für ein nutzloses Leben. Noch einmal rief er ihren Namen, stumm, ohne die trockenen Lippen zu bewegen, ohne die nackte Brust zu heben. Und bevor er die Augen für immer schloss, sah er das Nachtvolk zum ersten Mal am Horizont. Weit hinter den letzten Bäumen warf es seine Schatten.

Er fürchtete sich vor der anderen Welt. Er zog die Hände aus dem letzten warmen Versteck seiner verschlissenen Jacke, um sein erfrorenes Gesicht abzudecken. Jetzt war es gut. Er war zu niemandem geworden.

Der Wind hob an. Ein süßer Geruch tänzelte zwischen seinen zitternden Fingern. War das der Duft des Todes? Der Duft des Lebens? Natürlich, seine Hände, sie rochen nach dem blauen Leben. Hatte sich ein Blütenblatt gelöst, als er die Pflanze in den Tee rührte? Hatte er je selbst von dieser Blume gekostet? Seine Frau war wieder zu Kräften gekommen. Konnte er in diesem Wunder auch neue Kraft schöpfen? Ja, Hoffnung, Hoffnung, ein winziges Stück.

Er streckte die Arme nach unten und suchte in den Jackentaschen mit den Fingerspitzen nach Resten des blauen Lebens. Er konnte nichts spüren, noch konnte er sich und seine Finger bewegen. Also beschloss er, alles, was er in den steifen Taschen zu fassen bekam, in eine Faust zu stopfen. Wenn er die Finger in den Mund steckte, würde vermutlich auch noch ein winziges Stückchen des blauen Wunders daran kleben. Das war die letzte Chance. Als der Geschmack von Erde, Blut und Schnee den Gaumen erreichte, betete er zu Gott. Dann hielt er inne. Worauf wartete er? Auf ein Beben, ein Zittern, ein Flüstern? Oder den Himmel, der sich über ihm auftat? Er wusste es nicht. Und ohne es zu bemerken, hatte er aufgehört, sterben zu wollen. Wie eine leise Brandung begann das Leben wieder an sein Ufer zu schlagen. War es wirklich dieses Wunder, oder war es sein Entschluss, einem neuen, dritten Weg zu folgen?

Von Osten brach der Morgen heran. Er hatte überlebt. Er war neunundneunzig Jahre alt und hatte überlebt. Er hatte den Tod besiegt. Seine Frau brauchte ihn. Sie hatte noch viel mehr vom blauen Leben in sich. Er richtete sich langsam auf. Neben sich bekam er einen alten Stock zu fassen. Er stemmte sich dagegen und hebelte den steifen Körper in die Höhe.

Diese Nacht hatte ihn gezeichnet. Die Haut war zerrissen und mit Furchen durchzogen, seine Hände und Arme zerschunden, in den Augen aber leuchtete ein Licht, ein Funkeln, eine helle Fackel. Er umklammerte den Stock, entriss ihn mit einem lauten Schrei der eisigen Faust des Waldbodens und steckte ihn in den hohen Schnee neben sich. Das sollte nun seine Waffe sein. Er träumte schon sein Leben lang davon, Jäger zu sein und einen Hirsch zu jagen. Jetzt, endlich, war der Zeitpunkt gekommen. Er war wieder am Leben, und Gott war sein Zeuge.

Die Suche

Der Hirsch, endlich, er ist da,
nach all den bitteren Jahrzehnten der Suche …

Sie war nach Hause gelaufen. Natürlich, wie konnte er das nur übersehen? Am blassen Schimmer der frischen Sonne maß er die Himmelsrichtungen aus. Er hatte die Orientierung verloren. Schwankend hob er das rechte Bein aus dem Schnee und steckte es vor das andere. Nach jedem Schritt hielt er inne, holte Luft, besann sich. Sie war zu Hause. Ganz sicher.

Die Sonne brach durch den Morgennebel, als er schließlich die Tür aufschloss. Er rief ihren Namen. Stille. Er hastete die Stufen hinauf zum Schlafzimmer. Es war leer und kalt und dunkel. Enttäuscht sank er auf das Bett. Wo war sie?

Die Geister des Selbstzweifels schmiegten sich wieder an ihn und wärmten ihn mit ihrem Mitleid. »Nein«, stöhnte er und erhob sich. Vor dem Spiegel blieb er stehen. Er sah fürchterlich aus. Der Stock in seiner Hand wirkte viel kleiner, als er ihn in Erinnerung hatte. Damit wollte er den Hirsch jagen? Er brauchte eine richtige Waffe.

Konrad hatte Doppelläufer geliebt. Die Wucht des Geschosses durchstieß das Herz des Wildes mit einem einzigen Schuss und brachte es auf der Stelle zu Fall. Er drehte den gebogenen, knorrigen Stock. Er brauchte eine Waffe. Am besten sofort.

Schnell packte er die notwendigsten Dinge, die er für die Jagd benötigte, in einen feuchten Leinenrucksack, den er aus dem Keller geholt hatte: Essensreste aus dem Kühlschrank, Trinkwasser in einer Feldflasche, das Hochzeitsbild, Streichhölzer, eine Taschenlampe, ein Messer. Er legte trockene Kleidung an, wischte mit einem Geschirrtuch die Arbeitsfläche der Küche sauber und verließ das Haus. Die Tür ließ er unversperrt, er wollte es den Leuten von der Bank nicht schwerer machen als nötig.

Sein erster Einbruch galt dem Nachbarhaus. Hier war früher eine Pension gewesen, doch die Betreiber waren vor über drei Jahren verstorben. Er war betrunken im Bach ersoffen. Sie war daraufhin in ein Gästezimmer gezogen, das sie zuvor noch ein letztes Mal zurechtgemacht hatte, um dort auf das Ende zu warten. Sie war eine schöne Frau gewesen.

Das Fenster zum Keller stand offen. Ihm schauderte bei dem Gedanken, dass es seit drei Jahren offen war. Es roch wie immer. Nach Holz. Chlor. Einer Sauna. Die Zeit bewegt nichts. Und nichts bewegt die Zeit. Er fand keine Waffen. Auch nicht in dem Zimmer, in dem er sie damals gefunden hatte.

Der Schlüssel zur Vordertür hing noch am Schlüsselbrett in der Form einer Kutsche. Er trat wie ein Gast nach draußen und betrachtete die Häuser, die vor ihm lagen. Sie standen leer. Es war vermutlich ein Leichtes, dort einzubrechen und nach Waffen zu suchen. Er war der letzte Bewohner, und die Bank kümmerte sich um keine ihrer Liegenschaften. Er fühlte sich fremd, wie auf der Durchreise.

Kurz überschlug er, wie lange er für jeden Einbruch brauchen würde. Zu lange. Bis dahin wäre der Hirsch über alle Berge. Und seine Frau erfroren. Ein klammes Gefühl der Ohnmacht und Wut befiel ihn. Er musste schnell machen. Wer hatte Waffen? Das Haus des früheren Gendarmen, das eines Jägers … natürlich: Konrads Haus! Konrad war Jäger gewesen. Er schämte sich für seine Einfalt, humpelte über die glatten Waschbetonplatten des Gästehauses auf die Straße zurück und fluchte und spuckte vor lauter Ärger. Konrad hatte gerne mit seiner Waffensammlung geprahlt. Das eine oder andere Mal hatte er auch ein Prachtstück beim Frühschoppen auf den Tisch gelegt.

Konrad hatte am Ende der Siedlung gelebt, direkt neben einem breiten Bachbett. Erfrorene Trauerweiden berührten den Bach, der unter einer dicken Eisschicht das Weite suchte. Ein seltsames Gefühl befiel ihn, als er das Grundstück betrat. Seit der Schulzeit hatte er davon geträumt, in das Haus von Konrads Eltern gehen zu dürfen. Sie hatten es ihm von Anfang an verwehrt. Er wäre nicht würdig, hatte es geheißen. Konrad hatte es ihm zwar oft versprochen, ihn eines Nachts heimlich herumzuführen. Doch es war nie dazu gekommen.

Also waren in ihm Vorstellungen und Phantasien gewachsen. Aber nicht nur er war fasziniert von dem Gebäude gewesen. Auch unter den anderen Kindern waren bald Gerüchte kursiert, die sich um dieses Haus rankten. Konrads Eltern würden darin in Geld schwimmen, hatte es geheißen. Andere hatten gesagt, dass dort Menschen versteckt seien, die vor dem Krieg geflüchtet waren. Wieder andere hatten von einem geheimen Gang im Keller des Hauses gesprochen, und dieser führte angeblich direkt zu dem Höhlensystem, das unter dem Ort lag und auch mit Edden verbunden war.

Sein Herz schlug bis zum Hals, als er die Türklinke aus Schmiedeeisen nach unten drückte. Er malte sich schon aus, wie er durch eines der Fenster oder über den hohen Balkon einsteigen wollte, als die Tür nachgab …

Er war in Konrads Haus. An dem Ort, von dem er immer geträumt hatte, dem Ort, mit dem er sein eigenes Haus immer verglichen hatte, obwohl er ihn nicht einmal kannte. Ihm stockte der Atem, als er in das Innere trat, denn es war leer.

Vollkommen leer.

Keine Tische, keine Stühle. Keine Schränke. Keine Teppiche. Keine Lampen. Leere. Hier hatte auch nie etwas gestanden, das ließ sich an dem gleichmäßig gefärbten Fußboden erkennen. Es war ein Geisterhaus. Hier gab es nichts.

Er packte seinen Stock, da er es plötzlich mit der Angst zu tun bekam, und durchsuchte die oberen beiden Etagen bis zum letzten Raum. Er wollte absolut sichergehen. Hier oben hatte vor langer Zeit jemand gelebt, das bewies der abgenutzte Holzboden. Durch die Vorhänge drang staubiges Licht. Ein Schaukelstuhl mit einer roten, gehäkelten Decke stand am Fenster. Er war der einzige Zeuge eines alten Lebens. Ihn fror.

Als er den ebenfalls leeren Dachboden durchsucht hatte, stieg er über die schmalen steinernen Stufen in den Keller. Keine Kisten, keine Regale, kein Heizraum, kein gestapeltes Holz. Nichts. Keine geheime Tür, die zu den Höhlen führte oder gar bis nach Edden. Nichts.

Enttäuscht trat er aus dem Haus. Es begann zu schneien. Seine Gedanken waren wie erfroren nach dieser Entdeckung.

Wo hatte Konrad all die Jahre gelebt? Wie oft hatte er sich hier von ihm verabschiedet, hatten sie sich Mühe gegeben, leise zu sprechen, da sie Konrads Eltern nicht wecken wollten, wenn es nach einer Zechtour schon spät geworden war. Wohin war er gegangen, wenn er die Tür hinter sich zugezogen hatte? Wie hatte sein Freund dieses Geheimnis sein ganzes Leben lang vor ihm verbergen können? Kurz überlegte er, ob Konrad überhaupt je existiert hatte. Ob nicht alles nur eine Einbildung war. Nein, vollkommen ausgeschlossen. Zu welchen Gedanken er sich da hinreißen ließ. Er schüttelte den Kopf. Solche Ideen vergifteten den Geist, ermahnte er sich, dabei war der Geist die einzige Waffe, die er im hohen Alter noch hatte. Er wusste, dass er seinem Gegner mit wachem Verstand entgegentreten musste, wollte er ihm seine Frau entreißen.

Hinter den Bergen kündigte sich bereits die Nacht an. Er hatte immer noch kein Gewehr. Er musste überlegen und alles noch einmal durchgehen ... Wer hatte noch eine Waffe? Warum hatte Konrad in einem leeren Haus gelebt? Wer war sein Freund wirklich gewesen? Nein, er musste sich auf das Wesentliche konzentrieren: Er hatte einen Hirsch zu erlegen, und seine Frau würde keine Nacht mehr allein im Freien überleben, darum ging es. Er musste klar bleiben, scharfe Gedanken führen.

Von den dreizehn Häusern würden noch drei in Frage kommen. Sollte er die Zeit vergeuden, sollte er es riskieren? Hatte er ein Gebäude übersehen? Wo?

Die Villen! Mit einem Schlag fiel es ihm ein, als offenbarte sich ihm ein Tausende Jahre altes Geheimnis. Die Herrenhäuser. Natürlich. Dort würde er sicher fündig.

Die Kälte machte ihm zu schaffen. Er blickte zum Himmel. Wenn er jetzt aufbrach, würde er rechtzeitig bei den prächtigen Landsitzen ankommen, bevor sie in der Nacht verschwanden. Allerdings müsste er dort übernachten. Würde sie dann noch leben? Er hatte keine andere Wahl. Er würde Kraft für die nächsten Tage brauchen. Als er losging, senkte er den Kopf, denn die Villen lagen nur einen Steinwurf von dem Ort entfernt, wo der Hirsch ihn und seine Frau angegriffen hatte. Er war im Kreis gegangen.

Der Morgen kroch zäh zwischen den weißen Spalten des Waldes hervor. Die Festung der Villen kauerte noch im dichten Nebel der Nacht. In der Stube brannte Licht. Er saß ruhig am Tisch, aß ein Stück Speck und schob Brot in den Mund. Der Stock lehnte neben ihm wie ein Gewehr. Er hob die Brauen und sah nach draußen. Es war Zeit. Er musste aufbrechen. Er hatte eine Wildschur übergeworfen, einen üppigen, bodenlangen Wolfspelzmantel, den die Menschen um die Jahrhundertwende für zugige Autofahrten anzogen. Nachdem er die Villen ebenfalls weitgehend leer stehend vorgefunden hatte, war er auf diesen Überwurf gestoßen und hatte einen Freudenschrei getan. Auf das Innenfutter des Mantels war ein kaiserliches Wappen gestickt. Dieses Haus war eilig verlassen worden. Faustgroße Steine hatten die Scheiben zerschlagen und lagen auf dem Boden. Egal. Der Mantel wärmte ihn und passte jetzt zu ihm, dachte er. Ein alter Wolf. Auf der Suche.

Er hatte nicht geschlafen, aber die Wärme des Pelzes hatte ihn die letzten Stunden einnicken lassen. Er konnte die Blicke nicht von den Fotografien abwenden, die er in demselben Zimmer in einem unter dem Bett versteckten Karton gefunden hatte. Die Bilder zeigten eine große Familie. Porträts, Gruppenbilder. Es waren gut hundert Menschen. Er hatte sie nicht gezählt. Am meisten zog das eine Foto seine Aufmerksamkeit auf sich, auf dem sein Schulfreund mit einer Gruppe gleichaltriger Jungen in Schuluniform abgebildet war. Es schien, als wäre er Teil dieser großen, unbekannten Familie gewesen. Warum hatte Konrad seine Familie verleugnet? Warum hatte er nie von ihr erzählt, als er in den frühen zwanziger Jahren hergezogen war. Hatte er seine Eltern je gesehen? An der Seite des kleinen Konrad saß ein Hund. Konrad hatte Hunde geliebt. Immer. Hatte er nicht immer einen Hund besessen?

Er schloss die Tür hinter sich und machte sich bereit für den schweren Aufstieg zur Bärenmauer. Wo war Konrads Hund? Würde er den Hund finden, so würde der ihn direkt zu Konrads wahrem Zuhause führen, wo auch immer das war. Und er war sich sicher, dort musste Konrad seine Waffen versteckt halten.

Die Sonne blitzte durch die Baumkronen, und es war noch ein weiter Weg.

Die Gefährtin

Es war ein prächtiger Morgen. Die hohen Tannen warfen weißen, glitzernden Regen auf den alten Wolfsmann, der mit müden Schritten durch den tiefen Schnee stieg. Der Winter hatte den Waldboden in der Nacht in eine dicke Decke gehüllt und alle Spuren der letzten Tage sorgsam darunter versteckt. An der Bärenmauer blies eine Böe frostige Schauer über den Felsen. Die Chancen, dort oben im frischen Wind Fährten zu entdecken, standen deutlich besser als hier im stummen Tal. Sein Magen grollte, als er den Blick senkte. Es war ein beschwerlicher Weg. Er musste ihn noch einmal gehen, auch wenn er nur den steifen Kadaver des Hundes finden würde.

Er atmete schwerer, und er spürte unter den nassen Füßen, dass der Pfad anstieg. Was wusste er von Konrads Hund? Er hörte auf den Namen Kaja. Konrad hatte ihm gesagt, dass dies etwas mit Licht zu tun habe.

Er erinnerte sich, dass sein Freund den Hund vor dreizehn Jahren von einem Bauern aus Edden geholt hatte. Er hatte erzählt, dass er vor einer Wanne mit hüpfenden blonden Labradorwelpen gestanden habe, die allesamt kläffend in seine Arme springen wollten. Nur die kleine Kaja saß verträumt in der Ecke und sah mit ihrem kindlichen Silberblick den großen, stattlichen Mann an. Warum er diesen Hund wählte, hatte er ihm nie verraten. Hundejahre sind wie Menschenjahre multipliziert mit der Zahl Sieben. Kaja war eine alte Dame. Er schmunzelte bei dem Gedanken, wie töricht sein Plan sich doch anhörte: ein fast hundertjähriger, ungelenker Mann, humpelnd, bewaffnet mit einem Stock und bekleidet mit einem bodenlangen Wolfsmantel, auf der Suche nach einer betagten, fettleibigen Hundedame, die ihn zu einem Jäger machen sollte. Gleich darauf verfinsterte sich seine Stimmung wieder, da er an seine Frau dachte, die womöglich mit durchbohrtem Leib frierend, wartend irgendwo da draußen starb. Er blieb stehen. Rang nach Luft und spielte noch einmal alle Möglichkeiten durch. Nein, er musste weiter. Er brauchte eine Waffe.

Seine Frau hatte wenig Mitleid mit Kaja gehabt. »Die werden fett und faul, wenn man einem Labrador zu viel Freiheit lässt. Er behandelt sie ja wie eine Gräfin«, hatte sie oft gesagt, als wäre sie eifersüchtig.

Sie hatte recht. Kaja benahm sich wie der Hund eines Adeligen. Er dachte an das Emblem im Wolfsmantel und verdrängte den Gedanken. Darüber konnte er später nachgrübeln. Wenn Kaja dreizehn Jahre lang bei Konrad gelebt hatte, dann würde sie auch die Wahrheit kennen und ihn dorthin führen, wo es nach ihrem Zuhause roch.

Er runzelte die Stirn und machte an einer Wegbiegung Rast. Über ihm entfaltete sich ein goldener Sonnenfächer. Wenn Kaja noch lebte, wie würde sie auf ihn reagieren? Sie hatte sicherlich alles mit angesehen, war verstört, halb verhungert, verletzt, warum sollte sie ihm helfen? Musste er Angst vor dem Hund haben? Er umklammerte seinen Stock.

Er dachte an eine Jagd, bei der Konrad ihn mitgenommen hatte, die einzige in seinem bisherigen Leben. Den ganzen Sommer waren sie auf einen Rehbock gegangen. Jeden Morgen und jeden Abend hatten sie damit zugebracht, auf dem Hochsitz der Bärenmauer auf ihn zu warten. Der Rehbock hatte als äußerst aggressiv gegolten und sich mit den anderen Böcken des Reviers angelegt. Bei einem Zweikampf hatte ihn einer seiner Kontrahenten so sehr verletzt, dass der rechte Kampfspross des Geweihs abgebrochen war.

»Dieses verrückte Vieh macht mir noch den ganzen Wald

scheu«, hatte Konrad damals gesagt. »Wir müssen ihn kriegen, bevor er auf uns losgeht.«

Er erinnerte sich noch genau an den einen Tag. Es war ein warmer Abend gewesen. Die beiden hatten auf dem Hochstand gesessen und sich leise unterhalten. Nach sorgfältigen Untersuchungen und Drehungen um die eigene Achse hatte Kaja auf einem Blaubeerstrauch endlich ein ideales Ruhekissen gefunden und in der untergehenden Sonne inmitten eines flimmernden Mückenschwarms gedöst.

Dann hatte ein Schuss die Idylle zerrissen. Die Abendvögel waren verstummt. Kaja hatte den Kopf gehoben und in Richtung des getroffenen Bocks gesehen. Als die zwei vom Hochstand heruntergestiegen waren, hatte sie sich aufgerichtet und aufgeregt mit dem Schwanz gewedelt. Sie war herumgesprungen und hatte auf das Kommando ihres Herrchens gewartet, bis sie über den Schlag gehetzt war. Gleich waren Konrad und er ihr nachgeeilt. Er hatte Mühe gehabt, mit seinem Freund Schritt zu halten.

»Jetzt kannst du viel lernen. Komm schon!«

Der Rehbock hatte Höllenqualen gelitten. Konrad hatte ihn nicht richtig getroffen. Als er das Gewehr repetiert hatte, um einen neuen Schuss auf das Tier zu feuern, war es plötzlich hochgefahren und hatte Konrad in die Seite gestoßen. Er hatte Glück gehabt, dass es ihn nur mit dem abgebrochenen Ende des Geweihs getroffen hatte. Dennoch hatte der unerwartete Angriff ausgereicht, um den Jäger aus dem Gleichgewicht zu bringen. Der Rehbock hatte nicht nachgegeben und versucht, sich mit aller Kraft aufzurichten, um Konrad einen letzten Stoß zu versetzen. Diesmal mit der intakten Geweihhälfte. Der Bock hatte gefaucht und Speichel gespien, seine schwarz glänzenden Augen hatten den Peiniger voller Hass und Verzweiflung angestarrt.

Er hatte so etwas noch nie gesehen und war wie angewurzelt gut zwei Meter entfernt stehen geblieben. Ihm war alles zu schnell gegangen, ohnehin hatte er nicht gewusst, wie er sich verhalten sollte.

Mit einem Mal hatte sich Kajas Maul in das eines Wolfes verwandelt. Sie hatte die Zähne gefletscht und ihre Haare auf dem Rücken zu einem breiten Kamm aufgestellt. Bevor der Rehbock sich versehen hatte, waren Kajas Fänge in seinen Hals gegraben und hatten das Haupt des Tieres so lange herumgewirbelt, bis das leise Knacken des Genicks schlussendlich das Schreien des Wildes begrub.

Konrad hatte sich aufgerichtet und dem Hund den Kopf getätschelt. Sofort hatte sich der Labrador wieder seines friedlichen Lebens erfreut, sich stolz neben das tote Tier gesetzt und aufgeregt mit dem Schwanz gewedelt.

Seitdem hatte er Respekt vor Kaja. Was, wenn sie ihm seine Teilnahmslosigkeit von damals übel nahm? Hatte sie das Raubtier, das in ihr wohnte, die Tage und Nächte im Wald am Leben gehalten? Brauchte es einen starken, würdigen Herrn, um sie zu zähmen? Nein. Unsinn. Kaja mochte ihn. Sie musste ihn mögen.

Endlich. Er hatte die letzten Meter vor sich und sah den Hochstand und den geteilten Baum. Er traute seinen Augen nicht. Kaja lag eingerollt unter dem Hochsitz und wartete darauf, dass ihr Herrchen wieder herunterstieg. Hatte sie nichts von dem Unfall mitbekommen? Wie hatte er sie übersehen können, als er nach dem Begräbnis hier oben gewesen war?

Als Kaja ihn sah, stand sie auf, wedelte aufgeregt mit dem Schwanz und wischte den schweren Schnee mühelos zur Seite. Sie sah nach oben, als wartete sie auf ein Signal, um einen Freund begrüßen zu dürfen. Doch das Signal kam nicht.

Er war überglücklich, dass Kaja am Leben war. Er kniete sich vor sie hin, drückte sie an sich und schüttelte voll Freude ihren Kopf. Sie war völlig abgemagert und sah mitgenommen aus. Als er sie an der Seite berührte, winselte sie. Erschrocken hielt er in der Bewegung inne, dann bewegte er seine Finger behutsam weiter und ertastete eine lange, nicht zu tiefe Wunde. Vermutlich hatte sie der Hirsch vom Felsen gestoßen. Womöglich war sie auf den Vorsprung gefallen und hatte das Bewusstsein verloren. Das würde erklären, warum er sie nicht gesehen hatte, als er vor Tagen zur Bärenmauer hinaufgestiegen war. Als sie zu sich gekommen war, war alles längst vorbei gewesen. Sie hatte es dann noch nach oben geschafft und darauf gewartet, dass ihr Herrchen wiederkam.

Er tastete ihren Kopf ab. Tatsächlich, der Schädel schien gebrochen. Sie musste große Schmerzen haben. Er drückte sie vorsichtig an sich, damit sie beide für einen Moment Geborgenheit spürten. Sie war das letzte lebendige Wesen, das neben ihm hier existierte. Anschließend machte er Kaja den Platz zurecht und holte die Feldflasche und etwas zu essen aus dem Rucksack. Sie musste wieder zu Kräften kommen.

Dankbar schlang der Hund die Stücke hinunter und trank begierig das Wasser aus seinen zu einer Schüssel geformten, offenen Handflächen. Kaja leckte den letzten Tropfen von seiner Haut und schleckte sie dann so lange sauber, bis es ihn kitzelte.

Er setzte sich neben den Labrador und umarmte ihn noch einmal wie einen alten Kumpel. Er erklärte ihm, dass sein Herrchen tot sei und nie wiederkommen werde. Kaja hörte ihm zu, während ihre Ohren im Wind tanzten, der vom Tal heraufwehte. Er erzählte ihr auch von seinem Kampf mit dem Hirsch und von dem blauen Leben, das seine Frau gerettet hatte, bevor er sie in der Wildnis verlor. Sie beide seien als Einzige noch übrig.

»Ich weiß, du kennst mich nicht so gut, und ich bin auch nicht so stark und stattlich wie dein Herrchen, aber wir müssen jetzt zusammenhalten. Du musst mir helfen. Dann wird alles gut.«

Als er Kaja in die Augen sah, spürte er, wie sehr er sich freute, nicht mehr allein zu sein. Gleichzeitig verbarg sich hinter dieser Freude aber eine noch größere Angst. Denn was, wenn Kaja sterben würde, jetzt, nachdem sie die Wahrheit kannte? Was, wenn ihre Kraft nicht ausreichte, um ihm zu helfen, wenn die Bestie in ihr bereits verendet war?

Nach einer kurzen Pause fragte er Kaja, ob sie wisse, wo

Konrad gelebt hatte, und ob es dort Waffen gab. Als er auf eine Antwort wartete, bemerkte er, wie verzweifelt er war. Kaja sah ihn mit treuen Augen an.

Er erhob sich, klopfte den Schnee von seinem Mantel. Sie legte den Kopf schräg. Als er dann den schmalen Weg zur Straße hinunterging, hoffte er, dass sie ihm folgen würde. Welche Wahl hatte sie? Ihr Herrchen war tot, und er war ihre einzige Hoffnung. Er irrte sich.

Statt ihm nachzutrotten, legte sie sich wieder in die tiefe Schneemulde vor dem Hochstand. Offenbar glaubte sie ihm nicht. Für sie war er nur ein alter Mann mit einem Stock. Sie glaubte nur, dass der Jäger, ihr Herrchen, dort oben saß.

Er pfiff und lockte und tanzte und sprach mit süßen Worten: Doch all das half nicht. Kaja blieb stur und kringelte sich in den Schnee. Wollte sie tatsächlich lieber sterben, als mit ihm zu gehen? War er so verachtenswert?

Wütend kniff er die Augen zusammen und ging zurück zum Hochsitz, als er die weißen Zähne sah, die sich ihm mit einem tiefen Knurren entgegenstreckten.

Das kleine Holz

Das Gimpelmännchen stirbt allein. Es fliegt an den Ort, an dem das tote Vogelweibchen liegt, und verweilt auf einem dürren Ast, stumm, ohne sich zu rühren, bis es endlich erloschen vom Baum fällt.

Er schob den Gedanken beiseite, holte ein Stück Speck aus dem Rucksack und wedelte damit in der Luft. Der Duft des gepökelten Fettes war unwiderstehlich. Mit dem kleinen Messer schnitt er dünne Streifen von der Schwarte und streute sie neben die verwehten Tannennadeln. Er malte sich aus, wie Kaja alles hinunterschlang, ohne zu kauen.

Der Hund blies heißen Atem in den Schnee und beobachtete gelangweilt den humpelnden, tanzenden Mann. Bittend, beinahe bettelnd hob dieser die Brauen und streckte ihm das ganze Stück Rückenspeck entgegen. Vergeblich. Verärgert sammelte er die Streifen mit tauben Fingern vom steinharten Eis und packte sie weg.

Er ging zu Kaja und hockte sich vor sie hin. »Du willst mich also nicht begleiten?«

Sie sah ihn von unten mit einem traurigen Hundeblick an, ohne den Kopf zu heben. Er seufzte und strich mit der flachen Hand über Kajas gebrochenen Schädel. Seine Fingerkuppen erspürten die Bruchstelle, die vom Hinterkopf vor bis zur Nase führte. Diese war trocken und rau. *Kein gutes Zeichen. Hunde müssen feuchte Schnauzen haben*, hatte Konrad immer gesagt. *Sonst verenden sie.*

»Weißt du«, sagte er und setzte sich ächzend neben den alten Labrador in den Schnee, »wir beide sind alt. Es ist gut möglich, dass wir den Frühling nicht mehr erleben. Aber so, wie du jemanden verloren hast, so habe auch ich jemanden verloren. Und ich bin auf der Suche nach diesem Menschen, nach meiner Frau. Ich habe sie verloren. Du weißt …«

Kaja schob den Kopf vor, damit er ihren schmerzenden Schädel besser streicheln konnte. Er kraulte den Hund hinter den Ohren und zupfte das nasse rote Stoffhalsband zurecht.

»Es tut so weh, verstehst du? Ich liebe meine Frau so sehr, ich kann sie nicht gehen lassen. Nicht so. Ich habe nicht einen Augenblick um sie gekämpft.«

Er rang mit den Tränen.

»Er hat sie mir weggenommen. Einfach so. Jetzt sehe ich nur noch Finsternis. Aber ich will das nicht. Ich muss sie finden und ihr sagen, dass ich sie liebe. Sie soll sehen, dass ich imstande bin zu kämpfen.«

Er wischte mit dem Handrücken über die Augen. Die kalten Tränen hatten die grauen Wimpern verklebt.

»Dieser Hirsch, der dich verletzt hat, der ist schuld an allem, verstehst du? Der hat dein Herrchen auf dem Gewissen.«

Kaja legte die Stirn in Falten.

»Dein Herrchen sitzt nicht da oben. Konrad ist tot.«

Scharfe Windböen sangen hinter der Felsmauer.

»Die Waffe, die den Hirsch erlegen sollte, hat ihn selbst getötet. Das ist Schicksal. Weißt du, was Schicksal ist? Nein? Stell dir vor, du machst und schaffst, du unternimmst vieles, um voranzukommen, nur ein Stückchen. Aber alles, was du tust, ist sinnlos. Du läufst immer wieder gegen eine Mauer. Gegen deine Mauer. Diese Mauer ist dein Schicksal. So wie die Bärenmauer hier das Schicksal deines Herrchens war. Aber lass es nicht dein Schicksal sein. Ich nehme dich mit, und wir zeigen es dem Vieh! Du führst mich zu den Waffen deines Herrchens, und ich erlege für uns den Hirsch.«

Er starrte in die Ferne und sah den Wolken zu, die sich ineinanderschoben wie Kriegsschiffe.

»Zeigst du mir dein Zuhause, ja?«

Der Wind rieb das Fell des Wolfsmantels auf, als wollte er den alten Mann in eine Bestie verwandeln.

»Du kennst ihn doch, oder?«, sagte er und hielt Kaja den Ärmel der Wildschur hin. »Riech mal. Riech! Das ist ein Wolf. Willst du nicht auch wieder zu einem Wolf werden? Ich kenne dich, deine Zähne, deine Wut, ich habe gesehen, wie du den Rehbock damals angepackt hast, mit deinem Zorn. Ich war dabei. Ich verstehe dich heute. Heute bin ich wie du. Ja, ich bin wie du. Lass uns gemeinsam losziehen.«

Kaja rührte sich nicht.

»Wir dürfen keine Zeit verlieren. Meine Frau liegt irgendwo da draußen und verblutet und erfriert, während du hier auf den Tod wartest. Da kommt nichts mehr. Gar nichts. Das war dein ganzes Hundeleben. Dein Herrchen ist nicht mehr. Und ohne es bist du nichts. Wie lange hältst du hier noch durch? Sieh dich an! Wie lange noch? Hier ist niemand anderer, der dir helfen kann. Niemand!«

Er hatte sich in Rage geredet, stand mit einem Schwung auf, dass er beinahe wieder vornübergefallen wäre, und stellte sich an den Rand der Bärenmauer.

»HIER IST NIEMAND MEHR!«

Er hatte noch nie geschrien. Er wusste nicht, ob es jetzt

aus Verzweiflung geschah oder aus Wut. Wie auch immer, der Schrei riss die alte, vergilbte Traurigkeit aus seinen Eingeweiden, die er mit einem Mal hustend und krächzend und blutverschmiert über das Geländer spuckte.

Dann kam der Husten, gepeitscht von der Ahnung des nahen Todes. Wie eine zornige Faust packte er ihn und wollte ihn zu Boden schleudern, wo er neben dem mageren Hund krepieren sollte wie ein Tier. Aber er klammerte sich mit aller Kraft an die gelockerten Eisenstangen, die aus dem Felsen ragten. Nein! Er wollte nicht aufgeben. Er hatte dem Tod schon einmal getrotzt, er würde ihm fortan immer wieder trotzen. Er roch an den Fingern und nahm einen tiefen, rasselnden Atemzug. NEIN!

»Du verfluchter Köter, siehst du denn nicht, dass ich sterbe?«

Kaja legte den Kopf wieder nach vorne auf den Schnee. Sie zitterte vor Kälte und Hunger.

»Du lässt mir keine andere Wahl!«

Er packte den Stock mit beiden Händen und begann, mit dem vorderen Ende gegen ein kleines Stück fein gemaserten Holzes zu schlagen, das er damals angebracht hatte, als sie den Hochsitz gebaut hatten. Auf dieser einen Holzverstrebung lag die ganze Last der Konstruktion. Er wusste das. Denn er war schlauer, als Konrad immer gedacht hatte.

»Siehst du, es löst sich, es ist ganz einfach. Es fällt heraus, wenn ich weitermache. Es bringt alles zum Einsturz. Dein Herrchen ließ mir keine andere Wahl. Warum hätte ich es auch annageln sollen? Ich durfte ohnehin nie mit hinauf außer dem einen Mal. Für das Jagen war ich in seinen Augen ja immer zu dumm. Da braucht es Zielstrebigkeit und Mut, hat er gesagt. Die Jagd braucht ganze Männer. Siehst du, einmal noch, dann ist alles vorbei. Du lässt mir schließlich keine andere Wahl. Ihr alle lasst mir keine andere Wahl …«

Dann stieß er mit einem letzten kräftigen Hieb gekonnt auf die Verstrebung, und der Hochstand sank mit einem lauten Quietschen nach vorne. Die rostigen Nägel lösten sich jaulend aus dem Baumstamm, Holz krachte, und endlich fielen die schweren Trümmer unter brüllendem Getöse in das tiefe Tal, wo die weißen Bäume sie schweigend verschluckten.

Kaja setzte sich auf und sah winselnd zur kahlen Stelle am Zweibaum. Ihr Herrchen war fort. Der Hund drehte sich um und lief den schmalen Pfad zur Straße hinunter.

Die Wut fühlt sich gut an, dachte er und folgte Kaja, humpelnd, hustend und stolz. Die Zeit, am anderen Ende des Schlages nach neuem blauen Leben zu suchen, hatte er nicht mehr.

Der weiße Turm

Der teigige Himmel drückte auf die stummen Bäume, der müde Bach trotzte zäh fließend dem Eis, das dem Wasser immer mehr Bewegungsfreiheit nahm, die Knochen seufzten und ächzten, und er als letzter überlebender Mann hier folgte stetig dem unsichtbaren Pfad, den Kaja humpelnd fand.

War sein Leben bis dahin still gewesen, so erklomm die fremde Melodie des Jägers nun lautstark sein Herz. Geduldig prüfte er die Farbe des Tageslichtes am Horizont. Falls Kaja ihn zurück zu der alten Villa führte, etwa zu einem geheimen Zimmer, könnten sie der Nacht um Haaresbreite entkommen. Und wenn sie ihn weiter wegführte? Er verbarg seine Unsicherheit und trottete hinter dem Labrador her.

Tatsächlich, Kaja stieg die Stufen der vereisten Veranda hinauf und trapste an der weiß getünchten Bretterwand der Villa entlang. Er lockerte bereits seinen Rucksack, da er dachte, der Hund würde freudig vor der Tür wedelnd auf eine Belohnung warten. Kaja aber lief weiter. Vorbei an den dunklen Fenstern. Er duckte sich durch das morsche Geländer und visierte den Wald an der rechten Seite an. Die Unsicherheit erwuchs zu einem klammen Unbehagen, das in ihm zu nagen begann.

Er rief nach Kaja und wollte sie überzeugen, dass es klüger wäre, die Nacht hier im Haus zu verbringen. Doch Kaja drehte die Ohren nur kurz nach hinten und verschwand im Wald. Die Lippen frustriert zusammengepresst, kramte er die kleine Taschenlampe aus dem Rucksack. Die Angst, die in ihm stieg, ließ er sich nicht anmerken, stattdessen versuchte er mit ein paar Floskeln, sich Mut zu machen.

»Dieses sture Vieh!«, fluchte er dennoch und nahm einen Schluck aus der eisig kalten Feldflasche. Er wischte mit dem Handrücken über das Gesicht, dann schleuderte er seinen Ärger in den Schnee, der im Kegel seiner Taschenlampe ein wenig funkelte. »Mistvieh!«, rief er abermals, während er dem Hund in den Wald folgte.

Er hatte Mühe, Kaja nicht zu verlieren. Da er die Herrenhäuser immer gemieden hatte, war ihm auch dieser Teil des Waldes völlig fremd, und mit jedem Schritt sank die Dunkelheit auf ihn hernieder. Das Keuchen des blonden, alten Hundes war sein einziger Wegweiser in dieser neuen Welt.

Der Weg war beschwerlich. Das lag nicht nur daran, dass der Schnee tief war und er immer wieder durch die gefrorene Oberfläche bis zu den Knien einbrach, und auch nicht daran, dass er über umgestürzte Bäume steigen und mit dem Stock die peitschenden Äste abwehren musste – nein: Wahrlich zu schaffen machte ihm die Übelkeit, die ihn befallen hatte, seitdem er den Wald betreten hatte. Zusätzlich glitt ein glühend heißer Speer durch die Schläfe, dass er Mühe hatte, bei Verstand zu bleiben. Er war überanstrengt. Alles schmerzte. Sein Körper, sein Herz und nun auch noch sein Geist. Egal, was kommen würde, er durfte nicht verrückt werden, nicht abkommen vom Weg, musste klare Gedanken führen, das war es, worauf es jetzt ankam, dachte er und presste die Augen vor Schmerz zusammen.

Immer wieder, wenn er den Stock vor sich in den schwarzen Schnee stieß, war ihm, als würden sich die Adern, die auf seiner Hand wuchsen, ebenfalls in einen Stock verwandeln. Kaja! Wo war der Hund? Er blieb stehen, mit einem Fuß tief versunken in der Schneefaust, mit dem anderen auf einer Wurzel. Er unterdrückte den Atem, um Kajas Hecheln zu hören. Kaja?

Er lauschte. Doch. Da war etwas. Folgte ihm jemand? Er drehte sich um. Der neugierige Wald schrak zurück vor seiner Taschenlampe. Da war doch jemand.

Er hörte genau hin. Östlich von sich vernahm er ein fernes Getrampel und Getöse, als ob Hunderte Menschen gleichzeitig durch das Dickicht gingen. Er drehte den Lichtkegel. Stämme, mit Schneehäuten und schwarzen Holzfäden. Hatte er sich das eingebildet? Bestimmt. Da. Kajas Hecheln. Sie war nicht weit. Weiter. Weiter. Er stieß sich mit dem Stock ab und hebelte sich aus dem Schnee, folgte weiter der Spur des Hundes. Er musste halluzinieren. Seine Frau hatte früher über Migräne geklagt und über farbige Spinnwebmuster, die ihren Kopf zersägten. Er hatte erst einmal eine Halluzination gehabt: Als seine Kinder verbrannt waren, hatte er sie drei Tage später anklagend vor der Haustür gesehen. Aber das war lange her, und er hatte bis jetzt nie mehr daran gedacht. Der Rucksack drückte auf die Schultern. Er war schwer geworden.

Wohin brachte ihn Kaja? Hatte Konrad tatsächlich hier gewohnt? Der Weg war nur mit äußerster Mühe zu bewältigen. Wie sollte sein alter Freund ihn unbemerkt Tag für Tag zurückgelegt haben? Oder irrte sich Kaja?

Er arbeitete sich weiter vor. Plötzlich blieb Kaja stehen und setzte sich. Ihre Haare am Rücken stellten sich auf. Sie drehte den Kopf zu ihm, er selbst, eingehüllt in einen übergroßen, schneebedeckten Wolfsmantel, keuchte wie ein Ungetüm aus dem Wald.

»Was ist? Hier?«, sagte er und suchte mit dem Taschenlampenauge alles ab. »Da ist nichts …«

Ein großes Nest aus verfaulten und morschen Ästen und Zweigen lag wie eine Falle zwischen zwei hohen Tannen. Es war so groß, dass ein Mann darin ausgestreckt Platz gefunden hätte. »Was ist das?«

Kaja warf ihm einen mahnenden Blick zu und setzte sich wieder in Bewegung. Er verstand nicht. Wollte sie ihn warnen?

Wovor? Es war höchste Zeit, dass er zu einer Waffe kam. *Wer weiß, welche Gefahren in diesem Wald auf mich lauern.*

Er tauchte ein in die Baumwelt, die ihn umgab wie ein Gefängnis. Die Kopfschmerzen hämmerten stärker gegen den Schädel, und er konnte sich kaum noch auf den Beinen halten. Seine Gedanken wirbelten erneut alte Erinnerungen auf, verklebten sie mit den Ereignissen der letzten Tage, rissen Fetzen aus der Welt und verblendeten die Realität mit den grellen Lichtern der Einbildung. *Nicht verrückt werden, nicht verrückt werden!* Panik kroch mit kaltem Schweiß unter seinen Mantel.

Waren das Stüppnester? Nein, die gab es nur in Legenden. Hier gab es absolut nichts mehr. Keine Menschen, keine Sagengestalten. Nichts. Er musste die Gedanken sauber halten. Es war dieser verfluchte Wald, der ihn mürbemachte … dieser Mistköter, wohin wollte er nur?

Da, da! Da lief jemand. Ganz bestimmt. Da! Das ist keine Einbildung.

Zwischen Kaja und ihm schien ein nackter Mensch mit langen grauen Haaren pfeilschnell hindurchzulaufen. Wie aufgescheuchtes Wild pfauchte das Geschöpf einem Pfeil gleich durch die Baumstämme.

Er hatte seinen Kindern, wenn sie unartig waren, immer die Geschichten der Waldläufer erzählt … und bemerkte nun, dass sich seine Phantasie immer mehr in seine Wahrnehmung schob. Es war zu viel für ihn. Er war am Ende, könnte er nur fliehen.

Die Lungen brannten. Er spürte eine tiefe Leere in sich wachsen und bekam es mit einer Angst zu tun, die ihm in dieser schrecklichen Reinheit unbekannt war. Ihm war, als starrten ihn Menschen an. Menschen, die er nicht sehen konnte. Nein, nein. Das war eine Einbildung. Er hatte den Ritus nie vollzogen. Damals in den siebziger Jahren hatte die Nachbarin einmal davon erzählt. Sie hatte das Leben hier auf dem Land satt gehabt und von freier Liebe gesprochen. Daran hatte er nie geglaubt, und er hatte sie nur einmal geküsst, als sie alle betrunken gewesen waren. Jetzt war sie tot.

Kajas Bellen zerriss die Stille. Er atmete tief aus, wollte sich beruhigen. Bleib konzentriert. Da ist nichts. Du bist müde und musst fokussiert bleiben. Du hast eine Aufgabe, ein Ziel, du kannst alle Feinde besiegen, kannst sie alle töten …

Mit einem Mal riss der Wald ab und stürzte jäh in eine steinige Tiefe. Vor dem Abgrund ragte ein großer Felsen hervor. Rechts und links führte jeweils ein schmaler Weg vorbei, der kaum breiter war als eine Handfläche. Kaja wählte den rechten und verschwand vor dem Sternenhimmel hinter der Biegung.

Auch er ging, langsam dem Hund folgend, auf den Waldrand zu. Den Rucksack nahm er ab und hielt ihn in der einen Hand, während er mit der anderen den Stock so balancierte, dass er im Gleichgewicht den schmalen Pfad gehen konnte. Er drückte die Fersen nach hinten und achtete darauf, den Rücken gerade auf den Fels zu pressen, damit er nicht abstürzte. Er musste konzentriert bleiben, klaren Gedanken folgen.

Und dann sah er ins Tal, und vor ihm lag Edden.

Edden, das bedeutete ein Netz aus wundervollen, verträumten Wegen, das sich zwischen den Hütten mit ihren warmen Lichtern ausbreitete wie eine wertvolle Pflanze. Edden war ein Gefühl nie endender Sehnsucht und der ständigen Geschäftigkeit klappernder Bauern, quietschender Holztüren und läutender Kühe. Edden war eine Idylle aus Hunden, Katzen, Ziegen, Kindern, Knechten und Mägden, geraubt aus einer Zeit, in der es weder Gut noch Böse gab.

Er hatte Edden noch nie aus dieser Perspektive gesehen. Er war berührt von der reinen Schönheit des Ortes. Was hätte er gegeben, könnte er an eine der Türen schlagen, um mit dem Bauern ein warmes Glas frischer Kuhmilch zu trinken und sich in der rauchigen Wärme zu erholen, während Kaja auf seinen Füßen schlief und ihr altes Herrchen und dessen abgelegenes Heim für immer vergaß.

Fast hätte er den Halt verloren und wäre auf das Paradies hinabgestürzt. Im letzten Moment schnappte er nach einer Kante und zog sich an das vordere Ende des Felsens, wo beide Wege zu einem kleinen Vorhof zusammentrafen. Er fand gerade einmal Platz zum Stehen und begriff, dass der Verschlag, der vor ihm lag, exakt so groß war wie der Stein, um den er herumgeklettert war. Als er näher hinsah, bemerkte er, dass es sich um eine Hütte handelte, deren Wände so sauber in den Fels hineingeschlagen waren, dass man sie von keiner Stelle aus als Unterschlupf erkannte.

Hier also hast du gewohnt, dachte er. Hast dir einen netten Ausblick ausgesucht. War dir wohl nicht genug, unser Dorf.

Er wollte schon Kaja in das dunkle Häuschen folgen, als ihm der Schatten auf dem Boden auffiel. Er sah aus wie schwarze Adern auf Stein, wie ein … Geweih! Er schrak hoch.

Er riss den Blick nach oben und traute seinen Augen nicht. Über der Hütte bohrte sich ein zehn Mann hoher weißer Wachturm aus Stein in die Sterne. Und am Ende des Turmes richteten sich zwei mannshohe bleiche Hirschgeweihe in Richtung Edden, als wollten sie es mit ihren Schaufeln umklammern. In der Mitte des halb offenen Zeltes aus Gebein konnte er den Schimmer eines Feuers erkennen. Augenblicklich verschlug es ihm den Atem.

Er umklammerte den Stock, nahm allen Mut zusammen und folgte Kaja mit gesenktem Haupt in das Dunkel. Inmitten des Bombenhagels, der auf seinen Kopf niederprasselte, und im Meer ständiger Übelkeit klagte ihm plötzlich eine einzige Frage ihr Leid.

Wer war Konrad?

Die Grenze

Du musst achtgeben,
worauf du deine Aufmerksamkeit richtest,
denn es kann gut sein, dass es sich verwandelt und dann
wie eine Schlange in dich hineinspringt.

Das letzte Feuer

Die dunkle Hütte empfing ihn mit dem Geruch kalten Rauches. Kaja hatte sich in der Finsternis vergraben und schnaufte in einem unsichtbaren knisternden Korb. Ihre Augen leuchteten im Licht der Taschenlampe wie die eines Dämons. Eine niedrige Tür führte in einen Raum dahinter. Gleich daneben lehnte eine Holzleiter und erstreckte sich bis zur Decke. Frostige Luft peitschte durch eine kleine quadratische Öffnung. Dahinter schlängelte sich eine steinerne Wendeltreppe an der Innenseite des Turmes empor zum gesprenkelten Nachthimmel.

Mit gesenktem Kopf und ängstlichen Blicken sah er sich um. Ihm war, als stammte dieser Ort aus einer anderen Zeit, lange bevor die Menschen die Täler besiedelten. Er wollte nicht glauben, dass Konrad hier sein Leben verbracht hatte. Die Faust umklammerte den Stock so stark, dass das Blut aus den Knöcheln wich. Er brauchte eine vernünftige Waffe, eine, die ihm Mut schenkte, die ihn stark machte.

Sein Herz schlug bis zum Hals. Bevor er sich den hinteren Raum vornahm, würde er auf den Turm klettern. Vermutete er dort jemanden? Draußen hatte er das flackernde Licht eines Feuers gesehen. Er lockerte den Griff um den Stock, warf Kaja einen fragenden Blick zu und nahm die erste Sprosse.

Vorsichtig streckte er den Kopf ins Freie. Hier war niemand. Er warf den Prügel nach oben, da er beide Hände benötigte, um sich hochzuziehen. Der Turm war verlassen. Glutnester leisteten seit Tagen Widerstand. War es Konrads letztes Feuer? Warum hatte er das getan? Er legte die Stirn in Falten. Keine Flamme der Welt brannte so lange, ohne dass jemand Holz nachlegte. Wohnte Konrad nicht allein? Aber warum sollte sich jemand um diese zugige Feuerstelle kümmern? Das ergab keinen Sinn.

Bevor er wieder hinabstieg, warf er einen erneuten Blick auf Edden. Oder besser: Edden warf einen Blick auf ihn. Er fühlte sich mit einem Mal seltsam stark und groß. Dieses Gefühl kannte er nicht.

Da! Ein Rauschen im Wald.

Er wandte sich um. War da jemand? Der Hirsch? Die weißen Tannen ruhten in der Stille der Nacht. Nein. Er war allein.

Und wieder klopfte sein Herz wie verrückt, kurze, flache Atemstöße verließen seine Lungen wie Deserteure ihre Schützengräben. Warum konnte er dieses wunderbare Gefühl der Stärke nicht immer bei sich tragen? Warum quälte ihn die Angst? Warum bohrte sie ihren Stachel Tag für Tag in sein Fleisch? Warum konnte er nicht sein wie sein Freund, mutig und entschlossen?

Er klopfte sich auf die Brust, stellte sich an den Rand des Turms. Zum ersten Mal genoss er die Kälte des Winters. Wie riecht Mut? Er nahm einen tiefen Schluck kalter Luft und spürte ein warmes Kribbeln in seinem Magen. Wie wohl sich Konrad hier gefühlt haben musste. Wie groß und erhaben. Von hier aus war alles möglich. Alles, was er je begehrt hatte: Wie einfach es für ihn gewesen sein musste, es zu erreichen. Durch seinen Magen huschte die Ratte des Neides.

Er musste sich beeilen, denn sein Leben war im Erlöschen. Das Schicksal hatte ihn hierher geführt. Mit Konrads Waffe würde er auf die Jagd gehen und für die letzten Stunden ein anderer sein. Kaum aber schickte er sich an, wieder nach unten zu steigen, empfingen ihn schon die klebrigen Fänge seiner lebenslangen Angst.

Kaja hatte sich in der Zwischenzeit die eingetrockneten Reste ihres Futternapfes geholt und die Schüssel ausgeleckt. Als er sie sah, fühlte er sich schuldig. Wie konnte er nur vergessen, seine tapfere Begleiterin nach dem langen Weg zu füttern.

»Hier, nimm«, rief er Kaja zu und leerte seine ganzen Essensvorräte auf den dunklen Boden. Freudig schmatzend schlang der Hund die Stücke hinunter.

Draußen rauschte der Wald. Der kalte Hüttenboden ächzte. Er zitterte und sah auf die geschlossene Tür. Was würde ihn dahinter erwarten? Sein Herz schlug an, erneut.

Seine Frau.

Der Gedanke überfiel ihn wie ein Räuber. Wie kam er darauf? Ihr Geruch? Ja, ja! Er vernahm ihren Duft, ihren wunderbaren Duft. Ja, ja! Aber: Wie konnte das sein? Sein geliebtes Wesen? Hier? Kannte sie Konrads heimliche Zuflucht? Natürlich, sie hatte sich hierher gerettet! Sie suchte Schutz bei jemandem, der sie beschützen konnte, bei einem richtigen Mann, keinem Feigling!

Er drückte die Tür auf, die mit einem leisen Quietschen nachgab. Der Lichtkegel der Taschenlampe wisperte durch eine geduckte, warme Kammer. An der Ecke fand ein schmales Bett Platz. Bücherregale nahmen die rechte Länge des Raumes ein. Davor kauerten ein Tisch und ein Stuhl. Ein kleines Buch lag verloren darauf. Auf der anderen Seite warteten eine Truhe und ein Schrank. Und dahinter: wieder Regale, ordentlich vollgestellt mit dicken bernsteinfarbenen Flaschen, wie er sie aus der Apotheke kannte.

Hier hast du also gelebt, dachte er.

Er öffnete die Schranktüren. Kleidung. Für die Jagd. Er erinnerte sich an das meiste. Er fuhr mit der flachen Hand durch die Jacken und Hosen, um vielleicht eine versteckte Waffe zu entdecken. Nichts. Keine Gewehre.

Der zitternde Kegel warf das Licht auf die Schätze in Konrads Bücherregal. Er trat näher und streckte seinen Kopf wie eine Schildkröte nach vorne, damit er die Lettern auf den Buchrücken besser entziffern konnte.

»Ar-ist-otel-es«, las er langsam und laut. Er kannte den Namen nicht. Leise las er weiter.

»Nov-al-is.«

»›Die Hymnen der Nacht‹.«

»Johann Wolf-gang von Go-ethe.«

»›Die Metamorphose der Pflanzen‹.«

»Fran-cis Bac-on.«

»›Das Novum Organum‹.«

Er war verwirrt, denn er hatte von keinem dieser Werke je gehört. Es mussten vierzig bis fünfzig Bücher sein, die Konrad hier in der Hütte versteckt hielt.

Er selbst hatte nie viel übriggehabt für das Lesen. Als Kind hatte er sich an den Geschichten von Jules Verne versucht und an Moby Dick. Er hatte keinen Sinn zwischen den Zeilen gefunden. Mit den Buchstaben hatte er sich ohnehin immer schwergetan. Seit seiner Kindheit hatte sich etwas in seinem Inneren dagegen gesträubt, es vernünftig zu lernen. Natürlich konnte er lesen, aber es dauerte lange, bis er die Bedeutung verstand. Bei seiner Stelle als Gemeindebediensteter hatte er es mit einer begrenzten Anzahl an immer gleichen Wörtern zu tun gehabt. Diese konnte er auswendig. Somit war seine Schwäche keinem aufgefallen. Als ihn seine Frau gebeten hatte, ihr vorzulesen, um ihre von der Krankheit geschlagenen Augen zu schonen, hatte er stets eine passende Ausrede gefunden. Das Einzige, was er je gelesen hatte, war ein Buch über Sagen und Legenden. Aber das war lange her.

Sein Licht sprang zur Truhe. Er öffnete sie mit einer Hand und lehnte den Deckel langsam gegen die Wand. Außer ein paar fein säuberlich zusammengelegten Wolldecken war nichts darin zu finden, also schloss er sie wieder.

Die braunen Glasbehälter zerrissen sein Spiegelbild in eckige Würfel. Er nahm eine der Flaschen und drehte sie in der Hand. Ein gepresstes blaues Pulver blitzte durch das dicke farbige Glas. Im Regal fanden gut hundert Flaschen Platz. Sie waren mit Etiketten versehen, auf welchen die Konzentration und Mischverhältnisse des Inhaltes festgehalten waren. Darunter waren mit schwarzer geschwungener Handschrift Jahreszahlen geschrieben: 1929, 1945, 1970 …

»Was zum Teufel …«

Er klappte den Verschluss der Flasche auf. Das Vakuum, das unter dem Gummiband eines Korkens entstanden war, verließ mit einem kräftigen Seufzer sein Gefängnis. Der staubige Geruch getrockneter Kräuter stob durch die Luft. Als er mit der Taschenlampe in die Flaschenöffnung leuchtete, traf ihn beinahe der Schlag: Das indigoblaue Leben glitzerte wie Sterne in einem grünen Himmel aus duftenden Kräutern.

Konrad hatte von der Pflanze gewusst! Und angesichts der

Notizen auf den Etiketten hatte er vermutlich auch ihre Wirkung gekannt. Der beißende Geruch der getrockneten Kräuter stieg ihm in den Kopf, und er torkelte fassungslos und ein wenig benommen nach hinten, wo sein müder Körper auf den Stuhl niedersank.

Konrad hatte vom blauen Leben gewusst und hätte seine Frau heilen können, lange bevor es zu spät war, dachte er. Warum hatte er es nicht getan? Wütend schleuderte er das Fläschchen gegen das Regal. Doch statt zu zerbrechen, verrückte es nur die anderen Flaschen und stürzte mit einem dumpfen Poltern auf den Boden, der mit Tannennadeln und feuchtem Schnee von seinen Schuhen beschmutzt war.

Wieder war er zu spät gekommen, wieder fühlte er sich gedemütigt. Er suchte auf dem Tisch nach Halt, um nicht auf den wankenden Boden zu stürzen. Dabei bekam er das kleine Buch zu fassen. Es passte in eine Handfläche und war in einen alten, einfachen dunkelbraunen Ledereinband eingeschlagen. Er öffnete es mit gespreizten Fingern. Würde er darin eine Antwort finden?

Der Wind presste sich gegen die dunkle Hütte, und die raunenden Stimmen der Tannen sangen ihre warnenden Lieder.

Kriegstagebuch
1914–~~1918~~ 2014
der Familie Franz Leidemann

Er runzelte die Stirn und blätterte durch die vielen dicht beschriebenen Seiten.

Der Bauer Franz Leidemann berichtete darin vom Krieg, jede Einzelheit. Er kannte den Namen nicht.

Immer wieder durchkreuzte eine andere Handschrift die Tagebucheinträge, Zusätze waren eingefügt, Zeilen unterstrichen und Wörter mehrfach eingekreist.

Ab dem Jahr 1918 hatte der Bauer seine Aufzeichnungen vollständig abgebrochen und die fremde Schrift das Büchlein weitergeführt.

Er blätterte durch die Seiten. Skizzen von der Gegend. Symbole. Angaben zu Mischverhältnissen. Zeichnungen von Menschen. Experimente. Später tauchte auch eine Handschrift auf, die ihm bekannt schien. Es war die von Konrad. Er blätterte an das Ende des Buches. Die Taschenlampe flackerte. Er hatte keine Ersatzbatterie, und die Nacht überrannte die Hütte.

In vollkommener Dunkelheit saß er am Tisch. Seine offene Hand lag über Konrads letztem Tagebucheintrag. Kaja schlief draußen. Der Wind hatte sich wieder beruhigt. Es war still geworden. Die Finsternis hatte ihn verschluckt. Das Einzige, was ihm blieb, war die Hoffnung, dass der Tag bald anbrach.

Und vor seinem trüben Geist brannten die Worte Konrads wie kleine Flammen, die darauf warteten, wieder wild zu lodern:

Der Hirsch, endlich, er ist da, nach all den bitteren Jahrzehnten der Suche …

Die Waffe

Der Morgen brach knisternd in die Stube ein.

Er schrak hoch, als der Ellenbogen vom Tisch ins Leere rutschte. Verwirrt sah er sich um. Der faulige Geruch der Wolfsschur wehrte sich gegen die Bisse der Kräutersporen, die wie ein unsichtbarer Mückenschwarm in der Stube patrouillierten. Er musste niesen und bereute es sogleich, da ein schwerer Knochenhammer auf den Hinterkopf schlug und farbige Spinnennetze auf den Boden warf.

Die rechte Hand lag noch immer auf dem geöffneten Tagebuch. Sofort ereilten ihn die Erinnerungen an den Vortag: Konrad hatte das blaue Leben gekannt, er hatte vom Hirsch gewusst und sein Geheimnis vor der Welt verborgen.

Er kniff die Augen zusammen und setzte seine nächtliche

Lektüre der handgeschriebenen Zeilen fort. Er legte den Finger auf die Wörter, die wie Diebe im Zwielicht verschwanden. Ächzend kramte er in der Brusttasche des Flanellhemdes nach seiner rahmenlosen Brille und schob sie auf die Nase. Die Bügel waren verbogen, das Glas verschmiert und dreckig. Eine Tannennadel klebte vor einem Auge.

Endlich: Die Buchstaben waren wieder klar, aber die Sätze, in denen sie steckten, verbargen sich weiterhin im schalen Morgendunst. Er knipste die Taschenlampe ein und aus. Sie blieb dunkel. Er brauchte mehr Licht.

Ungelenk erhob er sich, packte das Tagebuch und trat aus dem klammen Zimmer. Hier war es noch kälter. Kaja schlief. Das Morgengrau regnete aus der Aussparung und malte ein milchiges Viereck auf seine Stirn. Er sah auf die verborgenen Steinstufen, die sich auf der Innenseite des Gemäuers nach oben drehten. Sie waren alt und stammten wie der Turm vermutlich aus dem Mittelalter.

Er verstand wenig von Geschichte. Südöstlich von seinem Heimatdorf lagen einige Ritterburgen, die im Atem der Jahrhunderte unbemerkt verfallen waren. Doch irgendetwas an dem Holzverschlag sagte ihm, dass er nicht aus dem Mittelalter stammte. Vermutlich hatten ihn die Diebesleute errichtet, welche die Bauten aus dem Mittelalter nach dem Niedergang der Ritter für ihre Raubzüge genützt hatten. In seiner Kindheit hatte ihm seine Mutter viele Geschichten über die Räuber erzählt, wenn er nicht schlafen konnte.

Früher hatte eine Handelsroute durch Edden in Richtung Süden geführt. Von den Türmen hatten die Banden herannahende Handelsreisende erspäht und oben am Pass beraubt. Sie hatten den Reisenden die Zunge herausgerissen oder ihre Gurgel aufgeschlitzt.

Ratsch.

In den Straßen der Städte und den Lagern der Kaufleute hatten bald die schlimmsten Gerüchte über die »stummen Felder von Edden« kursiert, die blutende Hölle. Erst als die Kaufleute beschlossen hatten, eine andere, wenn auch beschwerlichere, östlichere Route zu wählen, waren die Räuberbanden verschwunden. Was blieb, waren Legenden, die von Jahrhundert zu Jahrhundert immer schrecklicher und bizarrer wurden. Aber mit der Zeit gerieten auch die Geschichten über »das Dorf in den Höhlen« oder »den stummen Drachen« nach und nach in Vergessenheit. Nur einmal erblühten diese Sagen zu neuem Leben, als in den späten achtziger Jahren Bürgermeister Albert Khalberg die Legenden der Blutfehden und Räuberkriege vermarkten wollte, um Touristen in das Tal zu locken. Doch die Felder blieben stumm.

Ein mulmiges Gefühl beschlich ihn, als er den Fuß auf die erste Holzsprosse setzte. In der Zwischenetage angelangt, zog er die Leiter nach oben, da er fürchtete, Kaja könnte die Aufstiegshilfe umstoßen, wenn sie auf der Suche nach ihm war. Und bei einem Sprung in die Tiefe würde er sich das Genick brechen, da war er sicher. Auf einigen Stufen hatte sich ein wenig Eis gebildet, er musste achtgeben, nicht abzurutschen.

Unten hob Kaja den Kopf. Sie sah aus, als kitzelten die Sporen auch in ihrer Nase. Die Tür zur Kammer stand offen. Die Gläser waren verrutscht. Eines hatte einen Sprung. Kaja knurrte.

Eine frische Windbrise empfing den alten Mann. Lag im Westen noch die kriegsmüde Nacht, so erwachten im Osten schon die leuchtenden Wächter des Morgens, bereit, den Tag über das zauberhafte Land von Edden zu ziehen.

Er hatte das Tal noch nie am Tag überblickt. Edden, was bist du nur für ein Paradies! Könnte er doch nur ein einziges Mal hineinhorchen in die Klänge täglicher Zufriedenheit, nur ein Mal.

Er wandte den Kopf und sah zum Sonnenaufgang. Von hier konnte er die fernen Wipfel des Ortes sehen, zu dem er mit seiner Frau aufbrechen wollte, bevor das Unglück geschah. Die junge Sonne stach in seine Augen. Schützend hob er die Hand vor das Gesicht und trat zurück in den Schatten. Ein stechender Schmerz der Trauer riss seinen Magen fast entzwei. Sie musste längst tot sein. Wie sollte sie dort draußen nur überleben? Was brächte all die Jagd, all das Streben? Sich hier, den schönsten Ort der Welt zu Füßen, in die Hände Gottes zu legen, war das Einzige, wonach ihm der Sinn stand. Er musste es endlich einsehen, dass seine Frau tot war und nichts und niemand und schon gar nicht er sie retten konnte.

Kaja erhob sich, ihre Zähne blitzten, blasser Speichel tropfte auf den Boden. Die Mücken eines Schwarms krochen zögerlich aus der Kammer, die noch immer im zerrissenen Licht lag.

Er senkte den Kopf. Was hätte er dafür gegeben, könnte er doch nur über ihrer Leiche weinen. Wie sollte er in dieser Ungewissheit über den Verbleib seiner Frau in Ruhe sterben? Blieb am Ende nicht ein kleiner Funke? Die Glut stiller Hoffnung?

Er hörte Kajas Winseln und wandte sich um. Dabei fiel sein Blick in Richtung der großen steinernen Geweihe, die über dem Turm gethront hatten. Sie waren weg.

Es fehlte jede Spur von dem bleichen Knochenzelt, das bedrohlich wie ein Mahnmal der Hölle hier über Edden gewacht hatte. Wieder hatte ihm sein Verstand einen Streich gespielt. Der Duft frischen Rosmarins erreichte ihn. Er lauschte. Kaja war still. Der Wind hob an. Er öffnete das Buch.

Er musste bei Verstand bleiben. »Bei Verstand, hörst du? Lesen ist gut für das Gehirn. Es steigert die Konzentration.« Es war gut. Er musste lesen, musste sie finden, die letzte Hoffnung, den Hirsch, der ihn zu ihr führte. Nur nicht verrückt werden!

Er legte das Tagebuch auf das steinerne Sims des Turms und schlug es auf der letzten Seite auf. Konrad war dem Hirsch schon seit Jahrzehnten auf den Fersen gewesen. Die letzten Seiten des Tagebuches waren sicherlich voll mit Hinweisen auf die Streifzüge des Riesenwildes.

Er war stolz, dass er es nun war, der Konrads Werk vollenden würde. All die Niederlagen, die er gegen ihn erlitten hatte, würde er mit diesem einen Sieg nichtig machen. Dann würde er ein starker Mensch sein, ein guter Mensch. Er, nicht Konrad.

Was auch immer er in diesem Buch festgehalten hatte, es würde ausreichen, um Konrad zu besiegen, allein dadurch, dass er ihn überlebt hatte und ihm seinen letzten Triumph raubte.

Würde er etwas über das Verhältnis von Konrad zu seiner Frau in dem Tagebuch lesen? Wollte er wirklich alte Wunden aufreißen? Er hatte seiner Frau geglaubt, und Konrad war tot, besiegt von etwas, das weit größer war als er. Wovor also hatte er Angst?

Es fühlte sich gut an, dieses stumme Gefühl der Rache, das sich wie ein verlorener Bruder um sein Herz schwang. Es schärfte den Willen weiterzugehen, das Ziel zu erreichen. Der Geruch von Leder und Blei klebte in der Nase.

Er begann zu lesen. Ein Lesefinger suchte den Anfang des letzten Satzes.

Der Hirsch, endlich, er ist da, nach all den bitteren Jahrzehnten der Suche …

Wo bist du? Er schob den Finger über das brüchige Papier.

Spuren zur Bärenmauer. Er kommt vom Kamm. Über Westen von Edden. Wie letztes Jahr. Folgt er einem Rhythmus?

Er sah in die sterbende Nacht und legte die unsichtbare Spur des Hirsches in die weißen Wälder, über den Kamm, bis zur Bärenmauer. Von hier konnte er alles gut einsehen.

Erste Mücken stiegen in die Höhe. Ein Hunderaunen.

Spuren bei der Ziegenschlagmühle und oben an der Hube.

Hätte er nur ein Fernglas, er wäre sicher, er könnte das Tier sehen und von hier erlegen. Mit einem einzigen Schuss.

Wann kommt er? Himmel! Nach welchem Rhythmus? Weiß er, dass ich auf ihn warte? Unsinn.

Er wusste, dass das Wild einem unbekannten Takt der Natur folgte. Einer Melodie, unhörbar für Menschen.

Wollte Konrad mit Hilfe der blauen Blume hinter das Geheimnis kommen? Er selbst hatte die wundersame Kraft der Heilpflanze an seiner Frau erlebt und am eigenen Körper gespürt. Dennoch hatte er das seltsame Gefühl, dass die Übelkeit, die Kopfschmerzen und vielleicht sogar die Halluzinationen von diesem Kraut stammten. Hatte Konrad eine Illusion gejagt?

Nein. Das war unmöglich. Er hatte ihn gesehen. Mit seinen eigenen Augen. Er war da gewesen. Wenn er nicht da gewesen wäre, dann wäre seine Frau hier. Beides konnte nicht gleichzeitig existieren.

Er hört den Klang der Zeit. Will ich ihn aufhalten, muss ich den Takt seines Liedes kennen.

Er verstand diesen Eintrag nicht. Was wollte Konrad damit sagen? War Konrad verrückt geworden? So wie er? Er war nicht verrückt.

Mürrisch schüttelte er den Kopf. Er hatte sich hinreißen lassen von einer alten Wut, er musste konzentriert bleiben, bei der Sache.

Die Sonne blitzte, schlug ihre Schwerter durch die Wolken. Er blätterte zurück.

Geliebte, da du mich zurückstößt, versprich mir, lege eine Blume auf mein Grab. Dennoch werde ich dich beschützen.

Seine alten Augen ertranken. Mücken surrten in der Stille. Kaja bellte. Er verdrängte diese Zeilen, sie verdunkelten sein Herz.

Du musst dich zwingen, zwinge dich, zwinge dich. Komm nicht ab. Die Finger zitterten in der frühen Sonne, er blätterte weiter.

Sah ihn letzte Nacht dreimal. Bei der Fütterung. Er hat seine Zeit verlassen. Er ist wie ein Monster. Sie hat Angst. Ich muss ihn aufhalten …

Übelkeit kroch in ihm hoch. Seine Augen brannten. Die Wildfütterung. War er dort? Kaja bellte. Würde er dorthin zurückkommen? Natürlich, er musste etwas zu essen finden. Hatte sich am Ende auch seine Frau dorthin geflüchtet, wartete sie auf seine Hilfe? Er ärgerte sich, dass er nicht selbst auf die Idee gekommen war, sie dort zu suchen. Er spuckte aus und übergab sich.

Er las die Zeilen nochmals. Hatte seine Frau vom Hirsch gewusst?

Er drehte sich um und taumelte an das rechte Ende des Turms. Aus der Ferne bellte ein Hund. Die Fütterung konnte er von hier nicht sehen. Der Hund aus der Ferne, es war sein Hund, es war Kaja, sie musste hungrig sein.

Er rief nach unten und sah in die ängstlichen Augen seiner Freundin. Das schlechte Gewissen nagte an ihm. Die Fütterung. Dort waren sie, dachte er wieder und wieder und stieg die Treppe bis zur Leiter nach unten.

Der Geruch faulen Rosmarins dampfte ihm entgegen. Die Sonne verzauberte die Kräutersporen in winzige leuchtend wirbelnde Punkte. Der ganze Schacht war voll von dem blau glänzenden Staub, der durch die Öffnung nach oben sprudelte.

Kaum hatte er wieder festen Boden unter den Füßen, wirbelten die Wolken wie duftende Spinnen um seine Beine und krochen aufgeschreckt an den Sonnenstrahlen hinauf, die von der Turmspitze herabfielen wie goldener Regen.

Durch den aufgewirbelten Staub wirkte der Zwischenstock geräumiger. Hatte er den Schatten unter der Treppe bemerkt?

Nein. Er streckte ein Bein in die Dunkelheit. Da! Die nach vorne gestreckten Hände ertasteten etwas. Einen Schrank.

Er schluchzte vor Glück, als er die Türen des Jagdschrankes öffnete: Zwölf Gewehre standen fein säuberlich in einer Reihe und warteten geduldig auf ihn. In einem Regal darüber: Ferngläser, Lockpfeifen, Öle, Federn. Sein Herz sprang, er weinte und übergab sich erneut, diesmal aus Freude über die späte Gerechtigkeit, die ihm nun widerfuhr.

Er streckte die Wolfshand nach vorne und griff nach dem schwarzen glänzenden Doppelläufer, während die Mücken verstummten und Kaja winselte. Wartete sie auf seine Rückkehr?

Kaja

»Wir müssen los«, sagte er und stand zuversichtlich und voll Tatendrang in der Tür. Die Vormittagssonne malte einen zerrissenen Wolfsschatten in den zugigen Verschlag. Dank der Essensvorräte und anderer nützlicher Utensilien in Konrads Hütte hatte er sich gut auf die Jagd vorbereiten können. Der Rucksack blähte sich auf seinem Rücken auf und drückte den alten Mann etwas nach vorne, sodass er den Stock als Stütze benutzte.

Wenn das Wetter hielt, könnte er bestimmt sieben Tage im Freien ausharren. Er musste die Sache nun beenden, und nie wieder wollte er zurückkehren.

»Hörst du schlecht? Du kannst nicht hierbleiben. Wir haben einen Hirsch zu jagen«, sagte er zu Kaja.

Der Hund blieb liegen und blinzelte ihn an. Sein Schwanz fegte über den Boden.

Das weiße Haar des alten Mannes tanzte im Tannenwind. Er ging einen Schritt auf den Labrador zu, um ihm abermals zu versichern, dass es keinen Sinn mehr hatte, auf sein Herrchen zu warten. Doch da geschah es: Kaja sprang auf und verkroch sich in die Ecke, als hätte etwas Unheilvolles die Stube betreten.

Er erschrak ebenso, wandte sich gleich um und hebelte die Waffe von den Schultern.

Wie gut es sich anfühlte, das schwarze, kühle Gewehr in den Händen. Der gebogene Stahl, der die Fingerkuppe berührte und mit nur einem sanften Druck, einer winzigen Bewegung, eine Explosion auslöste, die jedem Geschöpf das Leben unbarmherzig aus dem Leibe riss und ihm in sein Herz stopfte.

War hier jemand? Er stellte den Rucksack auf seinen Schatten und lugte nach draußen. Alles war still, wartend, winddurchzogen, nach Tannenharz duftend.

Er drehte sich zu Kaja, die ängstlich in ihrem finsteren Winkel kauerte und den Aser aus schmutzigem Leinen argwöhnisch betrachtete.

»Was ist? Hier ist niemand!«

Kaja knurrte, fletschte die Zähne.

Er trat nach draußen, die Waffe im Anschlag.

Als er zurückkam, beobachtete er, wie Kaja den prallen Stoffsack mit aufgestelltem Rückenkamm stellte.

»Magst du ihn nicht?«

Der Hund erschrak, duckte den gebrochenen Schädel weg und verschwand in seiner dunklen Ecke.

Er hockte sich neben den Rucksack und löste den weißen Knoten. Kaja knurrte.

»Wovor hast du Angst?«

Kaja sah zur Seite, die Augen aufgerissen wie ein Kalb beim Fleischer. Er überlegte, was das Tier so ängstigte. Es musste etwas im Rucksack sein, was Kaja daran hinderte, ihn zu begleiten. Natürlich würde er auch ohne den Hund zurückfinden, aber er wollte ihn nicht hierlassen.

Also beschloss er, die Dinge, die er vorhin für die Jagd verstaut hatte, vor seiner Gefährtin auszubreiten, um den Grund für ihre Angst zu entdecken.

Kajas Augen folgten jeder seiner Handbewegungen. Als die

graue Hand zum letzten Mal in der Leinenhülle verschwand, hielt der Mann schwer schnaufend inne. Kurz hatte er den Eindruck, als würden Fetzen aus der Zeit, die sich vor ihm ausbreitete, von einem unsichtbaren Wesen herausgerissen wie Fleisch aus einer Beute. Darauf gehorchte ein pumpendes Schwarz dem Schlag seines Herzens und tauchte ihn in einen dunklen Abgrund, aus dem er mit der letzten Kraft des Willens wieder emporgezogen wurde. Ihm war, als wollte ihn jemand in der zitternden Zeit ersäufen, während ein anderer ihn nach Luft japsend aus dem schwarzen Wasser zerrte. Wieder und wieder.

Der Rucksack sackte in sich zusammen. Mückenstaub explodierte. Und Kaja knurrte, während sich die Fellhaare auf ihrem Rücken erhoben.

Kurz darauf floss die Zeit wieder gleichmäßig, und er beruhigte seinen Herzschlag. Es waren die Gläser mit den Kräutermischungen oder besser die Kräuterreste des zerbrochenen Glases, an dem er sich beim Verstauen beinahe geschnitten hatte. Sie hielten sich im dunklen Leinen verborgen wie Diebe.

Welche Welten offenbaren diese gefangenen Wesen, dachte er, als er Kaja eine intakte Flasche entgegenstreckte.

Kajas Augen füllten sich mit Angst, und plötzlich verwandelte sich der Hund in dieselbe Bestie, die damals den verletzten Rehbock erlegt hatte. Der Labrador fletschte die Zähne und stellte sich wie ein Raubtier gegen ihn, der erschrocken ins Freie lief und den Rucksack vor der Hütte ausschüttelte.

»Hier! Siehst du? Du brauchst vor nichts mehr Angst zu haben. Ich mache alles weg. Kein Körnchen mehr. Nichts mehr.«

Kaja beruhigte sich, als sanfte Windböen vom Wald die Luft sauber bliesen.

»Kräuter musst du am Vormittag schneiden. Dann haben die Bienen noch etwas übrig gelassen.«

Er dachte an Konrad, als er ihn einmal mit einem Korb gesehen hatte, der mit Butterpapier ausgelegt war. Darin lagen Kräuter in handgroßen Büschen, ordentlich gestapelt wie Leichen.

»Im Schatten werden sie welk. Wie die Menschen, wenn man sie wegsperrt. Nach einem Monat aber, wenn sie spröde sind und rauschen, wenn du mit der flachen Hand darüberfährst, sind sie so weit, und du kannst sie in wunderbare Medizin verwandeln.«

Er hatte nichts davon verstanden und tat es noch immer nicht.

Honigklee, Schwarze Königskerze, Gundelrebe, Giersch, Leinkraut, Ziest, Wasserdost, Angelikawurz, Goldrute, Johanniskraut. Das war eine Welt, die er nicht begriff.

»Du brauchst keinen Arzt, wenn die Apotheke vor dir liegt.«

Er dachte an das italienische Mädchen, das nach dem Krieg mit großen dunklen Augen aus dem Wald gelaufen kam. »Belladonna, Belladonna«, hatten sie geschrien. Das Mädchen hatte Tollkirschen gegessen und war am selben Abend tot. Seitdem hatte er Respekt vor dem Garten Gottes und dessen Odem, der sich bitter über die vor Schmerz schreiende Kriegswitwe gelegt hatte, bis sie draußen in den Feldern verstummt war.

Der Wald durchbrach die Stille und summte mit Kaja ein Mantra aus Zischen und Murren. Welche Kräuter hatte Konrad in diesen Flaschen miteinander vermischt? Das blaue Leben funkelte durch das bernsteinbraune Glas. War es wirklich so gefährlich? Nein, er hatte doch mit seinem Duft das Herz seiner Frau berührt und ihr Leben eingehaucht, einem Duft, der ihn selbst vom Totenbett gezerrt hatte. Der Geruch von Rosmarin? Was sollte daran so erschreckend sein? Was sollte am Leben so bedrohlich sein? Oder brachte etwas in den Gläsern den Tod oder etwas noch Schlimmeres?

Er sollte das Tagebuch besser studieren und Konrads Erkenntnisse entziffern, vielleicht vermochte er dem Geschriebenen das Geheimnis zu entlocken, auch wenn das Lesen ihm schwerfiel. Dafür war aber jetzt keine Zeit.

Vielmehr musste er sich entscheiden: Wollte er Kaja hier zurücklassen in dieser klammen, windigen Klause hoch über

Edden oder die kleinen, geheimnisvoll funkelnden Flaschen und damit jede Hoffnung auf ein Wunder?

Er dachte an das Leuchten in den Augen seiner Frau, als sie mit dem Rad losgefahren waren, um noch einmal Tannenfall zu sehen. Als die Krankheit kam, erstarb dieses Strahlen.

»Der Tod schlüpft durch die Welt in dich«, hatte sie ihm später einmal gesagt, als der Löffel im heißen Tee seinen Takt an das Porzellan schlug. »Du musst achtgeben, worauf du deine Aufmerksamkeit richtest, denn es kann gut sein, dass es sich verwandelt und dann wie eine Schlange in dich hineinspringt.«

Der erfrorene Körper seiner geliebten Frau schob sich in seinen Sinn. Die aufgerissenen stahlblauen toten Augen, die in das weiße Nichts hinausstarrten und auf ein Wunder warteten.

»Du musst dich entscheiden«, sagte er mit brüchiger Stimme. Dabei sah er zu Kaja, die mit gebogenem Rücken und eingezogenem Schwanz aus ihrer Ecke lugte, meinte jedoch mehr sich selbst.

Die Entscheidung würde ihm nicht leichtfallen, da er den alten Hund in sein Herz geschlossen hatte. Aber er durfte nicht mehr zögern. Er musste zu seiner Frau, er musste eine Tote zum Leben erwecken, indem er ihr das Geweih ihres Henkers an ihr Schneegrab brachte. Er wollte glauben.

Schweigend packte er den Rucksack, schulterte ihn und schob das Gewehr auf den Rücken.

»Ich muss los, altes Mädchen. Dein Herrchen hat sein Leben damit verbracht, etwas zu suchen. Ich will das nun vollenden, um ihm zu zeigen, dass er sich geirrt hat in mir. Es ist deine Entscheidung, ob du mit mir kommst oder nicht. Ich habe meine getroffen. Leb wohl, altes Mädchen.«

Er trat in die Kälte und wandte sich nach rechts auf den schmalen Pfad zurück in den Wald. *Was zu einem gehört, kann man nicht verlieren. Nur wenn man sich nicht für seinen Weg entscheidet, verliert man es. Liebe ist wie ein Hund. Auch seine Treue braucht Respekt.* Der Rat seiner Mutter klagte aus den tiefen Schluchten seiner verdrängten Erinnerungen.

Als er seine Füße langsam auf den eisernen Fels stellte, fiel ihm auf, wie einfach alles sein konnte, sobald man einen Entschluss gefasst hatte. Auch wenn der verbrannte Weg das Herz versengte und die Zerrissenheit einem schier die Seele ausbluten ließ.

Er begann zu weinen, als er den Wald erreichte, und er fühlte sich zugleich befreit wie die losen Steine, die hinter ihm in die Tiefe stolperten. Jetzt, da er eine Waffe hatte, war er ein Jäger. Er konnte sich nicht mehr um einen alten Hund kümmern, auch wenn ihm das Herz wehtat. Und auch wenn das neue Zeitalter nur wenige Stunden dauern würde, war es jetzt angebrochen. So bang ihm auch war: Es lag an seiner Gefährtin, ihm zu folgen, und nicht an ihm, darum zu betteln.

Bald tauchte er in den Wald ein, in dem er sich am Vortag verirrt hatte. Entschlossen stieg er in die neue Welt, die er früher Heimat genannt hatte. Umdrehen wollte er sich nicht mehr, denn dann sähe er die mahnenden knöchernen Geweihe auf dem Turm. Sein Leben lang hatte er sich nach Liebe gesehnt, aber erst jetzt begriff er, dass er die Einsamkeit suchen musste, um sie zu finden.

So ging er also zum ersten Mal seit knapp hundert Jahren selbst voran, und tatsächlich: Ein blonder, magerer Hund folgte ihm. Kaja hielt die Nase dicht am Boden, damit der Duft nach Rosmarin, der am Körper ihres neuen Herrchens klebte, über sie hinwegzog. Im Gegenlicht der gleißenden Sonne, das durch die Bäume jagte, verfolgte sie geduldig den Weg des alten Mannes, der sich rastlos durch den tiefen Schnee zurückkämpfte. Solange er seinen Weg nicht verließ, würde er von der Übelkeit und den Bildern verschont bleiben. Denn auch wenn man die duftenden Spinnen, den zitternden Mückenschwarm, den Zeit fressenden Berserker im Wald nicht sehen konnte, so warteten sie doch hinter jedem Baum.

Am Rande der Welt

Er dachte an Tannenfall.

Die hohen Bäume ragten wie Gitterstäbe aus dem tief hängenden Himmel. Der lange Winter hatte die Welt in ein blasses Labyrinth verwandelt. Er ließ sich davon nicht beirren und keuchte entschlossen durch das weiße Gefängnis.

Kaja verfolgte ihn in sicherer Entfernung. Immer wieder verschwand sie am Horizont, blinzelte aber kurz darauf durch die gerade gewachsenen Tannenstämme zu dem humpelnden alten Wolfsmann, als steckte sie ihren Kopf neugierig aus einem Theatervorhang.

Er wollte den Weg zurück finden, bevor die Dunkelheit nach ihm griff. Die Spuren, die er beim Hinweg hinterlassen hatte, hatte der Winter längst verschluckt. Er besaß eine gute Orientierung, fand sich zurecht in der Gegend, in der er geboren, aufgewachsen, aufgeblüht, verwelkt und verdorrt war. Der Wald hinter den Villen aber war ihm unbekannt, so wie vieles jenseits seiner Gewohnheiten.

Das unheimliche Gelände hinter sich lassen, sich nicht verirren, den Weg zur Fütterung einschlagen: Dieses schmale Vorhaben wärmte sein Herz. Er dachte an das Hochzeitsbild in seinem Rucksack. Hatte er es ordentlich verstaut, oder bekam das Bild Kratzer und Risse, oder zerschlug am Ende gar eines der Gläser sein Andenken an die Liebe seines Lebens? Er musste vorsichtig voranschreiten, durfte nicht stolpern oder das Gleichgewicht verlieren, während der Winterwald unbarmherzige Rosmarinluft ausatmete. Wenn sie ihn nur so sehen könnte, mit der Waffe, mit Konrads Waffe, hier auf dem Weg zu ihr.

Auf einer kleinen Anhöhe blieb er stehen. Der Magen rebellierte erneut und stieß sauren Saft in seine Kehle. Er hatte Mühe, nicht zu erbrechen, und würgte den Hals wieder frei. Kam die Übelkeit zurück?

Er stützte den Stock gegen einen umgestürzten Baum und nahm einen tiefen Atemzug. Das weiße Theater begann sich zu drehen, während eine unsichtbare Faust unter dem bedrohlichen Murmeln verborgener Zuschauer seinen Hals zudrückte. Beinahe verlor er den Halt und setzte sich auf den rutschigen Stamm.

Schon gut. Schon gut. Das geht vorbei.

Er roch an den Fingern, doch abgesehen von eisiger Kälte nahm er nichts Außergewöhnliches wahr. Er hielt den Atem an. Hörte er etwas? Liefen die Halluzinationen bereits im Höllentempo auf ihn zu?

Nein. Schwachsinn. Das war alles real. Er war alt und übermüdet und hatte den verdammten Weg verloren.

Wo zur Hölle steckte dieser Köter? Nein, er wollte nicht betteln, er musste allein zurechtkommen.

Als die Schmerzen sich wieder in seinen Kopf flüchteten und mit schweren Geschützen auf ihn schossen, hörte er Kaja: Weit entfernt bellte sie. Dabei sprang sie auf der Stelle und hatte den Schwanz kerzengerade aufgestellt, als wollte sie ihn warnen vor jedem Schritt, der ihn von nun an in die Verdammnis führen würde.

Er schüttelte den Schnee murrend ab, der von den Tannen auf den Mantel gefallen war, und winkte den Hund herbei. Doch er kam nicht.

Dann verhungerst du eben, wenn du mir nicht helfen willst. Nein, nein, ich werde nicht betteln. Jetzt nicht mehr, dachte er und stieß den Stock in den tiefen Schnee vor sich.

Er hatte keinen blassen Schimmer vom Weg zurück. Er drehte den schmerzenden Kopf und suchte nach irgendetwas, einer Vermutung, einem Gefühl, einem Zeichen, irgendetwas, was ihm den Weg zeigte. Kaja wusste den Weg, aber wie sollte er es anstellen, dass sie voranging, ohne dass sie an seiner Entscheidungskraft zweifelte?

Er hebelte den müden Körper hoch und sank fluchend zurück in den Schnee.

Da lang.

Er traf eine Entscheidung und zog ein Bein aus dem Winterregen. Kaja bellte immer lauter. Ihr Echo umzingelte ihn.

Und dann: Mit einem Mal zersprang sein Schädel, und die ersten Geräusche krochen aus dem Wald. Er drehte sich um, da er dachte, jemand hätte ihn an der Schulter gepackt.

Weiter. Weiter.

Je tiefer er in die Halluzinationen eindrang, umso mehr hatte er das Gefühl, dass er von unzähligen Wesen umgeben war. Er bildete sich ein, ihren süßlichen Atem riechen zu können, ihre fauligen Kleider, ihre wunden Häute. Aber er war allein. Er war allein. Er und der Hund, der immer lauter bellte und den Himmel über ihm zerriss, dass er auf ihn herniederfiel wie ein Totentuch.

Dann konnte er nicht mehr: Er fiel auf die Knie und erbrach sich vor sich auf den Schnee. Die Übelkeit war unerträglich geworden. Er schloss die Augen, da er sich für einen Moment vom Kreisel der Welt befreien wollte. Aber in der Dunkelheit warteten nur die tanzenden Fratzen seiner Kinder und vertrieben ihn mit einem geduldigen Lächeln aus ihrem Versteck.

Er umklammerte den alten Stock und zog den Lauf des Gewehrs aus dem Schnee, als er plötzlich die verfallene Kapelle sah. Sie lag in einer Mulde und war für Wanderer, die es hierher verschlug, kaum zu entdecken.

Er blieb stehen und legte die Hand auf den Mund. Konnte es tatsächlich sein? »Nein«, sagte er laut und schüttelte den Kopf, es war wieder eine dieser Einbildungen.

Er erinnerte sich an die Sagen, die sich um die Kapelle im Dunkelwald rankten. Es hieß, dass dort ein Vater seine vier Mädchen erschossen hatte. Eines Nachts war er heraufgekommen von Edden und hatte seine Kinder unter einem Vorwand mitgenommen. Die Alten aus Edden hörten angeblich noch immer die vier Schüsse, wenn sie nicht schlafen konnten und der Mond verschwunden war.

Kurz nach der Tragödie hatte sich die Mutter der vier von einem Felsen gestürzt. Ihre Leiche war genauso wenig gefunden worden wie die Leichen der Kinder. Der Vater hatte Edden verlassen. An seinen Namen erinnerte sich niemand mehr – oder besser: Niemand wollte mehr darüber sprechen. Das alles sollte in den siebziger Jahren passiert sein. Seitdem glaubten einige, dass die Frau hier in den Wäldern nach ihren Kindern suchte. Ihre Trauer sei so groß, dass sich alle Vergessenen und Geschundenen ihr angeschlossen hätten und als Nachtvolk durch die Gegend zögen. Es hieß, das Nachtvolk habe eine Kapelle erbaut, genau an der Stelle, an der die vier Mädchen ihr Leben verloren hatten.

Ihn schauderte, und er wagte nicht, in Richtung des Kirchleins zu sehen. Sein ganzer Körper wehrte sich dagegen, und dennoch zog ihn dieser Ort an, als würde er ihm ein Geheimnis zuflüstern wollen. Er keuchte schwer und sah in die Mulde. Die Kapelle stand auf einem Netz aus Wurzeln und Ästen, die aus dem Schnee stoben wie schaumig brechende Wellen. Er war so verängstigt und erschöpft, dass er für einen Augenblick dachte, die gebrochenen Tannenäste hätten sich in große schwarze Schlangen verwandelt und tauchten aus einem weißen Meer unruhiger Maden und Würmer auf.

Er musste wieder zu Sinnen kommen. Die Bilder in seinem Kopf erstickten ihn mit ihrer Wirklichkeit, dass er am liebsten sofort losgelaufen wäre, hinaus aus diesem Wald, weg von diesem schrecklichen Ort, zurück in die andere Wahrheit seines Lebens.

Doch es gab keinen Ausweg. Solange er voranging, würde er nie mehr in seine Welt zurückkehren. Er brauchte Kajas Nase und vor allem: Er brauchte ihren Willen, mit ihm zu gehen.

Sollte er die Gläser aus seinem Rucksack hier am Muldenrand des Dunkelwaldes in den Schnee stecken? Vermutlich würde Kaja ihn dann begleiten und ihn hinausführen, aber dann wäre seine Frau, wenn sie noch lebte, dem einsamen Tod geweiht, und alles wäre sinnlos.

Nein! Er presste die Hände an die Schläfen und verfluchte seine Unentschlossenheit. Er musste seine Frau finden und die Hirschtrophäe als Zeugnis seiner ewigen Liebe an den Kopf ihrer eisigen letzten Ruhestätte legen. So wie die blauen Blumen, die er über ihr Gesicht streuen würde, damit sie wieder zu ihm zurückkäme, und sei es auch nur in seiner Einbildung.

Nein, er musste einen anderen Weg finden. Was auch immer in den braunen Fläschchen glänzte, welche fabelhaften Welten es erschuf, welche schaurigen Dämonen es lockte, trennen wollte er sich davon nicht.

Dann sah er zu Kaja und griff zu einer List.

Kopfüber ließ er sich über den Hang hinabstürzen und blieb vor dem morschen Tor der Waldkapelle liegen. Über ihm berührten Baumkronen einander. Zwei Raben pflügten den Himmel.

Die Übelkeit lag wie eine Hure auf ihm. Er presste die Zunge an den sauren Gaumen, um sich Luft für eine seitliche Rolle zu verschaffen. Der schwere Rucksack schob sich in seinen Nacken, während der Schnee auf seinem Gesicht verbrannte. Glas klirrte. Das Hochzeitsbild.

Er keuchte.

Er schloss die Augen.

Wieder. Er erbrach.

Verdammt. Er war überzeugt, dass der Sturz glaubhaft ausgesehen hatte, schließlich war er immer ungeschickt gewesen, warum nicht auch jetzt.

Hörte er etwas? Ja? Ja! Knirschender Schnee. Ein Stapfen und Raunen.

Er hob den Kopf und sah Kaja oben am Hügel stehen.

»Siehst du, was geschieht, wenn du mir nur nachschleichst? Ich finde mich in dem verdammten Wald nicht zurecht. Du musst mir helfen, hörst du?«

Er musterte Kaja und wartete, dass der Hund bald wedelnd zu ihm herabstürzen und ihm freudig den Weg aus dieser Hölle erschnuppern würde.

Aber nichts geschah. Er wiederholte seine Bitte, würzte sie mit Drohungen und begann schließlich, den geduldigen Hund zu verfluchen. Doch nichts half, nichts geschah, nichts regte sich außer der rosmaringetränkten Luft aus der Lunge des Dunkelwaldes.

Er richtete sich auf. Ein Oberschenkel beklagte eine Prellung, und die Hüfte ächzte unter einer üblen Zerrung, gebrochen aber hatte er sich nichts. Er hatte Glück gehabt. Dann rollte er sich zur Seite und drehte das Gewehr von der Schulter. Wütend öffnete er den Rucksack und kramte eine Flasche des Krautes zwischen den Scherben des Hochzeitsbildes hervor.

»Ich habe genauso Angst davor wie du, aber ich muss meine Frau suchen und einen Hirsch erlegen. Und ich gehe keinen Schritt ohne dieses Wunder hier in meinen Händen.«

Eine kleine Schnittwunde klaffte auf seinem Handrücken.

»Ich bin hier derjenige, der die Entscheidungen trifft. Ich habe mich mein Leben lang davor gedrückt, und jetzt brauchst du nicht ankommen und versuchen, mich mit deinen wartenden Blicken wieder davon abzuhalten. Jetzt nicht mehr. Nie mehr! Ich bin der Mensch, ich bin der Überlegene von uns beiden. Ich sollte dir den Kopf abreißen und den gebrochenen Schädel zertreten!«

Kaja sah auf ihn herab wie auf einen Käfer.

»Ohne mich wärst du jetzt erfroren unter dem Hochstand dort an der Bärenmauer. Ich habe dich gerettet, so wie dieses Kraut hier mich gerettet hat und meine Frau noch einmal retten wird. Verstehst du denn nicht?«

Kaja hob die Schnauze, als witterte sie etwas. Ihre Ohren tanzten im süßen Wind.

»Ich habe dir Leben geschenkt. Ich habe dich erschaffen«, sagte er mit immer stärker zitternder Stimme.

Langsam stellte Kaja die Haare am Rücken auf, und die gelben Zähne schoben sich aus ihrem Maul. In ihre Augen trat ein anderes Wesen, entschlossen zu töten.

Er fasste an die Bockbüchsflinte und richtete die Waffe direkt auf den knurrenden Hund.

»Ich schieß auf dich, wenn du mir nicht hilfst. Du lässt mir keine andere Wahl. Ich schieße!«

Er zitterte am ganzen Körper und hatte Mühe, das Visier ruhig zu halten. Er hatte zeit seines Lebens jede Erregung unterdrückt, da er es hasste, Konflikte eskalieren zu lassen. Wenn er aber von der Wut erfasst wurde, dann verwandelte sie ihn in eine Bestie. In dem Augenblick erkannte er sich selbst nicht wieder. Er hatte nie gelernt, Gefühle zu steuern oder in Kanäle zu lenken. Er kannte nur erzwungenen Frieden oder barbarischen Hass. Auch wenn dieser Teil ihm dennoch fremd war. Er hatte sogar Angst vor diesem stillen Dämon, der in ihm wohnte, und wollte ihn mit in sein Grab nehmen.

»Ich schieße«, brüllte er nach oben und drückte den Stecher am Abzug. Nun würde ein Windstoß reichen, dass die Kugel Kajas Augen zerfetzte.

Der Wald hielt den Atem an, saugte die Farben aus der Welt.

Kajas Blicke waren auf den Mann mit der Waffe gerichtet. Sie hatte sich beruhigt, atmete langsam und tief. Die gefletschten Zähne waren verschwunden, die Haare wieder weich. Nur das Wesen hinter ihren dunklen Pupillen war noch da und wartete auf den Kampf der stummen Drachen.

Marlene. Dorothea. Leonora. Greta. Vier Mädchen.

Kaja erhob sich, wandte sich zur rechten Seite und umrundete den Wolf in der Grube am Muldenrand. Der Lauf verfolgte sie, fraß ihr Maul, ihre Augen, ihr Herz.

Einen Steinwurf entfernt blieb Kaja stehen und setzte sich in den Schnee. Kein einziges Mal hatte sie ihren Blick abgewandt.

Er senkte die Büchse. Sicherte sie. Er wusste, dass er sie nicht geladen hatte. Er misstraute dem Dämon, der in ihm wohnte.

Kaja beobachtete ihn ohne eine Regung und verließ den Muldenrand.

Schnell schulterte er die Waffe, schob den Rucksack auf den Rücken und wollte schon den Hang hinaufsteigen, als das laute Knacken alten Holzes ihn erschreckte. Es hallte durch den Wald, dass hinten Raben auffuhren und das Weite suchten. Er sah zu Boden. Worauf stand er? Drohten die Tannen einzubrechen?

Nein, er musste klar bleiben. Er kletterte den Muldenhang hinauf und erreichte bald Kaja.

Der blonde Hund floh aus dem Wald, und der alte Mann mit dem Wolfspelz folgte ihm. Mit jedem Schritt verblasste die falsche Welt der Stüppnester, der dünnen Waldläufer, des schweigend wandernden Nachtvolkes, der Kapelle im Dunkelwald und des geheimnisvollen Turms, der auf das Paradies gerichtet war. Der schmale Pfad zurück in die alte Welt brachte neue Klarheit. Er war stärker geworden und gefährlicher. Jetzt hatte er keine Angst mehr, weder vor dem Hirsch noch vor den Fragen seiner Frau.

Er war bereit. Die Jagd konnte beginnen, und die Tannen raunten.

Und noch bevor der Abend die Vorhänge zuzog, erkannte er die schemenhaften Umrisse der Villen. Er war erleichtert, als er aus dem Wald trat und die Schuhe an der Veranda einer Villa abklopfte. Er war wieder zu Hause am Rande der Welt.

Zwei Raben

Seinen Weg gehen, nicht stehen bleiben.

Der Hirsch, endlich, er ist da, nach all den bitteren Jahrzehnten der Suche …

Spuren zur Bärenmauer. Er kommt vom Kamm. Über Westen von Edden. Wie letztes Jahr. Folgt er einem Rhythmus?

Spuren bei der Ziegenschlagmühle und oben an der Hube.

Wann kommt er? Himmel! Nach welchem Rhythmus? Weiß er, dass ich auf ihn warte? Unsinn.

Er hört den Klang der Zeit. Will ich ihn aufhalten, muss ich den Takt seines Liedes kennen.

Sah ihn letzte Nacht dreimal. Bei der Fütterung. Er hat seine Zeit verlassen. Er ist wie ein Monster. Sie hat Angst. Ich muss ihn aufhalten …

Er stand wie angewurzelt vor der Rehfütterung. Die dichten Baumkronen schützten den Waldboden vor dem Schnee, der in diesen Abendstunden in dicken Flocken vom Himmel fiel. Wie Adern quollen die Wurzeln der alten Bäume unter einer eisigen Schicht aus der Erde und hüllten den Hang in ein braun glänzendes Netz.

Er ging vorsichtig über den glatten Boden, suchte mit dem Stock nach kleinen Rissen im Eis, um sich abzustützen. Mit ihren Krallen klimperte Kaja über die gefrorene Walderde. Dabei beschnupperte sie die Gegend, suchte nach neuen Gerüchen, nach Spuren, gebrochenen Ästen, geborstenem Eis, abgenagten Rinden …

Bevor sie zur Fütterung aufgebrochen waren, hatten sie ihren Blick auf die Biegung hinter den Villen gerichtet, wo der Hirsch vor Tagen auf ihn und seine Frau losgegangen war. Kaja war auf sein Geheiß über die weißen Pfade gehuscht, gefunden aber hatte sie auch dort nichts. Er wollte nichts unversucht lassen, war enttäuscht, verängstigt, doch auch voller Hoffnung, und so stapfte er weiter. Hatte seine Frau den beschwerlichen Weg nach Tannenfall gesucht? Nein, das war unmöglich.

Die Wildfütterung war leer. Konrad hatte ihn manchmal mitgenommen, um ihm zu zeigen, was einen wahren Jäger ausmachte.

»Du musst die schwachen Tiere füttern, wenn es kalt wird. Sonst werden sie krank oder gefährlich«, hatte sein Freund gesagt.

Aus der Futterhütte, die ein Dutzend Schritte von der Krippe entfernt lag, hatten sie damals Mais, Gerste, Apfeltrester, Rübenpellets und Heu vom Erstschnitt zur Fütterung gebracht. Heute waren die blauen Plastiktonnen ebenso leer wie die Tröge für das Getreide und den Trester oder die Krippe, aus der hungrige Rehzähne die letzten Büschel schon vor Tagen herausgezogen hatten. Oder war es etwas anderes gewesen?

Das Wild litt seit Konrads Tod. Waren deshalb keine Spuren zu sehen?

Zwischen den Stämmen warf das Tal einen Blick auf ihn. Wer sah von dort unten noch herauf zu ihm? Er war allein.

Sah ihn letzte Nacht dreimal. Bei der Fütterung.

Dieser Eintrag war acht Tage alt.

Würde er hier auf ihn warten, oder sollte er nach Tannenfall? Aber was würde er dort finden außer Schmerz und Trauer? Seine Frau, vom Winter verscharrt in einem eisigen Massengrab. Wie konnte er auch nur einen Moment glauben, dass sie noch am Leben war? Nun, er glaubte es, weil die Hoffnung immer als Letztes starb. Er war nun Jäger und folgte einer Spur. Er musste bei klarem Verstand bleiben. Und wenn er hoch nach Tannenfall ginge, dann nur mit dem Hirsch, auf den er hier warten wollte.

Plötzlich stupste ihn Kaja mit ihrer trockenen Nase an. Sie blickte eine groß gewachsene Tanne hinauf, deren Stamm von der Wurzel bis zur Krone kahl geschabt war.

Mein Gott. Tatsächlich. Er war hier.

Er humpelte im Zwielicht zu dem verletzten Baum und wäre unterwegs beinahe auf dem tückischen Eis gestürzt. Er kannte die Schäden, die Nieder- und Hochwild in Wäldern zum Leidwesen der Bauern anrichteten, wenn sie mit ihren Zähnen die Rinde von den Bäumen schabten, um ihre knurrenden Mägen zu füllen. Aber dass eine haushohe Tanne komplett abgeschält war, hatte er noch nie gesehen. Der nackte Stamm wirkte wie ein unwirklicher Fremdkörper im Wald.

Warum war ihm das nicht gleich aufgefallen? Er hätte diesen Schaden doch sehen müssen! Oder spielte seine Wahrnehmung ihm einen neuen Streich?

Er musste sich in Achtsamkeit üben. Das machte einen Jäger aus. Seine Blicke auf das richten, was wichtig war. Sein Ziel verfolgen. Ja.

Du musst achtgeben, worauf du deine Aufmerksamkeit richtest, denn es kann gut sein, dass es sich verwandelt und dann wie eine Schlange in dich hineinspringt.

Er dachte an seine Frau. Er hasste Schlangen.

Dann gab er Kaja ein Zeichen und ging zu dem Hochstand neben der Futterhütte. Er war überzeugt, dass der Hirsch wiederkommen würde. Er musste nur hier ausharren und warten und am Leben bleiben.

Er stieg die Leiter des Hochstandes nach oben und richtete sich den Verschlag zurecht. Für Kaja hatte er die Tür zur Futterhütte geöffnet, damit seine Gefährtin auf dem feuchten Boden nicht den Tod fand.

Bald war alles an seinem Ort: Die Bockbüchsflinte lehnte neben ihm, der Rucksack wärmte die Füße, der Stock diente als Schießauflage, der Wolfsmantel, die Wolken aus der

Lunge, die graue, faltige Haut, die kleinen, listigen Augen, das schwach schlagende Herz.

Er sog die eisige Abendluft durch die Zähne und richtete den Blick auf die neue Welt vor sich. Darauf hatte er ein ganzes Leben lang gewartet. Jäger zu sein. Zu warten. Auf den einen Augenblick.

Wenn man wartet, gerinnt die Zeit. Sie versickert wie ein Bächlein, das sich verirrt hat.

Zum ersten Mal seit den schrecklichen Tagen fühlte er sich wohl. Es war ein gutes Gefühl, sich in Geduld und Demut vor der Natur zu üben.

Die Nacht kroch aus dem Boden. Stimmen flogen wie Eiswespen vorbei.

Während ich sterbe, wartest du? Willst du nicht endlich deinen wahren Weg finden?

Er spuckte aus. Er hasste die Schatten, die an seinem Verstand klebten.

Er war jetzt Jäger, nur dieses eine Mal, er durfte nicht scheitern, denn dann hätten die gewonnen, die ihm alles genommen hatten.

Er brauchte Stärke, das durchzustehen, er durfte kein Mogler sein, brauchte Kraft, Konrads Kraft.

Er hörte zwei Raben, die kläffend durch den Himmel stoben. Einen zarten, dürren Ast, der an seinem rechten Ohr spielte. Das Ächzen der alten Knochen des Waldes, den unheimlichen Chor der Lieder, die der Wind brachte. Das stumme Bett der Stille.

Konrads Tagebuch strotzte vor Entschlossenheit und Vitalität. Vielleicht war es ihm möglich, sie zwischen den Zeilen zu rauben und für sich zu gebrauchen.

Zudem schärfte das Lesen seinen Verstand und vertrieb die Zeit, bis der Hirsch, sein übermächtiger Feind, die Bühne betreten würde.

Er fasste in den Wolfsmantel und holte das Kriegstagebuch hervor. Das Mondlicht fiel durch das Baumsieb auf ihn. Er hatte Mühe, die Buchstaben zu entziffern. Er kramte nach seiner Brille, legte sie auf das Buch. Der Sprung im Glas verwandelte die schwarzen Tintenstriche in Bäche, die über steile weiße Abgründe fielen.

Kriegstagebuch
1914–~~1918~~ 2014
der Familie Franz Leidemann

Die zweite Jahreszahl war durchgestrichen, »2014«, stand in gekritzelter Schrift daneben. So wurden aus vier Jahren hundert. Die Dauer seines Lebens.

Er hat seine Zeit verlassen. Er ist wie ein Monster.

Er schob die kalten Finger unter den Buchdeckel und legte die erste Seite frei.

Dieses Büchlein sei dem großen Krieg geweiht. Er hat in uns getobt, in unseren Kindern, in unseren Familien, in unserem Volk.
Wir haben gekämpft, gelitten, gehungert, gebettelt, versorgt, gewärmt, so gut wir konnten, und unseren Mann gestanden zu jeder Zeit.
Mit offenem Herzen und mit der schmalen Gabe meines Talentes will ich nun beginnen und so lange darin schreiben, bis der Feind aus unserem Land vertrieben ist und der Teufel in uns und unseren Familien.

Er sah hoch. Hatte er etwas gehört? Rabenflügel schnappten Luft.

Das Lesen strengte ihn an. Er fuhr mit dem Zeigefinger über die alte Schrift und las langsam weiter.

28. Juni 1914. Franz Ferdinand samt Gemahlin ermordet – Pack!

27. Juli 1914. Mobilisierung Österreichs. Bekam Bescheid, fühlte mich geehrt. Meine Frau weinte.

28. Juli 1914. Kriegserklärung Österreich-Ungarns an Serbien.

1. August 1914. Kriegserklärung Deutschlands an Russland.

4. August 1914. England erklärt Deutschland den Krieg.

6. August 1914. Österreich erklärt Russland den Krieg.

7. August 1914. Montenegro erklärt Österreich den Krieg.

7. August 1914. England erklärt Österreich den Krieg.

8. August 1914. Einrücken in einer Woche. Muss über Edden nach Süden. Habe kein Geld für die Fahrt. Bin am schnellsten durch die Wälder.

13. August 1914. Einrücken der Österreicher in Serbien.

25. August 1914. Die Deutschen stehen auf. Oh Helden, oh Helden. Es ist kalt hier. Hab ich mich verirrt?

26. August 1914. Habe Angst. Stimmen sie, die Sagen und Legenden? Gott stehe mir bei. Habe nur noch Essen für einen Tag.

1. September 1914. Erreiche eine Rehfütterung. Leer. Kein Wild.

Wieder blickte er auf. War Leidemann vor hundert Jahren hier gewesen? Genau an dieser Stelle? Ihn schauderte. Der Krieg, der vor hundert Jahren eine alte Welt hinabzerrte in die

Hölle, war genau an dieser Stelle vorbeigezogen. Hier, auf diesem entrückten Hochstand, fühlte er sich sicher und konnte aus großer Distanz die Zeit betrachten, die hinter ihm lag. Er fühlte sich mit dem Autor dieser Zeilen seltsam verbunden.

> *2. September 1914. Ich spüre, dass die Welt von damals einen Neuanfang sucht, der alles klärt und offenlegt, der das Eis endlich schmelzen lässt und die Wurzeln freilegt. Ein Feuer, das alles Alte niederbrennt, nur um sich später wieder im Schatten des Bleibenden, des Ewigen zu sonnen. Das Bleibende finden wir, wenn wir es ständig vernichten und neu beginnen.*

Die Raben trugen kleine Äste in ihren Schnäbeln weg. Er verfolgte ihren Schwarzflug durch die Bäume. Würde er, wenn er starb, auch eingehen in dieses Kollektiv?

> *Noch ist der Mensch allein, auf sich selbst zurückgeworfen, da niemand mehr da ist, der ihn wahrnimmt. Nur wer ist es außer der Natur, der wahrnehmen könnte? Die Natur hat längst die Arme nach jedem von uns ausgestreckt. Allein sein hier in der Natur bedeutet, das nicht Konforme zu sein, der Jäger seiner eigenen Revolution, der bald einstimmen wird in den ständigen Takt der Natur.*

Er holte ein Stück Brot aus dem Rucksack und steckte es in den Mund. Er kaute es sehr lange, da seine Speiseröhre entzündet war und jeder zu große Bissen schmerzte.

Dass er die Worte von Franz Leidemann nicht verstanden hatte, mochte am schwachen Licht liegen. Auch er war vom Weg abgekommen. Der eine suchte damals seine Armee, der andere seinen Hirsch. Was für eine Ähnlichkeit doch in diesem Vergleich liegt, dachte er und lehnte sich an den Baumstamm, der den Hochstand trug.

Liegt die Freiheit im Töten oder im Getötetwerden? Muss ich vorher töten, um zu beweisen, dass ich gelebt habe? Als Spur meiner selbst? Oder liegt die Freiheit hier in der kalten Faust meines Hortes, wartend, verschmelzend mit der Welt, die ich sehe.

Ihm waren diese Gedanken völlig fremd. Unrecht war für ihn immer eine Sache der anderen. Er war ein guter Mensch und zog es vor, sich unerkannt im Schatten als geheimer Held zu fühlen, wenn ein anderer für ihn Regeln brach.

Meine Welt ist längst untergegangen. Im Krieg zwischen dem ständig Neuen, dem Ausbruch, dem lüsternen Suchen nach dem anderen, der Angst, dem Bösen entgegenzublicken, und der harten Peitsche des Rechts und der Ordnung, die alles Neue und unfreiwillig Schlechte sofort erstickt, hatte ich mich für den Weg dazwischen entschieden. Den Weg der Nichtexistenz. Utopien sind ebenso für jemand anderen gedacht wie die Sucht nach totaler Führung. Was für eine Niedertracht doch beides ist.

Das Knacken eines Astes. Eine Wolke schluckte den Mond. Umhertreibende Wetterflotten brachten neues Licht und noch mehr Kälte.

3. September 1914. Endlich die Lichtung erreicht. Habe Angst vor der Nacht. Eine blaue Blume gesehen. Wunderschönes Blau. Übelkeit und Kopfschmerzen. Es ist mein Untergang.

Er runzelte die Stirn.

3. September 1914 – Nacht. Vater unser, der Du bist im Himmel, geheiligt werde Dein Name, zu uns komme Dein Reich. Der Staub der Blumen klebt an meinen Fingern. Etwas hebt sich vor mir. Ein neuer Weg. Habe

Edden gesehen. Viele Menschen und Türme auf den Bergen. Waldläufer überall. Ich muss zu Kräften kommen. Ich muss klar denken.

4. September 1914. Das Nachtvolk. Es ist überall. Laufe. Laufe.

Er zitterte. Die Blicke wanderten durch das schattige Dunkel vor ihm. Franz Leidemann war in denselben Wald geraten wie er. Und wie er quälte er sich mit denselben Einbildungen und Wahnbildern. Halluzinationen treten jedoch bei jedem Menschen anders auf. Wenn zwei Menschen dasselbe sehen, dann … ist es … real?

Konnte das tatsächlich sein? War er am Ende gar nicht verrückt? Er umklammerte seine Waffe, da er nicht wusste, ob es ihm nicht lieber wäre, verrückt zu sein.

Die Tannen rauschten.

5. September 1914 – Morgen. Bin unverletzt. Gott sei Dank. Fand Wasser in den Höhlen. Folgte einem riesigen Hirsch. Erinnere mich an nichts mehr. Fühle mich wie Gott. Unsterblich.

5. September 1914. Wieder unter dem Himmelszelt. Der Hirsch und die Höhlen sind verschwunden. Ich bin dankbar, aber auch traurig. Edden ist verlassen. Meine Welt hat mich wieder.

Er schloss die Augen. Der Hirsch. Franz Leidemann hatte ihn auch gesehen. Wie konnte das sein? War der Riesenhirsch so etwas wie ein Wanderer zwischen den Zeiten? Er erinnerte sich an die letzten Tagebucheinträge von Konrad.

Er hört den Klang der Zeit. Will ich ihn aufhalten, muss ich den Takt seines Liedes kennen.

Legten die funkelnden Kräutermischungen in den kleinen braunen Fläschchen, die in dem Rucksack vor ihm steckten, einen Weg in eine andere Welt frei? War der Hirsch Teil dieser Welt, und folgte er einem Pfad, der beide Welten miteinander verband, einer Spur, die nur er kannte, in ein geheimes Tal hinein und wieder hinaus? Hatte sich seine Frau dorthin geflüchtet?

Ihn schauderte bei solchen Gedanken. Er konnte kaum atmen. Sein Hals brannte. Wieder sah er auf den leeren Wald. Kein Wild zog durch die toten Bäume. Er spuckte aus. Wie sollte er auf einen Hirsch schießen, der gar nicht existierte? Aber seine Frau war doch von ihm attackiert worden. Nein, alles Unsinn. Er musste nur warten. Der Hirsch würde kommen, er würde sich zeigen. Diesmal würde er ihn nicht verraten und ihm alles entreißen, was er und seine Familie aufgebaut hatten, mit den blutigen Händen ehrlicher Arbeit.

11. September 1914. Mein Freund Franz Leidemann ist heute gestorben. Erschossen als Deserteur. Er wollte sich in den Wäldern verstecken, um sich seiner Pflicht zu entziehen. Er war ein guter Mann. Ich wollte ihm helfen. Aber es war zu spät. Jetzt ist es an mir.

Die Handschrift hatte gewechselt. Wer führte dieses Buch weiter? Seine Augen brannten. Erneut blickte er zum Himmel. Der Schnee hatte ihm einen zweiten Mantel geschenkt. Die Raben flogen dicht über dem Boden. Aus der Ferne grollte eine Lawine.

Mein Name ist Marius Khalberg.

Schwarzflug

Ein winziger Muskel zuckte unter seiner rechten, tief abfallenden Wange. Die eisigen Wimpern schlugen aufeinander und verhakten sich beinahe, dass er Mühe hatte, die Augen wieder zu öffnen. Sie brannten wie Feuer. Die ganze Nacht hatte er hinausgestarrt in die schwarze Welt. Nach den wirren Gedanken des Vortages wusste er nicht, ob er geschlafen hatte oder in der Zeit versank.

Er beugte sich vor, um nach Kaja zu sehen. Sie lag eingerollt unter einer dünnen Schneedecke. Ob sie tot war, wusste er nicht. Er versuchte, den Rucksack zu öffnen, aber seine Hände waren steifgefroren. Vom Hochstand hinuntersteigen, ein paar Schritte gehen, sich bewegen, sonst würde er keine weitere Nacht mehr überleben, und der Hirsch hätte ihn besiegt, dachte er. Allein die Vorstellung ermüdete ihn.

Er hatte keine Kraft mehr. Er hoffte auf das Adrenalin, das ihn durchströmen würde beim Anblick des Riesentieres. Es würde reichen, um die Flinte zu heben und abzudrücken. Dann wäre es vollbracht.

Er versuchte, sich vorzustellen, wie er dieses Ungetüm hochhob. Es war unmöglich. Er hatte seit Stunden nichts gegessen oder getrunken. Das Risiko, dass er sterben würde, bevor der Hirsch kam, stieg mit jedem Atemzug, mit dem er eisige Luft in die Lungen zog.

Er drehte seine Augen nach unten, sah auf die gefrorenen Blätter des Tagebuches, die im Wind knisterten.

Marius Khalberg.

Eisfinger zitterten bei dem Namen.

War Marius Khalberg der Vater des Bankiers und Großgrundbesitzers Albert Khalberg?

Ihm war unwohl bei dem Gedanken.

Mit Khalberg hatte der Ausverkauf nach dem Zweiten Weltkrieg begonnen. Bald hatte der redegewandte und immer gut duftende Herr aus der Stadt in den einflussreichsten Aufsichtsräten des Landes gesessen und wie ein Fürst über seine Lehen geherrscht. Für viele war er schlimmer gewesen als Hitler.

»Die Nazis hättest du mit Steinen und Prügeln vertreiben und aus dem Dorf jagen können, diesem Blutsauger aber gehört das Dorf.«

Als Albert Khalberg in den siebziger Jahren für das Bürgermeisteramt kandidiert hatte, waren viele Reporter gekommen und hatten darüber geschrieben. Kaum einer die Wahrheit. Wer hatte sie auch schon gewusst? Natürlich hatte Dr. Khalberg die Wahl gewonnen, doch seit jenen Tagen hatte ihn niemand mehr so bezeichnet. Die Kinder hatten ihn »den schwarzen Aufhocker« genannt, die Älteren »den hungrigen Herzog«, die Witwen »den Teufel«.

Als er bei der Gemeinde gearbeitet hatte, hatte er Khalberg nur ein Mal gesehen und ihm die Hand geschüttelt. Er war freundlich gewesen. Seine Arbeitsanweisungen hatte er von den Stellvertretern erhalten, ständig grinsende und nickende Lakaien mit Anstecknadeln im Revers.

Wie Khalberg zu seinem Einfluss und Vermögen gekommen war, wusste er nicht. Fragen hatte er nie gestellt, selbst die Stammtische hatten geschwiegen. Sein leeres Haus gehörte auf dem Papier längst dem unsichtbaren Schreckensherrscher mit dem lockeren, warmen Händedruck und dem eisigen Lächeln des wohlgenährten Teufels.

Ein Knacken. Ja! Kam der Hirsch?

Er fixierte den stummen Hügel hinter den Tannen. Seine Gedanken schweiften ab, rochen den Wolf, der in der Nase kitzelte. Trug er den Mantel von Khalbergs Vater? Er versuchte, die Vergangenheit in seinem Kopf zurechtzurücken. Was hatte der schwarze Aufhocker mit der Geschichte um Franz Leidemann zu tun? Warum war er in das Tal gekommen?

Er zweifelte, ob er sich das Ganze nicht eingebildet hatte, und versuchte, eine Seite zurückzublättern. Hinter dem Hügel war nichts. Er scheiterte daran. Die Seite war zu schwer. Du erfrierst von außen nach innen, dachte er.

Ein gebrochener Zweig. Doch, da war jemand! Das Adrenalin begann zu strömen. Heißer Atem brach nach draußen. Das Gewehr. Er keuchte, kippte nach vorne. Kaja? Sie war weg.

Seine Pupillen sprangen durch den Wald, als er den Hund

oben am Hügel sah. Kaja verrichtete ihr Geschäft und ging ohne eine Regung wieder zurück zu ihrem Platz in der Futterhütte.

Verdammt!

Dank des Schreckens spürte er wieder ein wenig Blut in den Adern. Er nutzte die Gelegenheit und löste den Knoten am Rucksack. Die Thermoskanne war leer. Vermutlich kaputtgegangen beim Sturz bei der Kapelle. Er suchte nach einem Stück Essbarem. Dabei fühlten seine Finger das kalte Glas der Kräuterflaschen.

Wollte er es wagen? Was hatte er zu verlieren? Wobei, natürlich: In eine Welt gezerrt zu werden, in der man zwar lebt, aber ständig gejagt wird von den eigenen Wahnvorstellungen, war der Hölle nicht unähnlich.

Er musste eine Wahl treffen. Wieder. So wie damals, als er vom Turm losgezogen war, so siegessicher. Seltsam, wie lange man sich auf einer getroffenen Entscheidung ausruhte, vergaß man doch, dass der Weg aus mehr als einem Schritt bestand. Der Weg in ein geheimes Tal …

Riechen. Langsam eintauchen.

Er legte den Finger auf den Verschluss, kippte ihn und hörte auf das leise Klacken unter der Hand. Dann schob er einen Finger in den breiten Flaschenhals und berührte die getrockneten Blüten. Für ein paar Sekunden genoss er das seltsame Kribbeln auf der Fingerspitze, wie Ameisen.

Das sollte reichen. Nicht übertreiben. Der Tod würde später warten.

Er verschloss die Flasche und den Leinensack und führte den Finger zur Nase. Er nahm einen tiefen Atemzug und holte den blumigen Kräutergeruch in sein Gehirn. Duftende Spinnen, blau kriechende Zeit, tanzender Dämon.

Er spürte das schluchzende Blut und genoss das warme Rauschen, das seinen Körper umspülte wie eine Brandung. Die Brauen schob er nach vorne, da er mit Kopfschmerzen rechnete, aber das Gegenteil trat ein: Ein Gefühl von Leichtigkeit und Freiheit umfasste seinen Verstand, und ihm war, als ob er schärfer und klarer denken könnte als zuvor. Selbst der Schwindel und die Übelkeit blieben aus. Er war erleichtert.

Dennoch wandte er sich um und prüfte die Welt, auf die er so lange gestarrt hatte. Sie war dieselbe. Keine Trugbilder, keine Schatten, keine Stimmen: nur Klarheit und Gesundheit. Sollte er einen Schritt weitergehen? Vielleicht den Finger in den Mund stecken und davon kosten?

Was würde geschehen? Nein, er hatte das Spiel jetzt wieder in der Hand. Er konnte die Zeit wieder dehnen und geduldig auf den Hirsch warten. Der würde kommen, und sie würden beide sterben, wenn auch zeitversetzt.

Nachdem er Kaja ein letztes Stück geräucherte Wurst hinuntergeworfen hatte, platzierte er den Rucksack wieder auf seinen Füßen und richtete sich erneut auf einen Tag ein. Wenn die Müdigkeit kam, konnte er an den Fingern riechen. Es war einfach. Kein Weg, kein Vorhang, keine Einbildungen, bloßer Lebenswille.

Unsinn.

23. Juni 1915. Jeder stirbt für sich allein. Wahnwitz! Wir haben noch viel zu erreichen. Ein Italiener ist über den Isonzo zu uns gestoßen. Sein Tod solle einen Sinn bekommen. Er wolle für etwas sterben, nicht für sich selbst allein, sinnentleert. Ich mag diesen Verräter. Er liebt die einstige Friedenskultur der Österreicher und der Deutschen. Willkommen!

24. Juni 1915. Ich spüre den Rausch des Todes. Mein Blut klebt am Weg in die neue Welt. Das ist der Sinn unserer Kriegerkaste. Der Italiener ist immer bei mir. Er gibt mir Sicherheit. »Haben wir gesiegt beim Raufen, fangen wir auf Trümmerhaufen die Kultur von vorne an«, zitierte unser Offizier beim Morgenappell aus dem Berliner Tagblatt.

5. Juli 1915. Versuche zu lesen. Brauche klare Gedanken, um besser töten zu können. Lese Bergson. Die Kraft des Lebendigen. Sind uns die Franzosen wirklich überlegen? Kämpfen wir für die falsche Sache? Die Franzosen ziehen mit den verstaubten Ideen ihrer Revolution ins Land und rühmen sich, ihre Moral aus einer unendlichen Wahrheit im Dienste der Menschen zu schöpfen. Ist unsere Moral tatsächlich bald aufgebraucht? Reicht der Gedanke an die deutsche Kultur allein nicht mehr aus?

7. Juli 1915. Wir ziehen ab. Wir werden diesen Krieg verlieren. Die Zeit ist gegen uns. Der Italiener wurde verletzt. Ich schoss ihm in den Kopf. Er sollte nicht mehr leiden. Werde nach dem Krieg nach Sizilien fahren, um mit seiner Frau zu reden. Soll schön sein dort.

Er setzte ab, patrouillierte mit den Blicken durch den Wald. Nichts. Die Rabenflüge, die Windlieder, Kaja, Atemwolken.

Er hatte noch nie geschossen. Er kannte sich aus mit Waffen, wusste um den Unterschied zwischen Vollmantel- und Teilmantelkugeln. Wusste um die Aufprallgeschwindigkeit von neunhundertneunzig Metern pro Sekunde und dass die Aufprallwucht knapp zwei Tonnen betrug. Konrad hatte ihn nie schießen lassen.

Es wäre zu gefährlich für ihn. Nicht jeder Mensch sollte eine Waffe tragen. Im Krieg trug jeder eine Waffe.

Was war schon dabei? Man zielte, betätigte den Stecher, zog ab, der Kolben donnerte in die Schulter, der Hirsch fiel mit zerfetztem Herz.

Sollte er einen Schuss probieren, um sicherzugehen, dass er auch treffen würde? Was aber, wenn der Hirsch in der Nähe war? Nein. Es würde Tage dauern, bis wieder Stille einkehrte.

Das Pfeifen in den Ohren würde ihm die Nacht verderben, und der Hirsch könnte sich an ihm vorbeischleichen. Er musste es riskieren. Sein erster Schuss musste sitzen.

13. März 1916. Mutter hasste diesen Lenin. »Bald redet niemand mehr von ihm«, sagte sie. »Ein Emporkömmling.« Der Krieg hätte andere Ursachen, die kapitalistischen Entwicklungen seien der Nährboden, nicht der Untergang des Abendlandes.

25. Mai 1916. Mama ist gestorben. Es heißt, schon am 10. Mai. Es ist mir gleich. Sie ist tot.

1. Juli 1916. Meine Frau schreibt, dass sie sich Sorgen machen, dass das Geld nicht mehr ausreiche. Dabei hat sie doch genug der Dinge. Mein Land leidet darunter, dass wir vom Weltmarkt verbannt wurden. Ein Grund mehr, zu siegen. Geld kann nun nichts mehr kaufen. Da ist nichts mehr. Freue mich auf zu Hause.

2. Juli 1916. Habe die Aufzeichnungen von Franz Leidemann noch einmal gelesen. Sobald das Sterben ein Ende hat, will ich dem nachgehen.

14. September 1916. Wieder Isonzo. Meine Moral, meine Kraft, mein Leben. Alles tot. Wie nutzt ein toter Soldat seinem Vaterland? Ich muss leben, mich selbst erhalten.

Er verfluchte die Reichen dieser Welt, als er diese Zeilen las. Welche Dreistigkeit sie selbst im Schlachtfeld hatten. Wäre er krepiert, wäre ihm die Schmach erspart geblieben, die sein Sohn Albert über ihn und seine Heimat gebracht hatte.

Er hatte nie Geld gehabt. In seinem Leben war es immer zu wenig gewesen.

Er erinnerte sich daran, dass sein Vater aus dem Krieg gekommen war und geweint hatte, als er das Ersparte seiner Frau zwischen den Kohlen gefunden hatte.

»Damit wir es auch im Frieden noch warm haben«, hatte sie gesagt.

Er war damals sechs Jahre alt gewesen. Und bald danach hatte er das Geld gestohlen. Sein Vater hatte nach Amerika gewollt, er Süßigkeiten. Sein Vater hatte für die freie Welt geschwärmt, da er noch dunklere Zeiten auf Europa zukommen gesehen hatte. Er hatte nichts davon verstanden und das geklaute Geld nicht herausgerückt. Er war sechs gewesen. Für ihn war der süße Zauber in seinem Mund verlockender gewesen als die dunklen Vorahnungen seines Vaters.

Süßigkeiten hatte er damit jedoch nie gekauft. Er hatte nur nicht gewollt, dass seine Eltern weggingen. Er hatte seine Heimat gemocht. Er hatte Angst gehabt zu gehen. Als das Geld seinen Wert verloren hatte, hatte er es verbrannt. Jahre später war aus seinem Vater ein schweigsamer Sonderling geworden. Bis zu seinem Tod hatte kein Lächeln mehr seine Lippen berührt. Das harte Leben hatte ihn nie losgelassen, und seine Träume waren süßlich duftend aus dem Kamin gestiegen.

Weihnachten 1916. Die geheime Verlautbarung von Alain wird vorgelesen. Viele weinen. Es ist kalt. Frieden und Respekt, wird es dies beides für uns jemals wieder geben?

8. Februar 1917. Möchte mich wie Gott fühlen. Unsterblich. Russland brennt und fällt auf dieselben Halunken herein wie eh und je. Proletarier bleiben Proletarier. So wie Gott Gott bleibt. Russland sollte diesen Vorhang öffnen, statt ihn zu schließen.

11. November 1918. Waffenstillstand! Heimkehr! Heimkehr!

Weihnachten 1918. Sozialisten vergiften das Land. Sie verraten das Ideal des Menschen. Sehe meine Frau nach all den Jahren wieder.

3. Januar 1919. Der Friede ist grau. Habe den Vorsitz unserer Familie übernommen. Alles ist wie früher. Unsere Familie hatte Glück. Meine Frau hat die Geschäfte gut geführt. Sie schwärmt vom italienischen Fascismo.

4. Januar 1919. Wieder Streit. Ich will nicht daran glauben, dass die Unterordnung des Einzelnen und Schwachen unter das Universelle und Unsterbliche die Freiheit bringt. Dies ist keine Religion, sondern Diktatur.

5. Januar 1919. Ging in den Wald, um bei Franz Leidemann zu sein. Wenn wir eine Herrenrasse sind, wieso liegen dann unsere Lande hernieder? Der Wald gibt mir Stille. Bin Gott nahe.

10. Januar 1919. Meine Frau lässt meine beiden Söhne zu mir. War ich so angsteinflößend? Ich sollte Liebe empfinden, empfand nur Scham. Weinte.

Eine Träne zog einen warmen Bach über die eisige Wange.

31. März 1919. Ertrage meine Vergangenheit nicht. Muss die Wahrheit suchen. Dann kann ich Frieden bringen. Werde Albert und Konrad einen Brief schreiben. Eines Tages werden sie verstehen. Habe Angst, dass sie dem Sog des dunklen Ritterordens anheimfallen. Beim Abendessen werde ich nicht mehr da sein. Ich liebe euch.

Konrad … Khalberg. Die Wahrheit, die so klar und so lange vor ihm gelegen hatte, hier stand sie. Wieder und wieder las er die Zeilen und atmete sich mehr und mehr in eine tiefe, alte Wut.

1. April 1919. Werfe das letzte Mal einen Blick auf das Gut. Die Adern der Geschichte beben wieder. Meine Frau wollte mir beim Mittagessen einen jungen Gefrei-

ten vorstellen. Guido von List verblendet sie mit seinen Lehren. Auch wenn sie sich im Glanze meiner Familie sonnen: Diese jungen Burschen werden es zu nichts bringen, ob sie Hitler heißen oder nicht. Die Gefahr liegt ganz woanders. Schwachköpfe. Ich werde meine Heimat vermissen.

19. Mai 1919. Ich bin hier. Die Rehfütterung. Guido von List ist gestorben. Mein Verschwinden wird totgeschwiegen. Ist meiner Frau nun endlich Ruhe vergönnt? Ich muss die Blume finden.

Die Raben flogen tief über den Waldboden der Fütterung. Er hob die Waffe und presste sie in seine rechte Schulter. Der schwarze Strich des Zielfernrohres spießte einen Vogel auf. Er folgte dem Schwarzflug zwischen den Bäumen.

Konrad Khalberg. Was für ein Geheimnis hast du dein Leben lang mit dir herumgetragen? All das für nichts. Du bist tot, meine Frau ist tot, das ganze Land hier ist tot. Was bleibt, bin ich – und mein naher Tod.

Alle Geschichten, die hier zusammenführen, sind mit einem Schlag, einem Schuss beendet. Das Erscheinen des Hirsches ist das Ende. Und ich werde hier sein, um es zu vollbringen.

All die Toten auf den Schlachtfeldern, die zerborstenen Visionen und Träume, die aufgeriebene Sehnsucht nach einem Ich innerhalb einer Gesellschaft, die am Ende doch nur erdrückt, erwürgt, erstickt wird: Alles endet mit nur einem Schuss.

Was hat es für einen Sinn, wenn ein Vater seine Söhne verlässt und sie dann doch mit seinem Wahn nach einem geheimen Weg in ein Paradies infiziert? Oder wenn ein Sohn den Traum seines Vaters in Asche verwandelt? Am Ende sind wir alle tot.

Der Rabe verschwand hinten am Horizont. Er würde bald wiederkommen. Er wollte hier warten.

Wieder warten.

Ich war kein schlechter Sohn, dachte er und erinnerte sich

an das Gesicht seines Vaters. Mit einem Diebstahl hatte er auch ihn gezwungen zu warten.

Alles drehte sich immer nur um ihn. Jetzt war er der Letzte. Die Welt hatte aufgehört, sich zu drehen. Einzig die Raben warfen ihre schwarzen Kreise um ihn. So wie der Hirsch, der einem geheimen Weg folgend ihn still umrundete, ständig auf der Hut, dass er nicht ausbrach aus dem ewigen Kreislauf, wie ein Wächter zwischen den Zeiten.

Er war ein guter Sohn gewesen, ein starker Vater, ein treuer Ehemann und ein geduldiger Freund. Jetzt waren alle fort und hatten ihn verraten und belogen.

Stumme Wut wölbte seine Haut.

Die Gier eines Sechsjährigen hatte das Warten hervorgerufen. Eine Sünde war zum ewigen Schicksal erwachsen. Wurde er dadurch schuldig, dass er gelernt hatte zu ertragen?

Was würde geschehen, wenn er ausbrach aus dem Warten? Wenn er handelte und sich fortbewegte? Wenn er es denen, die ihn verraten hatten, gleichtat und nach dem Weg suchte. Was, wenn er ihn fand, er, der Schwache, der Unbekannte im Schlachtfeld, der Rauch aus den Schornsteinen, das Knacken hinter dem Hügel, er, der Letzte.

Er genoss den Geschmack der Rache und Gerechtigkeit. Hatte das Kraut seinen Verstand wieder verführt? Er presste die Augenlider zusammen, versuchte, sich seiner gewahr zu werden. Ja, ja. Alles war gut. Alles war gut.

Marius Khalberg hatte sein altes Leben hinter sich gelassen, das er in den Schlachten des Ersten Weltkrieges verloren hatte. Er war einem einfachen Bauern gefolgt, der sich in seinem Wahn verirrt und von einem Paradies geträumt hatte, das hinter Dämonen und Legenden lag und ewiges Leben versprach. Seine Söhne, allen voran Konrad, waren der Idee ihres Vaters gefolgt, hatten der Spur des Hirsches nachgesetzt, die am Ende ins Paradies führen sollte. Einem Weg der Könige, einem Königsweg.

Bestand die Jagd nicht darin, das Unbekannte zu wagen? Den ersten Schritt zu gehen, den ersten echten und wahren

Schritt, den aus dem lähmenden Gefängnis hundert Jahre alter Gewohnheiten? War dies das Geheimnis, das zur Spur des Hirsches führte?

1. August 1919. Vor fünf Jahren begann der große Krieg. Heute habe ich die Blume gesehen und den Weg. Raben.

Der Schuss zerriss wie ein blitzendes Messer den Himmel. Kreischend stoben Vögel nach oben, stöhnten die Bäume, weinte der Schnee, verstummten die Lieder. Der Kolben donnerte in die Schulter, warf den Oberkörper nach hinten, während die Kugel längst ihren Weg zum schwarzen Vogel suchte, wie ein getarnter Jäger, der über den Isonzo setzte und still einem Vorboten des Feindes die Gurgel durchschnitt.

Er traf mitten ins Herz. Der Rabe fiel wie ein Stein vom Himmel. Er zitterte. Die Hand Gottes hatte ihn berührt, in dem Augenblick, als er das Leben aus dem Vogel weichen sah und es einatmete wie ein Raubtier.

Kaja wartete auf ein Zeichen, damit sie das tote Tier zu ihrem Herrchen bringen konnte. Doch er winkte ab und beschloss, seine erste Trophäe selbst zu holen.

Er stieg vom Hochstand. Seine Glieder schmerzten. Dennoch fühlte er sich geheilt von einem alten zerrissenen Zweifel.

Er hätte auch damals gehen sollen und nicht an einem stummen, toten Tal festhalten. Er war sechs gewesen. Heute konnte er nichts mehr daran ändern. Aber er war ein guter Junge gewesen, er war ein guter Mensch.

Er nahm einen Zweig vom Boden, befreite ihn vom Schnee und ging rutschend zum toten Vogel. Er steckte das Grün in den Schnabel und entschuldigte sich bei ihm. Und bei seinem Vater. Er wollte nun nicht mehr festhalten an dem, was war. Er wollte den Hirsch jagen. Er musste alles vollenden. Alle hatten sie ihre Wege gesucht und waren fortgezogen. Nun war er es, der sich auf den Weg machte.

Als er die Lügen seines Freundes in dieser Nacht dort oben

am Hochstand enttarnte, beschloss auch er, einem Traum zu folgen. Dem Traum, dass seine Frau noch am Leben war.

Er nahm den toten Vogel und hängte ihn an den Gürtel der Wolfsschur. Dann pfiff er nach Kaja und sah in die Richtung, aus welcher der Rabe geflogen war.

Kaja kam wedelnd bei ihm an und setzte sich erwartungsvoll neben ihn.

Machttrunken lächelte er zum ersten Mal und tätschelte den Schädel des Hundes.

»Wir gehen nach Tannenfall.«

Die Totenfeier

Dieser Ort war zum Sterben schön.

Tannenfall.

Hervorgequollen aus den gespreizten Zehen sonst grüner Tannenberge lag die Ebene hoch über seiner Heimat. Der See, der sich im Krater gefangen hatte, war zugefroren. Die weiße Mittagssonne suchte darin ihr mattes Spiegellicht.

Im Sommer warfen die hohen Tannen einen gefleckten Schattenteppich über die duftenden geschwungenen Grashalme, die sich im Inbegriff einer Wiese verloren. Bienen schwirrten summend, tauschten Farben mit flatternden Schmetterlingen und tanzten singend, surrend in der kräftigen, klaren Luft der Alpen. Alles schien in Tannenfall erreichbar. Im Sommer.

Am Rande der Weite fiel ein Hang steil ab und gab den Blick auf Edden frei. Gab es je Schöneres als eine rote Bank aus Holz unter einer schattigen grünen Laube, benetzt von warmen Sonnenpunkten? Und dann: der Wind, der sich in die Hitze mengte, in das Haar griff und die Haut berührte wie Liebende.

Tannenfall.

Ein schmaler Pfad führte hinter dem Krater hinauf über die

Baumgrenze, wo schroffe Felszüge mit strengen, mahnenden Blicken vom Himmel herabfielen.

Früher hatte er gedacht, dass das Wetter dort oben am Pass bei den Gipfeln entstand, geformt von einer unsichtbaren Hand. Der Regen, der im Frühjahr in schweren Fäden auf sein Dorf fiel, oder die Schwüle, die im Sommer wie Heuschrecken vom Berg kroch, oder die peitschenden Stürme des Herbstes, hungrig nach der Ernte der Menschen: Alles kam von dort oben. Auch der Winter. Und mit ihm der Frost. Der Schnee. Das Eis. Der Tod.

Die Tannen standen wie ein Heer um den Bombenkrater und erwarteten ihn. Der kleine Wanderweg, der in Serpentinen hoch nach Tannenfall führte, raubte ihm die letzte Kraft.

Endlich, endlich. Er steckte den Stock in die weiße Winterwiese und zog den müden Körper auf das Plateau. Er atmete schwer. Er sah zu den alten Bäumen, an denen der Schnee der vergangenen Monate auf tief hängenden Ästen klebte. Dichte Wolken kreisten um den Gipfel, angetrieben von eisigen Böen.

Kaja sprang über die zugige Wiese, hielt vor dem Abgrund inne und starrte ins Tal. Er folgte seiner Gefährtin und hinkte ihr nach.

Ruhe. Glorie. Da war sie wieder.

Die Hand Gottes fasste unter sein Herz. Erhabenheit und tiefe Demut vor der Schöpfung, sie riefen nach ihm wie die verliebten Gesänge zweier Zeisige, denn vor ihm lag das Paradies. Edden.

Er senkte den Blick. Seine Kehle brannte. Er hatte Durst. Der See war gefroren. Er hoffte, dass er das Eis brechen und ein wenig kaltes Wasser schnappen könnte.

Der Schnee knirschte am Rande des Kraters besonders laut. Er hockte sich hin und stieß mit dem Stock auf die harte Oberfläche. Wasserwolken tauschten in blauen Tönen ihre Plätze. Das Eis war dünner, als er gedacht hatte.

Er schraubte den Verschluss der kaputten Thermoskanne ab und blies den Becher sauber.

Windreiter überfielen Tannenfall. Er hob die Hand, um

die Augen vor den Schneegeschossen zu schützen. Welcher Teufel hatte ihn nur geritten, dass er geglaubt hatte, den Weg mit seiner sterbenden Frau bestreiten zu können? Es war ihr letzter Wunsch gewesen, und er hatte sie angelogen. Er hätte sie tragen müssen das restliche Stück, die steilen Biegungen hinauf. Was für ein Trugbild! Dachte er tatsächlich, ein Held zu sein? Oder wollte er nur, dass sie an ihn glaubte? Jetzt war sie tot, irgendwo verschleppt und verscharrt von den eisigen Stürmen. Aber es war gut, auch wenn es schmerzte und brannte in seinem Herz, es war gut. Sie war tot. Und er musste sich nicht mehr hinwegducken vor dem Zweifel, der an ihm riss. Sie war tot.

Er tauchte den Becher in das Wasser und schüttete das Nass in die Kehle. Es war so kalt, dass er kaum schlucken konnte.

Als er Kaja rufen wollte, fiel im auf, dass der Hund bei den Tannen saß und die Nase hochgestreckt in die Luft hielt. Hatte er eine Witterung aufgenommen? Er war zum ersten Mal seiner Intuition gefolgt, war die Belohnung eine Fährte? Der Hirsch?

Er nahm noch einen Schluck und stapfte zu Kaja. Doch was er dann sah, erdrückte ihn, erschlug ihn, rammte ihn, entzweite ihn mit einer Axt, geschlagen mit der Kraft der Alpen, der Wucht einer Lawine.

Der Körper seiner toten Frau.

Grau.

Zugedeckt vom weißen Totentuch. Blass. Gläsern. Aus Stein. Der Wind zog am bleichen Haar loser Zöpfe.

Er fiel auf die Knie … sie hatte es tatsächlich geschafft. Ohne ihn. Sie war hier gestorben. Er wollte ihr einen letzten Traum schenken und war gescheitert.

Die Faust um den Hals drückte fester und presste den Schleim der Kehle immer tiefer. Er wollte schreien. Laut. Gegen die Welt. Gegen Gott. Wie konnte er so versagen? Wie?

Er schrie. Er schrie.

Ohne Stimme. Lautlos. In seinem Dorf hörte ihn niemand.

Er schrie.

Der Pass, der Wind, der Winter, Tannenfall: Sie warteten.

»NEEEEEEEIIIIIIIN!«

Kaja zuckte zusammen, als hätte ein Wesen aus einer anderen Welt sie herübergerufen. Sie senkte den Kopf, sah ängstlich zu ihm, der heulend wie ein kleines Kind neben den Resten seiner Liebe hockte.

Die Zerrissenheit seines Daseins war vollendet. Er war gebrochen und hatte verloren. Als einer, der Leben gibt, als einer, der Leben nimmt.

Er tat stets, was er hasste, nur um das zu retten, was er liebte, und versagte doch in den letzten Tagen. Und das, was er liebte, konnte er nicht mehr tun, da es dafür jetzt zu spät war.

In dem Augenblick, in dem er ein anderer sein wollte, lief die große Liebe zwischen seinen Fingern hindurch wie abgestandenes, übel riechendes Wasser.

In dem Augenblick, in dem er Jäger sein wollte, dessen einzige Beute bislang der Vogel des Teufels war, offenbarte sich am Ende der wahre Sinn der Dinge.

Er streifte den Rucksack ab, legte sich zu seiner toten Frau und bat sie bitterlich weinend um Verzeihung und Gott um einen schnellen, stillen Tod. Noch einmal richtete er sich auf und kramte ein Fläschchen blauen Lebens aus dem Aser, den er daraufhin wie einen Grabstein hinter ihren Kopf platzierte.

»Ich lege Blumen auf dein Grab«, sagte er, schluchzte er zitternd und wollte die zerstäubten Blüten und Kräuter wie Totenblumen über der Ruhestätte seiner Frau verteilen, als eine heftige Böe die duftenden Spinnen tanzen ließ wie Göttinnen des Chaos. Hinzu kam, dass ein Windstoß die Tannen packte und die Nadeln über die Leiche warf wie ein Meer aus Schmetterlingen, tosend, schnaufend, wütend herumwirbelnd.

Er legte den Kopf auf die Brust seiner Frau und begann zu sterben.

Der Sturm der Tannennadeln flüsterte ihm die Klänge der Zeit in sein Ohr und wuchs mit den Kräutern, den Blumen und den Schneekristallen zu einem Orchester, das mit winzigen Triangeln und Flöten an das Tor einer anderen Welt schlug.

Die Erde wölbte sich und mit ihr das Leben eines Brustkorbes.

Immer fester krallte er die Finger in den felsigen Schnee und presste das Ohr dichter an ihr altes Selbst. Die Welt bebte, und ihr Herz …

Es schlug!

Tannenfall.

Tannenfall.

Er sprang auf.

Es war unmöglich. Wie konnte sie leben? Nach all den Tagen im Freien, in dieser unwirklichen Kälte? Es war ein Wunder. Es war … die blaue Blume?

War die Kraft, die in den Kräutern steckte, die er ihr verabreicht hatte, bevor sie losgezogen waren, stärker als der Tod? Ja, ja! Sie lebte. Er musste ihr helfen. Jetzt. Er durfte nicht mehr versagen. Nicht jetzt. Nicht wieder.

Er sammelte rasch die Reste des blauen Lebens auf dem Eisboden zusammen. Der Wind aber entriss sie ihm und wirbelte sie über das Tal. Der Rucksack, der Rucksack, schnell.

Er holte eine neue Flasche hervor, öffnete sie und lachte kurz glucksend auf, als er das Klacken des Verschlusses hörte. Hier. Hier. Der Duft des Wunders staubte heraus.

Hier. Hier.

Er war benommen von den Gefühlen, die durch seinen Körper peitschten. Er bemerkte zuerst gar nicht, dass Kaja mit gefletschten Zähnen neben ihm stand und laut und heftig zu bellen begann.

»Ich muss sie retten. Verstehst du nicht? Ich muss es vollenden. Ich muss!«

Der Hund knurrte.

Er nahm mit den Fingerspitzen ein paar Brösel der Kräutermischung und legte sie auf ihren kalten, trockenen Mund.

Kaja bellte gegen das Brüllen des Sturmes an. Die Kraft ihrer Stimme ließ nach. Sie wankte, fiel beinahe um.

Er stopfte das Kraut zwischen die Lippen seiner Frau.

Komm schon. Nur noch einmal. Du musst mir verzeihen.

Er griff in die Flasche und legte Blüten unter ihre Nase. Der heimliche Atem sollte den Köder holen wie ein Fuchs. Mit den hohlen Händen beschützte er das blaue Leben vor der stürmischen Wut der Alpen.

»Wir sind hier. Hörst du mich? Wir sind in Tannenfall. Ich bin hier. Wir haben es geschafft.«

Ein Adler brach aus der Wolkendecke und riss dabei ein kleines Loch hinein. Die Sonne. Die Sonne. Ein Strahl. Ein einziger.

»Ich muss dir so viel erzählen. Du darfst nicht gehen. Ich liebe dich so sehr. So sehr …«

Ein tiefes Grollen löste sich vom Pass. Er dachte an die Flugzeuge, die vor einem halben Jahrhundert hier alles zerstört hatten. Sie waren in Tannenfall gewesen, als die Bombe gefallen war. Sie hatten Glück gehabt. Es war vorbei. Alles war vorbei. Sie hatten nur noch diesen einen Augenblick. »Wach auf. Bitte. Wach auf.«

Der Wind trug andere Farben in den Tannenwald. Blau, ein dunkles, sattes Grün, ein schlammiges Gelb, dann Weiß. Gleißend, blendend.

Er roch den Duft der blauen Blume und spürte, wie die Kraft in seinen Körper fuhr. Er umschlang den Oberkörper seiner Frau, hob ihn zu sich hoch. Umarmte sie, so fest er konnte.

»Lass uns gemeinsam sterben. Gemeinsam, hörst du?«

Ihre Lippen bewegten sich.

»Er kommt zurück«, flüsterte sie. »Er kommt.«

Er schob sich vor ihr Gesicht und sah in die blassen, müden Augen. Sie war am Leben. Sie war am Leben! Mit zerrissenen Zügen sprach sie zu ihm. Sie war voller Angst.

»Töte ihn, dann kann ich schlafen, endlich schlafen.«

Der Königsweg

Er schlug sich mit überkreuzten Händen an die Oberarme und starrte fassungslos auf seine Frau. Sie lag am Ufer des Sees und war in den Wolfspelz gewickelt, der sich an sie schmiegte wie die warmen Mutterhände an die Wangen ihres sterbenden Kindes.

Er ärgerte sich darüber, dass er die ordentlich gefalteten Wolldecken in Konrads Hütte vergessen hatte. Doch das zählte jetzt nicht. Wichtig war, dass sie nicht mehr fror.

Hilflos hüpfte er von einem Bein auf das andere und überlegte, was er jetzt tun sollte. Seine Zerrissenheit war von den Toten auferstanden und hatte seinen jungen Mut ans Kreuz geschlagen wie einen Verbrecher. Was nur, was sollte er jetzt tun?

Sollte er Hilfe holen? Aus Edden?

Bis jemand nach Tannenfall käme, hätte die Nacht längst die Fackeln der Retter ausgeblasen, sie in die Irre geschickt und womöglich abstürzen lassen. Und dann kämen noch die Fragen, die er ertragen müsste, und die Blicke und Vorwürfe: Wie nur sollte er erklären, was passiert war? Nein, Hilfe aus Edden, das war unmöglich, schließlich kannte er dort niemanden.

Wie lange würde das blaue Leben in den Schützengräben ihrer Adern mit dem Tod kämpfen? Wann würde es vorbei sein?

Er schämte sich für diesen Gedanken. Dennoch malte er sich aus, wie er die Kräuterflaschen vor sich hinwarf, still neben seiner Frau mit dem Gewehr kauerte und auf den Gevatter wartete. Er stellte sich vor, wie sie langsam wie eine Spinne mit gefrorenen Gliedmaßen verhungerte. Sein Blick würde auf den Haaren der Wolfsschur ruhen, die dicht um den faltigen Mund seiner Frau tanzten, bis die Kälte sie berühren und in spitze Eisnadeln verwandeln würde.

Was für ein Gedanke! Was für ein widerlicher Einfall!

Und was, wenn er vor ihr sterben müsste? Er konnte es

nicht ertragen, dass seine Liebste sich in den letzten Zügen quälte, allein in Tannenfall, neben der Leiche ihres Mannes. Nein, er musste sichergehen, dass sie vor ihm starb. Das stand fest. Doch mit dem wärmenden Mantel über ihrem Leib hatte er schlechte Karten.

Schließlich hievte er in der Phantasie den knochigen Körper seiner Frau auf die Schulter und stieg mit ihr den Pfad hinab zu ihrem alten Haus. Wie sehr er es doch vermisste, wenn er daran dachte. Das Bett wäre sicherlich noch warm von den letzten Jahren. Es würde nach Tee riechen, nach verbrannter Milch. Der Wolfsmantel würde dann wieder ihm gehören, und er könnte mit Waffe und Stock ihr Heim so lange halten, bis sie vorangegangen wäre. Danach würde immer noch genug Zeit bleiben, um zu jagen.

Seine wirren Ideen verstummten. Sehnte er heimlich ihr Ende herbei, um in den letzten Stunden frei seinen Wunsch nach der Jagd leben zu können? Dabei hätte er sich zu Tode erschrocken, wenn der Hirsch aus dem Wald getreten wäre, die Tannen zermalmt und mit einem tiefen Grollen jede Entschlossenheit aus ihm herausgeschlagen hätte.

Er sehnte sich nach der Kraft, die er bei Konrads Hütte geatmet hatte. Jetzt lag sie wie abgestorbene Haut auf ihm und erfror in der Kälte.

Der Wind trug die traurigen Lieder Tannenfalls vom Pass herab und sang von mutigen Helden und ihrem Scheitern kurz vor dem Sieg.

Wieder hatte sie zu ihm gefunden, seine Hilflosigkeit, die ihn durch sein ganzes Leben getrieben hatte. Wieder schoben sich die alten Masken vor sein Gesicht, als er zu seiner Frau sah, Masken, die ihr versichern sollten, dass er alles im Griff hätte. Dabei hatte er gar nichts im Griff. Im Gegenteil: Mit großer Mühe bändigte er den Jähzorn, der hinter der Ohnmacht wie ein Wolf lauerte und jedem an die Kehle springen wollte. Sollte er sie mit dem Stock erschlagen?

Vater unser, der Du bist im Himmel.

Nein, ich bin ein guter Mensch, ein guter Ehemann.

Er hatte den Zorn, der in ihm wohnte, in den Augen seines Vaters gesehen, als dieser auf seine Mutter mit einer Schaufel eingeschlagen hatte. Sein Vater hatte gedacht, sie hätte mit ihm unter einer Decke gesteckt. Er hatte ihr Gesicht mit dem Fuß in die Kohlen gedrückt und gedroht, ihr das Genick abzuschlagen, wenn sie nicht bei Gott schwor, nichts von dem Diebstahl des Geldes zu wissen. Seine Mutter hatte ihre Heimat ebenso geliebt wie er. Sie hatte gelogen. Sein Vater hatte ihr geglaubt.

Dann hatte er sie getröstet und war zu ihr gekrochen wie ein unschuldiges Lamm. Wie gerne wäre er damals aufgestanden und hätte seinem alten Herrn gesagt, dass er und seine Mutter bleiben wollten. Hier in der Heimat unterzugehen war immer noch besser gewesen, als in der Fremde zu vereinsamen. Deshalb hatte er das Geld gestohlen, deshalb! Aber er hatte es nicht über die Lippen gebracht. Und der Wolf hatte geschwiegen. Vor Gott würde er Rechenschaft ablegen müssen für sein Schweigen, doch er fürchtete sich nicht, schließlich waren alle anderen Wölfe längst tot. Er war der einzige Überlebende.

Sollte er fortsetzen, was sein Vater begonnen hatte? Nein. Er war nicht sein Vater, er war nicht Franz Leidemann, er war nicht Marius Khalberg. Er war ein alter Mann, kein Besessener am Rande der Würde.

Seine Kehle war feurig rot, und er konnte nicht mehr schlucken, hier am Friedhof der nicht gesagten Worte.

Gott sollte entscheiden. Ja, vielleicht war es gar nicht an ihm, zu wählen? Am Anfang war das Wort. Seine Aufgabe war zu schweigen. Da er nicht Gott war. Ja, vielleicht war das sein Weg.

Er schluckte. Feuer!

Der Rucksack erbrach den kalten, schmutzigen Inhalt. Er stellte die braunen Glasflaschen dicht aneinander. Tannen bogen ihre Schatten darin. Dann fasste er nach dem offenen Gebinde, das er neben dem Kopf seiner Frau in den Schnee gesteckt hatte, um es ebenfalls zu den anderen zu geben. Gott sollte entscheiden. Nicht er.

Er nickte in sich hinein, fror, zitterte und bemerkte plötzlich, dass der Verschluss der geöffneten Flasche fehlte.

Zu seinem Ärger war er auf die eisige Oberfläche des Sees gerutscht und lag dort außerhalb einer Armlänge. Er griff nach dem Stock, als er durch ein Missgeschick das Fläschchen umkippte. Gott sollte entscheiden.

Er fluchte und achtete darauf, seine Frau nicht mit ungehobelten Worten zu erschrecken. Wie ein Lakai warf er sich vor die staubigen grünen Blättchen und Ästchen und kehrte mit der flachen Hand das Gemisch, so gut es ging, zurück in die Flasche.

Das unsichtbare Wölkchen, das in seine Lungen, seinen Körper, seinen Kopf kroch, sah er nicht.

»Du ungeschickter Tölpel«, sagte er und biss vor Wut die Zähne zusammen, als mit einem Mal Kaja erneut anschlug. Sie bellte wie verrückt und verwandelte sich wieder in das zähnefletschende Raubtier, das in ihr wohnte.

Der Schädel drohte zu platzen, und der Magen drehte sich ihm um. Er unterdrückte die Übelkeit, die sauer nach oben tobte.

Im Augenwinkel sah er Kaja an das andere Ufer des Sees laufen. Dort führte ein unscheinbarer Pfad hinauf zum Pass. Warum hatte er den Weg vorhin nicht gesehen?

Waren dort Stimmen?

Einbildung. Da war niemand.

Niemand. Er musste dieses Gift eingeatmet haben, dachte er und überlegte, den Finger in den Hals zu stecken, um sich von dem drohenden Wahn zu befreien. Doch da trat der Schatten eines Hirsches wie zäher Nebel über den See und berührte den Körper seiner Frau. Ein unwirklicher greller Schrei fuhr aus ihrer Kehle, und ihm war, als ob ein Schwarm schwarzer Mücken ihren Hals verließ.

Der Finger. Der Rachen brannte. Nein, er brauchte Verstand. Es war unerträglich. Und so übergab er sich.

Kaum hatte er den Kräuterstaub herausgespien, griff er nach dem Gewehr und zielte auf den Weg. Das Visier zitterte.

»Ich lasse das nicht noch einmal zu«, sagte er zu seiner Frau, ohne hochzusehen.

Konnte seine Frau nur dann den Tod finden, wenn er den Hirsch erlegt hatte?

Töte ihn, dann kann ich schlafen, endlich schlafen.

Konrad hatte ihn gejagt – und verloren. Konrad hatte heimlich seine Frau geliebt und am Ende auch sie verloren. Er konnte noch beides gewinnen. Noch war es nicht zu spät.

Der Weg hinter dem See bewegte sich wie eine Schlange, die vom Pass herunterkroch.

… und dann wie eine Schlange in dich hineinspringt.

Hatten Marius und Konrad diesen Weg gesucht? Er dachte an das Tagebuch.

Fühle mich wie Gott.

Der Schatten des Hirsches verschwand. Sein Herz schlug schnell, seine Gedanken waren wieder klar.

Der Königsweg.

Dunkelland

Geliebte, da du mich zurückstößt, versprich mir,
leg eine Blume auf mein Grab.
Dennoch werde ich dich beschützen.

Er hörte das Röhren, das mit tiefem Grollen den Berg verschlang. Inzwischen schneite es stärker. Die Tannen verschwanden hinter dem weißen Nebel eines fremden Winters.

Er sah sich um. Abgesehen vom überfallartigen Wetterumschwung hatte es keine Veränderung gegeben. Allein die Übelkeit und der hämmernde Kopfschmerz machten ihm zu schaffen. Ein schleimiger Kloß löste sich von der Kehle, den er angewidert auf den frischen Niederschlag spuckte.

Unbewegliche Schatten beobachteten ihn dabei, die wie übergroße, knöcherne Spinnen zwischen den Bäumen lauerten. Er kniff die Augen zusammen, zog sein Gewehr von der Schulter und hielt das Visier auf die Gefahr.

»Was zum Teufel …?«

Das Geweih eines Hirsches. Es war riesig, bleich, mit altem, gefrorenem Schnee bedeckt. Eiszapfen hingen von den Enden. Ihn schauderte.

Er setzte die Büchse ab. Hatte sein Gegenspieler das Gehörn hier im letzten Frühjahr abgeworfen? Würde er diesen Ort auch in diesem Jahr wählen? Er malte sich die Gelegenheit aus, in der sein übermächtiger Gegner ohne seine knöchernen Waffen für die Zeit eines brüchigen Frühlings wehrlos war.

Er sah nochmals zu den Tannenschatten, um die Maße seines Feindes zu nehmen: Wie eine riesige weiße Knochenkoralle wuchs diese bedrohliche Skulptur aus dem Schnee. Er spürte Demut vor Gottes großer Schöpfung in sich aufwallen, bis sein Blick abglitt und sich in den schattigen Ästen dahinter verlor.

Plötzlich versagte die Kraft in seinen Armen, die wie zum Tode Verurteilte ins Leere fielen. Der Lauf seiner Waffe kippte nach vorne, während seine Hand sich um das Gewehr zog wie ein blutleerer Galgen. Er fror und spannte die Muskeln des Halses an, als wollte er sich verwandeln und gegen etwas Großes und Übermächtiges antreten, gegen etwas, was ein gewöhnlicher Mensch nie hätte besiegen können, da er es nicht begriffen hätte. Sofort sah er ein, wie aussichtslos, ja töricht dieser Kampf war.

Hunderte haushohe Geweihe überzogen die Hochebene bis über die Baumgrenze. Dazwischen ragten Rippen wie gebogene Fahnenstangen und bleiche Schädel wie Höhlen aus der toten, gefrorenen Erde, dazu überall das Raunen alter Tannen. Der Anblick war grauenhaft. Tannenfall war ein Hirschfriedhof.

Er hielt den Atem an, wagte nicht, sich zu rühren, da er es mit einer Angst zu tun bekam, die von einer anderen Welt herüberwehte. Die Riesenhirsche mussten seit Jahrhunderten nach Tannenfall kommen, um hier zu sterben, als machten sie sich auf eine geheime Wanderschaft.

Er humpelte zu seiner Frau und hockte sich dicht neben sie. Seine kalten Arme glitten in den Mantel, und er drückte sie an sich und streichelte ihren kleinen Kopf. Sie schien dies gar nicht zu bemerken, sondern starrte wie im Koma auf einen unsichtbaren Punkt, der zwischen ihnen lag.

»Ich werde dich beschützen«, sagte er und stellte das Gewehr und den Stock in Reichweite neben sich ab. »Wir sind in Tannenfall. Du musst keine Angst haben. Ich bin bei dir. Das alles hier ist bloße Einbildung«, sagte er, und in seiner Stimme schwang ein tiefer, stotternder Zweifel mit, denn er wusste: Früher oder später würde der Hirsch kommen und in seine Welt vorstoßen, wie ein vertriebener Traum der Seele als todbringende Krankheit heimkehrt und das Herz aufspießt.

Er fühlte sich elend. Was für eine Lüge das blaue Leben doch war! Was für eine Hölle.

Er bereute, das Kraut genommen zu haben. Statt Kraft und Unsterblichkeit zu erlangen, bekam er es mit einer Angst zu tun, die ihn stumm anbrüllte, als umschlösse sie das Leid eines ganzen Volkes. Und dann waren da noch die Halluzinationen, mit denen er sich herumschlagen musste, die womöglich gar keine waren, was seine Furcht noch verstärkte.

Einen Schuss in ihren Schädel und dann einen unten durch

sein Kinn: Dann wäre Schluss mit diesem jämmerlichen Leben. Aber sogar dazu war er jetzt zu feige.

Wie lange würden die Drogen sie beide am Leben halten? Hatte er sich das nicht schon einmal gefragt? Er drehte sich im Kreise. Oh, kaltes Grab, wann nimmst du uns endlich auf …

Geliebte, da du mich zurückstößt, versprich mir, leg eine Blume auf mein Grab. Dennoch werde ich dich beschützen.

Er dachte an Konrads letzte Zeilen. Hatte er die Wahrheit von Tannenfall gekannt? Hatte er in seinem Tagebuch etwas über diesen schrecklichen Ort erwähnt? War er darauf vorbereitet gewesen?

Wo war das Buch? Hatte er es verloren? Er blickte zu der Stelle, wo er den Rucksack vorhin ausgeleert hatte. Er war seltsam erleichtert, als er es sah. Der Wind spielte mit den eisigen Blättern, der Schnee verwandelte die Zeilen in schwarze zerfließende Adern.

Geliebte, da du mich zurückstößt, versprich mir, leg eine Blume auf mein Grab. Dennoch werde ich dich beschützen.

Er erinnerte sich an ein Gespräch mit Konrad. Nach dem Tod der Kinder hatte sich sein Freund um seine Frau gekümmert. Er war dankbar gewesen, da er mit ihrer tiefen Trauer nicht umgehen konnte. Er hatte damals gespürt, dass Konrad seiner Frau nachstellte. Aber er hatte ihr vertraut und wusste, dass sie ihn nie betrogen hätte.

Einmal hatte er seinen Freund trotzdem zur Rede stellen und verprügeln wollen wie ein Mann. Schließlich war es um seine Frau gegangen, und etwas in seinem Inneren hatte ihn dazu ermahnt. Aber er hatte es nicht zustande gebracht.

Konrad war ein geschickter Mann gewesen, der um die Träume der Menschen gewusst hatte. Als er seinen Freund mit geballten Fäusten auf sich zukommen gesehen hatte, hatte er sogleich davon zu reden begonnen, dass es höchste Zeit sei, ihn mit auf die Jagd zu nehmen. Die Jagd, das zu erreichen, was man tief in seinem Herzen wollte, war schließlich der Inbegriff aller Männlichkeit.

Wie schlau Konrad sich doch angestellt, wie sehr er ihn durchschaut hatte. Denn statt ihn zu verprügeln, hatte er wieder einmal nur mit einem verklemmt freundlichen Gesicht dagestanden und vorgegeben, Konrads Ausführungen über die Prinzipien der Jagd zu lauschen.

Geliebte, da du mich zurückstößt, versprich mir, leg eine Blume auf mein Grab. Dennoch werde ich dich beschützen.

Hätte Konrad sie hier beschützen können?

»Eine Waffe abschießen, das kann jeder. Schau dir nur unsere Geschichte an, die ist voll von sinnlosem Abfeuern. Aber ein Jäger zu sein, das ist etwas ganz anderes! Weißt du, was ein Jäger ist? Ein wahrer Jäger? Er muss fünf Dinge beachten. Ich nenne sie die fünf Geheimnisse. Denn das Wild darf nicht dahinterkommen, schließlich musst du den Instinkt der Natur überlisten. Fünf Dinge also. Nicht mehr und nicht weniger. Damit kannst du im Prinzip alles erreichen, wenn du willst. Mein Vater hat mir diese Geheimnisse beigebracht. Ein Italiener hatte sie ihm erzählt, bevor er starb.«

Er dachte an das Tagebuch und an Sizilien. Gab es dort auch einen Winter?

»Das erste Geheimnis ist deine Haltung. Du musst dir deiner gewahr sein. Keine unnötige Last, keine unnötigen Ablenkungen, keine falschen Minderwertigkeitsgefühle: aufrecht, alle Sinne geschärft, keine Sündenlast, aber Respekt vor der Natur und Gottes Schöpfung. Das ist mein erstes Geheimnis.«

Er schloss die Augen. Sie brannten. Die Erinnerungen an Konrads Aufzählungen sprudelten aus ihm heraus wie Wasser aus einer gerade entstandenen Gebirgsquelle.

»Danach muss man seine Waffe wählen. Seine eigene Waffe. Diese Bockbüchsflinte ist meine Waffe. Jeder muss die seine finden.«

Er sah zu dem Gewehr, das müde neben ihm lag. Konrad hatte recht. Es war nicht seine Waffe. Es war die seines starken Freundes.

»Und du musst lernen, mit dieser Waffe umzugehen. Das heißt üben, üben, üben. Das ist die Grundvoraussetzung für jede Jagd. Wie kann man töten, welche Taktiken erlaubt die Waffe? Darum geht es. Das zweite Geheimnis.«

Er hatte mit Konrads Waffe einen Raben geschossen. Hätte er den Hirsch ebenfalls getroffen?

»Das dritte Geheimnis ist der Kampf. Mein Kampf.«

Er erinnerte sich, dass Konrad an dieser Stelle gelacht hatte. Ihm hatte der Vergleich mit Hitlers Verführerbuch gefallen. Er hatte damals mitgelacht. Er schämte sich dafür.

»Es geht um deinen Ausdruck, deine Energie im Kampf. Deine Stimme. Lass deine Waffe deine Stimme werden.«

Der Tannenwind strömte durch die schattigen Gebeine. Seine Kehle brannte.

»Wenn du nicht lernst, mit diesem Ausdruck umzugehen, der in dir wohnt, dann richtet sich der Ausdruck gegen dich selbst, und die Bestie, die du jagen wolltest, lauert plötzlich im eigenen Inneren. Lach nicht, ich weiß, wovon ich spreche, du kennst meine Familie nicht.«

Du musst achtgeben, worauf du deine Aufmerksamkeit richtest, denn es kann gut sein, dass es sich verwandelt und dann wie eine Schlange in dich hineinspringt.

Hatte er damals gelacht?

»Wenn du deinen Gefühlen in dir Ausdruck verleihst und sie mit deiner Waffe führst, dann ist schon ein großer Schritt zum Erfolg getan. Was dich gleich direkt zur Wahrheit vier bringt: den anderen.«

Hatte Konrad wirklich »den anderen« gesagt? Er erinnerte sich nicht mehr. Er war allein. Die anderen waren tot.

»Die anderen lehren dich ihre Wege. Lerne von ihnen. Filtere deinen Weg durch das Sieb ihrer Erfahrungen. Ich zum Beispiel führe ein Tagebuch. Darin steht alles. Ich habe es von meinem Vater. Es ist eine ständige Suche nach dem Ideal, dem einen Weg, dem Königsweg.«

Nach dem Hirsch.

Der Schneefall war stärker geworden. Dann tauchte er zurück in die Erinnerung, doch Konrad hatte den Hochstand verlassen. Hatte er ihm das fünfte Geheimnis erzählt?

Konrad war zeit seines Lebens in allen Bereichen erfolgreicher gewesen als er. Hatte er die fünf Geheimnisse tatsächlich überall angewandt? Bei der Jagd nach dem großen Hirsch aber hatte er versagt. Auch seine Frau hatte seinem Drängen standgehalten. Am Ende also hatte er gewonnen, nicht Konrad.

Er presste sich an den Wolf, der auf dem Boden lag.

»Ich liebe dich so sehr«, flüsterte er ihr ins Ohr und war nicht sicher, ob sie ihn hören konnte.

Trotz seiner Weisheit hatte Konrad am Ende verloren. Und doch fühlte sich dieser Sieg blass und wertlos an, da niemand davon erfahren würde. Kein Beweis. Wieder drehte er sich mit seinen Gedanken im Kreis.

Würden in Jahren die beiden Leichen in Tannenfall entdeckt werden und daneben die Trophäe des wohl mächtigsten Hirsches, den die Menschen je gesehen hatten, dann hätte er der Nachwelt ein Denkmal gesetzt. Und niemand würde mehr glauben, dass sein Leben nutz- und wertlos war. Dann war er ein Jäger. Er war ein Gewinner ohne Geheimnisse.

Der Wind fraß sich mit hungrigen Mäulern durch den dichten Schneefall, als wäre er auf der Suche nach jemandem.

Die Hand seiner Frau fuhr aus dem Mantel und berührte sein Gesicht.

»Schhh …«, sagte er leise und umfasste ihre Hand. »Ich bin bei dir. Wir gehen jetzt gemeinsam hinüber.« Er zitterte am ganzen Leib und konnte kaum reden, da die Zähne so stark aufeinanderschlugen.

»Du bist so gut … Da gibt es aber etwas … was mich zerfrisst …«

Er wusste nicht, wo er hinsehen sollte, auf die Tannen, die Hirschgebeine oder in das Gesicht seiner Frau. »Sag nichts. Sag nichts. Bitte …«

»Konrad und ich …«

Er nahm ihre Hand und steckte sie unter den Mantel. Er wusste, was sie zu sagen versuchte, aber er wollte es nicht hören. Der Boden unter ihm schwankte.

Fünf Geheimnisse.

Stille.

Das letzte Geheimnis.

»Was hast du vor?«, fragte ihn seine Frau, als er sich langsam erhob. Er schluckte seine Traurigkeit durch die feurige Kehle in den Magen.

»Ich liebe dich über alles und werde dich auch über den Tod hinaus lieben. Ich mache das, was ich jetzt mache, für dich. Nur für dich. Damit du siehst, dass du dich geirrt hast und ich kein Schwächling bin.«

Sie sah ihn regungslos an. Tiefe Schuld zehrte an ihr.

Dann ging er zum Rucksack und begann, die Dinge, die er zuvor achtlos auf die Erde geworfen hatte, einzupacken. Dabei fiel seine Brille zu Boden. Er wollte sie schon aufheben.

»Was nutzt es jetzt noch«, sagte er und zertrat sie auf dem Eis.

Fünf Geheimnisse: meine Wahrheit, meine Waffe, meine Stimme, meine Erinnerungen und mein letztes Geheimnis.

Er wusste nicht, ob das, was in diesem Moment durch ihn glitt, die Hand Gottes war, die ihn aufrichtete, oder die Fäden des Teufels, der ihn lachend in den Abgrund zog.

Das Röhren des Hirsches schlug erneut an. Tannenfall hatte einen neuen Helden geboren. Und der alte Mann erhob sich und ging zur Jagd. Und der stille Drache, der in ihm wohnte, erblickte das Licht einer neuen Welt.

Drachengeburt

Das Leichentuch des Winters fiel auf seine alte Heimat. Seit er mit seiner Frau das Haus verlassen hatte, war ein Meter Schnee gefallen. Die alten, hohen Tannen, die sein Grundstück umfassten, senkten ihre schweren Äste. Der Garten, in dem früher seine Kinder gespielt hatten, war verschwunden, verschluckt von den Wellen des weißen Ozeans. Er wusste, dass er nie wieder heimkehren würde. Daran würden auch die Schreie nichts ändern.

Er öffnete die Augen und sah ins Tal. Die Lichter von Edden, der Schatten der Bärenmauer, der dunkle Horizont der Bergrücken, die verlassenen Häuser seiner alten Welt. Seine Vergangenheit hatte er verloren wie seine Frau, die hinter seinem Rücken schrie, als würde sie ein Kind gebären. Es kümmerte ihn nicht mehr.

Obwohl er nie einem Weg gefolgt war, führte alles nach Tannenfall, der Bestimmung seines Lebens. Seine Mutter hatte ihn angehalten, dem Weg seines Vaters zu folgen. Aber wie hätte er ihm nachgehen sollen, wenn dieser doch wegen eines Diebstahls von allem Erträumten abgelassen hatte. Er hatte immer gedacht, dass der Weg sich ihm mit zwanzig, dreißig, vierzig offenbaren würde, wie ein Fremder, der einen herbeiwinkte, um einem die Wahrheit um das eigene Wesen ins Ohr zu flüstern. Der Fremde war nie gekommen. Niemand verirrte sich in sein Dorf.

Im Himmel taumelten Raben, wunderten sich über die schrecklichen Schreie einer nahen Geburt.

Jetzt, nach der bitteren Beichte seiner Frau, wollte er nicht mehr auf den Fremden warten. Er musste selbst zu einem Fremden, einem anderen werden, den seine Frau reuig um Vergebung bitten würde.

Sie hatte sich in ihm geirrt.

Er hatte nichts mehr, was er verlieren konnte, was sich seiner Entschlossenheit, Jäger zu sein, entgegenstellte. Nun war er zu allem bereit: Wollte er den Hirsch erlegen, musste er den Weg des Jägers wählen und mit ihm die Bereitschaft, im Kampf zu sterben. Alles andere hatte nun keinen Wert mehr.

Ein dunkles Murmeln mischte sich wie ein Mantra in die verzweifelten Schreie, bis sie jäh erstarben.

Er wandte seinen Kopf und sah den elenden Körper seiner Frau, die wie ein verletztes Wild um einen Gnadenschuss winselte.

»Es tut mir so leid …«, sagte sie mit leiser Stimme und brach in bitteres Weinen aus. »Verzeih mir, bitte, verzeih mir …«

Er dachte an die letzten Tage, in denen er herumgeirrt war, zerrissen, bemüht, sich selbst von seinem Schicksal abzulenken: die Einbrüche, die Bärenmauer, die alten Häuser, der Wald, die Kapelle, Konrads Turm, die Fütterung – Stationen einer Irrfahrt, Fazit eines Jahrhunderts.

»Erlöse uns von diesem vertanen Leben … ich flehe dich an …«

Erst jetzt hatte er begriffen, dass er alles außer Acht lassen musste, was nicht sein Weg war. Würde er diesen Weg verlassen, hätte sein Leben tatsächlich keinen Sinn gehabt, und seine große Liebe würde sterben, ohne um seine Größe zu wissen.

»Du weißt, dass ich dich liebe seit dem ersten Tag. Aber du musst noch warten, damit ich dir beweisen kann, dass du dich geirrt hast.«

Wieder krümmte ein tiefer Schmerz seine Frau und jagte einen nicht enden wollenden hellen Schrei aus ihrer Seele.

Wie seltsam ihm doch zumute war, inmitten dieser Kälte, die sein Herz umspülte.

»Ich gehe dem Tod entgegen. Das ist fortan meine Pflicht. Ich warte nicht mehr. Ich fordere ihn heraus. Auch wenn ich mein Leben mit dir vergeudet habe, da ich meine Ziele, meine Träume, meine Talente nie zu verwirklichen suchte: In diesem Moment wird mein Leben nicht mehr sinnlos und verloren sein, denn ich bin bereit zu sterben, da ich in Wahrheit seit deinem ersten Schrei tot war.«

Die Augen seiner Frau zitterten bei seinen Worten, so herablassend, dunkel und kalt. Und dann kam die Stille über

Tannenfall, als würde die Ankunft eines schrecklichen Wesens unmittelbar bevorstehen.

Der Tod des Hirsches war seine Bestimmung. Sein Königsweg. Konrad hatte ihm einmal gesagt, dass es sechs Wege gäbe: den des Jägers, den des Gejagten, den des Bauern, den des Handwerkers, den des Kaufmanns – und jenen Gottes.

Seit er das Geld seines Vaters gestohlen hatte, war er den Weg des Gejagten gegangen, war wie in Serpentinen, ständig auf der Flucht, aber ohne den Ort oder die Situation verlassen zu können wie eine unsichtbare Zelle.

Der Weg des Jägers war klar und einfach. Töte. Siege. Bestehe. Geh den geraden Weg. Es war ein Weg der Freiheit.

Neues Schneetreiben vom Pass.

Er dachte an den Kummer und Gram, den er seit einem Jahrhundert herumschleppte wie Europa seine dunkle Vergangenheit. Wie Konrad so wollte nun auch er Prinzipien folgen und formte hier in der kalten Ebene hoch über der Welt seine neue Wahrheit.

Keine trüben Gedanken sollen mich mehr quälen. Rein und klar soll mein Denken sein – mit nur einem Ziel: den Hirsch zu erlegen.

Alles, was ich tue, ist schlecht, solange es mich nicht auf kürzestem Wege zu meinem Gegner führt.

Wenn es zum Kampf kommt, muss ich alle Waffen, die ich bei mir führe, beherrschen, wie ich es am besten vermag. Die Welt, die ich nun betreten habe, will ich so sehen, wie ich sie sehe – ich will sie durchschauen, will die Wahrheit erkennen. Keine Illusion, keine Halluzination soll mich mehr geißeln, die unsichtbaren Dinge sollen sich zeigen, ich habe keine Angst mehr.

Zudem, so schwor er sich, wollte er die reine Aufmerksamkeit, seine vollständigen Sinne auf die Welt des Hirsches ausrichten. Nichts sollte übersehen werden, keine Zeile, kein Blättchen, kein Windhauch, kein Wölkchen: Alles sollte von der Anwesenheit des großen Hirsches zeugen.

Ihn fror, und er beschloss, sich an die Arbeit zu machen.

Meine Wahrheit.

Wenn er die Welt sehen wollte, wie sie war, durfte er sich nicht mehr gegen die Natur wehren.

Er ging zum Rucksack, zerrte eine Seitentasche vom vorderen Ende des Asers und zerriss die Nähte. Dann legte er das Rechteck aus Leinen vor sich hin und schüttete die Kräuter aus den Flaschen auf das Tuch.

Die Wirkungen der einzelnen Mischungen kannte er nicht. Vermutlich brachten sie nur unterschiedliche Halluzinationen – Wahnbilder, die aber letztendlich seinem Gehirn entsprangen. Insofern musste alles, was er sah, in ihm vorhanden sein. Kein Kraut, keine Droge konnte die Welt verändern: Es waren die Menschen, die mehr sahen.

Mit dem Zeigefinger vermischte er die Zutaten. Dann nahm er eine Handvoll der neuen Mischung, zog das Leinen unter dem Kräuterberg hervor und wickelte alles in den Stofflappen. Die Schnur, die den Rucksack abschloss, fädelte er aus den Ösen und knotete sie um den Stoffbeutel. Das andere Ende verband er ebenfalls mit dem Kräutersäckchen, sodass er eine Kette erhielt, die er stolz um seinen Hals hängte, während der Wind die geheimen Mixturen der Familie Khalberg mit eiliger Hand entführte.

Er hielt das Stoffamulett an seine Nase und nahm einen tiefen Atemzug. Es roch nach Rosmarin.

Er fasste mit der Faust um das Säckchen vor seiner Brust. »Mein Zeitheil«, sagte er und erinnerte sich an den Namen eines Krautes, das seine Mutter ihm gegeben hatte, als er krank gewesen war. Er hatte vergessen, wie ihre Stimme geklungen hatte.

Dein Duft soll mir die Wahrheit zeigen, dachte er. Dein Bissen mich heilen, deine Wirkung mich stärken.

Meine Wahrheit. Meine Waffen.

Seine Frau hatte das Bewusstsein wiedererlangt und beobachtete ihn. Sie schien die Veränderung ihn ihm zu bemerken. Er bewegte sich anders als sonst, war geschickter, lebendiger, gefährlicher.

Er sah zum Gewehr, das wie ein verlorener Wanderstock auf dem Eis lag. Konrads Bockbüchsflinte mit zwei Läufen. Er packte die beiden Patronenschachteln aus und zählte: neunundneunzig Schuss.

Er nahm die Flinte und hielt sie in der rechten Hand. Konnte es seine Waffe werden? Sie fühlte sich gut an. Er hob das Gewehr und spähte durch das Visier: Der Hirschfriedhof war hinter einer weißen Wand verschwunden. Er sah zum toten Raben, der sich im Schnee in eine Möwe verwandelt hatte. Er hatte ihn mit nur einem Schuss getötet. Es war die ideale Waffe auf große Entfernung. Doch was, wenn der Hirsch plötzlich hinter ihm stand?

Er erinnerte sich daran, wie er dem Hirsch Auge in Auge gegenübergestanden hatte. Damals hätte er keine Mühe gehabt, die Waffe zu heben und auf ihn zu schießen. Wenn er auf ihn losgelaufen wäre, hätte er ihm den Kolben ins Gesicht schlagen können. Aber würde ein Messer nicht eher für den Nahkampf taugen, sollte es dazu kommen?

Er schaute sich auf dem Boden um und kontrollierte in Gedanken alles, was er von Konrads Hütte mitgenommen hatte. Dann sah er auf den Stock, der ihn den ganzen Weg sicher über die Unebenheiten und das Eis geführt hatte. Konnte er ihn als Waffe verwenden? Er betrachtete das gebogene Stück Holz und drehte es vor seinem Gesicht. Mit einiger Phantasie hätte es das Geweih eines Hirsches sein können, wenn auch viel kleiner.

Wollte er es zu seiner Waffe machen?

Wenn er den Stock in der linken Hand führte, könnte er mit der rechten jederzeit das Gewehr von der Schulter ziehen und schießen. Das war gut. Er tastete mit den Fingerspitzen über das vordere Ende des gewundenen Prügels. Es war feucht, zerborsten und stumpf. Welche Haut würde er damit durchbohren können?

Wieder fehlte ein Messer.

Er beschloss, das Ende des Stockes abzunagen. Er schabte die vorderen Zähne über das Holz, das sich gleich in das Zahnfleisch bohrte, spuckte die nasse Rinde aus und setzte die Bearbeitung seiner Waffe geduldig fort. Ohne Erfolg.

Zum Glück entdeckte er die Felsritze. Er schob ein Stück des Stocks hinein und lehnte sich mit seinem ganzen Gewicht auf den restlichen Prügel, bis das eingeklemmte Ende mit einem lauten Knacken abbrach und eine stattliche Spitze hinterließ. Jetzt war es seine Waffe!

Seine Frau zitterte am ganzen Leib, als sie ihren Mann so sah. Sie wagte nicht mehr zu schreien, wagte nicht zu flehen, sie wagte nur zu beten.

Nach einiger Zeit hatte er es zu einer ansehnlichen Spitze gebracht, die ausreichte, um sie einem Menschen in die Kehle zu stoßen und ihn auf der Stelle zu töten. Wenn er sich mit dem ganzen Körpergewicht, das ihm noch geblieben war, in die Stoßrichtung legte, könnte er das Herz des Hirsches durchbohren, sollte es zu einem direkten Kampf auf engem Raum kommen.

Meine Wahrheit, meine Waffen, meine Stimme.

Wenn es dann zum Kampf kam, müsste er sichergehen, dass er nicht wieder erstarrte wie beim ersten Mal. Diese Unsicherheit würde der Hirsch ausnützen. Er musste in den Hirsch eindringen, um ihn schlagen zu können. Wie aber sollte ein knapp Hundertjähriger eine ernsthafte Gefahr für ein ausgewachsenes Tier darstellen, wenn er sich nicht auf einem Hochstand verschanzt hielt und wie ein Scharfschütze auf ihn wartete.

Im Grunde genommen war er im Vorteil: Der Hirsch hatte ein Geweih und seinen Instinkt, er aber hatte zwei Waffen und seinen Verstand. Für einen Moment zweifelte er, ob sein Verstand dem Instinkt des Hirsches überlegen wäre. Er spuckte aus und kehrte wieder auf den Weg zurück, den er für einen Augenblick verlassen hatte.

Diese Jagd forderte das Schicksal beider heraus – es ging um Leben und Tod und nicht um Verstand und Instinkt. Obschon er eine schwächere Waffe führte, einen niedrigeren Intellekt hatte, ein zurückgebliebenes Gefühl aufwies: Er würde dennoch am Ende siegen, denn er war der Jäger.

Er spürte, wie das Blut bei diesem Gedanken kochte. Zum Äußersten entschlossen zu sein und nach seinem Wesen frei zu handeln, das würde das Wunder vollbringen, wie groß und übermächtig der Gegner auch sein mochte.

Ich fühlte mich wie Gott, wieder und wieder.

Dann stellte er sich an den Rand der Ebene und genoss die Kälte wie ein Wolf. Er streckte den Kopf nach oben und ließ die weißen Bomben auf seinem faltigen Gesicht explodieren.

»HAAAAAAAAA!«

Schrie er.

So laut er konnte. Dabei breitete er die Arme aus und hielt in der einen Hand das Gewehr und in der anderen seinen Kampfstock. Das Zeitheil baumelte um seinen Hals.

Kaja fuhr aus ihrem Dämmerschlaf hoch – der Hunger und die Müdigkeit zehrten an ihren Kräften – und sah zum Horizont. Sie legte den Kopf zur Seite, als dächte sie, Konrad wäre von den Toten auferstanden und zurückgekehrt.

Seine Frau grub ihr Gesicht in die zitternden Hände, als fürchtete sie sich vor dem, was sie durch ihre Lügen und Schreie auf die Welt gebracht hatte.

»HOOOOOOOO!«

Er atmete lang aus und ließ tiefe, dunkle Wut über das Tal regnen.

Als er zehn Jahre alt gewesen war, hatte seine Mutter ihm von den Waldläufern erzählt. Sie würden im Verborgenen leben und seien friedlich. Sie hausten in Hütten aus Sträuchern und trügen Tierfelle. Füchse, Bären, Wölfe. Im Mittelalter – so die Sage – wären einige von ihnen dem Berserkergang zum Opfer gefallen. Einer Art Tobsucht, die im Blutrausch endete. Dabei hätten die Berserker danach getrachtet, alles zu töten, was nicht ihrem Blut entsprungen war. So war es zu immer größeren Blutfehden unter den Waldläufern gekommen, bis nur noch wenige Clans übrig blieben. Sie würden sich von Fliegenpilzen ernähren, um den Rausch am Leben zu halten und jederzeit wachsam zu sein gegenüber Angriffen ihrer Feinde aus einer anderen Welt.

Er hatte die Geschichte wieder und wieder hören wollen, und jedes Mal hatte seine Mutter etwas daran verändert. Mal hatte sie von nur einem Clan erzählt, mal von mehreren, mal waren alle Waldläufer und Berserker ausgerottet worden, mal lebten sie noch immer in den Wäldern. Mal verzehrten sie Fliegenpilze, mal Pestwurz, dann Sumpfporst, Zeitheil …

»JAAAAAAAAAAA!«

Ein letzter Schrei verließ seine Kehle, und er sah mit einem Mal kräftiger aus als zuvor. Natürlich war er noch abgemagert, schwach, dürr, mit ledriger, faltiger Haut, aber in den Augen brannte das Licht eines anderen Wesens.

Er ging mit festen Schritten zu seiner Frau, die sich vor ihm krümmte, und betrachtete sie von oben. Er spürte die Liebe des letzten Jahrhunderts, in die sich tiefes Mitgefühl mischte. Der Mantel, den er ihr gegeben hatte, würde für beide reichen, und so zog er ihn von der zitternden alten Frau. Er löste die Naht am unteren Ende, riss die Wolfsschur mit einem Ruck entzwei und legte die eine Hälfte wieder über den Körper der Greisin.

Er behielt die rechte Seite des Pelzes, da er mit der rechten Hand schießen musste. Die Wärme wird mir mehr Ruhe schenken, dachte er. Dann befreite er den Raben vom Seil und band damit den zerrissenen Mantel fest. Den Vogel hängte er an die linke Hüfte, indem er ihn mit einem Flügel durch den Gürtel zog.

Wenn ihn das Wesen des Wolfes übermannte, sollte ihm der tote Vogel helfen, die Perspektive zu wechseln. Was sah ein Rabe, was sah ein Wolf, wie sah die Welt des Kampfes aus, wie die des Friedens?

Meine Wahrheit, meine Waffen, meine Stimme, meine Erinnerungen.

Wer war mehr zu fürchten als ein weiser Jäger. Die Einsichten in alte Gedanken waren wertvoller und gefährlicher als das schärfste Schwert. Bisher hatte er sich immer gewehrt, seine eigene Vergangenheit zu beleuchten. Er war ein guter Mensch. Er war ein unauffälliger Mensch. Der Drache war nie aus seinem Versteck gekrochen.

Er zog das Tagebuch aus dem Schnee und ließ die Seiten am Daumen entlangflattern. Seine Augen hatten Mühe, ohne die Brille die Zeilen zu entziffern. Fetzen von alten Zeiten nährten seine Schwerfälligkeit, den Sinn hinter dem Geschriebenen zu entdecken. Was aber machte das jetzt für einen Unterschied, fragte er sich und tauchte in das wankende Meer geronnener Tinte.

Sommer 1932. Ich genieße die Ruhe hier. Ein Sturm zieht auf. Soll ich sie warnen?

Die Blätter rauschten.

30. September 1934. Merten glaubt, dass schon in den Arbeiten von La Barre und Schultes ein Weg aufscheint, der nach Edden führt.

Zerbrechliches Papier, wie Glas.

1946. Habe ihn erschlagen. Trauer, und du gehst, Vater.

4. Februar 1956. Die Menschen fürchten sich vor Kernwaffen, warum fürchtet niemand Gott? Unbegreiflich.

Erfroren, erstarrt, vergessen, verdrängt.

29. Dezember 1968. Mein Leben im Elfenbeinturm ist unerträglich. Der Hirsch ist wieder da.

Die Kälte verklebte seine Lippen. Er riss ein Stückchen Haut ab, als er den Mund öffnete. Schmeckte Blut.

1974. Marlene, meine Amsel, Dorothea, meine Drossel, Greta, mein Falke, Leonora, meine sanfte Lerche … lebt wohl.

Meine Wahrheit, meine Waffen, meine Stimme, meine Erinnerungen, meine Wahrheit.

Er richtete den Kopf auf den Weg, der nun vor ihm lag. Ein Unwetter brach vom Pass herab und brüllte mit kalten Schreien über Tannenfall.

Dazwischen stachen vereinzelte goldene Sonnenstrahlen, die Tannenfall in unwirkliche Farben tauchten.

Dort oben, wusste er, würde die Heilung warten. Hatte er vor Tagen noch Angst, dass er im Nichts verschwinden würde, sobald seine Frau starb, so wollte er jetzt die Wahrheit wissen. Seine Wahrheit. Was würde von ihm bleiben, nachdem der Kampf gegen den Hirsch vorbei wäre? Was war die Wahrheit dahinter?

Noch einmal sah er zu seiner Frau, die ihn anflehte, allem ein Ende zu bereiten und das siechende Leben, das sie hier gefangen hielt, zu töten, ihr zu verzeihen, sie zu befreien. Er aber wandte sich von ihr ab und blickte empor zum Pass. Er war ein guter Mensch.

Der Pass. Er zog ihn so sehr in den Bann, dass er Kajas Knurren nicht hörte. Sie fletschte wieder die Zähne und versperrte ihm den Weg. In ihren Augen die Bestie, die ihn vor Tannenfall gewarnt hatte.

Er atmete ruhig und sah zu seiner vierbeinigen Gefährtin. Dann hob der Drache das Gewehr und zielte auf den Hund.

Die stummen Lieder

Das Kläffen hallte durch den Wind, als klatschte jemand ein Paddel mit voller Wucht auf eine glatte Wasseroberfläche. Speichel tropfte von den eingerissenen Mundwinkeln. Die Vorderbeine krallten sich in den Boden. Auf dem Rücken erhob sich die blonde Kampfmähne, gefährlicher, entschlossener. Aus dem Mund kroch der Geruch von kaltem Aas.

Das Fadenkreuz schwamm zwischen den Hundeaugen.

Natürlich hatte er nicht die Absicht, Kaja zu töten. Mittlerweile hatte er das alte Mädchen lieb gewonnen und vertraute ihr. Kajas Bellen und ihre Sturheit würden aber den Hirsch womöglich warnen.

Kaja hatte von Anbeginn eine große Abneigung gegen das Kraut gehabt. Er wusste nicht, was sie tatsächlich roch oder sah oder spürte, aber der Duft der blauen Blume, die zwischen dem Rosmaringeruch des Zeitheils seine Welt vernebelte, machte ihn vorsichtig. Und er sah in ihren Augen, dass sie diesmal sogar bereit wäre, ihn zu töten.

Doch dann geschah etwas Seltsames, etwas Neues. Ohne es zu wollen, senkte er das Gewehr und sah ruhig zu dem tosenden Tier. Ihm war, als würde die Zeit für einen Moment zurückweichen und ihm einen Takt offenbaren, der Kajas Wut dirigierte. Wie ein Lied, dem jedes Geschöpf folgte, leise, still, zart, laut, kräftig, stark, wachsend, polternd und doch vorsichtig.

Dreimal klatschten die Paddel. Ein Echo. Unheimlich.

Er begriff, dass Kaja nicht klein beigeben würde, und ging auf sie zu. Wenn er in den Hirsch eindringen wollte, dann musste er auch mit einem alten Labrador fertigwerden, dachte er und näherte sich bis auf zwei Armlängen.

Kaja sprang wie eine Bestie vor ihm hin und her und riss große Schneefetzen aus der Luft.

Er versuchte, sie zu ignorieren, und ging an ihr vorbei. Da schnappte sie nach seiner Wade und biss zu. Er fuhr herum und stieß sie mit dem Stock weg. Sie jaulte auf.

»Ich sollte dich erschießen«, rief er mit schmerzverzerrtem Gesicht.

Instinktiv drehte er die Waffe, als Kaja plötzlich wieder vor ihm war und ihn erneut anfiel. Er wehrte sie geschickt ab, sprang zurück und ließ sie ins Leere vorstoßen.

Als er den Prügel zum Angriff nach vorne schob, wich der Hund aus und blieb plötzlich stehen. Polternd und doch vorsichtig.

Ruhig blies er die Luft in den frostigen Abend. Als er wieder einatmete, griff Kaja erneut an. Er wehrte ab und entleerte die Lungen. Hörte er die Melodie des Augenblicks, dieses Gefühl, das er nicht beschreiben konnte? War es Harmonie? Der Herzschlag, der Atem, der Angriff, die Verteidigung: Alles folgte einem Rhythmus, einem stummen Lied.

Konrad hatte ihm erzählt, dass Tiere spürten, wie es Menschen ging. Sie spiegelten sie. Wollte man sie zähmen, musste man selbst zahm werden.

Kajas Zunge hing weit heraus. Sie hechelte. Für einen weiteren Angriff schien sie keine Kraft zu haben. Oder war es etwas anderes? Der Wind der nahen Nacht umwarb sein wachsendes Selbstbewusstsein. Seitdem er das Zeitheil trug, fühlte er sich mehr mit der Welt verbunden. Ihm war, als atmete er sie ein, wenn er die Luft in seine Lunge holte, wie kleine Mosaikteile der Wirklichkeit. Und wenn die gewärmte Luft seinen Körper verließ, so schien ihm, als legte er sie wieder an ihren Platz zurück, so gut er konnte.

Gab es hier in Tannenfall ein ihm unbekanntes Metrum, das er für sich finden musste?

Er folgt einem Rhythmus.

Konrad hatte es in sein Tagebuch geschrieben.

Kaja war wieder ruhig geworden.

Er streckte ihr die Hand mit der Handfläche nach unten entgegen und ließ ihre raue Zunge über die Haut raspeln. Sie stieß sie mit der Schnauze nach oben und sah zu seiner Frau, die wie ein abgebrochenes Wagenrad am Seeufer lag.

»Du willst mich überreden, hierzubleiben, nicht wahr?«

Wieder schlug ein Paddel auf das eisige Wasser.

»Ich kann nicht. Jetzt nicht mehr«, flüsterte er unter Tränen und blickte hinauf zum Pass, den er noch vor Einbruch der Nacht erreichen wollte.

Er legte die Hand auf den gebrochenen Schädel des Hundes, der in den letzten Stunden angeschwollen war. »Beschütz sie, hörst du? Ich komme wieder zurück. Ich verspreche es dir.«

Kaja bellte und lief zu seiner Frau, die regungslos unter der Mantelhälfte am Boden lag. Der Hund setzte sich neben sie und sah ihn wieder mit dem gewohnt treuen Blick an. Eine faltige Hand kroch aus dem Mantel und berührte das Hinterbein des Tieres. Da war es wieder, die Zeit brach ab. Der Hund hatte die Augen geschlossen, als sie ihre geöffnet hatte. Er genoss die karge Liebkosung.

Ein Rhythmus, ein stiller Takt einer anderen Zeit, als hätte man einen Film falsch zusammengeklebt.

Es hatte aufgehört zu schneien, als er Tannenfall verließ. Wie absurd diese Situation war, dachte er, als er seine Frau sterbend am Rand des Sees liegen sah, gehüllt in einen Fetzen aus Wolfshaut, bewacht von einem kraftlosen Hund, der Mühe hatte, sich auf den Beinen zu halten. Und er, der berührt von der Seele eines Berserkers sich auf den Weg des Jägers machte, mit Bockbüchsflinte und gespitztem Kampfstock, mit Zeitheil und geteiltem Wolfshaar, mit den ledrigen Erinnerungen aus hundert Jahren und einem Ziel, das größer nicht sein konnte. Den mächtigen Hirsch zu jagen.

Bevor er aber dem Weg nach oben folgte und in der Nacht verschwand, blickte er noch einmal auf die Liebe seines Lebens. Nie hätte er gedacht, dass er sie eines Tages allein in der Kälte zurücklassen würde, nur um ihr zu beweisen, dass er es verdiente, geliebt zu werden.

Zurück, zurück, schrie das alte Wesen in ihm, und doch klammerte es sich an den einen Moment, in dem er mit dem Haupt des Hirsches nach Tannenfall zurückkehren würde und sie gemeinsam in Frieden sterben könnten.

»Waidmannsheil«, sagte er leise zum Abschied.

Hörte er die Worte noch, die zerbrechlich ihren regungslosen Mund verließen, vorbei an den dünnen, trockenen Lippen, aufgesprungen und grau? Sah er ihre Augen, voller Reue und Bitterkeit, aufgestiegen aus der verborgenen Kammer ihres Herzens? Spürte er ihr Verlangen nach einer letzten Umarmung, getragen von den Armen der Erinnerungen an ein langes, gemeinsam erduldetes Leben? Sah er das blitzende Messer, das sie aus seinem Rucksack entwendet hatte?

Der dunkle Ort

Sie hustete, richtete sich auf. Ihre Augen waren nicht von dieser Welt. Den Mantel zog sie fester.

»Es tut mir so leid …«, sagte sie mit verwirrter Stimme und hielt das Messer an den Arm.

Er war zu ihr zurückgelaufen und blieb einen Steinwurf von ihr entfernt stehen. Sein versteinertes Gesicht zeigte keine Regung. Etwas in seinem Innern riet ihm, nicht weiterzugehen.

»Lass mich nicht allein … ich verspreche dir, ich werde schnell machen … dieses Gift in meinem Körper, das du mir gegeben hast …«

Es hat dich geheilt, dachte er und sah zu seiner Frau, die sich wie eine Untote hochpresste, ihre Haare zurechtschob und Mühe hatte, nicht nach vorne zu kippen. Es schien, als hätte sie die letzte Kraft in sich gesammelt wie Brennholz, um ihrem Mann ein Geständnis abzulegen. Ihre Stimme klang leblos, kalt, leise – und doch schwang eine Melodie in ihr, die an manchen Stellen stockte, als spielte ein defektes Tonbandgerät sie ab.

»Ich bin mehr tot als lebendig. Ich sehe schon die Menschen, die dort auf mich warten, sie sind hier. Siehst du sie nicht, die dunklen Massen? Natürlich siehst du sie nicht. Du hast mich vergiftet, hast meinen Verstand getrübt … hast mir das genommen, was mir noch blieb … und jetzt gehst auch du und lässt mich hier allein … wie einen Hund …«

Er krümmte sich. Die Narben seiner Zerrissenheit bluteten.
»Wie konntest du mir das antun …«

»So rächst du dich also?«

»Wir waren doch glücklich. Aber ich verstehe jetzt: Du

sehntest dich nach einem Menschen, der bei dir war, der dich umsorgte, der dich liebte. Aber du brauchtest auch jemanden, zu dem du aufschauen, den du bewundern, den du fürchten konntest. Der erste Mann durfte ich sein, der zweite nicht.«

»Willst du, dass ich mich vor dir fürchte? Sieh dich doch an. Zu welchem Narren du dich machst! Sieh dich an!« Ihre Stimme brach ab, als würde eine innere Hand sie würgen. Kaja knurrte, ließ aber wieder ab, als der Nachtwind vom Pass über Tannenfall fiel.

»Ich habe mich ein Leben lang vor dir gerechtfertigt und vor deiner Familie. Ich habe mich immer erklärt und zurückgesetzt. Habe ich mich da auch lächerlich gemacht? Als deine Mutter bei uns unterkam und wir sie vor der Polizei versteckten, weil sie aus Eifersucht ihren eigenen Hof in ein Flammenmeer verwandelt hatte, habe ich mich da lächerlich gemacht? Oder als dein Vater eines Tages vor unserer Tür stand, mich anschrie und deine Mutter verfluchte. Und als ich ihn nicht wegschicken konnte, diesen gebrochenen Mann, der nach Kot und Blut stank und der Fliegen fraß, weil der Wahnsinn in ihm tobte? Habe ich mich da lächerlich gemacht? Nein, da er dein Vater war, ertrug ich ihn, während du im Schlafzimmer auf dem Schoß deiner Mutter heultest und sie dir wieder und wieder sagte, dass alle Männer Betrüger und Verlierer wären. Ich habe alles erduldet! Für dich. Da ich dich geliebt habe … und es immer noch tue.«

Warum sagte er das? War es Gewohnheit? Rebellierte sein Herz erneut und lockte ihn in die Arme seiner bleichen Frau?

Die Tannen raunten unter dem Tageslicht, das die Farben verlor.

»Darum verlässt du mich?«

»Bevor ich sterbe, will ich wissen, wer ich bin. Ich will dir zeigen, dass du …«

»Ich kann nicht mehr, ich will ohne Lügen sterben, ohne diese Last … Ja, ich habe mich in dir geirrt.«

Ihm war, als prallte er mit voller Wucht gegen eine Wand, als säße er in jenem Auto, in dem seine Kinder verbrannt waren, nachdem sie die Hausmauer gerammt hatten. Warum konnte sie nicht schweigen, nicht sterben, ihn nicht ziehen lassen? Warum war er zurückgekommen, warum schmerzte die Naht in seinem Herzen nur so sehr.

»Mein Vater hat im Bergwerk gearbeitet und auf allen vieren Federweiß geschürft. Er liebte meine Tante. Als aber dann meine Mutter den Hof erbte, hat er ihr schöne Augen gemacht, obwohl er weiter ihre Schwester im Stall berührte. Als sie bei der Hochzeit auftauchte und ihren prallen Bauch herzeigte, schickte sie mein Vater zum Teufel. Man fand sie später im nahen Bach, tot, in der Hand ihr herausgeschnittenes totes Kind. Meine Mutter empfand von diesem Augenblick an nur noch Hass für ihren Mann. Als dann auch noch die Spielsucht hinzukam und er beim Kartenspiel all das verlor, was Generationen erschuftet und in zwei Kriegen verteidigt hatten, da brannte sie alles nieder, weil es eine Lüge war. Ich verstand meine Mutter. Danach habe ich versucht, auch meinen Vater zu verstehen. Er hatte ein falsches Leben geführt. Das hatte ihn zur Bestie gemacht. So wie es dich zur Bestie gemacht hat …«

»Aber ich liebe dich doch so …«

»Wie kann ich jemanden lieben, der zu schwach ist, für sich selbst einzustehen. Weißt du, warum ich meinem Vater vergeben habe? Weil er am Ende seines Lebens gestand – all seine Verbrechen und Sünden. Er stand dazu. Bereute vieles. Und wenn er es nicht bereute, so gab er wenigstens zu, dass er das Böse in dem Augenblick liebte, in dem er es tat! Das ist die Wahrheit, die uns friedlich einschlafen lässt. Uns unser selbst gewahr sein …«

Das Sprechen strengte sie sehr an. Ihre Stimme klang trocken und hart wie dürres Brot.

Er senkte den Kopf. Er dachte an das erste Geheimnis der Jagd. Fand er es hier? Am Ende seines alten Weges? Kannte sie Konrads Tugenden, die ihn zum Jäger, zum Mann machten?

»Dein Vater starb, weil er sich den eigenen Kot in den Mund gesteckt hat. Nachdem er einen Stuhl nach den Schwestern geworfen hatte. Er ist nicht friedlich eingeschlafen«, verteidigte er sich.

»Ein paar Wochen bevor der Wahnsinn ihn überrannte«, setzte sie fort, »hat er mich besucht, um sich zu verabschieden. Er stand in der Küche und erzählte mir von seiner Arbeit bei der Eisenbahn. 1938 bis '45. Er hatte die Juden, die auf den Höfen lebten, in die Waggons verladen. Ja, er hat tatsächlich ›verladen‹ gesagt. Nach dem Krieg stellte er sich freiwillig und kam ins Gefängnis. Getötet hatte er niemanden, sagte er. Ich glaubte ihm. Als er zurückkam, begann seine Spielsucht, und etwas in ihm fraß ihn auf. An jenem Tag, als er sich von mir verabschiedet hat, gestand er mir, dass er es geliebt hatte, die Gegend hier von den Juden zu säubern. Verstehst du? Er hatte es geliebt! Es war nicht richtig, es war falsch, es war böse. Aber dennoch: Er gab zu, es geliebt zu haben. Und in diesem Moment verstand ich meinen Vater und konnte ihm verzeihen.«

»Er war ein Nazi.«

»Das waren wir doch alle und sind es vielleicht noch heute.«

Der Wind kehrte mit einem schroffen Besen über Tannenfall.

»Was erwartest du jetzt von mir?«

»Dass du mir vergibst, mein alter Liebling ...« Ihre Stimme zerbrach unter der tosenden Wucht alter Tränen, die an ihre Kehle schlugen.

»Ich kann nicht ...«

Sie schloss die Augen. Der wirr gebundene Zopf löste sich, und aus der einst stolzen Frau wurde eine Bettlerin. »Ich liebte dich immer wie einen Bruder, ich versuchte immer, mehr zu empfinden, aber ... ich kann diese Lüge nicht mehr in mir tragen, sie vergiftet mich – wie dein Kraut ...«

Er drehte sich um, sah zum gewundenen Weg, der vor ihm lag. Auch wenn er es sein Leben lang geahnt hatte: Er konnte es nicht hören. Seine sichere Stellung bei der Gemeinde, seine Geduld, seine Bereitschaft, sich zu opfern, sein Entwurf einer heilen Welt: Sie konnte darin ihr wahres Ich suchen, es war alles für sie.

»Ich war immer ein guter Mensch. Du aber bist ein schlechter«, sagte er bitter und senkte erneut den Kopf. Der Duft von Rosmarin umgarnte die Nase.

»Weil ich dir jetzt die Wahrheit sage? Macht mich das tatsächlich zu einem schlechten Menschen? Gott kennt die Wahrheit, warum jetzt lügen? Es geht um mehr als um gut oder schlecht. Es geht um die Wahrheit … ich habe dich keinen Augenblick in meinem Leben geliebt …«

In der Ferne knackte ein Zweig. Der ewige Schneefall, sein Schweigen, der knöcherne Friede der toten Hirsche von Tannenfall. Der Mond warf lange Schatten. Ein dunkles Volk zog schweigend über den Pass.

»Das ist also die Wahrheit«, sagte er.

In seinem Herzen erwuchs ein tiefer Krater. Die Liebe seines Lebens, verwandelt in ein keuchendes Nichts aus altem Fleisch, dort, kriechend, zerlumpt wie eine Schneehexe, gefürchtet, verhasst, verflucht – das blieb also von seinem Leben?

»Verzeihst du mir?«

Ihre Frage klang wie ein Echo, fremd, unwirklich. Wie konnte er ihr verzeihen?

»Nachdem der Hirsch uns angefallen hat, warum bist du nicht nach Hause? Warum hier hoch? Warum hierher an unseren Platz, wo wir uns … wo ich dich so geliebt hatte …? Warum?«

»Weil es unser Platz war … es tut mir so leid«, sagte sie, warf wütend das Messer von sich und sank bitterlich weinend nieder.

Seine Augen ertranken. Sie sprach von Konrad. Er stellte sich vor, wie sie hier mit ihm gewesen war und an seiner Schulter Träume in den Himmel gemalt hatte, die Wohlstandsträume der Fünfziger, die Lustträume der Sechziger, die Freiheitsträume der Siebziger, die Einheitsträume der Achtziger, die Reiseträume der Neunziger, die Todessehnsüchte des neuen Jahrtausends … hier in Tannenfall.

Er konnte diese Gedanken nicht ertragen. Er musste los,

den Weg des Jägers gehen, sich befreien von den Kraken der Vergangenheit.

Meine Wahrheit. Ein Friedhof toter Träume.

»Ich muss gehen«, sagte er und ging, ohne sich noch einmal umzudrehen, durch die hohen Geweihe der Hirsche zu seinem Weg.

Tannenfall.

Schnee knirschte unter den Füßen. Das Wimmern der Frau, das Winseln eines alten Hundes. Der Wind war fort, hinterließ Stille und bereitete alles auf die Nacht vor.

Als er die Baumgrenze erreichte, streckte er den Kopf über die hohen weißen Tannenkronen und sah über das Tal. Ein dichter Nebel hatte Edden und sein eigenes Dorf gefüllt. Er blickte wieder empor zum Pass und versuchte, die Gedanken zu klären. Er nahm einen tiefen Atemzug und presste dabei seine Nase an das Zeitheil.

Die Zeit heilt alle Wunden.

Alle.

Jetzt war er allein. Alles, was er liebte, hatte sich von ihm abgewandt.

Zuerst dachte er, dass der Hirsch unmittelbar vor ihm auf einen Ast getreten war. Erst als er das immer höhere, hellere Knacken hörte, wandte er sich um.

Krrrrrrrkkkkk. Rrrrrkk. Kkkkkk …

Wie von einer anderen Welt getragen, schritt seine Frau wankend über den gefrorenen See von Tannenfall. Unter jedem Tritt wuchsen verzweigte Äste gebrochenen, dicken Eises über die Oberfläche.

Sie ertrug sein Gehen nicht und wollte mit ihrem Freitod sein Gift aus ihren Adern schwemmen. Gott würde sie auf der anderen Seite erwarten, von seinen Fesseln gab es für sie nur noch diesen Ausweg.

Er rannte zurück. Am Ufer blieb er stehen, hob das Messer aus dem Schnee und rief so laut er konnte: »Um Gottes willen! Komm zurück! Das Eis! Es bricht!«

Sie schwieg, ging weiter, wie ein Geist aus einer anderen Welt.

Er prüfte die Dicke der Eisplatte. Würde es zwei Menschen tragen? Nein. Das Herz schlug schnell. Kaja stand aufgeregt neben ihm, sah abwechselnd zu ihm und zu seiner Frau und wedelte mit dem Schwanz.

»Lass uns zurückgehen in unser Haus, ja? Ich verzeihe dir! Ich verzeihe«, schrie er aus vollem Halse.

In der Mitte des Sees brach sie zusammen. Ihr Atem färbte das blaue Eis weiß.

»Lass uns zurückgehen … zurück.«

Seine Stimme war immer leiser geworden. Bis er den Satz mehr sich selbst als dem regungslosen Menschen dort auf dem Eis zurief.

Auch wenn es ihm gelänge, ihren Körper vom Eis zu ziehen, was würde es ändern? Er kannte die Wahrheit. Gott hatte die Tore für seine Frau weit geöffnet. War es nicht das, was er erhofft hatte, dass sie vor ihm ging? War er nun nicht frei?

Nein. Fühlte sich so etwa Freiheit an? Er sah zum Messer und warf es in hohem Bogen davon.

Er hatte gelogen. Niemals würde er ihr verzeihen. Auch nicht nach ihrem Tod. Er wusste das. Er war ein guter Mensch. Und doch schleuderte das Schicksal seine dunklen Geister gegen ihn, als wäre er ein finsterer Ort, als wäre er ein böser Mensch.

Er rief ihren Namen über den See.

Stille. Echo. Schneefall.

Noch einmal. Echo. Ferne. Nah.

War sie gegangen?

Er zitterte. Seine Augen füllten sich mit Tränen. An seiner Kehle zerrte eine unendliche Traurigkeit. War sie hinübergetreten?

Er hob das Gewehr, um mit dem Zielfernrohr eine kleine Bewegung, eine weiße Wolke ihres Atems, einen Herzschlag zu sehen: nichts.

War sie fort?

Kaja winselte, zog den Schwanz unter die Hinterbeine.

Die Nacht würde neue Kälte bringen. Das würde den See weiter zufrieren lassen und das Eis stärker machen. Dann könnte er zu ihr hinübergehen und sie retten.

Sie retten. Er dachte noch immer daran. Seine Liebe starb nicht, sosehr er es sich auch wünschte. Wieder und wieder kamen all die Fragen, die Vorwürfe hoch, warum er nicht bei ihr im klammen Schlafzimmer geblieben war, warum diese Idee, nach Tannenfall zu gehen, warum das Rad, diese absurde Reise? Warum hatte er sie nicht gefunden, warum sein Zögern, ihr zu verzeihen …

Ihr Herz war erfroren wie der See. Als sie noch gelebt hatte, war er entschlossen gewesen, den Weg des Jägers zu gehen, um ihr zu beweisen, dass sie sich in ihm geirrt hatte. Jetzt, da sie tot war, wollte er sich rächen, dass sie in diesen letzten Stunden seinen Stolz ertränkt und die Liebe zu ihr in ihm erneut entfacht hatte.

Nein.

Der Jäger hat nur ein einziges Ziel. Den Hirsch zu besiegen. Seine Frau war tot. Er nicht.

Ein lautes Knacken kam von einer anderen Welt. Eis. Brach es? War es eine kleine Bewegung? Lebte sie?

Er wollte ihren Namen rufen, doch er schwieg. Er war zu einem stummen Drachen geworden.

Hätte er es nur geschafft, dass sie mit ihren letzten Blicken, die sie auf diese Welt warf, ihn sah, mit dem Haupt des Hirsches, dann hätte sie ihn vielleicht für diesen letzten Augenblick geliebt, so wie sie ihren Vater in der letzten Stunde geliebt hatte, als er ihr die Wahrheit gesagt hatte. Und dann hätte er ihr verzeihen können. Für einen einzigen, letzten Blick seiner großen, großen Liebe.

Schweigend verließ er Tannenfall und stieg erneut über die Baumgrenze. Er wandte sich nicht mehr zu seiner Frau um. Alles war gesagt, und die Nacht des Hirsches hatte begonnen.

Die Nacht des Hirsches

Niemals werde ich mehr ablassen von meinem Weg.
Niemals.

Im Namen des Vaters

Einsam erhob er sich über den Nebel, der nach Tannenfall gezogen war. Der Schneefall war abgeklungen, und das Eis des gewundenen, schmalen Pfades glänzte im Mondlicht. Der Wind, der am Pass gewöhnlich tobte, lauerte bereits am Horizont, um die letzten Bäume der Anhöhe wie verlorene Seelen zu brechen.

Plötzlich begann es – und der Sturm brach los mit der Kraft von berghoch gestauter Wut.

Der schwarze Himmel über ihm zeigte sich wieder. Eine prachtvolle Welt aus Sternen und Träumen ergoss sich über ihn und sah auf die flüchtenden Wolkenherden. Kurz blieb er an einer Biegung stehen und betrachtete dieses atemberaubende Geschenk. Hatte das drohende Unwetter auf ihn gewartet? So ein Unsinn. Brachte es den Hirsch mit?

Er stieg weiter hinauf. Das teigige Gesicht des Mondes hüllte den Weg in ein bleiches, unwirkliches, ja gespenstisches Licht. Er war überzeugt, dass er Wildspuren darin sofort erkennen würde. Immer wieder wandte er sich um. Verfolgte ihn jemand? Hinter ihm lag Tannenfall, das von hier aussah wie eine Schüssel, umklammert von dichten weißen Tannen, unter denen die monströsen Trophäen wachten. Und in der Mitte wie die Pupille eines Auges: der See einer toten Frau …

Wie sehr er sie doch liebte. Immer noch. Er verfiel beinahe den klebrigen Fängen der Sehnsucht, die wie Spinnenbeine nach ihm griffen, als Kaja auf ihn zulief. Sie sah aus wie von einer anderen Welt, fast durchsichtig. Für einen Augenblick dachte er, sie wäre bereits tot und liefe im Jenseits an ihm vorbei. Aber er täuschte sich.

Er breitete die Arme aus und empfing seine müde Freundin mit einem strahlenden Lächeln. Warum war sie nicht in Tannenfall geblieben? Sie hatte sich entschieden. Zurückschicken wollte er sie nicht.

Er erinnerte sich, wie er von Kopfschmerzen und Übelkeit geplagt durch den Dunkelwald geirrt war und Kaja ihn gerettet hatte, indem sie ihm einen unsichtbaren Weg gezeigt hatte. Nun war es umgekehrt, und er ging voran. Nach all den Demütigungen genoss er das Gefühl, dass Kaja ihm nun vertraute und seinen Schritten folgte. Es würde auch nicht mehr lange dauern, dann wäre der letzte Aufstieg geschafft. Doch er war gefährlich und heimtückisch. Ein einziger unvorsichtiger Tritt reichte aus, um kopfüber ins Tal zu stürzen.

Der alte Mann aber erreichte die stürmischen Höhen. Er stieß den Stock durch den gepressten Schnee, der wie ein Geflecht aus bizarren, dünnen Fäden über dem Hochplateau lag. Er atmete schwer und wartete, bis sich Kaja neben ihn gesetzt hatte.

Das war es. Das Land seines Vaters.

Der Pass war umringt von gewaltigen Bergketten, die in einiger Entfernung schützend den Horizont vor Edden und seinem Dorf bewachten. Der Gebirgssattel, der die beiden Dörfer wie ein Vulkan trennte, war nie an das Verkehrsnetz angeschlossen worden. Und so führten nur zwei Wege hierherauf: der eine gewundene von Tannenfall, der andere steil abfallende direkt von Edden. Das waren die einzigen Möglichkeiten, zur großen Einöde zu gelangen. Dabei lohnten sich die Mühe und die Entbehrungen, denn der Ausblick war atemberaubend schön. Als Kind hatte er sogar das Gefühl gehabt, dass er an keinem Ort auf der Welt jemals so sehr spüren könnte, wie er inmitten der Schöpfung stand und Gott vom gewaltigen Himmelsdach auf ihn herabsah.

Er war lange nicht mehr hier gewesen, und Gott hatte ihn längst vergessen.

Kurz nach dem Krieg hatte er sich von dem Ort verabschiedet, an dem er aufgewachsen war. Er hatte nie vorgehabt, wiederzukommen – jetzt, in der Stunde seines Todes, musste er es tun. Seine Blicke flogen wie altes Laub über die weite Ebene und suchten nach einem Wildschatten, einem Spurenverlauf, einem Vorbeihuschen. Doch der Hirsch war nicht da.

In der Mitte des Plateaus hatte früher der Hof seiner Eltern gestanden. Er war niedrig und doch geräumig gewesen und hatte aufgrund seiner einfachen, aber stabilen Bauweise den Stürmen getrotzt, die hier täglich niedergegangen waren.

Im Winter war die eine Seite des Hofes nackt gewesen und hatte die eisigen Wellen der Windreiter empfangen wie die Spitze eines Schiffes. Die andere Seite hatte einer Schneegischt geglichen, die mit den zerrissenen Leibern der Schneehexen an den Fenstern geklebt und alles in den Stuben verdunkelt hatte.

Er hatte die Erinnerung an seine Kindheit verdrängt. Sei es der beschwerliche, stundenlange Schulweg jeden Tag hinab ins Tal, in das Dorf, sei es der kräfteraubende Rückmarsch über Tannenfall. Wie leicht sich diese Gedanken doch anfühlten, so namenlos, dachte er, ohne den Schuldsack ungelebter Sühne.

Nachdem der erste Krieg zu Ende gewesen war, hatte sein Vater richtig erkannt, dass der wahre Krieg noch bevorstand. Er war sechs gewesen, als sie damals gemeinsam zu den Bergketten gesehen hatten, die im roten Abendlicht lagen. Sein alter Herr hatte erzählt, dass man die großen Veränderungen der Menschheit in der Natur erkannte, bevor sie passierten.

Man muss zuhören: dem Wind, der von den Gipfeln herüberzieht, den Liedern der Vögel, dem Rauschen der Quellen. Oder hier, das Gras, versengt – wie verbrannte Erde …

Er erschrak, da er die Stimme seines Vaters noch immer so deutlich hörte, als würde er neben ihm stehen.

In dieser Gegend, unserer Heimat, keimt seit Jahrhunderten etwas, was niemand begreift, der sich dessen nicht annimmt. Es ist wie ein Zeichen, ein Weg …

Ein Königsweg.

Und wer weiß, vielleicht bist du später derjenige, der verstehen wird. Ich kann es nur fühlen, dass etwas vorgeht, da draußen hinter den Bergen. Aber in hundert Jahren, wer weiß, was dann sein wird …

Sein Vater hatte gelächelt und ihn an sich gedrückt. Er hatte den Arm und die Wärme gespürt, die von ihm ausgegangen war.

Das ist kein gutes Land mehr. Es ist böse geworden.

Er dachte an die duftenden Herbststürme, die in jener Zeit an dem Hof gezerrt hatten, als wollten sie ihn auseinanderreißen. Er hatte damals aus der kleinen Luke auf den Himmel gestarrt und den Wolken zugesehen, die wie Flüchtlinge durch die Nacht flogen. Seine Mutter hatte viel geweint damals. Und sein Vater hatte plötzlich diesen Ausdruck im Gesicht angenommen, als hätte er erfahren, dass ihm nur noch einige Tage zu leben vergönnt waren. Zwischen den Tränen und dem Schweigen hatte er die Namen anderer Länder gehört.

Dann war der große Krieg gekommen.

Als alles vorbei gewesen war und sein Vater wieder die Kühe auf die Alm getrieben hatte, war er jeden Abend zu ihm gekommen und hatte ihn nach dem Geld gefragt, das er gestohlen hatte. Damals, als er sechs gewesen war. Zuerst hatte der alte Herr gedroht, dann gebettelt und am Ende geweint. Dass er sein Verbrechen nicht zugegeben hatte, hatte ihm sein Vater nie verziehen.

Das ist kein gutes Land mehr. Es ist böse geworden.

Er hatte sich nie gefragt, warum er das geraubte Geld nie zurückgegeben oder wenigstens seine Schuld eingestanden hatte. War es Angst gewesen, doch ein Dieb zu sein, wie sein Vater es ihm vorgeworfen hatte? War es Angst gewesen, dass sein Vater die Familie verlassen würde, seine Mutter und ihn, hier oben zwischen den verlorenen Welten? Er wusste es nicht.

Eine Faust drehte sich in seinem Magen, als er an das heulende Stück Elend dachte, das dort vor dem Horizont gekauert hatte, wissend, dass seine Träume, das Land zu verlassen, für immer in Tannenfall begraben lagen.

Oder hier, das Gras, versengt – wie verbrannte Erde …

Er griff nach dem Zeitheil. Der Beutel war gefroren. Der Duft war schärfer, stach in der Nase wie Nadeln. Könnte er doch nur in einer Halluzination dem Vater erscheinen und sich mit ihm an den Rand der Welt stellen …

Sein Vater hatte den großen Krieg gefürchtet, in dem Wissen, dass er ihm seinen Stolz und seine Selbstachtung rauben und ihm nur Lügen, Heuchelei und Unterwürfigkeit bringen würde.

Das ist schlimmer als der Tod im Isonzo.

Sein Vater hatte sich den Nazis unterworfen. Er hatte nicht gewollt, dass seine Familie in ein Arbeitslager kam wie die vielen Arbeitslosen in der Stadt. Hier über Tannenfall hatten sie alle ihr Auskommen gefunden, die knatternden Hakenkreuzfahnen auf den Gipfeln hatten sie alle vor dem Tod bewahrt, der in der Fremde auf sie gewartet hätte.

Manchmal musst du lügen und schweigen, um das zu retten, was du am meisten liebst.

Die beharrliche Stille seines Vaters war für ihn kaum zu ertragen gewesen. Er hatte sich gewünscht, dass dieser an der Front kämpfen würde, nur um dem Schweigen zu entrinnen. Er war seinem Vater damals oft mit herausgestreckter Brust und eingezogenem Bauch begegnet, um ihm zu zeigen, dass auch er es wert gewesen wäre, aufrecht als Mann zu sterben, aber sein Vater hatte diese blamablen Versuche übersehen und es ausgezeichnet verstanden, seinen Sohn vom Krieg fernzuhalten.

Das ist nichts für dich.

Bis heute wusste er nicht, wie es sein Vater angestellt hatte, dass man ihm nie eine Einberufung schickte. War es der enge Kontakt zu den Aufsehern des nahen Konzentrationslagers gewesen, denen er mit seiner Orts- und Naturkenntnis geholfen hatte, einen großen Tunnel in den Berg zu schlagen?

Auch darüber hatte sein Vater nicht gesprochen.

Irgendwann werden wir alle unseren Frieden finden.

Jetzt, da er nach diesen vielen Jahrzehnten wieder hier war, verstand er, was sein Vater damit gemeint hatte.

Wind wusch sein Haar, zog am Fell, leckte am Zeitheil wie eine Hure.

Er richtete den Blick auf die Stelle, an welcher der Hof gestanden hatte. Bergkiefern umringten das verschwundene Haus. Dort, wo die Ställe gestanden hatten, ragte nur noch ein alter Holzpfeiler aus der Erde. In den achtziger Jahren hatte der Bürgermeister Albert Khalberg hier Tafeln anbringen lassen, um Wanderern den Weg zu den stummen Feldern von Edden zu zeigen. Heute waren die Namen der einstigen Sehenswürdigkeiten verblasst, so wie die Farben der Schilder.

Dahinter aber …

Was war das? Der dunkle Schatten eines schmalen Rechtecks lag am anderen Ende des Bergplateaus. Er kniff die Augen zusammen und wollte eine Art Knochenburg erkennen, die dem weißen Turm in seiner Bauart beängstigend ähnlich war.

War dies die Wahrnehmung des Zeitheils? Ein Gebäude, fern seiner Erinnerung wie die Geweihe der toten Hirsche in Tannenfall, die vielen Stimmen …?

Er gab Kaja ein Zeichen und ging über die mit gepresstem Schnee bedeckte Ebene. Er wankte über die dunkle Einöde wie jemand, der den Verstand verloren hatte, da er ständig durch den doppelten weißen Boden brach.

Seine Blicke schwangen wie das Pendel einer Uhr über die gefrorene Wiese – gab es hier Spuren?

Ich werde dich finden, ich werde es beweisen, ihr werdet euch schämen, wenn ihr mich an meiner Erschöpfung sterben seht. Ihr alle habt euch in mir geirrt.

Eine Dohle glitt erschrocken von einer der Bergkiefern ins Tal. Der Mond warf Schatten über das bleiche Tuch. Schwarze, lange Grasfäden griffen schlaff nach der eisigen Erde.

Das Gebäude kam immer näher. Es war weiß, länglich und hatte ein hellgraues Flachdach. Drei große Rohre bogen sich aus dem Grund, als wollten sie die Anlage umwickeln.

Kurz meinte er ein Summen zu hören. Er irrte sich.

War dies das Haus des neuen Besitzers, der seinem Vater nach dem Krieg das Land und den Hof abgekauft hatte?

Kaja holte auf, um näher bei ihrem Herrchen zu sein. Immer wieder drehte sie den Kopf. Hörte sie etwas? Ein lautes Atmen?

Das Gebäude kroch näher. Drei kleine, quadratische Fenster durchbrachen die Seite. An der Vorderseite führte eine Tür in das Innere.

Er erinnerte sich, dass in den sechziger Jahren ein Streit über eine Wetterstation in den Bergen den Gemeinderat entzweit hatte. War sie das, die Wetterstation?

Er spürte plötzlich ein großes Unbehagen in sich heranwachsen. Aber wovor hatte er Angst? Wer würde hier in diesem Haus noch wohnen? Die Fenster waren schwarz, die Tür von den Eisstürmen verschweißt.

Hier war niemand.

Er runzelte die Stirn. Hatte Konrad dieses Gebäude gekannt? War er mit seiner Frau hierherauf gekommen, wenn sie in Tannenfall waren? War das am Ende … ihr Haus?

Er zog das Tagebuch in die Kälte. Vielleicht gab es darin eine Zeichnung, etwas, was er schnell finden könnte und was ihm einen Hinweis lieferte, irgendetwas, was ihm Hoffnung schenkte.

Es war unmöglich, die vielen Worte zu lesen und zu verstehen, ohne die nötige Ruhe und Zeit zu besitzen. Er hatte beides verloren.

Sein Daumen zitterte und sprang ohne sein Zutun über den Buchrücken. Er blies warme Luft auf die Finger und versuchte noch einmal, die Blätter des Buches durchzusehen. Die Zeilen und Zeichnungen waren verschwommen. Die Brille lag in Tannenfall, zerbrochen an der Seite seiner Frau.

Nichts.

Das alte Papier stöhnte in der Kälte.

Er biss die Zähne zusammen und stellte die Augen so scharf, dass ihm übel wurde durch die Anstrengung.

24. April 1933. Habe ihren Brief bekommen. Was weiß sie von dem Wesentlichen, Einfachen, Großen? Wo, wenn nicht hier, soll sie davon erfahren? In Wien, München, Berlin? Was für ein Unfug.

1. Mai 1933. Komm zurück. Endlich sind wir fähig, uns selbst zu wollen! Komm zurück. Wir alle erwarten dich – vergiftete Worte … wie konnte ich sie jemals lieben.

17. Juni 1933. Was werde ich meinem Sohn sagen, wenn alles vorüber ist? Nichts. Denn er kennt die Wahrheit.

Was wird sie ihrem sagen? Dass alles nötig war, um die Gefahren des Kommunismus abzuwehren? Dass alles der geistigen Erneuerung des Lebens diente? Dass alles unerlässlich war, um das Abendland zu retten? Was für eine Heuchelei, was für ein Strohfeuer. Ich bin das einzige Feuer! Habe Angst, dass Konrad dem nie gewachsen sein und im entscheidenden Augenblick nicht die Kraft haben wird.

22. Dezember 1933. Dr. Merten ist in Edden angekommen. Seine Intelligenz und seine Leidenschaft könnten das Geheimnis lüften. Bin fasziniert vom Kult der Peyote.

5. Januar 1934. Die Sporen machen die Welt hier oben dünner. Hier sehen wir den ganzen Weg ein. Wenn alles vorbei ist, werden wir das Stück Land für Merten kaufen. Übrigens: Der Bauer hat Juden versteckt. Helfe ihm dabei, die Tunnelarbeiten zu sabotieren.

Er zitterte so stark, dass ihm das Buch aus der Hand fiel. Die Türklinke war eine Armlänge von ihm entfernt. Er hob das Buch auf. Dann drückte er den Griff nach unten, kräftig, kräftiger, um sie vom Eis zu befreien. Und dann: Die Tür, sie war verschlossen.

Er trat um die Ecke, knirschend. Wind folgte ihm. Er traute seinen Augen nicht …

Das Gebäude war auf der hinteren Seite vollkommen eingestürzt. Eine Schneewand hatte sich an der Innenseite gebildet und den Eindruck vermittelt, dass die Fenster dunkel wären.

Er betrat das Haus: Ein länglicher Vorraum führte in einen großen Raum, der hinten bis zu einem anderen Zimmer reichte, vermutlich dem Schlafzimmer. Die Holzdielen waren längst mit der Natur verwachsen und zeigten keine Spuren mehr von früherer Wohnlichkeit.

Auch sonst: kein Tisch, keine Türen, keine Tassen, Regale, Schränke – nichts.

Plötzlich aber begann Kaja zu bellen. Sie wedelte aufgeregt mit dem Schwanz und sah erwartungsvoll in seine Augen. Der Weg des Jägers, er war auf seinem Weg, dem Königsweg.

Wie ein Wolf mit zerrissenem Pelz ging er an die Stelle, wo der Hund auf ihn wartete. Er griff nach dem Gewehr und zog es von der Schulter, bis es in der rechten Hand einrastete und er mit der linken den Stock nach vorne schob.

Kaja hatte eine Spur gefunden …

Er ging vorsichtig nach vorne. Das Zeitheil schwang aufgeregt wie sein Herz. Er zog Luft durch die Nase, die ganz verklebt war von der Kälte.

Die Fährten lagen deutlich im Schnee. Die Hufe des Hirsches hatten einen Abdruck hinterlassen, der größer war als seine Füße. Er zitterte am ganzen Körper.

Der Hirsch.

Er war hier.

Er musste in der Nähe sein, sonst hätte der Wind die Spuren längst aufgefressen.

Er sagte zu Kaja, sie solle den Geruch aufnehmen, und roch gleichzeitig am Zeitheil.

Wohin führst du mich?

Seine Augen sprangen von einem Abdruck zum nächsten …

Sie kamen aus dem Nichts und verschwanden im Nichts.

Die Spuren.

Wie konnte das sein?

Sein Bein blieb an einem Stein hängen, und er stolperte, fiel und krachte zu Boden.

Was zur Hölle …?

Ein großer eiserner Ring. Das Mondlicht hatte ihn verborgen. Erst jetzt fiel ihm das Heu auf, das auf der Erde verstreut lag.

Deshalb war der Hirsch nicht zur Fütterung gekommen. Jemand hatte ihn hier versorgt, ihn hierhergelockt. Waren es seine Frau und Konrad gewesen?

Er wankte und setzte sich auf den Boden. Der Wind fauchte über die Reste des Hauses und trug ein stummes Lied bei sich.

Würde ihn dieser Ring zu seinem ersten Geheimnis führen, zu seinem wahren Selbst?

Er schüttelte den Kopf und zog entschlossen den Eisenring nach oben. Und während die Windreiter neue Truppen über die Einöde schickten, öffnete er die Tür zur Unterwelt.

Die Futterkrippe in der Unterwelt

Das viereckige Loch im Boden inhalierte dunklen Staub.

Er wandte das Gesicht zur Seite und schloss die Augen. Kaum waren die Atemwege wieder frei, legte er sich auf den Boden und steckte den Kopf in den verborgenen Keller.

Das Licht des Mondes lockte die Schatten blauer Plastiktonnen hervor. Es waren dieselben wie bei der Futterstelle, wo er die Nacht zuvor vergeblich auf den Hirsch gewartet hatte.

Er streckte die Hand aus und öffnete einen Behälter. Der pralle Duft trockener Gerste stob ihm in die Nase. Er griff in das Korn und führte eine Handkelle an den Mund. Wie lange hatte er nicht mehr gegessen?

Er schob die Verschlüsse der anderen Tonnen zur Seite und steckte fauligen Apfeltrester, harte Rübenpellets und körnigen Mais in den klammen Rachen, die wie Fremdkörper durch die Speiseröhre krochen.

Eilig warf er Kaja ein paar Handvoll Futter zu, das sie verschlang, ohne zu schlucken. Wer immer für die geheime Wildfütterung sorgte, er dankte ihm mit einem kurzen Stoßgebet unter dem wartenden Himmel.

Er überlegte, ob er sich in den Raum hinunterschwingen sollte, um nach mehr Essbarem zu suchen. Doch würde er dann wieder heraufkommen? Würde es ihn vom Weg abbringen? Die Neugier ließ ihn nicht los, also steckte er den Kopf abermals tief in das dunkle Loch. Wer auch immer diese Tonnen mit Futter füllte, brauchte eine Leiter, dachte er und presste den Oberkörper wieder aus der Luke. Was auch immer hier geschehen sein mochte, er würde es nie herausfinden, denn dazu war die Zeit zu knapp. Und dennoch: Was verbarg sich hinter dieser geheimnisvollen Futterstelle?

Seine Blicke strichen durch die gespenstisch wirkenden Gemäuer auf der Suche nach einem vertrauten Schatten. Da – unter dem Fenster, unter der Mauer aus Schnee: eine kurze Holzleiter. Jemand hatte sie in den letzten Wochen benutzt. Auf den Querhölzern sah man die Abnutzung durch Hunderte Auf- und Abstiege.

Sein rechter Fuß stieß hinab in die Dunkelheit und fasste die erste Sprosse. Er suchte Halt, führte den anderen Fuß nach und stieg in das scheinbare Nichts. Draußen winselte Kaja. Sie sorgte sich um ihr Herrchen.

Der süßsäuerliche Geruch des Apfeltresters stach ihm in die Nase. Die Augen tränten. Er sah sich um. Weiter hinten roch es nach Heu und Schimmel. Er zog den Kopf ein und ging ein paar Schritte in die Finsternis. Nässe empfing ihn. Schnee rieselte von oben. Holz knarrte. Er versuchte sich vorzustellen, wie groß der Keller sein mochte. Langsam schob er einen Fuß nach vorne, tastete sich mit den blinden Zehen weiter und wandte sich dabei immer wieder zur rettenden Luke um. Würde jemand sie zuschlagen? Warum? Wer? Er war allein: Da war niemand mehr außer ihm, dem Hund und dem Hirsch …

Da, was war das? Sein Fuß spürte eine Stufe. Eine Stufe? Führte hier eine Treppe noch tiefer in den Berg hinein? War dort unten am Ende eine Tür? Es war zu dunkel, um etwas zu erkennen. Und die Luke? Sie war noch da, stand offen. Er ertastete mit der rechten Hand eine Steinwand, mit der linken stieß er den Stock in den dunklen Abgrund, eine Stufe … eine weitere … eine dritte. Er hielt den Atem an, presste ihn angespannt in den unsichtbaren Staub des Kellers, ging weiter, bis – er erreichte eine Stahltür, griff nach dem Knauf, drehte, drückte, zog. Versperrt. Es duftete … nach Rosmarin. Es schien, als wäre ein Ozean dieser strengen Witterung hinter dieser Tür aufgestaut, ein Meer, das ihn fortspülen würde in eine andere Welt.

Und mit dem Duft kamen die Kopfschmerzen wieder. Und die Übelkeit. Er griff nach dem Zeitheil und roch daran. Es war ein anderer Geruch. Ähnlich, doch süßlicher, blauer.

Er verstand nichts von Kräutern und Pflanzen. Aber er wusste, dass die Übelkeit in den nächsten Minuten so stark werden würde, dass er im Schwindel den Rückweg nicht mehr finden konnte. Das Risiko wollte er nicht eingehen.

Hinaus, hinaus, dachte er und tastete sich wieder nach oben. Dabei fasste seine Hand mit einem Mal ins Leere, als würde sie durch ein Kellerfenster fassen. Das Mondlicht malte mit blassen Pinselstrichen einen alten Arztstuhl in einen nicht vorhandenen Raum, ein Ungetüm aus Metall und Leder, wie er es vom Zahnarzt kannte. Täuschte er sich? Er dachte an die Experimente, die in dem Tagebuch aus Konrads Turm beschrieben waren. Er hatte die Stellen überblättert, da ihm die Zeichnungen Angst eingeflößt hatten. Kannte seine Frau die Wahrheit?

Nein, er musste wieder hinauf. An die Luft, er musste nach draußen.

Oben angekommen zog er die Leiter wieder aus dem Loch, legte sie zurück an ihren Platz und schloss die Luke. Er würde das Geheimnis dieses Ortes nie erfahren, dachte er.

Das ist kein gutes Land mehr. Es ist böse geworden.

Das Röhren des Hirsches ließ den Boden erzittern. Er war zurückgekommen. Hatte Hunger.

Er sah in die Nacht und fasste einen Plan. Wenn er dort, wo früher die Scheune gestanden hatte, darauf wartete, dass der Hirsch zu dieser Futterstelle kam, wenn er darauf wartete, mit dem Gewehr im Anschlag, dann könnte er ihn erledigen. Ein für alle Mal. Ja!

Er wollte schon nach dem Eisenring greifen und Heu und Apfeltrester als Lockmittel aus den faulig riechenden Tonnen holen, als er einen kurzen Blick zu dem nackten, schneeverwehten Pfeiler warf, der wie ein Mahnmal auf der Alm in den Himmel ragte.

Wieder meinte er, seinen Augen nicht trauen zu können. Zehn Schritte entfernt, neben dem weißen Pfahl, stand er.

Mächtig. Ruhig. Auf dem Haupt stolz das Geweih, edel wie ein Altar. Der Hirsch erschien ihm noch größer als beim ersten Mal. Ein Riese, ein Ungetüm, ein Dämon, majestätisch.

Er sah nach Kaja und bedeutete ihr mit einer Handbewegung, still zu sein. Der Hund verstand und legte sich auf den Boden, während die Augen den stummen Befehlen seines Herrchens folgten.

Er bewegte sich so wenig wie möglich. Die rechte Hand langsam über die Brust, zum Gewehr. Es war geladen, Gott sei Dank. Er zog es von der einen Schulter, presste den Kolben in die andere, fest. Der Schuss würde ihn wieder zurückstoßen, er musste ihn beim ersten Versuch treffen.

Das Visier torkelte über den Kopf des Hirsches.

Ein einziger Schuss, und sein Leben hätte am Ende einen Sinn gehabt. Ein letzter Schrei der Verzweiflung. Eine Kugel durch Konrads Schädel.

Die Schmerzen an den Schläfen waren unerträglich. Er musste erbrechen, gleich nach dem Treffer, gleich danach.

Er schloss die Augen …

Der Hirsch, er war … verschwunden.

Hatte er sich das Erscheinen des Wildes eingebildet? Holten der Hunger, die Erschöpfung und der schreckliche Geruch wieder die Geister und die Stimmen?

Enttäuscht setzte er das Gewehr ab. Wieder war er einer Illusion zum Opfer gefallen. Er konnte diese zerrissene Welt nicht mehr ertragen. Er wollte endlich die Wahrheit, wollte den Hirsch töten, ihn ausradieren von der Erde der Lebenden, nur um selbst sterben zu können. Das Trugbild, ein anderer sein zu können, den Irrglauben, ein glückliches Dasein geführt zu haben, den Wahn, die Liebe seines Lebens gefunden zu haben, ertrug er nicht mehr.

Er wünschte sich nichts sehnlicher, als für einen Augenblick alles sehen zu können: die Welt, wie er sie kannte, und die Welt, wie er sie sich vorstellte, die andere Welt, die Wahrheit. Spendete Gott diese vernebelnden Düfte, um seine wahre Gestalt zu zeigen? War die Entsagung von den Drogen der

Natur nicht die Trennung von der Wahrheit, der Schöpfung hinter dem Vorhang?

Er machte sich also wieder auf, packte seine Sachen und humpelte zu dem Pfeiler, wo er den Hirsch gesehen hatte. Er wusste, dass er dort abermals keine Spuren finden würde, dass sich auch dieser Traum auflösen würde wie alle seine Hoffnungen, dass er …

Kaja überholte ihn und lief aufgeregt zum Ort der alten Scheune. Sie schnupperte und umkreiste die Stelle, an welcher der Paarhufer zuvor gestanden hatte. Er ging schneller und hinkte krachend über den gepressten Schnee.

Der Mond schien vom Himmel wie eine Fackel.

Es war keine Halluzination gewesen. Da waren die Spuren seines Gegners. Er war da gewesen. Eindeutig. Er konnte die Hände in die Abdrücke legen, konnte sie mit eigenen Augen sehen.

Der Hirsch musste ihn entdeckt haben, musste von der Jagd wissen. Hatte er wirklich geglaubt, dass es so einfach sein würde? Die Spur führte nah an den Pfeiler der ehemaligen Scheune und verlor sich dann wieder im Dunkel.

»Diesmal entkommst du mir nicht«, sagte er und blieb, ohne es zu wollen, mit dem Blick an einer Stelle des Pfahls kleben, aus dem ein roter Stahlstift ragte.

Hätte er nur geschossen, ohne nachzudenken. Er wäre jetzt tot …

Er schloss die Augen, als er den Nagel spürte, wie er sein Herz durchstieß, seine Hände, seine Füße durchschlug.

Und mit einem Mal wusste er, wenn er den Hirsch finden und besiegen wollte, dann musste er jetzt mit dem fortfahren, was er in Tannenfall begonnen hatte. Er musste den Weg des Jägers gehen, und nichts in der Welt durfte ihn daran hindern. Weder die Nacht noch der Hunger noch die Erschöpfung noch dieser Ort, an dem so viel schmerzliche Erinnerung haftete.

Ein brüchiger Sommer

Die Bomber sahen aus wie Stare, die den heißen Himmel kreuzten.

Der Sommer 1944 war eine besondere Jahreszeit, denn die Alm erblühte in einer wilden Buntheit, wie er sie noch nie gesehen hatte. Alles summte, zirpte, vibrierte, und die frische Luft, die von den Bergen herüberschwappte, spülte die drückende, aus den Tälern hochkriechende Hitze sanft und geduldig fort. Wie ein unsichtbares Tuch legte sich der würzige Duft der Alpen über die Wiesen.

Er liebte diesen Sommer. Er liebte sie.

Nie soll diese Zeit vergehen. Nie, hörst du, lieber Gott?

Ein paar Wolken mischten sich zu den Bombern, die lautlos hinter den Bergrücken verschwanden.

Im Frühjahr war er dreißig geworden. Sollte er um ihre Hand anhalten? Er drehte den Kopf zur Seite, ein Grashalm spielte mit seiner Nase.

Sie war so wunderschön: ihr behutsamer Gang, ihre Blicke, zaghaft, scheu, der Takt ihres Pulsschlages, beruhigend wie die Brandung eines gezähmten Meeres, der Duft ihrer Haut, glatt und weiß wie Porzellan. Das Blumenkleid tanzte im Rhythmus ihrer Hüften. Unberührbar, unverwundbar, wie eine Heilige. Niemand verehrte sie mehr als er, und er sehnte sich, Teil ihrer Melodie zu sein.

Er liebte diesen Sommer.

Sie verabredeten sich jeden Tag oben unterm Himmel und träumten in die Zukunft. Sie kam meist am frühen Abend, da die harte Arbeit am Hof ihrer Eltern es nicht eher zuließ. Ihr Vater missbilligte ihre täglichen Ausflüge zum Tannhof, ihre Mutter verstand sie und warb bei ihrem Mann für den Sohn des Tannbauers, wie sein Vater allgemein gerufen wurde.

Der Sohn vom Tannbauer ist ein fauler Hund und drückt sich vor der Pflicht! Er soll an die Front, dort soll er zeigen, was für ein Mann er ist.

Er hatte Angst vor ihrem Vater. Wartete er deshalb so lange, bis er um ihre Hand anhielt? Oder war es der Krieg, angesichts dessen er nicht mehr Aufsehen erregen wollte als nötig? Oder war es diese süße Bitterkeit in ihren Augen? Er wusste es nicht.

Seine Eltern mochten sie. Sein alter Herr nickte schweigend, als er sie ihm vorstellte. Er murmelte etwas Unverständliches, versuchte sich ein Lächeln abzuringen, machte sich aber bald darauf wieder auf den Weg hinüber zum Lager. Und seine Mutter: Sie schenkte ihr vom ersten Augenblick an ihr Herz, nahm sie auf wie eine lang vermisste Freundin, ganz so, als wüsste sie, dass ihr Sohn nicht fähig wäre, je wieder eine Liebe, einen Halt in seinem Leben zu finden. Sie kannte den stillen Dämon, der in ihm wohnte und den die Liebe zu einer Frau einschläfern würde.

Sie, das ist die Richtige für dich, auf sie musst du hören. Nimm dich immer zurück, damit sie dir nicht wegläuft.

»Na, du?«, sagte sie und hockte sich zu ihm. Sie sah aus, als hätte sie geweint.

»Was ist los? Ist was geschehen«, fragte er, beugte sich vor und stemmte die Ellbogen in die warme Wiese.

In der Ferne wechselte eine Leitkuh auf die andere Seite. Die restlichen Kühe folgten ihrem müden Glockengeläut.

»Mein Vater muss an die Front.«

»Dein Vater?« Am Horizont tauchten neue Bomber auf.

»Wir schaffen das nicht ohne meinen Vater.«

Er nickte und sah zu den Kühen.

Sie setzte sich neben ihn und atmete tief aus. Er kannte diese Stille.

»Und geht er?«

»Weiß nicht. Was wird dann mit uns?«

»Ich kann euch helfen.«

Sie lachte und sah einem weißen Schmetterling zu, der sich in der Freude des Sommers überschlug. Sie mochte ihn. Zumindest mochte sie ihn so sehr, dass sie jeden Tag den beschwerlichen Weg zu ihm heraufkam, um mit ihm zu reden. Sie hatte wohl nie etwas anderes gespürt, konnte die Zuneigung zu ihm nie mit tiefen Gefühlen vergleichen. Irgendetwas schien sie an ihm zu vermissen, etwas, was ihr Vater hatte, etwas, was sich nicht beschreiben ließ …

»Du willst, dass ich gehe, nicht wahr? Für deinen Vater.«

Sie fühlte sich ertappt. »Ich weiß nicht, was ich denken soll«, sagte sie und streckte ihren Nacken durch.

»Es würde meinem Vater das Herz brechen, wenn ich jetzt ginge. Er hat so viel aufs Spiel gesetzt, damit er seinen Sohn aus diesem Krieg fernhält. Ich würde alles, was er getan hat, für mich getan hat, verraten.«

Er wusste, dass er mit diesem Argument nicht zu ihr durchstieß.

»Durch ihn haben wir ein gutes Leben hier.«

Sie warf ihm einen bösen Blick zu. Wusste sie, dass er seinem Vater damals die Zukunft gestohlen hatte? Hatte er es ihr erzählt? Liebestrunken?

»Dein Vater ist ein Nazi. Er macht die ganze Welt kaputt.«

»Das ist nicht wahr.«

»Ist es doch! Oder was, glaubst du, macht er dort im Lager?«

»Sie graben einen Tunnel.«

Sie stand auf, ging ein paar Schritte weg von ihm und suchte am weiten Horizont vor sich nach einer Zukunft.

Er holte das kleine Blechgeschirr aus seiner Tasche und stellte es neben sich ab.

»Komm zu mir. Schau, ich habe hier wieder was für uns.«

Er hob den Deckel und zeigte ihr das gepökelte Fleisch und den Happen Sauerkraut. Er wusste, dass sie und ihre Familie kaum etwas zu essen hatten.

Auch wenn die Menschen auf dem Land deutlich besser dran waren als die Geschundenen in der Stadt, der Hunger zehrte an allen.

»Hier, lass uns essen. Ich sehe doch, dass du Appetit hast.«

Sie schüttelte den Kopf und verließ ihn, ohne ein Wort zu sagen.

Vater ist kein schlechter Mensch. Er ist schlecht geworden.

Er würgte die Gedanken mit einem Stück Fleisch hinunter und sah den Flugzeugen zu. Das Zwitschern der Vögel war lauter als ihre Motoren. Solange er das Paradies nicht verließe, würde die Hölle nicht zu ihm kommen.

Er wollte ihr nicht nachgehen. Sie würde weinen bis in die Früh. Am nächsten Tag würde sie wieder heraufkommen.

Er erhob sich, schloss das Blechgeschirr und ging zur Scheune. Mechanisch holte er den Schlüssel vom Querbalken, sperrte das Tor auf und ging ein Lied summend in das stickige Dunkel.

Auf dieses Signal hin kam ein alter, dürrer Mann mit zerschlissener Kleidung aus einem Versteck – einer Mauer aus Heuballen. Seine zwei Kinder folgten ihm vorsichtig. Sie waren bis auf die Knochen abgemagert.

Der Alte humpelte zu ihm und dankte ihm mit mehreren Verbeugungen. Dabei fiel ihm das Geschirr aus der Hand, und die Fleischreste und die paar Fäden Sauerkraut landeten auf dem Scheunenboden. Er wollte sich für seine Ungeschicklichkeit entschuldigen, als der alte Mann mit den schmutzigen langen Nägeln das Essen vom Boden in den Stahlbehälter zurückkratzte.

»Schon gut, schon gut, schon gut«, wimmerte der alte Mann und achtete darauf, den Blick nicht zu heben.

Dann schleppte er sich zurück zu den beiden Mädchen, die über das Essen herfielen wie frisch geschlüpfte Jungvögel.

»Ihr Vater ist ein guter Mensch. Gott sei ihm gnädig! Danke, danke, danke!«

Er schloss die Tür und dachte über ihre Worte nach.

Sie kam mehrere Tage nicht nach Tannenfall. Doch dann, an einem schwülen Abend, kam sie.

Wieder hatte sie geweint. Sie sah dünner aus als sonst. Schweigend setzte sie sich zu ihm und aß beinahe die ganze Büchse leer.

»Sie haben ihn geholt. Er wird vermutlich nach Berlin kommen.«

Er sah nach vorne. Berlin. Wie unwirklich dieses Wort hier oben klang.

»Wir haben nichts mehr.«

»Wir haben uns.«

»Ist das genug?«

»Wir sind frei. Wir können machen, was wir wollen.«

»Das ist absurd. Wir sind im Krieg. Wir kämpfen um unsere Existenz und für das nackte Überleben.«

Bienen summten.

»Was willst du tun?«, fragte er und hoffte, dass er sie bald wieder besaß und endlich fragen konnte, ob sie seine Frau werden wollte.

Doch sie sprang auf, beseelt von der Kraft der Leere, des Nichts, des Abgrundes, in den sie jeden Augenblick fallen würde. »Wir müssen kämpfen!«

»Für den Endsieg?« Er warf ihr einen fragenden Blick zu. Wollte sie ihn überreden, ihrem Vater nach Berlin zu folgen?

»Wir müssen für uns streiten, für uns als Menschen. Nicht für einen Staat. Für uns. Wir müssen eine innere Haltung finden, die uns wieder Mensch werden lässt. Sieh uns doch an: Wir sind hier im Paradies, während dort draußen Millionen sterben. Sei es an der Front, in Hinterhöfen, in Lazaretten oder in Lagern. Würden wir hier weiter herumliegen, wenn der Kampf mit einem Mal zu uns heraufkäme? Wenn wir gezwungen werden, uns zu schlagen? Wir würden vermutlich wimmern und jammern und um unser Leben flehen …«

Er wusste, dass sie mit *wir* in Wahrheit *ihn* meinte.

»Müssten wir nicht eine Person sein, ein und dieselbe – egal, ob im Kampf oder nicht? Müssten wir nicht einen reinen Geist tragen, ohne Schuld oder Zweifel, ohne Anspannung oder Erschlaffung? Müssten wir nicht, sicher unseres Selbst, dort ins Lager gehen und all die Juden befreien und die Nazis zum Teufel jagen? Wäre das nicht möglich, wenn wir nur tief in unserer Überzeugung ruhen?«

Er schwieg, da er nicht wusste, was er antworten sollte. Er liebte den Tanz ihres Mundes, wenn sie aufgeregt war.

»Müssten wir nicht mit aufrechtem Gang, den Blick geradeaus, voranschreiten? Mit ruhigem Gesichtsausdruck und vorgestrecktem Kinn und der Macht der Entschlossenheit im Nacken? Mit straffem Rücken und einem angespannten, für die Schlacht bereiten Bauch?«

»Wir beide gegen das Deutsche Reich?« Er versuchte zu lächeln.

»Wo ist der Unterschied, ob du das Deutsche Reich niederringst oder einen einzigen Hirsch? Es ist ein Kampf. Ein Weg. Eine Entscheidung. Schau dich doch um: Siehst du die Berge dort? Wären sie dir nah, könntest du aus ihnen Kraft schöpfen und Vertrauen. Oder diese kleine, abgedrehte Blume: Wäre sie fern, würde sie dir nicht auffallen. Weißt du, worum es geht?«

»Ich denke schon«, log er.

»Mein Vater wird in den Krieg ziehen. Er wird lernen müssen, seine Waffe zu führen, er wird sich mit ihr verbinden müssen, wenn er überleben will. Er muss das Leben der Waffe spüren, seiner Waffe, und muss immer in Bewegung bleiben, sonst wird er nicht wiederkommen. Und egal, woher die Feinde kommen, ob von oben oder unten, von rechts oder links oder von dem Freund direkt vor ihm: Er wird bereit sein müssen, wenn er wiederkommen will. Und mit derselben Gelassenheit wird er gegen seine Gegner kämpfen müssen wie wir gegen unsere.«

Er nickte und spürte die verzweifelte Kraft, die von ihrer Rede ausging.

»Am Ende aber geht es nur um eines: den Gegner zu töten. Mit einem einzigen Schlag, einer einzigen Kugel. Das ist der Sinn des ganzen Krieges da draußen. Es geht nicht um Ideologien oder Gesetze oder Regeln. Es geht nur darum, zu siegen, um zu überleben. Erst wenn du dich selbst über all das stellst, dann wirst du gegen alle Dämonen der Welt ankämpfen können. Auch gegen deine inneren.«

Sie sah ihn mit großen Augen an. Über ihre Wangen flossen Tränen.

Wenn du nur einen einzigen Schritt machen und den Weg des Jägers gehen könntest, ich würde dir das Jawort geben. Immer und immer wieder.

»Heute kannst du den Feind in dir besiegen und morgen all jene, denen du dann überlegen bist.«

Sie setzte sich auf die Wiese und überkreuzte ihre Beine. Er sprang auf und umarmte sie. Wie sehr er diese Frau doch liebte.

Die nächsten Wochen zogen über Tannenfall und brachten schlechtes Wetter mit, das sich über der großen Einöde erbrach. Erst als das Ende des Sommers kam, kehrten auch die letzten warmen Stunden zurück.

Er blieb während dieser Zeit auf dem Hof und half seiner Mutter. Über die Worte, die seine Liebe zu ihm gesagt hatte, hatte er nicht weiter nachgedacht. Sobald ihr Vater wieder zurückkehren würde, wären sie längst vergessen, und sie selbst würde sie als töricht bezeichnen.

Dennoch ging er jeden Abend zur Wiese und wartete, ob sie nicht doch dem Regen und dem Wind trotzte und zu ihm heraufkam. Er dachte sogar daran, sie einmal unten bei der Mühle zu besuchen, aber er wusste nicht, ob ihn ihre Mutter nicht sofort auslieferte.

Doch sie kam nicht. Aus Langeweile aß er dann aus der Büchse und warf die letzten Stücke, die er nicht mehr mochte, zu den Dohlen, die über die Wiese jagten wie tollwütige Hexen.

Dann aber, als die Sonne wiederkam, kam auch sie. Sie lächelte, schien ausgeglichen und hatte ihren behutsamen Gang wieder. Sie setzte sich schweigend zu ihm, aß sein Mahl und entschuldigte sich bei ihm für ihre unüberlegten Worte vor einigen Wochen. Sie war empört, dass ihr Vater sterben könnte. Jetzt war sie wieder ruhig, hatte den duldsamen Takt ihres Lebens wiedergefunden.

»Wie kann ich von dir etwas fordern, wenn wir doch ganz am Anfang sind. Wie kann ich es wagen, über den Dingen zu stehen und zu urteilen. Es tut mir leid …«

Er fasste ihre Hand und sah ihr in die Augen. Sein Mund zitterte. Bevor er etwas sagen konnte, hob sie die Brauen und nickte. »Ja. Ich will deine Frau werden.«

Er wusste nicht, wie ihm geschah, aber er begann zu weinen, so glücklich war er. Er umarmte sie und drückte sie fest an sich. »Wir werden wieder ganz von vorne anfangen, wenn dieser Krieg vorbei ist, wenn diese Angst vorbei ist. Ich werde von nun an immer für dich da sein. Bis zu deinem letzten Atemzug werde ich bei dir sein und dich umsorgen. Ich werde unsere Heimat so einrichten, dass du nie wieder an einen anderen Ort gehen möchtest. Ich werde …«

Er vermied das Wort *kämpfen* und rang nach etwas anderem.

»Ich weiß, mein Schatz. Solange du das spürst, was wir hier erleben, ist alles gut. Aber versprich mir eines: Lass das, was jetzt die Welt kaputt macht, nie wieder zu, versprichst du mir das? Auch nicht in dir.«

Er sah zu Boden und sagte: »Ich verspreche es dir.«

Und obwohl sie wusste, dass er log, da er nicht wusste, was sie meinte, glaubte sie ihm.

Er erinnerte sich an das darauffolgende Jahr, den August 1945, als er seine Frau geheiratet hatte. Die heiße Jahreszeit war vorüber gewesen. Eine Kaltfront zog mit Mauern gegen Tannenfall.

Sie hatte ihm von ihrem Vater erzählt. Er hatte Glück und kam ein paar Monate später aus der Kriegsgefangenschaft zurück. Er hatte mit einem russischen Hauptmann kollaboriert und auf die richtige Karte gesetzt. Aufgrund des Einflusses, den er im Osten gewonnen hatte, vertrauten ihm die Besatzer.

Sein neuer Schwiegervater hielt ihn für einen Schwächling. Das wusste er. Über die Komplizenschaft seines Vaters mit den Nazis wurde eisern geschwiegen.

Und so verbrannte er mit seinem Vater in der Nacht vor der Hochzeit alle Insignien der Terrorherrschaft und trat in eine neue, wortlose Zukunft. Die drei toten Juden in der Scheune vergruben sie direkt unter dem Pfeiler und bemalten ihn mit weißer Farbe wie ein Mahnmal. Der rote Nagel, an den die Juden die Blechbüchse gehängt hatten, wenn sie mit dem Essen fertig waren, blieb seit jenem brüchigen Sommer für immer leer.

Unbemerkt und vergessen waren sie verhungert, während draußen eine große Liebe erneut entflammte und einen stummen Drachen erschuf.

Das Land war böse geworden.

Dämon

Er sank auf die Knie. Die Welt um ihn herum verlor an Schärfe. Zwei Handbreit vor ihm erdrückte ihn ein unsichtbares Gefängnis. Das Rauschen der Nacht, das Knirschen des Schnees: Er verschloss die Augen, vergrub die Ohren, stumpfte ab, starb, verschwamm.

Kaja bellte. Sie wusste, dass etwas mit ihm nicht stimmte. Sie stieß ihn mit der Nase gegen die Seite.

Er schob sie unsanft von sich und begann bitterlich zu heulen. Wie nur, wie hatte er das vergessen können? Wie diese Zeit verdrängen?

Er versuchte, sich an die Gesichter der beiden Kinder zu erinnern. Sie waren verschwunden. Er erinnerte sich nur noch an den Geruch des alten Juden. Er drehte den Kopf zur Seite und übergab sich.

Gelbe Maiskörner schwammen in der grünen Galle, die er über den Schnee spie.

Ein fernes Grollen erreichte die Einöde und brachte fauligen Gestank verwesender Tiere mit.

Wie konnte er nur … Er war doch ein guter Mensch, hatte nie jemandem etwas zuleide getan.

Erinnerungen versperren die Sicht. Sie ermüden den Charakter.

Hatte er diese Zeilen in Konrads Tagebuch gelesen? Er wusste es nicht mehr und übergab sich erneut, während sich in der Ferne ein ganzes Volk auf die Wanderschaft machte.

Er, der immer Konflikte vermeiden wollte, hatte insgeheim ein verborgenes Heer erschaffen, das alles um ihn herum vernichtete, im Auftrag des stummen Drachen. Schon damals, als er das Geld seines Vaters gestohlen hatte, hatte er bemerkt, wie eines der dunklen Wesen seinen Charakter verlassen hatte und ihm fortan zusah, bei allem, was er tat. Und Tag für Tag verließen neue Kreaturen seine Brust und stellten sich schweigend um ihn. Erinnerungen, Entscheidungen, die er nicht getroffen hatte, geronnene Angst, wie ein stilles Volk in der Nacht.

Je mehr diese Brut gewachsen war, desto mehr war auch seine Blindheit erblüht, bis er beschlossen hatte, sie nicht mehr zu sehen, sich von ihr wegzudrehen. Kaum hatte er den Späher eines dunklen Erlebnisses erblickt, hatte er einen neuen, freien Ausblick gesucht und weitergemacht wie zuvor. So wucherte eine Armee hinter ihm, bereit, für ihn zu kämpfen, ohne sich ihm je zu zeigen, da er sich von ihr abgewandt hatte, weil ihre Gräueltaten zu schrecklich waren.

Er war ein guter Mensch.

Auch wenn er es sich nicht eingestand: Die freie Sicht war mit jedem Mal enger geworden, und bevor er sich versah, war er von einem Gefängnis umgeben, selbst erbaut, selbst erdacht, selbst entworfen. Der einzige Blick war jener zu Boden, sein letztes Stück Freiheit das, was jetzt erbrochen vor ihm lag.

Müssten wir nicht mit aufrechtem Gang, den Blick geradeaus, voranschreiten? Mit ruhigem Gesichtsausdruck und vorgestrecktem Kinn und der Macht der Entschlossenheit im Nacken?

Der rote Nagel richtete über ihn. Kaja ließ davon ab, ihn zu stupsen.

Es ist ein Kampf. Ein Weg. Eine Entscheidung. Schau dich doch um: Siehst du die Berge dort? Wären sie dir nah, könntest du aus ihnen Kraft schöpfen und Vertrauen. Oder diese kleine, abgedrehte Blume: Wäre sie fern, würde sie dir nicht auffallen. Weißt du, worum es geht?

Unter dem Erbrochenen wuchs mit einem Mal ein Bergmassiv, das sich davonstahl, bis vor ihm nur noch ein klaffender Abgrund blieb. Die Sterne über ihm flossen herab wie Schnee, wärmten ihn mit ihrer Kälte.

Der Stock, der zerrissene Wolfspelz, das Zeitheil: Er musste kämpfen, brauchte Kraft, suchte nach Halt.

Er sah nach oben, Schwindel, und er fiel. Verlor das Bewusstsein.

Das Land war böse geworden.

Der müde Morgen brachte eisigen Wind, der herüberzog von der Bärenmauer. Er zog den zerrissenen Wolfsmantel dicht an sich. Die Wangen brannten. Langsam richtete er sich auf und sah sich um. Das weiße Plateau war noch unwirklicher als in der Nacht, als die Dunkelheit schützend über ihm lag. Die Welt war kalt, trüb und bleich. Das verfallene Haus verbarg sich hinter einer nassen Nebelschwade, die Berge hinter Wolkenwänden, der Himmel hing einen Steinwurf tief über ihm. In seinem Kopf war alles unaufgeräumt. Eisenglocken zertrümmerten seine Gedanken.

Wie ein verwundetes Tier stand er auf, krümmte sich und keuchte. »Niemals werde ich mehr ablassen von meinem Weg. Niemals«, sagte er zu sich und spuckte Blut aus.

Die Spuren des Hirsches waren überall. Sie waren alt, vom Vortag. Kaja schlief am anderen Ende der früheren Scheune.

Er sah hinab zum Tal, wo Tannen Löcher in den Nebel stachen. Zwischen den Stämmen, im Schnee, waren Fährten zu sehen. Obwohl sie weit weg waren, konnte er sie erkennen, als wären sie hier.

Er zeichnete einen geistigen Pfad bis zu den Spuren unten im Wald. Dann führte er den Weg weiter. Die Bärenmauer, die alten Häuser, Konrads Turm, die Waldkapelle, die Futterstelle: Er konnte alles einsehen.

Obschon der Nebel ihm die Sicht raubte, konnte er den Weg des Hirsches erahnen.

Sein Atem ging ruhig. Er spürte sich mit einem Mal verbunden mit der Natur. Wie eine alte, nasse Wurzel, die dem

Wetter trotzte und einfach da war, so war auch er jetzt einfach da und existierte.

Er sah den roten Nagel, der direkt vor seinem Gesicht aus dem Holz ragte. Er hatte einen Fehler gemacht, einen schrecklichen Fehler. Er war verliebt gewesen, blind und taub vor Liebe. Aber war es diese Liebe auch wert gewesen, dass dafür Menschen sterben mussten? Sie war es, er würde es beweisen. Ihre Blicke, voller Sehnsucht und Güte, wenn sie den Hirschkopf in seinen Händen sah, würden es beweisen in dem Augenblick, in dem sie starb.

Er war kein schlechter Mensch. Er hatte gezögert, den Weg des Jägers zu gehen, aber jetzt, da er auf diesem Weg war, konnte ihn nichts mehr davon abbringen. Wäre er damals ein anderer gewesen, er hätte dem Terror ein Ende bereitet. Hier und auf der ganzen Welt. Die Toten konnte er nicht mehr zum Leben erwecken, aber er konnte beweisen, dass ihr Tod nicht sinnlos war.

War er dennoch schuldig?

Er wollte darüber nicht nachdenken, da alles anders sein würde, wenn er endlich diesen Hirsch erlegt hätte.

Hatte er am Ende die Vergangenheit gar nicht verdrängt, sondern sich einfach damit abgefunden ohne die geringste Reue? Er öffnete den Rucksack und holte die verstreuten Speckbrocken und Brotkrümel aus dem Boden des Leinensacks hervor. Mit klammen Fingern legte er das letzte Abendmahl für die drei Juden auf den Eisboden neben dem Pfeiler.

»Es tut mir leid«, sagte er und bekreuzigte sich.

Er war ein guter Mensch.

Dann pfiff er nach Kaja. Sie schien verwundert über die zähe, kühle Entschlossenheit ihres Herrchens, der im Tagebuch nach Einträgen über den Königsweg suchte.

Der Hirsch folgt einem Rhythmus. Einem Weg.

Als sein Vater den Hof für gutes Geld verkauft hatte, hatte er davon gewusst, dass man von hier alles einsehen konnte?

Den ganzen Weg des Hirsches bis nach Tannenfall, wo er eines Tages enden würde?

Der Nebel färbte sich gelb. Die Sonne zerriss den trüben Himmel.

Die Sporen machen die Welt hier oben dünner. Hier sehen wir den ganzen Weg ein.

Und auf einmal sah er seine Heimat wieder. Er genoss diesen Anblick so sehr, als würde die Zellentür nach einer lebenslangen Haft aufgestoßen werden. Er wartete noch ein wenig, bis das ganze Tal im strahlenden Sonnenlicht lag, und dann – sah er zum ersten Mal den Königsweg zwischen den Bäumen, wie eine Perlenkette, die Spur des Hirsches. Endlich. Er schlug das Buch zu, rief Kaja zu sich.

»Dort unten ist meine Frau aufgewachsen. Und als ich noch zur Schule ging, bin ich jeden Tag dort hinunter«, sagte er und ging von seinem Geburtshaus hinab in das Tal, ohne sich zu verabschieden.

Erst wenn du dich selbst über all das stellst, dann wirst du gegen alle Dämonen der Welt ankämpfen können. Auch gegen deine inneren.

Er achtete beim Abstieg darauf, dass sein Körper der neuen geistigen Haltung folgte, denn er musste sich auf den großen Kampf vorbereiten. Hätte er sich noch einmal umgewandt, hätte er die ersten dunklen Späher des totgeschwiegenen Nachtvolks gesehen, die begannen, auf ihn Jagd zu machen.

Die wahre Jagd

Heim in die Hölle, du Bestie!

Die vergessene Mühle

Er folgte der Spur des Hirsches. An den schattigen Hängen stießen seine schwachen Beine durch alten Schnee. Im sicheren Dunkel hoher Tannen trotzten die Schneefelder jedem mutigen Sonnenstrahl, auch wenn sich der Sommer oben bei der Einöde zwitschernd eingerichtet hatte. Und so wehrte sich der Nordhang seit Hunderten von Jahren gegen die warmen Lichter des Himmels, als hätte er ein eisiges Geheimnis zu verbergen.

Eine kalte Brise brach durch die Stämme, die wie stumme Späher aus einer alten Zeit anmuteten, und bewegte flüsternd die Baumkronen. Kristallklares Sonnenlicht funkelte über seinem Kopf und wollte an manchen Stellen sogar den weißen Boden sprenkeln, doch es erstarb auf seiner Reise zur Erde, verfärbte sich schwarz und versank in den tiefen Spuren, die der Hirsch hinterlassen hatte. Raben klagten ein Lied, erhoben sich von Zweigen, sodass glitzernder Staub hinabrieselte und im Wind dem Geruch von Rosmarin folgte, der in unsichtbaren Bächen hinab ins Tal floss.

Sein Herz schlug schnell. Obwohl er den Weg von früher kannte, musste er darauf achten, nicht kopfüber nach vorne zu fallen, so steil fiel der Hang vor ihm ab. Das Atmen, das ihn seit dem Aufbruch verfolgt hatte, war nicht mehr zu hören.

Doch da, war da oben nicht ein Schatten? Oder waren es die Raben, die durch den Nordhang glitten?

Nein.

Sein Herz raste, denn er war sicher, dass ihn jemand verfolgte.

Unsinn. Er war allein. Er musste zusehen, das Tal zu erreichen, weg vom Nordhang, er musste schneller gehen, durfte den Weg des Jägers nicht verlassen. Wie wäre sein Leben verlaufen, wenn er damals in jenem Sommer auf sie gehört hätte? Hätte er das Deutsche Reich besiegen können?

Die Beine liefen unter seinem Körper wie von selbst, bis plötzlich sein Schienbein gegen einen umgeknickten Baum krachte, der versteckt unter einer vereisten Schneeplatte den Weg versperrte. Fluchend überschlug er sich und landete mit dem Gesicht auf dem harten Schnee.

Er sah nach Kaja, die geschickt hinter ihm seinen Fußspuren gefolgt war. Sie freute sich über die kurze Pause und legte ihre weichen Ohren in den Wind.

Als er sich aufrichtete, sah er sie. Sie waren zu dritt und duckten sich oben durch die breiten Tannenstämme. Adrenalin schoss durch seine Adern, und er versteckte sich hinter dem gefallenen Baum.

Wer waren diese Leute?

Er konnte sie nicht erkennen. Eine Art Unschärfe umgab sie, als würden ihre Ränder zerfließen wie dunkle Farbe im Regen. Das Nachtvolk, dachte er und erschauderte bei dem Gedanken. Er brauchte wieder einen klaren Kopf, musste endlich diesen verfluchten Halluzinationen entkommen.

Er musste weitergehen, weiter, weiter.

Er wandte sich um und sah nach der Hirschspur.

Weiter, weiter.

Als er den Stock in den Schnee stieß, um sich zu erheben, löste sich ein kleiner Eisklumpen und rollte ins Tal. Mit besorgtem Blick verfolgte er den Klumpen und hoffte, dass ihn das Geräusch nicht verraten würde, als ihm auffiel, dass der Brocken durch eine Luftströmung stieß, die wie eine unsichtbare Mauer vom Himmel hing. Lautlos prallte der Eisball schließlich gegen die Holzwand des Bauernhofes, der sich in einer Mulde verbarg.

Er fasste sich an den Mund. Wie lange war er nicht mehr hier gewesen? Fünfzig Jahre? Er hatte alles anders in Erinnerung. Es war der Heimathof seiner Frau. War er nicht abgebrannt? Hatte ihre Mutter nicht alles in ein Flammenmeer verwandelt, oder war dies ein Gerücht? Nein, er hatte doch ihre Tränen gesehen, die Brandflecken an ihren Händen. Die Kopfschmerzen waren wieder da, spalteten seinen Kopf mit großen Äxten.

Er hob das Gewehr und sah durch das Zielfernrohr.

Entsetzt ließ er die Waffe sinken.

Menschen.

Er war nicht allein.

Wieder. Das Fernglas.

Es war eine Familie. Die Leute waren zerlumpt und hatten abstoßende Gesichter. Zwei alte Frauen, vier Männer, ein paar Kinder. Er dachte an die Sagen seiner Mutter. Waldläufer. Ein Clan. Einbildung.

Du hast einen Hirsch zu jagen. Weiter! Weiter!

Ein Mädchen schrie. Er zuckte zusammen und versteckte sich hinter dem Baum. Er wollte nicht entdeckt werden. Er sah nach oben, zu den Spähern des Nachtvolkes. Hatten sie den Schrei gehört? Würden sie ihn entdecken?

Nein, es war eine Halluzination in seinem Kopf, eine Einbildung. Alles.

Das Kind zeigte in eine andere Richtung. Etwas hatte den Clan aufgeschreckt.

Vorsichtig folgte er mit dem Glas der Aufregung des Mädchens. Aus einem Dickicht kamen mehrere Waldläufer. Manche hatten ihre Gesichter bemalt. Gelb. Grün. Manche blau. In ihren Händen trugen sie Speere und schwere Äste, die sie vermutlich als Knüppel einsetzten. Es schien, als wären sie von einem Kampf heimgekehrt.

Hatten sie gegen abtrünnige Berserker gekämpft?

Einbildungen, nichts weiter.

Es gab keine Waldläufer.

Er richtete sich auf. Es waren die Sagen, die ihm seine Mutter als Kind vorgelesen hatte, die jetzt seinen Geist vergifteten. In ihren Geschichten hatte es von Waldläufern, Berserkern, Aussätzigen, weißen Bogenschützen, Räubern, Erdfrauen, Schneehexen, Stüppen, Waldvampiren, Sonnenzirkeln, Irrlichtern und gefährlichen Tieren und Pflanzen gewimmelt. Jetzt konnte er all das nicht gebrauchen.

Weg mit den trügerischen Bildern!

Er erinnerte sich nicht mehr an alle Sagen, aber er wusste, dass er vor den Waldläufern und ihrem unstillbaren Drang nach Blutfehden die meiste Angst gehabt hatte. Das Buch erschien vor seinem geistigen Auge. Ein blassgrüner Einband, Illustrationen mit brauner Tinte, ein goldfarbenes Leseband …

Er musste aus dieser Welt ausbrechen, musste dem Hirsch folgen, er hatte keine Zeit für klebrige Erinnerungen aus einer Phantasiewelt. Schon hatte er die Hand gehoben, um Kaja ein Zeichen zu geben, als er das Murmeln hörte.

Stimmen.

Die Waldläufer. Er ging wieder in Deckung. Konnte er verstehen, was sie sprachen? Seit wann sprachen Halluzinationen?

Einbildungen, nichts weiter.

Er sah wieder durch das Zielfernrohr. Die Waldläufer unterhielten sich mit Händen und Füßen. Manche hatten Angst. Manche waren wütend. Einige zeigten in Richtung Edden.

Er versuchte, das Zielfernrohr so auszurichten, dass er zwischen den Bäumen … ja, Edden … ein wenig. Die Umrisse …

Ein schwarzer Nebel hatte sich dort ausgebreitet. Er runzelte die Stirn. Wieder sah er durch das Glas, es zitterte. Das war kein Nebel. Das waren Menschen. Tausende. Dicht aneinandergedrängt.

Er dachte an seine dunkle Brut, an seine Dämonen, sein Gefängnis, das in ihm schlummerte, aus dem er auf der Einöde ausgebrochen war. Hatte er den Verstand verloren? Hatte er oben, als die Erinnerungen auf ihn niedergebrochen waren und sein Selbstbild zerborsten hatten wie Bomben, einen Schleier zerrissen?

Das ständige Gift des Zeitheils, die totale Erschöpfung, der Hunger: Er war an einer Grenze, die er nie hätte überschreiten wollen. War seine verdrängte Schuld aus ihm herausgetreten und hatte die Welt besiedelt?

Er versuchte zu hören, was die Waldläufer sprachen. Er war zu weit weg, aber er könnte geduckt bis zum Bach laufen und dort belauschen, was die Wesen im Schilde führten.

Wie absurd dieser Gedanke war. Er sah zum Gewässer, das hinter dem Hof unter einer dünnen Eisdecke gurgelte. Wasser.

Er bemerkte, dass er großen Durst hatte, und stellte sich vor, wie die kalte Gebirgsquelle seinen Verstand säuberte.

Wasser.

Keuchend und verwirrt stieß er sich vom Baum ab und stürzte ins Tal, wo er stolpernd, knackend, japsend den Bach erreichte.

Endlich. Endlich. Der Stock zerbrach das Eis.

Das kalte Wasser brannte in seinem Körper. Es roch nach Stein. Kaja schaufelte neben ihm mit ihrer Zunge das Quellwasser in sich hinein, als wollte sie den Bach leer saufen.

Die Stimmen.

Hatten sie ihn gehört? Hatten ihn die Späher entdeckt?

Er kauerte nun am Bach hinter dem Hof, der ihm die Sicht raubte. Es war derselbe Bach, in dem sich die Tante seiner Frau das Kind aus dem Bauch geschnitten hatte und verendet war wie ein zähnefletschender, tollwütiger Rehbock.

Was sprachen sie?

Er kniff die Augen zusammen. Er musste wieder zu Verstand kommen. Damals, als er Kaja durch den Wald zu Konrads Hütte gefolgt war, war er an der Grenze zu dieser anderen Welt gewesen. Warum hatte er nicht auf den Hund gehört und die Finger von diesen Kräutern gelassen.

Ein Rabe stieß aus dem Wald wie ein Pfeil. Er schrie auf. Sein Herz explodierte.

Einbildungen, nichts weiter.

Das Zeitheil baumelte vor der Wolfsbrust. Dieses Teufelszeug, schrie er in sich hinein, riss das Kräuterbündel vom Hals und schleuderte es in den Bach.

Es gibt keine andere Welt. Das alles bilde ich mir nur ein.

Er hörte Frauenstimmen. Sie waren schön, rein … Vorsichtig lugte er aus dem Bachbett, um auf den Hof zu sehen.

Schneehexen. Große, schlanke Frauen mit langen weißen Haaren und wehenden Kleidern aus glitzerndem Schneestaub. Andere wieder zerlumpt wie vergewaltigte Huren.

Er hörte Namen.

… die Stüppe sind wie die anderen weitergezogen …

… die Fürstentümer der Menschen suchten seit jeher den Zugang …

Er biss die Zähne zusammen. Diese Welt, sie war nur in seiner Erinnerung. Die Welten vermischten sich.

… die Hirsche sind unruhig.

… sie haben Jäger ausgesandt.

Jäger.

Die Roten haben Verbündete dort.

Er drehte sich um, lehnte sich gegen das feuchte Wasserbett.

Konrad.

Wieso dachte er an Konrad?

Nein! Ich bin nicht wahnsinnig! Es gab nur eine Möglichkeit, sich von diesem Wahn zu befreien. Zu wählen gab es da nichts. Er hatte sich entschieden, die Welt in ihrer ganzen Wahrheit zu sehen, keinen Ausschnitt, alles, die komplette Schöpfung Gottes. Wenn das alles existierte, dann musste auch er ein Teil davon sein. Und wenn es tatsächlich nur ein Streich seines Geistes war, dann würde er dem Puppenspieler in seinem Kopf nun den Todesstoß versetzen, dachte er und spuckte auf das vereiste Bachbett, aus dem ihn ein totes Kind anstarrte.

Wenn das Nachtvolk unser Haupt senkt, ist alles verloren, für alle.

Er sprang hoch, lief brüllend wie ein Tier auf den Platz, wo die Vertreter der geheimen Fürstentümer ihre Pläne schmiedeten. In der Rechten hielt er das Gewehr und streckte es nach vorne. Mit der Linken umfasste er den Stock, locker, zwischen zwei Fingern, wie ein Krieger.

In dem Augenblick, als er auf den Hof stürmte, verwandelte sich seine Rage in Gelassenheit und Ruhe. Er dachte nur an den Kampf. Er spürte für einen Moment, dass er es mit allen Wesen dieser Welt aufnehmen konnte. Bevor er die Feinde erblicken würde, von Angesicht zu Angesicht, bevor sie ihn überrascht anstarren würden, ging er seinen Angriff durch: Wie in Zeitlupe würde er zuschlagen, da der Gegner noch unentschlossen war. Ohne die geringste Erregung würde er die Kugel auf eine der Schneehexen jagen und sie mit einem einzigen Schlag vernichten. Und dann gleich im Doppelschlag der Stock, ohne eine einzige Überlegung würde er auf die Kinder einschlagen. Das würde den Gegner in Rage versetzen und aus dem Gleichgewicht bringen. Nachladen und dem Weg des Jägers folgen. Geführt durch die Hand Gottes, die wie das Wasser vom Berg fiel, kalt, klar sollte es alle Stellen des Feindes berühren und alles abschlagen von ihm, was noch imstande war zu leben.

Er öffnete die Augen und stieß einen langen, lauten Schrei aus.

Ein Rabe erhob sich vom Dach der Tannen.

Der Bauernhof war verschwunden. Am Rande der verbrannten Erde klapperte eine alte Mühle über dem Bachbett, aus dem er hervorgestürmt war. Die Ziegenschlagmühle. Die Waldläufer, Schneehexen, Bogenschützen. Alle waren weg. Er war allein.

Einbildungen, nichts weiter.

Seine Brust bebte. Er sah zu Kaja, die ihm auf den leeren Platz folgte. Er sah zu Boden. Keine Spuren. Hier war nach dem Feuer nie jemand gewesen.

Er liebte die Ziegenschlagmühle. Dort hatte er sich versteckt, wenn der Lehrer im Tal vergeblich mit seinen Lesebüchern gewartet hatte. Dort hatte er seine Frau zum ersten Mal gesehen, als sie noch ein Mädchen mit Zöpfen und sauberen Schuhen gewesen war und die Schweine gefüttert hatte. Dort hatte er um sein Leben gezittert, als ihre Tante mit dem Messer und wütenden Augen aus dem Haus gestürmt war. Nur als der ganze Hof in Flammen gestanden hatte, war er nicht da gewesen.

Er war nicht verrückt und nahm einen tiefen Atemzug, der nach Schweinemist roch.

Er war stolz, dass er sich gegen den Wahn gestellt und gegen die tobenden Figuren seines Gehirns gekämpft hatte wie ein Jäger. Sein Vater wäre zufrieden mit ihm gewesen, seine Frau ebenso.

Er sah hinunter nach Edden. Es lag im gewohnten Sonnenschein. Die Dächer der Hütten glänzten im warmen Gelb.

Kaja sah ihren Herren an.

»Ich dachte, er wäre hier. Der Hirsch …«, sagte er und rechtfertigte sein tolles Treiben.

Er erwartete keine Antwort von Kaja, ging zurück und zog das Zeitheil aus dem Bach. Jetzt, da er wusste, dass all das, was er zu sehen meinte, in Wahrheit nicht existierte, hatte er keine Angst mehr. Um den Hirsch zu finden, musste er aber mehr sehen. Im Fernen und Nahen. Er musste die gesamte Schöpfung erkennen.

Also zog er weiter. Weiter nach unten. Weiter dem Riesenhirsch auf den Fersen. Das Wasser und sein Mut hatten ihm den Verstand wiedergegeben. Er war glücklich und ließ den Lichterregen, der durch die Bäume fiel, auf sein Gesicht prasseln.

Diese Welt, die er gesehen hatte, war nur durch einen unsichtbaren Schleier von ihm entfernt, wie eine Mauer, die einen Weg flankiert und den Wanderer vor einem Absturz schützt. Kaja war die ganze Zeit über ruhig geblieben. Hatte sie gesehen, gefühlt, geschmeckt, gerochen, was er erlebt hatte?

Er dachte an das Tagebuch. Konrad hatte darin geschrieben, dass der Königsweg jener Weg wäre, an dem mehrere Menschen dieselbe Halluzination hätten. Erst dann wäre die Welt real, die Schöpfung vollständig. War das der Grund für die Experimente? Hatten er und sein Vater Marius' Wahnvorstellungen zu kopieren versucht, um die Mauer zu einer anderen Welt einzureißen? Hatte er diese Zeilen wirklich in Konrads Tagebuch gelesen? Wann?

Einbildungen, nichts weiter.

Die Spuren des Hirsches führten ins Tal hinab. Er pfiff nach Kaja und folgte ihnen.

Schweigend stiegen der alte Mann und sein Hund immer tiefer. Die Späher waren still, die Mauer verschwunden. Langsam kehrte er in seine gewohnte Welt zurück, die hinter den Tannen zaghaft hervorlugte. Sein Dorf kam immer näher, und das Dach eines Hauses tauchte aus einem gleißenden Licht.

Er kannte dieses Haus. Es war Konrads leeres Haus.

Sommer, 1954. Es ist eine geteilte Welt. Edden. Wie kann ich diese Mauer in dir überwinden?

Er dachte an diese Zeilen, während er den Wald verließ. Als er Konrads leeres Haus sah, dachte er daran, wie er hier vor Tagen verzweifelt nach einer Waffe gesucht hatte. Die Fährte des Tieres führte direkt an der Eingangstür des Hauses vorbei. Er zog das Gewehr von der Schulter und untersuchte mit dem Fernrohr die Gegend. Keine Waldläufer, keine Menschen, keine Hexen, kein Hirsch.

Doch das Haus … es war … anders?

Im obersten Stock? Was war das?

Er hob die Bockbüchsflinte. Etwas spiegelte sich darin. Etwas Rotes.

Seine Mutter hatte am Ende immer Rot getragen. Er wusste nicht, wieso. Als er sich endlich entschlossen hatte zu fragen, war sie tot.

Sie hatte seinen Entschluss, ein Haus zu bauen, nie unterstützt. Auch seine Bemühungen, ihr die neue Wohnung hier schmackhaft zu machen, hatten in einem Streit geendet. Wie denn hätten sie den Hof nur halten können? Die harte Arbeit. Er hatte nicht für dieses Leben getaugt. Das hatte sie gewusst. Das hatte sein Vater gewusst. Hatte er deshalb alles verkauft und ihm das Geld für sein Haus gegeben? Er hatte ihn nicht darum gebeten. Er hätte die Schuld auch ohne ihn abtragen können. Aber er hatte seiner Frau einen neuen, starken Alltag bieten wollen. Fern von Krieg und Leid, fern von der Welt, die nur Kummer ins Tal gelockt hatte. Er hatte hinter einer Mauer leben wollen. Und das war gut so gewesen.

Sein Vater hatte eine ordentliche Summe für den Hof erhalten. Er hatte das Geld gebrauchen können. Die Ratenrückzahlungen an die Bank hatten schon damals die Gerichtsvollzieher ins Haus gebracht. Er war dann in den Wald gegangen, hatte sich das Buch der Sagen von seiner Mutter geschnappt und sich in seine Kindheit geträumt, in jene Zeit, bevor sein Diebstahl ihn zu früh erwachsen gemacht hatte. Er hatte das Buch immer zurückgegeben und seiner Mutter zugewinkt, wenn er von seiner Flucht zurückgekommen war und sie an diesem Fenster gestanden hatte.

Dieser Junge taugt zu nichts.

War das seine Mutter? Waren die Halluzinationen zurückgekehrt? Das Spiegelbild bewegte sich. Er ging ein wenig nach vorne, um den Ort einzusehen, von dem die Spiegelung herkam.

Alles nur Einbildungen.

Als er den roten Wächter sah, ließ er die Waffe sinken und wünschte sich zurück in sein klapperndes Versteck bei der Ziegenschlagmühle. Doch dazu war es jetzt zu spät.

Das Haus aus Elfenbein

Der Wächter trug einen roten, bodenlangen Mantel. Schwarze Wurzeln bohrten sich in den Boden und ließen die Erscheinung aussehen wie einen Baum in sattem Herbstblut. Ein Band aus Zähnen hing um die Hüfte des Wesens, wobei eine aus Elfenbein gefertigte Schnalle den schaurigen Gürtel zusammenhielt. Oder waren es gebleichte Hirschknochen? Der feurige Mantel formte sich auf dem Kopf zu einer Kapuze, die spitz nach oben zusammenlief. Anstelle eines Gesichtes trug der Mann eine Vogelmaske wie aus schmutzigem Silber, mit einem scharfen, langen Schnabel, dem Schnabel eines Raben.

Der Wächter bewegte sich nicht. Der lange, dünne Speer in der Hand ruhte am Boden und ragte über dem Unbekannten in den Himmel. Vom Wind, der aus dem nahen Wald herausströmte, nahm die Erscheinung keine Notiz. Im Gegenteil – keine Falte des schrecklichen Mantels regte sich, nicht die kleinste Bewegung, und es war, als würde der Atem der Bäume durch ihn hindurchgleiten wie ein stumm klagendes Lied.

Nachdem er sich vom ersten Schreck erholt hatte, setzte er einen langsamen Schritt zurück in Richtung des leeren Hauses. Auch wenn es wieder nichts weiter war als eine Halluzination: Was, wenn ihn der lange Speer am Ende doch durchbohrte?

Er tastete mit der rechten Hand nach der Türklinke und hielt den Stock schützend vor sich. Was würde er nur mit der kläglichen Waffe gegen diesen Wilden ausrichten können? Das Gewehr, ja, die Flinte, von oben, aus dem Zimmer seiner Mutter. Er würde auf ihrem Bett knien und auf den roten Mann zielen, genau auf das Herz.

Das Türschloss klackte, er verschwand im frostigen Dunkel und zog die Tür hinter sich zu.

Endlich.

Die ganze Zeit über hatte er die Luft angehalten. Wie viel Zeit blieb ihm noch? Näherte sich der eigene Tod mit Schreckgespenstern aus alten, verdrängten Erinnerungen?

Er hatte einmal eine Sage gelesen vom roten Mann, der auf die Sünder vor ihrem Haus wartete und sie hinüberbrachte in die andere Welt. Dort schnitt er ihnen die Augen aus dem Kopf und zog mit seinen spitzen Fingern verfaulte Schuld aus der Seele der Todgeweihten. Erst dann wanderte der rote Wächter weiter und suchte den Nächsten, der in seinem Leben versagt hatte. Mit erhobenem Speer ging er an der Grenze zur Welt der Menschen auf und ab, während sich die Schreie und Qualen der Sterbenden unter die der anderen Verfluchten mischten wie dunkle Farben im Wasser.

Verdrängte Erinnerungen. Verfaulte Schuld.

Kam der rote Wächter deswegen zu ihm? Unsinn! Einbildungen, nichts weiter.

Die Roten haben Verbündete dort.

Nachdem sein Vater den Hof verkauft hatte und die Bank fürs Erste beruhigt war, waren seine Eltern hier eingezogen. Konrad hatte ihnen das obere Stockwerk überlassen. Hatte er sich je dafür bei ihm bedankt? Warum hatte er dieses überraschende Angebot nicht abgelehnt? Natürlich, Konrad hatte es schon damals auf seine Frau abgesehen. Natürlich!

Alte Wut schäumte in ihm hoch und brachte sauren Geschmack in den rauen Rachen.

Sein Vater hatte das Leben hier im Tal ertragen, wo der müde Bach nach der Schneeschmelze Jahr für Jahr aufschäumend über das Ufer trat.

»Dieses Haus verwest«, hatte er einmal zu seinem Sohn gesagt. Jetzt war er nicht sicher, ob er das Hochwasser gemeint hatte.

Seine Mutter aber war am Gram verblüht, der über sie gekommen war. Sie hatte die Welt dort oben geliebt. Selbst der Krieg und die Zeit ohne Essen waren für sie schöner gewesen als jene hier, wo sie wie ein geduldetes, schimmelndes Wesen in einem Gefängnis gehockt hatte. Sie hatte das Zimmer kaum verlassen. Nur zu Geburtstagen war sie in das große, neue Haus ihres Sohnes am anderen Ende des Dorfes gegangen.

War sie von ihm enttäuscht gewesen? Was hätte er tun sollen? Hatte sie seine Angespanntheit nicht bemerkt? Er hätte alles zurückgezahlt. Die Schuld, die hatte bei der Bank gelegen, sie war unnachgiebig gewesen.

Die Stufen knarrten.

Er betrat das Zimmer seiner Mutter und sah aus dem Fenster.

Der Wächter war weg. Der Schaukelstuhl mit der roten Decke war noch da.

Hatte auch seine Mutter an Halluzinationen gelitten? Hatte sie den Roten auch gesehen? Hatte er sie geholt? Hatte er sie schreien gehört?

Er sah zu der Stelle, wo früher ihr Bett gestanden hatte. Wieso hatte er all das vergessen? Weil er Konrad nicht gemocht hatte? Hatte er deshalb seine Eltern nie besucht? Hatte er damals schon ein listiges Spiel vermutet, und hatten seine Mutter und sein Vater dafür büßen müssen?

Nein.

Ihm blieb nicht mehr viel Zeit. Er war auf der Jagd.

Er warf noch einen Blick nach draußen. Die Luft war rein.

Gut. Das ist gut.

Die Stufen knarrten wieder. Es roch nach faulem Holz. Die Luft bewegte sich. War noch jemand hier?

Nein.

Was, wenn sich der Wächter um das Haus geschlichen hatte und ihn draußen überraschte? Vermutlich hatte er das Gewehr gesehen. Was hätte Konrad getan?

Er erstarrte bei der Frage, die er sich da stellte. Wollte er den Hirsch tatsächlich erledigen, indem er seinen größten Kontrahenten kopierte? Immer noch? Nach allem, was ihm seine Frau in Tannenfall gesagt hatte? Wie erbärmlich er doch war. Er war ein Berserker, ein Jäger, ein Drache!

Er trat in die Küche und lugte aus dem Küchenfenster. Nichts.

Der Wind bewegte die Tannen.

Er zog das Tagebuch aus dem Mantel. Es roch nach Fell. Und Zeitheil. Hätte er seine Erinnerungen ebenso ordentlich festgehalten wie Konrad, dann würde er jetzt weniger ziellos umherirren, und sein Königsweg wäre ein Triumph. Aber noch war es nicht zu spät. Konrad hatte versagt, er würde es nicht. Der rote Mann, hatte er Konrad gekannt? War er der Verbündete, von dem die Waldläufer gesprochen hatten? Um der Spur des Hirsches weiter zu folgen, musste er den Seelenräuber besiegen, der ihm seine Schuld aus dem Leib reißen wollte wie den gekreuzten Knochen aus dem Herz eines Steinbockes.

Trotzdem: Einbildungen, nichts weiter.

Er schlug das Buch auf. Er würde es nie zu Ende lesen können. Es würde mit ihm verschwinden, sobald er den Hirsch getötet hatte.

21. Dezember 1955. Die längste Nacht. Die Hirsche ziehen wieder über den Königsweg. Wo ist das Tor? Warum sehe ich es nicht? Könnte nur ein anderer dasselbe sehen wie ich. Wie viel würden wir sehen. Bin ich verrückt?

Das Lesen, es war schwer und unklar. Jedes Wort brannte in seinen Augen und bohrte sich in das Gehirn, wo es verglühte.

Ich muss kämpfen, nicht lesen, dachte er und sah zur Tür. Dahinter vermutete er das Wesen, das mit seinen spitzen Fingern bereits nach seinen verfaulten Erinnerungen griff.

Kämpfe! Das ist alles.

13. März 1956. Ich hasse meinen Bruder.

Die Arme lose, die Waffen zur Aufgabe bereit. So trete ich nach draußen, dachte er. Er wird überrascht sein. Und dann mit aller Kraft gegen ihn anlaufen, ihn umstoßen.

3. April 1956. Ich kann die Hirsche sehen auf ihrem Weg. Sie sind wie Wächter. Edden ist so schön. Wovor wollen sie uns beschützen?

Wenn der Stock die Kehle des roten Mannes berührt, presse ich meinen ganzen Körper dagegen, bis keine Stimme mehr aus seinem Hals dringt. Nie wieder. Nie wieder. Er muss für immer verstummen.

Die Seiten des Tagebuchs flatterten um den Daumen, die Augen sprangen nervös hin und her.

22. September 1965. Ich werde müde. Ohne die Hirsche zu töten, werden wir nie die Wahrheit sehen. Barbara ist gut zu mir. Das arme Kind.

Ein einziger Schlag gegen die Spitze seines Speeres und dann, dann, dann die Waffe wegdrücken, so lange, bis er sie fallen lässt. Genau so lange.

Sommer 1966. Ich werde Barbara heiraten. Wir wollen Kinder. Vier. Ich liebe sie, wie ich noch nie einen Menschen geliebt habe.

Genugtuung umspülte sein Herz. Wusste seine Frau von Konrads wahren Gefühlen? Sie hatte sich in ihm geirrt! Er würde es ihr sagen, mit dem Hirsch in der Hand.

22. Dezember 1967. Ich spiele mit dem Gedanken, Edden zu verlassen und mit meinem Bruder Frieden zu schließen. Barbara ist dagegen. Sie ist besessen von dem Gedanken, in die andere Welt zu gehen. Könnte sie Mertens Warnungen nur begreifen! Reichen ihr die Blumen nicht? Hatte sie je zuvor eine schönere Welt gesehen? All die Wesen, die wir nur spüren und vermuten, wenn wir durch den Wald gehen, was, wenn sie uns berühren, wenn sie tatsächlich hier sind? Was, wenn auch andere die roten Männer sehen, die ich sehe? Was, wenn dies keine Halluzinationen sind und die Hirsche uns davor bewahren?

Wenn zwei Menschen dasselbe sehen, dann ist es real.

Wieder schoss ihm der Gedanke durch den Kopf. Nein. Dieses verfluchte Buch! Er wollte es bereits wegschleudern, als er ein tiefes Fauchen vor der Tür hörte.

Er hielt den Atem an und steckte das Tagebuch zurück in den Mantel.

Mit dem Körper in ihn eindringen und danach: den Stock in sein Herz.

Ruhig.

Ruhig.

Alles nur Einbildung. Letztlich.

Es ist Zeit, den Stein zu heben und gegen das Monster zu schleudern, das in mir wohnt, dachte er und öffnete die Tür des verwesenden Hauses, in dem seine Mutter heimlich gestorben war. War er schuld am Tod seiner Mutter?

Nein. Er war ein guter Mensch.

Langsam drückte er die Klinke hinunter.

Der Hirsch hatte das Haupt geneigt und suchte zwischen den Spuren, die sein Verfolger hinterlassen hatte, nach einem blassen Grashalm. Das Fell war dicht gewachsen, stark und weiß. Das Geweih ragte aus dem Schädel wie zwei riesige Hände, die sich flehend zum Himmel streckten und Gott zuwandten. Aus den Lungen stieg warme, feuchte Luft und wirbelte über den zertrampelten Schneeboden.

Er trat aus dem Haus – und erstarrte. Der geübte Kampf im Verborgenen, wie sinnlos er doch war gemessen an der Wirklichkeit. Er versuchte, sich nicht zu bewegen. Die Hand zitterte im Eiswind, die Zähne schlugen aufeinander.

Die rechte Hand zum Gewehr. Solange der Wind ihm entgegenblies, würde ihn das Tier nicht wittern. Endlich erreichten die kalten Finger die Bockbüchsflinte. Er malte sich in Gedanken bereits aus, wie er das Haupt des Hirsches in seinem Visier finden und endlich, endlich, endlich abdrücken und sich befreien würde.

Die Jagd, der Weg durch die heimlich aufgeladene Schuld, wäre zu Ende. Die Waffe fühlte sich kalt an. Fremd. Er fasste mit dem Finger zum Eisenbogen um den Stecher, als eine Böe drehte.

Sofort hob der Hirsch den Kopf. Mit ruhigem Blick starrte er auf seinen Jäger. Dessen Brust bebte, atmete mit dem Wind. Der Rhythmus. Das tote Gefieder am Gürtel der Wolfsschur, die Mücke des Zeitheils, das stille Lied.

Tak. Tak. Tak.

Er hielt inne, musste abwägen. Sollte er das Gewehr hochziehen und schießen? Würde er treffen? Oder den Kampf mit dem Stock aufnehmen? Was für ein Unsinn bei diesem Inbegriff an göttlicher Schaffenskraft, was für ein Gedanke … Dennoch zog etwas in ihm die Waffe hoch. Er würde ihn ohne Gier töten, ohne jede Lust zu töten, er wollte nur Frieden, endlich Frieden …

Die Ohren des Hirsches drehten sich. Hörten sie den Hund?

Kaja! Wo war Kaja? Er verlor kurz die Konzentration. Er durfte seine Gefährtin nicht verlieren. Sie hatte ihn so weit begleitet, um bei seinem großen Triumph dabei zu sein. Kaja durfte nicht sterben wie seine Mutter, irgendwo vergessen.

Er war ein guter Mensch.

Er drehte die Augen zur Seite, wo er Kaja vermutete, als der Hirsch in sich zusammenzuckte und die Gelegenheit zur Flucht nutzte.

Der alte Labrador sah sein Herrchen mit treuem Blick an und legte den Kopf schief.

Schnell. Er musste reagieren und hob das Gewehr. Er hatte Mühe, mit dem Fernglas dem Hirsch zu folgen, der hinter einer Wolke funkelnden Schnees verschwand.

War er noch nicht bereit zum Kampf? Die Lebenslüge seiner großen Liebe, die fünf Geheimnisse, die sechs Wege, die verhungerten Juden, der Ruf seiner verwesenden Mutter? War er schuld an ihrem Tod? Er presste die Lippen zusammen. Nicht jetzt.

Nein, er war ein guter Mensch.

Er fluchte und ärgerte sich über sein Zögern. Aber er wusste auch, dass er jetzt dem Hirsch so nah war wie noch nie. Jetzt durfte er nicht nachlassen, jetzt musste er ihn verfolgen, egal, was sich ihm noch in den Weg stellte.

Und so liefen der alte Mann und sein Hund wieder der Spur des Wildes nach, während ein Rabe oben den Wald überquerte und einen Hirsch bemerkte, der wie ein Wildpferd über die weiten weißen Wiesen des leeren Tals galoppierte und nur ein einziges Ziel verfolgte: den Ort zu erreichen, wo alles begonnen hatte.

Und während der Hirsch lief und der Rabe ihn beobachtete und während der Mann und sein Hund ihm folgten und während der Wind wieder ruhte und der Wald seine Geheimnisse verbarg, verschwand der rote Wächter wieder in seine Welt, in der die Späher auf ihn warteten.

Die Mauer

Der nahe Wald verschluckte den Hirsch wie einen Verbündeten.

Er setzte ihm nach, musste aber bald einsehen, dass es keinen Zweck hatte. Zwar versuchte er, in den Spuren des Tieres zu laufen, doch sie waren zu weit auseinander und zu tief.

Er stützte die Hände auf die Knie und atmete schwer. Die Anstrengungen der letzten Tage hatten ihm sehr zugesetzt. Er zitterte am ganzen Körper, und ihm war, als könnte die fleckige graue Haut jeden Augenblick zerreißen. Nur in seinen Augen spürte er noch ein zartes Licht.

Er war zu langsam. Zu alt. Selbst das Gewehr würde er nicht schnell genug anlegen können. Aber aufgeben würde er nie mehr. Nie mehr.

Er pfiff nach Kaja und zeigte in Richtung Wald, wo noch immer Schnee von den Tannenästen fiel. Kaja kam angelaufen und schüttelte den Kopf – so, als wollte sie einem Hasen oder einer Ente das Genick brechen. Bei näherem Hinsehen bemerkte er, dass sie sein Zeitheil im Maul trug.

Er erinnerte sich an den Protest, den Kaja zu Beginn ihrer Reise eingelegt hatte. Vielleicht fühlte auch sie sich schuldig, dachte er. Aber selbst wenn er sich nicht auf die Kräuter eingelassen, sondern die Flaschen stattdessen in der Hütte zurückgelassen hätte, die Welt der Halluzinationen wäre dennoch da draußen. Ein System änderte man nicht, indem man seine Repräsentanten verleugnete. Damit machte man es nur noch stärker.

Jetzt, da der gefrorene Kräutersack aus Kajas Maul hing, fragte er sich, wie albern er sich doch angestellt hatte, wie absurd es doch gewesen war, zu glauben, dass das, was er sah, das Einzige wäre, was existierte.

Sein Ungeschick hatte ihn bis hierher begleitet. Ändern konnte er sich nicht mehr, nur noch verwandeln, die Perspektive, die Sicht wechseln. Er sah zu Kaja. Sie war ein Teil von ihm geworden. Der sehende Teil seines blinden Fleckes. Sie heilte ihn irgendwie, dachte er und sah zum Waldrand. Nur wer sich seiner gewahr wird, ist imstande zu kämpfen, egal, ob Krüppel, Greis oder Aussätziger, dachte er und gewöhnte seine Lungensäcke wieder an ihren müden Rhythmus.

Er hatte immer nur sich und seine Frau im Sinn gehabt. Das Haus, das er gebaut hatte, war ihm über den Kopf gewachsen. Er hatte dies nie zugeben wollen. Auch nicht, als seine Eltern ihren Hof verkauft hatten und zu Konrad gezogen waren. Selbst dann nicht, als seine Mutter gestorben war.

Er erinnerte sich noch daran, als sein Vater mit getrockneten Tränen vor ihm gestanden hatte. Er hatte längst gelernt zu leiden, ohne zu klagen. Er hatte keine Worte gefunden und sich schwergetan, seinen Sohn zu bitten, die letzten Wochen seines Lebens bei ihm im Haus wohnen zu dürfen.

Er entsann sich noch gut, dass beide nach Erklärungen gesucht, aber keine gefunden hatten. Erst als seine Frau ihre Welt betreten hatte, war sein Vater verschwunden. Für sie war er immer noch ein Nazi gewesen, ein noch viel schlimmerer als ihr Vater, der sich in der Gefangenschaft vom Bösen losgesagt und letztendlich sogar seine Verbrechen gestanden hatte. War einem aufrichtig gestehenden Hitler leichter zu verzeihen als einem einfachen, stillen Mitläufer, der nur seinen Sohn retten wollte? Er schämte sich für diesen Gedanken, da er die Antwort ahnte.

Seine Frau war froh gewesen, dass er die Bitte seines Vaters, bei ihnen wohnen zu dürfen, abgeschlagen hatte. Er selbst hatte geschwiegen und seinem verstummten alten Herrn nachgeblickt, als er langsam zurück in das verwesende Haus gegangen war.

Er war ein guter Mensch. Was hätte er sagen sollen? Hätte er seine Frau vor den Kopf stoßen sollen? Das Geld, das er ihnen geschenkt hatte, war kein ausreichender Grund für sie gewesen.

»Er war ein Nazi. Einer, für den kein Mitleid gilt. Auch wenn er moralisch gehandelt und Juden versteckt hat: Am Ende sind auch sie krepiert wie tollwütiges Wild.«

Er erinnerte sich noch an ihre Worte und wusste, dass er geschwiegen hatte.

Er zog den Wolfsmantel zurecht und räusperte sich. Wenn sein Vater herübersteigen würde aus der Welt der Toten, würde er ihn heute um Verzeihung bitten? Wofür auch? Er wusste es nicht. Er hatte weder die Juden in der Scheune getötet noch seine Mutter und schon gar nicht seinen Vater. Er hatte sich herausgehalten aus der Sache. Kriege sollten andere führen. Er war ein stummer Drache.

Es ist eine geteilte Welt. Wie kann ich diese Mauer in dir überwinden?

Kaja bellte.

Er schnappte das Zeitheil und hängte es wieder um den faltigen Hals. Es war nass.

Der Anblick des steilen Waldhanges, der vor ihm lag, machte ihm Angst. Die Erinnerungen, die in ihm hochquollen, fraßen die letzte Kraft aus seinen Zellen. Die eine Steigung noch, gegenüber dem Nordhang, dieser letzte Teil des Königsweges. Einmal noch. Ein letztes Mal.

Kaja bellte.

Sein Blick glitt über den Horizont. Neue Schneewolken zogen in großen Verbänden heran. Die Bärenmauer, die über den fernen Tannenkronen thronte, sah von hier aus wie ein riesiger Staudamm aus Fels.

Die Bärenmauer.

Wie kann ich diese Mauer in dir überwinden?

Er sah zu Kaja, die schon bis zum Waldrand gesprungen war.

Er dachte an ihren gebrochenen Schädel. Welche Schmerzen musste sie nur ertragen haben die ganze Zeit über auf dem großen Weg, den sie im Kreis gegangen waren.

An der Bärenmauer hatte alles begonnen.

Natürlich.

Ein Rhythmus.

Alles kam wieder zurück zu seinem Ausgangspunkt, nur um sich von dort wieder zu erheben. Wieder und wieder. Der Kreislauf. Der Kreislauf der Natur. Der Kreislauf des Lebens.

Nun war es an ihm, sich zu erheben. Seine neue Haltung

zu beweisen, das erste Geheimnis zu offenbaren, die Welt aus einem anderen Winkel zu sehen.

War er verrückt? Nein. Nicht mehr.

Wenn der Hirsch unbeirrt seinem Weg folgte, einem geheimen Pfad an einer unsichtbaren Grenze, dann musste er wieder an der Bärenmauer entlanggehen.

Als Konrad gestorben war, war ihm der Hirsch zuvorgekommen. Er wusste, dass der Hirsch aus dem Wald gegenüber der Wand herauskäme. Er hatte ihn überlistet, weil er seinen Rhythmus kannte. Aber er kannte nur einen Teil davon und nicht das ganze Lied. Der Hirsch war ihm überlegen.

Er hob das Gewehr und sah durch das Zielfernrohr die Trümmer des Hochstands.

Kaja kehrte keuchend zu ihm zurück. Er erinnerte sich und strich ihr vorsichtig über den Kopf. Sie winselte.

»Jetzt rächen wir dein altes Herrchen. Und weißt du, warum? Weil wir stärker sind.« Er presste die gefrorenen Lippen aufeinander und verbarg die Tränen in den Augenwinkeln. Ihm war, als würde er eine Grenze überschreiten, von der es keine Wiederkehr gab. »Es ist Zeit«, sagte er zu Kaja und setzte einen Fuß in den Schnee, der gleich bis zum Knie versank. »Lass uns das letzte Stück des Weges gehen.«

Der Pfad zur Bärenmauer führte durch den Wald über den Kamm. Das war der Königsweg. Oder durch das Tal, die gewundene Straße hinauf. Er entschied sich für den leichteren Weg. Er musste haushalten mit seiner Kraft und wollte den Hirsch überlisten, indem er vom Königsweg abwich und ihn zu seinem Weg machte.

Würde er sich beeilen, so könnte er bei der gespaltenen Föhre auf ihn warten, bevor die Nacht ihn einholte: das Gewehr gegen die Schulter gepresst, den Stecher gezogen, den Finger wartend.

Das kleine Licht in seinen Augen flammte auf und borgte sich die letzte Kraft von seinem inneren Dämon, der längst begonnen hatte, mit seinen spitzen Fingern nach seiner Seele zu tasten.

»Schnell, schnell«, rief er Kaja zu. »Wir müssen uns beeilen.«

Er schlich über den verschneiten Weg und streunte wie ein tollwütiger Wolf durch das leere Dorf. Sein Blick aber klebte an der Felsenfeste, die drohend auf ihn herabblickte, als drängte dahinter ein großer dunkler Ozean nur darauf, auf ihn herabzustürzen und ihn in den Fluten zu begraben.

»Jetzt überliste ich dich«, rief er hinauf zum Wald. »Diesmal versteckst du dich nicht, diesmal ziehe ich in den Krieg. Von meinem Körper mag nicht mehr viel übrig sein, dennoch werde ich mich mit meinem ganzen Gewicht gegen dich stemmen und dich mit der Entschlossenheit eines Jägers erlegen, mit einem einzigen Schuss, geboren aus dem verdrängten Schmerz meines Lebens.«

So wahr mir Gott helfe, sagte er zu sich, werde ich zäh sein.

Und oben hinter der Mauer fielen bereits die ersten Tannen, und die Späher liefen eilig zurück, um die Kaiserin zu warnen.

Der Zweibaum

Das Holz des Hochstandes ragte aus dem Schnee wie zerborstene Knochen. Das Licht einer trüben Sonne kroch aus seinem sanft leuchtenden hellbraunen Versteck.

Ihm schwindelte bei dem Blick in den Abgrund. Er schob den Kopf wieder zurück. Kaja kringelte sich ein. Es war derselbe Platz wie zu Beginn der Reise. Sie legte den Kopf auf den Boden und beobachtete ihr neues Herrchen arglistig und dennoch besorgt.

Er trat einen Schritt nach hinten und sah über das Tal. Waldzungen leckten an einem frischen Nebel, der von Edden herüberzog. Die Schneewolken drängten über den Kamm.

Von hier sah sein Dorf aus wie gemalt. Wen kümmerte es da, dass in keinem der Häuser mehr Menschen wohnten? Er liebte diesen Ausblick. Wenn Konrad von der Jagd noch im Wirtshaus vorbeigekommen war, wo sie in den siebziger Jahren manchmal getrunken hatten, und von der Bärenmauer geschwärmt hatte, hatte er diesen stachligen Neid im Magen gespürt. Jetzt, fast ein halbes Jahrhundert später, gehörte ihm dieser Anblick ganz allein, und die Wut hatte den Neid längst verdaut.

Er dachte an die Angst, die er zu Beginn gehabt hatte. Sich aufzulösen, da niemand da war, der ihm dabei zusah, wie er hier oben stand. Jetzt war ihm das egal. Das blaue Leben der letzten Tage hatte ihn verändert. Was kümmerten ihn die anderen, wo es doch schließlich um ihn ging?

Der Wind drückte den zerrissenen Wolfsmantel an seinen Rücken. Das Blut darauf war schwarz und eingetrocknet. So wie er. Es war ihm erst jetzt aufgefallen. War es das Blut von Marius? Von Konrad? Das seiner Frau? Sein eigenes? Es spielte keine Rolle mehr, jetzt, da er zum Fels geworden war, eins mit allem, jetzt, da niemand mehr da war, der urteilte, jetzt, da er der Mittelpunkt der Welt war: ein Jäger, bereit für die große Jagd nach Gerechtigkeit.

Er stellte sich wieder an den Abgrund, wie damals in Tannenfall, breitete die Arme aus und sog die kalte Luft in sich auf.

»HOOOOOOOOO!«

Es waren dieselben Laute wie damals. Und mit einem Mal kümmerte es ihn nicht mehr, ob der Riesenhirsch ihn hörte und dadurch von seinem Weg abließ oder nicht. Der Hirsch würde kommen, und er würde ihn erlegen. Daran gab es keinen Zweifel mehr. Denn er war jetzt Jäger. Durch und durch. Er erkannte nun die Wahrheit und spürte den Weg seines Feindes, da er seinen eigenen annahm. Alles, was jetzt noch zu tun blieb, war zu warten. Sich einzurichten auf den Kampf.

Sobald das Ungetüm aus dem Wald käme, würde er es mit seinen Augen ansprechen und dann mit dem Gewehr besiegen. Es würde mit seinem riesigen Geweih auf das weiße Grab der blauen Blume krachen, wo es, ohne eine Sekunde zu leiden, endlich sterben würde.

Oder: Falls es ihn angriff, wie es Konrad angegriffen hatte, dann würde er sein Geweih mit dem Stock abwehren und ihm den Lauf an den Hals setzen und abdrücken, abdrücken, abdrücken.

Oder: Er würde es vorbeiziehen lassen und dann, wenn es sich in Sicherheit wähnte, von hinten erschießen, durch den Schädel, unbemerkt, um die Ecke.

Ein Schlag ins Gesicht, um ihm seine Welt zu nehmen.

Ein Schlag ins Herz, um ihm seine Seele zu rauben.

Wieder stieß er einen Laut aus und sah zum Wald, als wollte er ihn beschimpfen und einschüchtern.

Dass der Hochstand in Trümmern im Abgrund lag, verschaffte ihm einen Vorteil: Der Hirsch konnte ihn nicht mehr herunterstoßen wie Konrad von seinem hohen Ross. Konrad hatte damit nicht gerechnet. Was er wohl gedacht hatte, als die Kugel in seinen Körper eingedrungen war? Hatte er an das fünfte Geheimnis gedacht? Hatte es sich ihm in diesem Augenblick offenbart?

Ohne Hochsitz war er eindeutig besser dran: Er konnte nicht mehr fallen, er war bereits am Boden, wie eine Ratte. Ihm gefiel dieser Vergleich.

Auch wenn Konrad seinem Tagebuch das Rätsel des Rhythmus entlocken wollte: Was hatte er schon davon verstanden? Hatte Konrad damit gerechnet, dass gerade er, der feige, betrogene Nichtsnutz, sein Lebenswerk, das Werk einer großen, geheimnisvollen Familie, vollenden würde? Einer schwarzen Familie?

Er, den er zeit seines Lebens als ein schwaches Glied der Gesellschaft betrachtet hatte, ohne es auszusprechen? Er, den er erniedrigt hatte, wann immer er konnte, bei dem er seinen Mut geholt hatte, indem er sich bei ihm die Jagdschuhe wie auf einer Fußmatte abgestreift hatte, während er sich immer und immer wieder an seiner Frau verging. Was für ein Bastard!

Wie hatte Konrad glauben können, den wahren Rhythmus ohne die Existenz des Schwachen zu erkennen?

Die Schwachen waren das Böse. In ihnen gärte es.

Der Wind frischte auf.

Wie gut es tat, dachte er, die Wahrheit zu spüren, dem Gären Raum zu geben, heimzukommen.

Heim in die Hölle, du Bestie!

Er sah zum Waldrand. Das Fernglas fand gemalte Stille. Er lehnte das Gewehr an den Stamm des gespaltenen Baumes, der vor ihm in den Himmel flüchtete. Mit müden Tritten begann er, den Schneeboden glatt zu stampfen. Erst jetzt fiel ihm auf, dass er kein Gefühl mehr in den Zehen hatte. Er war wie besessen von der Jagd gewesen und hatte nicht bemerkt, dass seine Füße begonnen hatten abzufrieren.

Der Tod kam von unten, dachte er und bearbeitete weiter den Waldboden. Dann setzte er sich und richtete mit den Überresten des Hochstandes eine Art Bodensitz ein. Natürlich, er war provisorisch und würde nicht mehr als einen Tag benutzbar sein, aber länger würde sein Leben ohnehin nicht mehr dauern. Denn in ein paar Stunden hätte der Tod längst seine Waden erreicht und ihn zerbrochen wie gefrorenes Wasser.

Wind. Kälte. Raben. Rosmarin.

Das Tagebuch legte er neben sich auf den Schnee, ebenso den Stock. Er tippte mit dem Finger auf die Spitze, die er oben in Tannenfall angefertigt hatte. Ein kurzer, starker Stoß sollte reichen, und das Holz würde die Haut des Hirsches durchbohren.

Er rieb die Hände und blies warme Luft hinein. Kaja warf er ein paar aufmunternde Worte zu, die der dürre Hund müde schluckte.

Das Warten begann. Seine Augen pendelten wie damals an der Futterstelle zwischen den Bäumen. Durchflogen die lichten Flecken, folgten dem Flattern der Vögel, verloren sich im Stöhnen des Windes.

Warten.

Seine Reise war zu Ende. Er war sicher, dass der Hirsch genau hier wieder auftauchen würde.

Er versuchte, seine Zehen zu bewegen, und dachte an seine Frau, die oben in Tannenfall lag. Sie war sicher längst tot, erfroren auf dem einsamen See. Ein Schauer fuhr durch seinen Körper. Wie konnte er sie so sterben lassen? Allein. Dort oben.

Er drehte den Kopf und suchte im Zwielicht nach Tannenfall. Baumkronen lugten aus dem unwirklichen Licht.

Sie hatte es verdient.

Er war ein guter Mensch. Konrad war ein schlechter gewesen. Sie hatte sich geirrt.

Er schlug das Buch auf.

Du musst konzentriert bleiben. Jetzt geht es um dich. Die letzten Stunden, sie gehören dir, nimm sie dir!

20. Dezember 1974. Sie sind alle weg. Ich habe sie getötet. Eine nach der anderen. Das Leben hier ist zu gefährlich. Barbara hat sich gewehrt, während die Kinder es geduldig ertrugen. Sie wussten, dass es so am besten war.

Stille.

Er wagte nicht zu denken.

Hatte er diese Zeilen tatsächlich gelesen? Oder waren es Halluzinationen, die nun auch schon das Buch heimsuchten?

Er schlug das Tagebuch zu.

Seine Frau hatte eine Bestie geliebt. Sie hatte sich geirrt. Der Hirsch, die Wörter, das alles würde reichen, um sie von ihrem Irrtum zu überzeugen. Vielleicht quälte sie das blaue Leben noch ein paar Stunden, ein paar Stunden, bis die Nacht kam und der Hirsch, dann könnte sie sterben, wenn sie ihn gesehen hätte mit der Trophäe, in dem Wissen, dass Konrad ein Familienmörder gewesen war.

Die Nacht kam, und es war Zeit, zu töten, um endlich geliebt zu werden.

Du bist kein guter Mensch!

Was war das? Ein Flüstern?

Erschrocken sah er hoch zur Mauer. Kamen die Stimmen zurück? Kamen sie immer dann, wenn der tägliche Kampf um die eigene Anerkennung versiegte? Er konnte keinen klaren Gedanken mehr fassen. Hundert Jahre Erinnerungen,

Gefühle, Erlebnisse drohten mit ihrer wahren Fratze auf ihn einzustürzen.

Ja, die Stimmen kamen von der Bärenmauer. War dort oben jemand? Das Zielfernrohr huschte über den Felskamm. Gerade gewachsene Tannen standen dort oben wie stumme Wächter, die seinen letzten Kampf beobachten wollten. Er wischte mit der offenen Hand über das Gesicht und sah zum Zeitheil. Es hatte ihn so weit geführt. Hatte ihm den Verstand vernebelt und tiefe, unsichtbare Wege und Narben geöffnet. Brauchte er es noch, jetzt?

Die Stimmen. Sie waren überall. Als wäre der ganze Wald voller Menschen.

Es war Zeit, sich der Wahrheit zu stellen. Der ganzen Wahrheit. Ich will keine Halluzinationen mehr, sagte er zu sich, hielt das Kräuterbündel weit über den Abgrund und zerriss es.

Der feine blaue Staub nieselte durch die Luft. Er zog die Nase hoch, roch noch einmal an der Droge. Er war bereit.

Und dann: der Kamm, der Wald, die Lichtung. Es war still. Die Stimmen waren verschwunden.

Stille.

Wieder.

Die Bäume stöhnten. Ein paar Sonnenstrahlen verirrten sich im Wald. In der Ferne schlug ein Rabe an. Er spürte eine Enge um seine Brust, als hätte er Mühe, zu atmen. Hatte er sich schon so an dieses Kraut gewöhnt, das ihn langsam vergiftet hatte, indem es ihn zur Wahrheit führte?

War er noch bei Verstand? Wusste er noch, was in den letzten Tagen geschehen war? Er versuchte, sich zu erinnern. Dachte an seine Frau, ihre Liebe, ihre Worte, ihren oft stolzen Gang, ihre Zöpfe, ihr Lächeln …

Er dachte an den gequälten Ausdruck seines Vaters, als dieser begriffen hatte, dass den Traum von einem Leben in Amerika aufgeben müsste. Er dachte an die gebrochenen Blicke der Kinder in der Scheune und ihre trockenen Münder, an den leeren Blick seiner Mutter kurz vor ihrem Tod.

Hatte er seinen Vater wiedergesehen, nachdem er damals zurück zu Konrads Haus gegangen war?

Er senkte den Blick.

Er wusste es nicht. Es roch nach Schnee.

Das Begräbnis war kurz und still gewesen. Niemand hatte seinen Vater wirklich geliebt. Einen Nazi. Einen Mitläufer. Einen Mörder. Ihm war der Tod seines Vaters peinlich gewesen. Sein Vater hatte alles, was er mit seiner Mutter aufgebaut hatte, in den Bau des neuen Hauses gesteckt und dadurch verloren, dennoch war bei ihm nie ein Gefühl der Schuld aufgekommen. Er hatte nur gehofft, dass der Pfarrer schnell machen würde und sie wieder zurück in ihr großes, schönes Haus könnten. Seine Kinder hatten das Haus gehasst. Sie hatten ihren Großvater gehasst. Es war gut, dass er still gestorben war.

Was war das? Ein Ast? Ein Knacken? Kam er? Endlich?

Er sah durch das Zielfernrohr. Es war dunkel geworden. Zwielicht. Es war schwer, zwischen den Schatten der Bäume etwas zu erkennen.

Was, wenn der Hirsch im Dunkeln durchzog? Würde er ihn sehen? Er überlegte und schloss die Augen. Grelle Lichtflecken fielen wie stumm explodierende Lampen von oben herab. Würde er ihn hören können?

Er konzentrierte sich auf sein Gehör. Der Wind. Der Duft der blauen Blume, den er in sich trug, war bei ihm. Rosmarin. Der frische Geschmack von Schneeflocken, das süßliche Gewürz vermorschter Bäume. Raunen. Eine Tanne verbeugte sich und sang ihr stolzes Lied.

Kajas fauliger Atem, sein bitter-klebriger Speichel.

Würde er ihn hören?

Er öffnete die Augen. Es war Nacht geworden. Er schrak hoch. Hatte er geschlafen? Er durfte nicht schlappmachen, so knapp vor dem Ziel.

In seinen Ohren steckte ein hohes Pfeifen. Was, wenn sich der Hirsch in der Dunkelheit hinter diesem schrillen Ton versteckte?

Nein, er durfte nicht schlafen.

Er sah zum Himmel empor, suchte den Mond. Eine gespenstische Wolkendecke lag über seinem Dorf. Er war froh, dass es Winter war, so würde er den Schatten des Hirsches leichter ausmachen, wenn der versuchte, an ihm vorbeizuschleichen.

»Wieso bist du so niedergeschlagen?«

Die Worte seiner Frau waren so klar, als stünde sie neben ihm.

»Sein Begräbnis. Es hat … es ist schon gut.«

»Er war kein guter Mensch.«

»Bin ich ein guter Mensch?«

»Natürlich bist du das. Du sorgst für uns, wir haben gute Kinder, die dich lieben, ein Haus. Natürlich bist du ein guter Mensch.«

»Ich fühle mich seit dem Tod meiner Eltern so …«

»Das geht vorüber. Alles folgt einem stillen Rhythmus. Das zu begreifen hilft.« Sie hatte die Hand auf seinen Oberschenkel gelegt. »Was bedrückt dich, Schatz, sag es mir.«

»Wir werden die Nächsten sein. Ich habe Angst vor dem Tod und dass ich umsonst gelebt habe.«

»Wir haben uns.«

»Liebst du mich denn?«

»Mehr als alles auf der Welt.«

»Ich liebe dich auch.«

»Geh doch mit Konrad auf die Jagd. Er hat es dir schon oft angeboten, und ich weiß, wie sehr du davon träumst, zu jagen.«

»Das ist nicht so einfach.«

»Dann mach es einfach. Ich werde gleich morgen mit ihm reden.«

Seine Frau war aufgestanden und hatte über seine Wange gestrichen. Er hatte sich wie ein kleiner Junge gefühlt und sich in dem Augenblick gewünscht, dass ihn sein Vater an der Wange berührt und ihm verziehen hätte.

Er öffnete die Augen. Der Mond stand hell und groß über

ihm. War er wieder eingeschlafen? Sein Zielfernrohr suchte auf dem Schnee nach Spuren. Nichts. Der Hirsch schien zu warten. Wie er.

»Weißt du, dass alles um dich herum verdorrt?« Die Stimme seines Sohnes flüsterte ihm ins Ohr. »Es wird der Tag kommen, an dem du hier allein verrecken wirst. Alles um dich wird leer und tot sein. Dieses verdammte Dorf, dieses verfluchte Haus, diese ganze Gegend hier samt den Verrückten aus Edden. Dieser Tag wird kommen. Die Welt hat sich verändert, Vater. Dinge verändern sich, auch wenn du es nicht wahrhaben willst und dich immer mehr in deine eigene Welt zurückziehst. Das, was du uns heute angetan hast, werden wir dir niemals vergessen. Du bist ein Bastard, Vater! Du tötest uns alle mit deinem Schweigen.«

Der nächste Morgen brach an. Der Beginn seines letzten Tages.

Der letzte Tag

Am Abgrund des Todes zeigte sich
die wahre Größe des Menschen.

Das unsterbliche Spiel

Die Farben des Waldes kehrten zurück. Ein Wassertropfen lief über den erfrorenen Zweig einer Hagebutte. Der Schnee war an der Oberfläche durchsichtig geworden und schimmerte blau. Es roch nach feuchter Erde. Zwischen den beiden Stämmen des Zweibaums hatte eine Spinne ihr Netz gespannt.

Er spürte, wie die aufgehende Sonne ihr seidiges Schattengewebe über seine tiefen Falten legte, die von der großen, runden Nase abfielen. Seine müden Augen waren geschlossen. Er versuchte sich vorzustellen, wie er jetzt aussah. Der Haaransatz war sicher noch weiter nach hinten gewandert, um einer hohen, mit Altersflecken gesprenkelten Stirn Platz zu machen. Das weiß gewellte Haar am Hinterhaupt war nass und sicher schmutzig. Die Lippen fühlten sich weich an und trocken und waren wohl ebenso bleich wie der fingerdicke, flaumige Bart, der sein friedliches Antlitz bedeckte – von den flachen Wangenknochen bis zum fleischigen Kinn.

Wer hat schon Angst vor ihm? Was will er tun? Ich fürchte ihn nicht. Ich fliehe vor niemandem. Besser sollte er auf der Hut sein.

Früher, wenn er durch das Dorf gegangen war, hatten ihm die Menschen von der Ferne zugewinkt, damals, als hier noch jemand gelebt hatte. Er hatte den Gruß stets mit einem kurzen »Ha!« erwidert, als wäre er überrascht gewesen, wie ein Gärtner, der einen Schädling zwischen seinen Blumen fand und ihn nicht gleich zertreten wollte unter den festen Schuhen. An den gesenkten Blicken der Dorfbewohner hatte er geahnt, dass ihn im Grunde niemand ernst nahm, dass sie ihn belächelten, heimlich hinter vorgehaltener Hand. Alle. Warum, das hatte er nie erfahren. War es sein humpelnder Gang, die Art, wie sein Daumen den Mittelfinger berührte und daraufklopfte, wenn das Unbehagen in ihm hochkroch, weil Menschen ihn anblickten, direkt in ihn hineinlinsten, in die Augen seines versteckten Dämons?

Er wusste es nicht. Deshalb hatte er es vorgezogen, jedem

auszuweichen, sobald er sein freundliches »Ha!« überbracht hatte. Niemand hatte ihn dafür gehasst, gemocht aber hatte ihn auch keiner. Er war einfach da gewesen. Er war nicht aufgefallen. Für ihn war das alles nebensächlich gewesen, solange er nur dazugehört hatte.

Die Menschen seines Dorfes hatten das anders gesehen. Für sie war er der gewesen, der immer am Rande gestanden und dem Treiben der Leute mit einem aufgesetzten Lächeln zugesehen hatte. Unheimlich. Bedrohlich. Fremd.

Er war der gewesen, der die Einkäufe besorgt und nie das Wort erhoben hatte, wenn sich an der Kasse jemand vordrängte. Er hatte es geduldet, immer wieder das letzte Stück der Wurst abzubekommen, solange es nur in das übertriebene Grinsen der drallen, rotbackigen Fleischverkäuferin gewickelt war. Es war eine stumme Abmachung zwischen ihm und dem Dorf gewesen, eine gegenseitige Duldung.

Nur ein Mal, als er mit dem Einkaufswagen eine andere Kundschaft unabsichtlich abgedrängt hatte, war er gezwungen gewesen, sich zu rechtfertigen, warum er seine Eltern nicht bei sich aufgenommen hatte.

Das gehört sich doch als Sohn. So etwas kann man seinen Eltern nicht antun! Schämen sollten Sie sich! Bei dem großen Haus!

Sein trauriger Blick, die Augenbrauen, die er langsam hochgezogen hatte, und sein leidendes Schweigen, als hätte er im Morast seiner atemlosen Unterwelt nach einer passenden Antwort gesucht, hatten die empörte Frau besänftigt, bis sie sich damit zufriedengegeben und ihn in Ruhe gelassen hatte. Der Fernerbauer war über den Tod seiner Frau nie hinweggekommen und hatte sich seit den tragischen Vorfällen in der Blutscheune eingesperrt, bis man auch ihn gefunden hatte. Menschen kamen. Menschen gingen.

Er war ein guter Mensch.

Das würden die Leute auch über ihn denken.

Ob er ein Sonderling war, wusste er nicht. Nur einmal hatte er gehört, wie drei Jäger am Stammtisch über ihn gesprochen hatten. Er hatte an der Theke gestanden und viel zu süßen Himbeersaft getrunken. Er hatte gehört, wie sie über Konrad gesprochen und sich gewundert hatten, dass er sich mit ihm abgab.

Damit er rauskommt, ein wenig unter die Leute, ist ja nicht viel anzufangen mit ihm. Seine Frau, die kann einem leidtun. Irgendetwas stimmt nicht mit dem.

Als er sich umgedreht hatte, hatten ihn die Jäger freundlich gegrüßt und ihre Bierkrüge erhoben. Er hatte den Gruß mit einem leisen »Ha!« erwidert und ihnen mit seinem Himbeerwasser zugeprostet, bevor sein heißer Atem das Glas gefüllt hatte.

Etwas Dunkles wohnt in ihm.

Sein großer Kopf fiel zur Seite, und wieder schrak er hoch. Die Sonne blitzte in seinen Augen. Sofort warf er einen Blick auf den Waldrand. Dann kontrollierte er den Schnee nach Spuren. Er war nicht gekommen.

Der Hunger nagte an ihm wie ein Wolf, der ihm das Fleisch von den Knochen reißen wollte. Er griff zur verdorrten Hagebutte und zupfte sie vom Ast. Der Wassertropfen rann über die Fingerspitze. Es war wärmer geworden, und sein Daumen berührte den Mittelfinger.

Er sah zum Himmel, der die Farbe einer Orchidee trug. Kaja schlief noch. Heute würde es so weit sein.

Er setzte sich ein wenig zurecht und streckte sich durch, so gut es ging. Er wollte dem Hirsch seine Position nicht verraten.

Er hob den Kopf und spürte eine föhnige Brise auf dem nackten Vorderkopf.

Der Wind kommt vom Wald.

Das ist gut. Das ist gut. So riechst du mich nicht.

Wie lange würde es dauern? Den ganzen Tag?

Er hatte Durst und steckte ein Stück pampigen Schnee in den Mund. Das Wasser war eiskalt und brannte ihm in der Kehle.

Ein Rabe schrie. Er blickte hinauf zum Kamm. Zu seiner

Erleichterung waren die Halluzinationen verschwunden. Die dunkle Brut in ihm schwieg.

Zwischen den dünnen, hohen Tannen am anderen Ende des Schlages sah er einen großen hellen Fleck, der ein wenig schattiger war als der Schnee. Er setzte das Gewehr an und sah durch das Zielfernrohr.

Es war der Hirsch.

Mit einem Mal raste sein Herz. Er weckte Kaja, indem er ein Steinchen nach dem Hund warf, und deutete voller Freude auf die andere Seite.

»Er ist da. Wir haben es geschafft«, flüsterte er kaum hörbar.

Kaja setzte sich auf und sah in die Richtung des Hochwilds. Ihre Ohren tanzten in der Luft. Er versuchte, ruhiger zu atmen, da das Fadenkreuz wie verrückt um den Fellfleck kreiste. Er sah über das Fernglas, um den ganzen Hirsch auszumachen.

Es musste nur ein Schuss sein, ein tödlicher. Er sah wieder ins Glas. Vermutlich war das der Bauch des Tieres. Die Brust und der Kopf waren verdeckt von dichtem Wald. War es sein Hirsch? War es ein anderes Wild? Nein. Die Größe stimmte. Ein Bär? Dunkler. Die letzten Bären waren hier vor hundert Jahren durchgezogen, gemeinsam mit den Wölfen.

Wieso bewegte er sich nicht? Hatte er seine Witterung aufgenommen?

Sein Atem glitt wieder sanfter durch die Lungen, blähte in einem ruhigen Rhythmus die Brust.

Er könnte auf den Bauch schießen. Dann würde der Hirsch nach hinten fallen. Er könnte nachladen und ihm den Rest geben. Wenn er aber nach vorne weglief? Wie weit würde er kommen mit einem Bauchschuss? Kaja könnte ihn stellen.

Er dachte an den Kampf des Rehbocks gegen Kajas tödliche Bisse. Verzweifelt hatte der Bock seinen Kampfspross nach vorne gestoßen, panisch, mit weit aufgerissenen Augen. Würde der alte Hund gegen das riesige Geweih des Hirsches ankommen? Er musste treffen. Er durfte nicht versagen wie

Konrad. Nein. Warten. Ein wenig noch. Er würde sich bewegen.

Ruhig sein. Er darf nicht wissen, dass ich hier bin. Ich muss mich auflösen. Er braucht keine Angst zu haben vor mir. Ich tue keiner Fliege etwas zuleide. Ich hasse Konflikte und Streit. Ich gehe allem aus dem Weg. Du brauchst dich nicht zu fürchten vor meinem Zorn.

Er dachte an die fünf Geheimnisse der Jagd, die ihm Konrad beigebracht hatte. Er hatte Zeit gehabt, sie auf seiner Reise zu begreifen – nun war es an der Zeit, sie zu enthüllen.

Deine Haltung.

Er richtete sich ein wenig auf, streckte den Rücken durch. Sollte er aufstehen? Ja, ja. Vorsichtig. An den Baum gelehnt, ja!

Er zog sich hoch und stellte sich langsam hinter den Zweibaum. Das Gewehr setzte er auf einem Aststumpf auf und zielte auf den Hirsch.

Nichts hast du bemerkt. Nichts. Du wertloses Stück Leben.

Er atmete tief ein. Es roch nach modrigem Gras und Rosmarin und einem anderen Duft, ein wenig süßlich, dann: Rauch.

Brannte es? War seine Frau … hatte sie ein Feuer entfacht? Er drehte den Kopf und sah nach Tannenfall. Der Nebel hatte sich verzogen. Sonnenstrahlen fielen auch dort durch das schattige Wolkengewand.

Vom Kamm? Ja? Dort oben? Rauchschwaden. Beobachtete ihn jemand? Nein, er musste fokussiert bleiben. Seine Finger lagen auf dem Stecher. Er roch den eigenen Schweiß, hob die Zehen, er spürte sie nicht mehr. Er schmeckte Blut und den bitteren Geschmack von Eiter in seinem Mund. Er hielt den Atem an, zielte auf das ferne Fell.

Ja, das bist du, ich kenne dich. Du wirst büßen für das, was du uns angetan hast.

Übelkeit schwappte plötzlich in seine Kehle. Angewidert schluckte er den sauren Magensaft wieder hinunter.

Heute bin ich dein Gott und entscheide über dein Leben.

Ich fühle mich wie Gott.

Ich bin Gott.

Meine Waffe.

Er strich mit dem Zeigefinger über den unebenen Beschlag der Bockbüchsflinte. Es war Konrads Gewehr. Seine Waffe war der Stock. Aber wie sollte er mit einem Stock einen Hirsch besiegen? Unsinn.

Meine Stimme.

Er versuchte, einen tiefen Laut auszustoßen, als wollte er röhren wie ein Hirsch, aber der stumme Drache, der in ihm wohnte, verschloss noch einmal seinen Mund.

Meine Erinnerungen.

Er hatte auf seiner Reise viele Wege der anderen erfahren und war gepeinigt worden von den eigenen verdrängten Andenken. Hatte er deshalb seinen Weg gefunden? Hatte er den Weg durch das Sieb der Erinnerungen gefunden, die über ihn gekommen waren wie alter Schnee? Er hatte den Königsweg gefunden, war ihm gefolgt und stand nun vor dem größten Feind seines Lebens. Er hatte seine Welt gefunden. Er presste die Lippen zusammen, wurde unruhig.

Was ist das fünfte Geheimnis?

Kaja hob die Nase. Der Rabe flog zum Kamm. Die Rauchsäule kroch in den Himmel. Der Hirsch. Er bewegte sich.

Er presste den Kolben in die Schulter und zitterte vor Aufregung. Das Fadenkreuz schwebte über die helle Brust des Riesenwildes. Schwere Wolken feuchter Atemluft quollen wie Nebelschwaden durch die Tannen. Der Hirsch senkte sein prächtiges Haupt und zupfte nasses Gras aus dem weich gewordenen Eisboden.

Jetzt. Er hatte ihn genau im Visier. Das Herz.

Der Hirsch hob das Haupt, drehte es und …

Im Zielfernrohr trafen sich ihre Blicke. Zum ersten Mal. Er war wie versteinert von der Selbstverständlichkeit, die von diesem Geschöpf ausging. Es hatte keine Geheimnisse, denen es folgte, es gehorchte seinem Weg, nichts weiter, dem Weg der Könige. Mit aufrechtem Haupt und stolzem Geweih trotzte es der Natur, indem es selbst Natur war. Es würde nicht klagen, wenn der gefrorene Boden jedes Essbare festhielt. Es wusste, dass es sich auf seine Sinne verlassen könnte. Diese waren es, die es führten, im Respekt vor seinem Schöpfer, im Respekt vor der wahren, der ganzen, der vollständigen Welt.

Der Blick des Hirsches durchbohrte ihn wie ein blutiger Pfahl, und ihm war, als wollte ihn sein Gegner retten, ihn warnen vor einer Tat, die er schrecklich bereuen würde.

Die Sonne warf listige Schatten des Geweihs durch den Wald, die wie jene Germanen wirkten, die vor Jahrtausenden im Schutze der Tannen den feindlichen Römern aufgelauert hatten.

Der Mittelfinger seiner rechten Hand klopfte auf seine Waffe.

Es ist nicht deine *Waffe. Du bist ein Mogler.*

Sobald es zum Kampf käme, wären der Hirsch und seine Waffe eins.

Was für ein Unsinn. Jedes Gewehr war der Entschlossenheit eines Wildes überlegen, sogar ein gestohlenes.

Die Blicke des Hirsches brannten wie Feuer.

Wovor hatte er Angst? Warum drückte er nicht ab?

Er lugte über das Fernglas und sah den Hirsch in sich ruhend zwischen den Tannen stehen. Er schien wie ein Wächter, der all das Böse und all das Gute durch seinen Weg trennte, da er selbst der Weg war.

21. Mai 2012. Nicht die Erinnerungen zeigen den Weg, der Weg offenbart die wahren Erinnerungen. Der Weg trennt die Drachen von ihren Stimmen. Ich muss sie warnen. »Haben Sie keine Angst vor meinen Zeilen. Ich bin alt und werde bald sterben. Aber es ist von hoher Dringlichkeit, Ihnen etwas Wichtiges mitzuteilen: …«

Er konnte den Anblick des Hirsches nicht mehr ertragen und senkte die Waffe und seinen Blick. Der Jäger war besiegt durch die Reinheit und Schönheit des Wildes.

Der riesige Hirsch stieß einen kräftigen Laut aus und legte das gewaltige Geweih nach hinten.

Hatte Konrad dasselbe empfunden beim Anblick des Hirsches? Dieselbe Demut wie er? Oder war er von den Halluzinationen des blauen Lebens bereits so besessen gewesen, dass er die Welt, die der Hirsch mit seinem Weg von uns trennte, um jeden Preis sehen wollte? War diese Gier so groß gewesen, dass er seine eigenen Kinder deshalb getötet hatte? Hatte er sie beschützen wollen vor dem, was durch ihn eines Tages geboren würde?

Doch welche Welt konnte das sein, dass man seine eigenen Kinder dafür opferte? Wie weit konnte ein einzelner Mann gehen? Was konnte sein größtes Ziel sein?

Er fühlte sich wie Gott.

Trennten die Hirsche auf dem Königsweg die Menschen vom Reich Gottes, von der Welt des ewigen Lebens? Waren deshalb alle hinter dem Hirsch her? Damit er sie auf den Weg der Wahrheit ins Paradies führte?

Was passierte, falls der Wächter starb? Was war der Preis, den Konrad so sehr gefürchtet hatte, dass er sogar seine Familie dafür in den Tod geschickt hatte? Was geschah, wenn der Schleier riss und die Schöpfung eins wurde?

Die Raben schwiegen.

Hatte seine Frau gewusst, welches Scheusal sie geliebt hatte? Er hob das Gewehr. Und schoss.

Gottesland

Die Sirenen in seinen Ohren klangen ab, und das uralte Schweigen kam zurück. Das Blut pulsierte. Er keuchte. Hatte er getroffen? Er sah durch das Zielfernrohr. Die Schulter tat weh. Der Hirsch war weg.

Wenn du auf ein Tier schießt, musst du sichergehen, dass du es auch mit einem einzigen Schuss tötest. Es taumelt vielleicht noch ein, zwei Meter, aber dann fällt es und ist tot. Es darf nie leiden. Du musst dir immer bewusst machen, dass du ein Geschöpf Gottes getötet hast. Es darf nicht wissen, dass es getroffen ist. Nur ein Schuss. Es muss sofort tot sein. Gott verzeiht hier nicht. Wenn du nicht triffst, bist du nicht bei dir gewesen, und du allein musst damit zurechtkommen. Dann hast du die Natur missbraucht. Wenn du das Wild nur verletzt, richtet Gott seine Augen auf dich und beobachtet deine Schritte. Jetzt ist es deine Pflicht, das Tier, das du so sehr quälst, auf der Stelle zu suchen und von den Schmerzen zu befreien, die du ihm zugefügt hast. Gott wird zwar weiter auf dich herabschauen, aber er wird dir verzeihen. Wie er allen Menschen verzeiht, die ihre Schuld sühnen. Wenn du aber das Lebewesen qualvoll verenden lässt oder am Ende nicht mehr findest, obwohl du weißt, dass es getroffen wurde, dann wird der Herr dich strafen, da du niemand Geringeren verletzt hast als ihn selbst. Bei der Jagd geht es um Leben und Tod. Das ist alles. Dazwischen ist kein Platz für Leid oder Schmerzen. Du musst dich entscheiden. Lebe, indem du das tötest, was zwischen dir und deiner wahren Natur steht. Erst so begreifst du, dass du ein Teil einer wunderbaren Ewigkeit bist. Das ist unser Schicksal. Wenn du das nicht verstehst, bist du kein Jäger, sondern ein Mörder. Vergiss das nie.

Es roch nach Pulver. Metall. Er dachte an den Todeskampf des Rehbocks und den gequälten Ausdruck in Konrads Gesicht.

»Wir müssen los! Schnell.«

Kaja hatte schon geduldig und angespannt auf das Kommando ihres Herren gewartet, und kaum hatte er es ausgesprochen, flog sie wie eine Sommerschwalbe über den Boden und verschwand zwischen den dunklen Bäumen.

Er folgte dem Hund, so schnell er konnte. Fluchend und keuchend krachte er über den Schlag und ärgerte sich über sein Versagen. Wie hatte er ihn nur verfehlen können. Er mochte sich gar nicht vorstellen, was es bedeutete, wenn er wieder ganz von vorne beginnen müsste. Die bleierne Angst, nichts zustande zu bringen – wieder umklammerte sie ihn und drückte seinen Kopf nach unten. Hatte sie den Hirsch gewarnt? Hatte das Wild den ängstlichen Schweiß seiner Hände gewittert?

Der Stock, den er sicher in der Linken führte, stützte ihn. Er fühlte sich elend. Woran hatte es gelegen? An seiner Haltung? Natürlich war er angespannt gewesen. Schließlich hatte er auf diesen Moment sein Leben lang gewartet.

Auf dem Schnee hatte sich eine dünne Eisschicht gebildet. Der Wind hatte tote Blätter darauf abgelegt.

Er ärgerte sich, dass er Konrads Waffe nicht öfter ausprobiert hatte. Der Schuss auf den Raben war tödlich gewesen. Aber den zweiten schwarzen Vogel hatte er ziehen lassen. Wie unvorsichtig, dachte er. Krähen patrouillierten am Himmel über ihm.

Oder war er zu laut gewesen? Hatte das aufputschende Brummen, das er am Zweibaum versucht hatte, den Hirsch gewarnt?

Er spuckte den Rest gequollener Magenflüssigkeit aus, sodass sie in Fäden aus dem Mund hing.

Die Wut, kurz bevor er geschossen hatte, sie war es, sie hatte sich um seinen Hals gezogen wie eine unsichtbare Drahtschlinge. Ja! Beim Schuss hatte er den Atem angehalten, und ihm war gewesen, als hätte die dunkle Brut wie eine stolze Armee hinter ihm gestanden und ihm zugeflüstert, endlich zu brüllen, wie es einem neugeborenen Drachen zustand, endlich zuzuschlagen wie ein Berserker, mit dem Stock auf den Kopf, bis dieser brach.

Er drehte sich um. Rang nach Luft. Dieser verdammte Wald. Am Kamm war der Rauch abgezogen.

Kaja bellte. Sie hatte etwas gefunden. Es war nicht mehr weit. Nicht mehr weit.

Als er völlig außer Atem bei dem Hund ankam, sah er den Blutfleck, der wie ein See auf dem Eisboden einsickerte.

Wenn du das nicht begreifst, bist du kein Jäger, sondern ein Mörder.

Er bekreuzigte sich und fluchte gleichzeitig. Wollte er beide damit besänftigen? Gott und Teufel?

Wohin war der Hirsch gelaufen. Er suchte im weicher werdenden Schnee nach Spuren.

Kaja wartete wieder auf ein Signal. Er musste nachdenken. Wie weit konnte er sein? Die Blutlache war nicht groß, reichte aber aus, um seiner Fährte zu folgen.

»Such!«, sagte er mit unsicherer Stimme. Der Hund lief wie ein Verrückter in den Jungwald, der sich tapfer zwischen den hohen Tannen emporkämpfte, und verschwand. Woher nahm er diese letzte Kraft? Die Schmerzen seines Schädels mussten unerträglich sein. Er hörte nur noch das Keuchen und Japsen seiner Gefährtin. Das Winseln? Nein. Er musste dem Hund nach. Er konnte nicht mehr, stützte sich auf den Stock. Er konnte nicht mehr.

Kein Jäger, sondern ein Mörder.

Er war kein Mörder. Er war ein guter Mensch. Weiter, weiter.

Kaja stieß wie ein Pfeil mit peitschendem Schwanz aus dem Unterholz und bremste plötzlich vor einem Baum ab. Sie sprang auf allen vieren herum und bellte.

Die Krähen holten Verstärkung. Der Wind brachte mehr tote Blätter.

Er streckte den Kopf. Da unten war Blut. Ja, das war gut. Er schickte seinen Körper über den steil abfallenden Hang. Die Gelenke schmerzten, die Füße waren taub. Es roch nach Blut, nach Schweiß, nach Pulver.

Rosmarin.

Er kannte die Stelle. Natürlich! Er kannte sie.

Er atmete den öligen Geruch des blauen Lebens ein, indigoblau emporragend zwischen fauligem Sumpfporst und verdorrtem Schierling. Natürlich. Es war dieselbe Stelle, an der er die blaue Blume gepflückt hatte, dieselbe Stelle.

Hier hatte alles begonnen. Hier hatte er die Medizin für seine Frau gefunden, die sie wieder zurückgezerrt hatte ins Leben, wenn auch nur für einen Augenblick. Die Sinnestäuschungen und missgestalteten Gedanken, die seitdem aus ihm herausquollen. Alles hatte hier seinen Anfang. Alles.

Alles.

Er verfluchte diesen Ort. Seine Frau wäre längst tot, und er hätte mit den drei fremden Männern am Grab gestanden wie vor Tagen bei Konrad. Er hätte sich von seiner großen Liebe verabschiedet, getragen von den letzten Klängen eines fernen Jagdhorns. Nun aber lag sie dort oben in Tannenfall, wo Krähen an ihren Augen pickten und er sie dafür zu hassen begann.

All der Schmerz, das Leid, das ihn überkommen hatte, als er oben gewesen war beim Hof seiner Eltern, bei den toten Juden, wäre an ihm vorübergegangen. Oder die Rückkehr der schrecklichen Bilder einer übermächtigen Gefahr, die über die Welt hereinbrechen würde, unsichtbar wie die Pest, und die auch seine Welt berührte, hier an der Grenze zwischen Gott und dem Teufel.

Wenn zwei dasselbe sehen, ist es real.

Oder der schreckliche Wald, in dem Konrad seine Kinder erschossen hatte aus einem stillen Wahn, von dem niemand etwas gewusst hatte. Nur er und dieses Tagebuch, das ihn in die Irre geführt hatte, im Kreis herum, der sich Königsweg nannte und nichts weiter war als die Erinnerung an hundert Jahre der Suche nach dem Sinn des Lebens. Alles hatte hier begonnen, alles würde hier enden.

Wütend holte er mit dem Stock aus und schwang, so fest er konnte, das Holz auf das blaue Leben, als wollte er einem Menschen den Kopf abschlagen.

Duftende Spinnen, zitternder Mückenschwarm, zeitfressender Berserker. Der Schierling, kopflos, rauschender Sumpfporst, zerrissenes blaues Leben.

Die losen Blüten rieselten im Staub kratzender Sporen zurück auf den Boden. Für einen Augenblick war ihm, als würde sich hinter einem feuchten Vorhang sein eigenes Spiegelbild aus Pflanzenstaub formen.

»Verfluchter Wahn!«, rief er und spuckte aus.

Kaja bellte. Die Luft schmeckte nach Blut und Rosmarin. Er spie abermals aus. Schleim. Blutfäden schwammen darin. Er steckte eine neue Patrone in das Gewehr. Er hatte es vergessen: Es war nicht seine Waffe. Er repetierte trotzdem. Das Gewehr fühlte sich mit einem Mal fremd an.

Kaja sah auf den Blutschweiß des Hirsches, der am Ufer des Schnees austrieb wie der Keim einer giftigen Pflanze.

Er sah sich um. Wo war die Bestie? Wieso konnte er sie nicht sehen? Die Übelkeit und der Schwindel prügelten seine Wahrnehmung, als wollten sie ihn von innen nach außen stülpen. Er rechnete damit, dass ihn jeden Moment seine Kräfte verließen, als sich ein riesiger Felsabgrund vor ihm auftat wie aus dem Nichts. Und beinahe wäre er hinabgestürzt in die tiefen Täler, gefallen, wie vor hundert Jahren Franz Leidemann.

Leere. Stille. Er wankte am Abgrund.

Niemand kannte diese Gegend besser als er. Wieso wusste er nichts von diesem Felsschlund? Vermutlich hatte er ihn verdrängt wie so vieles. War das ein Eingang in das geheime Tal, das ihn in die andere Welt führte, ihn, der betört war vom Klang der Zeit und vom Rhythmus des Hirsches, berauscht durch das Wesen des blauen Lebens?

Als Kind hatte er oft von den Höhlen geträumt. Er hatte Räuber und Gendarm gespielt. Einmal war er losgezogen, um das Geheimnis des unterirdischen Labyrinths zu lüften. Sein Ziel war das stumme Dorf gewesen, das irgendwo dort unten schlief. Er hatte schon das Seil in einen Felsschacht geworfen, der wie ein Schornstein tief in die Wiese wuchs. Er war damals noch ein Kind gewesen und hatte gewusst, dass seine Mutter es ihm verboten hätte.

»Weißt du, wie viele Kinder in den Höhlen gestorben sind? Einer wie du kommt nie wieder zurück.«

Seine Mutter hatte recht gehabt, und obendrein war er viel zu ängstlich gewesen. Als er Konrad kennengelernt hatte, hatte er ihm von den Höhlen erzählt. Konrad war sofort begeistert gewesen. Aber dessen Vater hatte ihm anfangs nicht nur verboten, in die Höhlen zu klettern, sondern auch, weiterhin seinen neuen Freund zu treffen. Hätte er nur die Wahrheit ahnen können, er hätte weiterhin allein gespielt. Als Räuber wäre er in die Höhle geschlüpft, in der Rolle des Gendarmen wäre er entkommen.

Oder andersherum.

Es gab drei Höhlen. Sie hießen einfach »die drei«. Nach den drei Matronen der Germanen. Die kleine Höhle, die mittlere und die große. Verwirrend war, dass die kleine Höhle den größten Eingang hatte und die große nur einen kleinen. Von der mittleren Höhle hatte er nur gehört. Gerüchte. Wortfetzen. In der Kirche.

Sie zu finden war sein Traum gewesen, da er dort den Weg zum stummen Dorf zu entdecken gehofft hatte.

Der Sonderling findet das Paradies.

Er hatte sie nie gefunden. Auch nicht den geheimnisvollen weißen Turm, der über das Nachbardorf wachen sollte.

Nach dem ersten Krieg hatte Konrads Vater veranlasst, dass alle Höhlenzugänge zugemauert wurden. Zu gefährlich für alle Kinder. Würde man die Vermissten oben im Labor finden?

Ihn schauderte bei dem Gedanken.

Er beugte sich vor und bemerkte, dass die Spur des Hirsches um den Abgrund herumführte und im Dunkel unter ihm verschwand. Starrte er tatsächlich in den steinernen Schlund der mittleren Höhle? Er griff nach dem Tagebuch und blätterte schnell die vorderen Seiten auf, da er sich an einen der ersten Einträge des Bauern Leidemann erinnerte. Jede Zeile zu lesen war eine Qual, der Boden unter ihm schwankte wie ein verlassenes Schiff auf stürmischer See. Hatte er einen Hinweis übersehen?

5. September 1914 – Morgen. Bin unverletzt. Gott sei Dank. Fand Wasser in den Höhlen. Folgte einem riesigen Hirsch. Erinnere mich an nichts mehr. Fühle mich wie Gott. Unsterblich.

5. September 1914. Wieder unter dem Himmelszelt. Der Hirsch und die Höhlen sind verschwunden. Ich bin dankbar und gleichzeitig traurig. Edden ist verlassen. Meine Welt hat mich wieder.

Dieselbe Höhle. Derselbe Hirsch. War das sein Schicksal? Hundert Jahre später?

Kaja setzte sich neben die Reste der blauen Blume und schnupperte. Die Blüten schimmerten indigoblau, und doch wechselten sie im Augenwinkel den Ton der Farbe, wenn er wegsah. Der Sumpfporst, der das blaue Leben hüfthoch umgab, warb faulig nach Rosmarin duftend um die Samen der geheimnisvollen Pflanze. Gemeinsam mit dem Schierling, der sich von einer tiefen Quelle nährte, gebaren die drei Pflanzen einen Rausch, der den Eingang in eine neue Welt freilegte. So musste es sein. Ein Trickwerk des Teufels, genannt Zufall, der den Menschen das wahre Antlitz Gottes zeigen wollte, indem er einen Zipfel des Theatervorhanges hob, hier inmitten der Welt von Tannenfall.

So musste es sein, dachte er. Er griff nach seinem Zeitheil. Es war nicht mehr da. Natürlich nicht, er hatte es weggeworfen. Wie konnte er das vergessen? War das noch seine Welt, oder steckte er seinen Kopf bereits tief in den Rachen einer Halluzination?

Der Schnee griff tief in die Höhle, wo ein breiter Weg aus Geröll und Staub in das Dunkel führte. Er roch an den Fingern. Sie waren ölig und trugen die duftenden Handschuhe des blauen Lebens.

Und dann stieg er hinab.

Kalter Kalk stach ihm in die Nase. Die Unterwelt empfing ihn mit eisigem Atem. Fledermäuse fielen lautlos von der Decke. Wie weit würde er ins Innere vordringen? Der Hirsch hatte sich hierher geflüchtet. War das eine Falle?

Wartete er am Ende mit dem Geweih in der Schwärze auf ihn? Das Gewehr war hier nutzlos. Er schulterte es und hielt seinen Stab schützend nach vorne. Er hielt ihn nicht zu fest und nicht zu locker, genau so, dass er ihn blitzschnell als Waffe einsetzen und den Angriff des Hirsches parieren konnte. Er dachte an all die Hiebe und Schläge, die er in Gedanken immer wieder durchgespielt hatte.

Er hatte Angst. Schreckliche Angst. Aber er hatte keine Zeit mehr, ihr nachzugeben.

Er ließ das rettende Licht immer weiter hinter sich. Bei jedem Schritt drehte er sich nach Kaja um, deren Kopf nach und nach kleiner wurde.

Was würde ihn dort in der Dunkelheit erwarten? Gott mit seinen breiten, leuchtenden Armen, in die er sich weinend stürzen könnte wie ein Kind? Oder der Teufel, der auf ihn wartete, weil er es gewagt hatte, sich gegen Gott aufzulehnen und das Leben, das er ihm geschenkt hatte, verspielt hatte wie ein schlechtes Blatt beim Kartenspiel.

Das Knirschen unter den Füßen veränderte sich.

Je tiefer er eindrang, umso mehr spürte er, dass sich eine Panik in ihm breitmachte, sich an ihn drängte und presste wie Tausende Menschen. Wie sollte er mit diesem Gefühl umgehen? Konnte er mit seiner Haltung, seiner Waffe, seiner Stimme, seinen Erinnerungen dagegen ankämpfen? Brauchte er hier das fünfte Geheimnis, das nun still in Konrads Grab verfaulte? Jeder hatte seine eigene Art, seine eigenen Methoden, mit Angst umzugehen. Zeichnete das den Menschen aus? Wie er mit seiner Angst umging? Seine Unzufriedenheit? War das der Keim seines Wesens?

Hatte er früher geglaubt, dass er nur das Geld seines Vaters stehlen müsste und das Glück in der dunklen Hinterwand eines Kleiderschrankes wartete, so begriff er jetzt, dass in jener Hinterwand nichts weiter gewesen war als Dunkelheit. Alles war verseucht davon. Die blühenden Wiesen, der strahlende blaue Himmelsthron, die lustvolle Kraft der Liebe, die Freude, jedes unbeschwerte Lachen, die ersten Gehversuche eines Kindes, das unschuldige Wesen eines Rehs, der unsichtbare Tau der tausend Möglichkeiten, der jeden Tag, jeden Tag, jeden Tag vor den Menschen lag wie ein Geschenk. Alles war verseucht.

Jede Freiheit starb in dieser Dunkelheit. Hier gab es keine Wahl mehr. Kein Gewissen. Kein Selbst. Alles war verseucht von einem dunklen Volk, das still die Arme nach ihm ausstreckte.

Es war das Ende der Welt. Das Ende seiner Welt. Keine Warnung, die in Form einer Krankheit auf ihn herniederfiel, oder ein Zeichen, das richtig gedeutet ihm den Weg wies. Nein. Das war das Ende aller Welten. Hier trafen sich alle Welten wie die Blütenblätter einer riesigen Blume, verschmolzen in einem Kessel aus geronnenem Sein, wo es keine Fragen mehr gab, da hier alle Wege endeten.

Wie klein seine Sorgen hier waren. Wie belanglos sein stummes Streben, seine gut versteckten Träume. Wieso hatte er nie offen gesagt, was er wollte, was er empfand? Schließlich war ohnehin alles gleich. Das Wesen der Tanne, das Wesen des Hirsches, das Wesen des toten Blattes, das Wesen des kleinen, unbedeutenden Gänseblümchens – im Grunde: ein und dasselbe. Warum also dann wählen, wenn eine Wahl ohnehin ohne Wirkung blieb? Warum kämpfen? Warum nicht nur sein? Ohne Ideologie, ohne Demokratie, ohne Diktatur, ohne Mauer – grenzenlos sein. Denn die wahre Revolution fand im Kleinen, im Unbedeutenden statt. Und sie war keine Wahl. Sie war eine Entscheidung. Die Entscheidung, zu sein.

Sein Körper verschwand in der Dunkelheit. Nur noch sein Geist trennte ihn vom Nichts, das ihn aufsaugte wie ein trockener Schwamm das Wasser.

Und dann, er drehte sich um, war Kaja verschwunden. Kein rettender Ausgang mehr, keine Orientierung, kein Weg. Kein Oben, kein Unten.

Hielt er den Stock noch in seinen Händen? Waren es noch seine Füße, die ihn trugen? Waren es seine Gedanken, die ihm hier durch den Kopf gingen? War es sein Atem, den er spürte?

Jetzt, da ihn niemand mehr sah, war er verschwunden. Seine größte Angst, sie war tot. Er hatte jeden Tag um die Anerkennung und Liebe der Menschen gebettelt, und es war die

Angst, die ihn vor jeder Entscheidung fliehen ließ, die ihn hier festgehalten hatte, in diesem Dorf, da er in der Veränderung Ablehnung fürchtete. Jetzt, in der Dunkelheit der Höhle, war er endlich verschwunden und mit ihm seine Angst.

Sie hatte ihn nie geliebt. Er hatte jeden Tag um ihre Liebe gebettelt. Hatte sich nach ihren Blicken gesehnt, ihrem Duft, ihren Berührungen. Doch sie hatte ihn nie geliebt.

Sein Leben, vertan, unfrei.

Umgeben von absoluter Dunkelheit fiel er auf die Knie und begann bitterlich zu weinen, wie er noch nie zuvor in seinem Leben geweint hatte. Das Leid, das er ertragen musste, die vielen Fehler, die er gemacht hatte, indem er geschwiegen hatte, nicht zu sehen bereit gewesen war, nun war alles zu spät, und er würde hier im Dunkeln sterben wie der Hirsch, der ihn mit seinem letzten heißen Atem umhüllte.

Er hob den Kopf. Ein Luftzug. Ein Hirsch? Nein. Das war etwas anderes.

Ein süßer Duft umwarb ihn und lockte ihn in einen gefühlten großen Raum. Seine Schritte klangen lauter und hallten wie ein Beweis seiner Existenz von der Decke des unsichtbaren Saales.

Er spürte eine riesige Präsenz von etwas, das er nicht in Worte fassen konnte. Er wusste, könnte er sehen, er würde vor Glück niederfallen, würde weinen vor Freude, und all die Dunkelheit würde für immer aus den Welten vertrieben werden. Aber er war blind und stumm.

Eine seltsame Kraft strömte durch seine Zellen und richtete ihn auf. War das der Übergang zum Tod? Würden nun Armeen von Engeln mit Trompeten und Fanfaren ihn in den Himmel führen, wo seine große Liebe ihn mit offenen Armen der Vergebung empfing? Am ganzen Körper kribbelte es, als stünde er entweder im Licht der Schöpfung oder in einem dichten, gedrängten Schwarm wütender Mücken.

Und dann: Rosmarin. So stark wie nie zuvor. Ölig.

Draußen bellte ein Hund.

Er streckte die Arme aus. Noch einen Schritt. Er wünschte

so sehr, dass er sehen könnte – dass er das, was er so sehr begehrte, endlich, endlich, endlich sehen könnte und …

Ja, er berührte etwas. Kalt. Es war kalt. Glatt. Er schloss die Augen. Sie brannten. Mücken steckten zwischen seinen Lidern. Konnte er nicht besser sehen, wenn er sie schloss? Ja, glatt, die Handfläche, metallen, hart. Gold? Gold? Alles war aus Gold? Die Trennung war überwunden.

Kaja bellte. Lauter. Wie damals, als er die braunen Flaschen aus dem weißen Turm stahl.

Vor seinem geistigen Auge richtete sich eine riesige Gestalt aus Gold auf, die hier im Berg auf ihn gewartet hatte. Er schüttelte seinen Stock, da ihn etwas Feuchtes an der Hand berührte. Vermutlich eine Fledermaus, die sich glitschig und nass an seiner Hand nach oben wand.

Schlangen. An seinen Füßen. Unter seinem Mantel, an seinem Kopf …

Wie eine Schlange, die in dich hineinspringt.

Er schrie und lief in die andere Richtung. Er stolperte beinahe und schüttelte dabei seine Arme und Beine wie ein Verrückter, um sich von den Schlangen zu befreien.

Das Bellen. Er hörte es klar und deutlich.

Das Bellen.

Ja. Licht. Ein Ausgang. Ein Ausgang. Der Ausgang der mittleren Höhle.

Endlich. Das gleißende Schneelicht empfing ihn wieder. Er kniff die Augen zusammen und hielt die Hand vors Gesicht, schützend vor dem strahlenden Weiß. Dabei besah er immer wieder seinen Körper und suchte jeden Teil ab, um sicherzugehen, dass er keine Schlange mit nach draußen genommen hatte.

Vor der Höhle wuchs ein hoher Baum, dessen schwarze Zweige wie Schattenfinger eines Drachens in den Himmel ragten.

Er senkte den Arm. Der Stamm bewegte sich, hob die Brust, atmete. Da wurde ihm mit einem Mal klar: Es war kein Baum und auch keine Halluzination. Es war der Hirsch. Er wartete hier auf seinen Verfolger, und sein weißer Atem stieg auf wie der Rauch donnernder Kanonen.

Er war bereit.

Die Entscheidung

Benommen hob er das Gewehr. Gebündeltes Licht grub sich in die Augen. Der Hirsch bewegte sich nicht. Er schnaubte und trug das Haupt hoch und stolz.

Kaja hatte die Zeit genutzt und war über den Schlag zurückgeeilt, um das Wild am verborgenen und überwucherten Seitenausgang der Höhle zu stellen. Sie fletschte die Zähne und versuchte, das verletzte Tier anzugreifen. Aber das mächtige Geweih, das jeden Augenblick auf sie herabzustoßen drohte, ließ sie immer wieder zurückweichen.

Der Hirsch blutete an der Lende. Der Schuss war durch den Bauch gegangen und hatte auf der anderen Seite ein großes Austrittsloch gerissen. Am Rande der Wunde war das Blut schwarz und hatte das dichte weiße Fell des Tieres verklebt.

Ein Mörder, kein Jäger.

Das Sonnenlicht wartete vor der Höhle, wo der Riesenhirsch wie ein ängstlicher Soldat in einem Schützengraben lauerte und gespenstische Schatten in den Eingang warf.

Kaja bellte mit letzter Kraft. Wie das Klatschen eines Paddels. Für einen Sprung an den Hals des Hirsches reichte es nicht mehr. Dennoch: Auch wenn sie schwächer wurde, von Mal zu Mal, wartete sie auf ihre Chance.

Gebückt im Geborgenen spürte er die Anspannung des Tieres, das keinen Augenblick lang die Bedrohung vor sich aus den Augen verlor. Auch der Hirsch suchte eine Gelegenheit, um den Hund mit einem einzigen Hieb seines Geweihs aufzuspießen und in den Abgrund zu werfen. Wie damals. Nur dass dieses Mal dessen Schädel gänzlich brechen würde.

Er musste es jetzt vollenden. Ein Schuss.

Das Gewehr fühlte sich schwerer an als zuvor. Die Schulter schmerzte. Hatte er es geladen? Er blinzelte auf den Munitionsschacht, drückte den Stecher, zielte auf die Brust, das Herz.

Die Sonne. Er presste die Augen zusammen. Schatten griffen nach ihm wie lebendig gewordene Äste, wie ölige Schlangen, die nach faulem Rosmarin rochen.

Er sah zu Boden. Hatte er sie tatsächlich abgeschüttelt? Er hatte keine Zeit, er musste schießen, jetzt, jetzt, jetzt.

Dann aber geschah etwas Ungewöhnliches.

Der Hirsch drehte ganz langsam sein Haupt und blickte in die dunkle Höhle. Obwohl er die Augen des Wildes nicht erkennen konnte, wusste er, dass es ihn ansah. Ein tiefer Schmerz spaltete seinen Schädel, und die Kopfschmerzen meldeten sich mit schweren Äxten zurück. Und plötzlich verwandelte sich das Geweih in zwei riesige Knochenhände, die sich zum Himmel hin öffneten. In der Mitte des gewaltigen Horns erwuchs mit einem Mal ein glühendes weißes Kreuz.

Sein Körper war wie elektrisiert. Er senkte die Waffe und hob die Hand schützend vor das Gesicht. Ihm war, als würde eine übergroße Lichtwelle die Höhle fluten, ihn fortzerren und seinen Atem herausreißen mit einer unsichtbaren Faust. Am liebsten wäre er auf die Knie gefallen und hätte gebetet.

Die Legende des Hubertus. Sie war Fleisch geworden, hier vor seinen Augen.

Als seine Mutter ihm als Kind aus dem Sagenbuch vorgelesen hatte, hatte sie die Geschichte des heiligen Hubertus immer überblättert. Sie hatte sie nicht gemocht. Nachdem sie ihm eine andere Überlieferung vorgelesen, einen Gutenachtkuss auf die Wange gegeben und mit dem Daumen ein Kreuz auf die Stirn gemalt hatte, war er immer heimlich aufgestanden und hatte die Seite aufgeschlagen, die seine Mutter übersprungen hatte: Das kleine rote Bildchen mit der Darstellung eines mittelalterlichen Fürsten, der betend vor einem großen weißen Hirsch niederfiel, hatte ihn berührt. Zwischen dem Geweih des Geschöpfes hatte ein Kreuz mit dem gepeinigten Heiland Platz gefunden, der den Adeligen prüfend betrachtet hatte. Hinter dem Mann war ein Hund zu sehen gewesen, der knurrend seinen Herrn verteidigt hatte. Das Bild war mit einem Rahmen aus blauen Blumen verziert gewesen und hatte an den Ecken rosenförmige Ornamente gehabt. Es hatte dem Gemälde geähnelt, das über dem Bett seiner sterbenden Frau gehangen hatte.

An die Geschichte konnte er sich nicht mehr genau erinnern. Er wusste nur, dass ein Fürst auf der Jagd einem stolzen Keiler begegnet war, der sein Leben und seinen Hof bedroht hatte. Der Edelmann hatte das Tier angegriffen und ihm einen hölzernen Stiel mitten in den Rachen gestoßen. Mit einem Mal war ein Feuerspeer aus dem Maul des Wildschweines geschossen und hatte den Spieß ebenso verbrannt wie den Adeligen. Aus Rache riefen die Söhne des Fürsten zur größten Jagd, die das Land je gesehen hatte. Sie töteten jedes Tier, das sie erblickten, und köpften, durchbohrten, erwürgten und erdrückten alles Leben um sich herum. Als sie aber einen großen Hirsch mit dem Kreuz des Erlösers zwischen dem gewaltigen Geweih erblickten, der sich ihnen in den Weg gestellt hatte, stieg einer der Söhne von seinem Pferd und verneigte sich vor dem Hirsch. Der andere Sohn verspottete seinen Bruder und befahl, das Tier mit Pfeil und Bogen zu töten. Doch all die Geschosse gingen durch dieses hindurch, bis die Erscheinung verschwunden war.

Als die Brüder zurückkehrten, fand der eine seine Familie abgeschlachtet vor den verbrannten Überresten seiner Burg. Seine Kinder waren geköpft, seine Frau zerdrückt, seine Wachen durchbohrt worden. Er starb kurz darauf am Kummer. Der andere Sohn hingegen fand seine Burg in üblicher Pracht und seine Familie in tiefer Freude vor und genoss noch ein langes Leben, bis er in hohem Alter friedlich dahinschied.

Und noch immer erzählte man, dass an der Stelle, wo der Hirsch den beiden Fürstensöhnen erschienen war, das Jagdgetöse zu hören sei und der Lärm von schallenden Hörnern, keuchenden Hunden, gierigen Jägern und knallenden Peitschen. Doch niemand wusste mehr, wer in Wahrheit dort draußen jagte.

Seine Hände zitterten. Kalte Luft strömte aus dem Dunkel hinter ihm, und etwas Unheilvolles legte sich um seine Augen. Er bekreuzigte sich und bat Gott, sein Gehirn von dem schrecklichen Wahn seiner anderen Welt zu verschonen. Er durfte jetzt nicht wieder versagen.

Ein letzter Schuss, und auch wenn es die Hölle unter ihm aufriss und die ganze Menschheit in den Abgrund stürzte, was kümmerte es ihn noch? Er war der letzte Mensch. Alle, die er liebte, waren tot.

Willst du die hier anwesende Barbara Leidemann heiraten?

Ja, ich will, ich will.

Ein letzter Schuss.

Wir brauchen deine Hilfe, Vater, bitte, wir brauchen dich.

Seine Finger zitterten. Der Abzug war eiskalt.

Lass mich nicht allein sterben … hier in Tannenfall.

Kaja konnte sich kaum noch auf den Beinen halten. Ihr Knurren war kraftlos, sie war am Ende und begann leise zu winseln, da sie ihren Tod kommen sah.

Wenn ein einziger Hund damit beginnt, einen Schatten anzubellen, dann folgen die nächsten und die nächsten, und bald machen Hunderte Hunde daraus eine Wirklichkeit.

Hinter ihm zischten Schlangen. Er hatte keine Zeit mehr, er musste sich entscheiden. Wollte er die Welt in das Dunkel stürzen, oder wollte er sie retten, obwohl es keine Zukunft mehr für ihn darin gab?

Kajas Hinterbeine brachen ein. Sie jaulte auf. Der Hirsch legte den Kopf zurück und röhrte so kräftig, dass der Boden unter ihm erzitterte.

Er drückte ab.

In dem Moment aber, als der Schuss sich löste, sank der Hirsch in die Knie und setzte zu einem großen Sprung an. Er sprang über den Hund und lief mit einem gewaltigen Satz zurück in den Wald. Die Kugel riss ein tiefes Loch in die nasse

Luft der Tannen und ließ den Baum bersten, der hinter Kaja aus dem Boden ragte.

Er fluchte und humpelte dem Wild hinterher. Im Laufen steckte er eine neue Patrone in das Gewehr und stieß entschlossen aus der Höhle.

Als Kaja das verzerrte Gesicht ihres Herrchens sah, zuckte sie zusammen. Sie duckte den Kopf und zog den Schwanz ein, als würde ein Rudel Wölfe aus der Dunkelheit stürmen. Er war in diesem Moment ein anderer geworden, fern jeder Meinung, erhoben aus dem Wesen, das in ihm gewohnt hatte und jetzt frei war.

Zweige knackten im zischenden Schnee über ihm. Kleine Steine brachen ab und stürzten in die Tiefe, knallten an Baumstämme, tote Blätter, Schnee, Blut ... Er sah hoch. Über ihm thronte der Zweibaum im stahlblauen Himmel.

Er gab Kaja ein Zeichen, dem Hirsch zu folgen, aber seine Freundin zog ihren Kopf zurück und starrte ihn mit weit aufgerissenen Augen an. Sie schlotterte am ganzen Körper und legte sich auf den nassen Boden. Sie roch nach Kot, der wie schwarzes Blut aus ihrem After rann.

Er keuchte, blickte abwechselnd hoch zum Zweibaum, zu Kaja. Die Lungen rasselten, er setzte das Gewehr ab und hockte sich zu dem alten Hund.

Er strich ihr über den Schädel.

»Ich wollte dich nicht erschrecken. Es tut mir leid. Du musst keine Angst haben. Ich mache das jetzt allein und bin für dich da. Es tut mir leid, dass ich dir das zugemutet habe. Bitte verzeih mir.«

Dann umarmte er den Hund, und zum ersten Mal in seinem Leben überkam ihn ein Gefühl, das ihm bislang unbekannt war und in ihm zitterte wie eine Luftblase aus einem tiefen See. Tränen schossen ihm in die Augen, und er küsste Kaja auf den gebrochenen Schädel. Sie hatte an seiner Seite bis zur völligen Erschöpfung gekämpft, jetzt musste er die Sache allein zu Ende bringen. Das war er ihr schuldig.

Dann verabschiedete er sich von seiner treuen Gefährtin,

folgte dem Hirsch hoch zum Zweibaum und stellte sich endlich dem großen Kampf.

Lebe, indem du das tötest, was zwischen dir und deiner wahren Natur steht, und erst so begreifst du, dass du ein Teil einer wunderbaren Ewigkeit bist.

»Das ist meine Rache. Ihr habt euch alle in mir geirrt.«

Das Feuer

Er folgte dem schmalen felsigen Steig. Die Trümmer des Hochstandes versteckten sich unter feuchtem Schnee. Krähen stoben in die Höhe, trugen Konrads Blut im Schnabel. Das Fauchen des Hirsches hing wie ein drohendes Unwetter über dem Berg.

Die Bärenmauer taumelte über ihm, zerrte am gespenstischen Blau des Winterhimmels. Er griff nach einem tief hängenden Ast des Zweibaums und zog sich an ihm hoch, als das Geweih der Bestie mit voller Wucht über ihn hereinbrach.

Ohne zu denken, drehte er den Stock und hielt ihn quer wie einen Schild vor sich. Das Gehörn des Hirsches verfing sich in den Enden des Prügels. Der Angriff war so stark, dass er weit nach hinten geschleudert wurde. Dabei hatte er Glück, denn bei der Härte des Aufpralls wäre es ein Leichtes gewesen, seine Brust nur mit einem einzigen Stoß zu durchbohren.

Er fiel auf den Rücken und rollte sich schnell zur Seite, da er einen weiteren Ansturm fürchtete. Und wieder fiel die riesige Waffe aus bleichem Horn auf ihn hernieder wie tonnenschwerer Hagel. Er hatte sich noch rechtzeitig weggedreht. Jetzt hob er sich auf die Beine, doch er torkelte, und die Welt um ihn herum war unscharf geworden. Er griff zur rechten Schulter, zog das Gewehr zu sich. Die Hände waren starr wie Eisenfäuste. Hatte er geladen? Vor seinen Augen fiel die Dunkelheit vom Kamm, und die Übelkeit zerriss seine Kehle. Die Finger waren so kalt, dass er die Waffe nicht mehr spürte.

Der Schatten des Hirsches erhob sich über ihm zum neuen Angriff. Schützend hielt er beide Arme vor sich. Der Schmerz des harten Aufpralls jagte durch die alten Gelenke, als wäre er vom oberen Stockwerk eines Hauses auf einen Boden aus Beton gesprungen.

Er keuchte, fasste dann nach dem Gewehr – und da: Der Kolben glitt an ihm vorbei, er schnappte mit unwirklichen Händen nach ihm, doch es war zu spät. Die Waffe fiel schweigend in den Abgrund.

Er taumelte zurück und hatte Mühe, die Beine auf dem festen Felsboden zu halten, als der Hirsch einen Satz zurück machte und sich auf eine neue Sturmwelle vorbereitete. Der Schnee war besprengt vom Blut des Tieres, das bei jedem Angriff aus seinem Bauch spritzte. Die Bärenmauer erhob sich wie eine Steinkulisse vor ihm.

Wo ist der Unterschied, ob du das Deutsche Reich niederringst oder einen einzigen großen Hirsch? Es ist ein Kampf. Ein Weg. Eine Entscheidung.

Vor seinen Augen erschien Tannenfall, der brüchige Sommer, ihre Liebe, ihr Vertrauen, die Berge, die das Leid der Menschen ertrugen. Er atmete die nasse Luft durch die von der Kälte verklebte Nase.

»Ich liebe dich. Ich liebe dich über alles.«

Seine Worte klangen kaum, aber ihnen haftete etwas Bestimmtes, etwas so Aufrichtiges an, dass es für einen Moment still war.

Still in Tannenfall.

Still im namenlosen, verlassenen Dorf.

Still in den unruhigen Wäldern.

Still in ihm.

Er nahm den Stock und legte ihn sanft in seine rechte Hand. Noch immer konnte er nichts spüren, aber er vertraute den Fingern, die sich mit der Waffe verbanden.

Seit er denken konnte, war er vor dieser Schlacht geflohen. Nun stand sein Schicksal aufgebäumt und blutend vor ihm. Alle Ausreden halfen nicht mehr, es gab keine Flucht mehr, kein Spiel um die Ecke. Es war ein Kampf auf Leben und Tod. Zwischen Mensch und Tier.

Er spürte, wie das Blut in die Adern zurückfloss und das Gefühl mitbrachte. Hatte er vorhin den Stock hin und her geschleudert, als wollte er sich gegen einen Schwarm wütender Wespen wehren, so bewegte sich seine Waffe jetzt ruhig und folgte dem stillen Rhythmus seines Blutes. Er bemerkte, wie die Entschlossenheit und die Bereitschaft, über die Schwelle des Lebensendes hinauszugehen, ihm eine fremde, aber wundersame Kraft verliehen. Zum ersten Mal glaubte er daran, dass er frei sein könnte, indem er einfach war und sich mit jeder Faser seines Wesens in den Kampf begab.

Der Hirsch bemerkte, dass sich in den Augen seines Gegners etwas verändert hatte. Am Abgrund des Todes zeigte sich die wahre Größe des Menschen. Das riesige Tier spürte das und wusste, dass ihm nicht länger ein Mörder gegenüberstand, sondern ein Jäger.

Und in diesem Augenblick hörte er auf zu denken und ließ den Kampf in sich ausbrechen wie ein wartender Vulkan.

Er blinzelte zum Himmel. Die Sonne warf Blitze durch die Baumkronen. Er verließ seine sichere Stellung vor dem Zweibaum und ging zwei Schritte auf den Hirsch zu. Dabei achtete er darauf, dass der Feuerball in seinem Rücken blieb. So konnte er ihn zu seinem Verbündeten machen, sich erheben zum Sonnengott, zum Sol Invictus, und das Biest blenden, wenn es wieder auf ihn losging. Sein Gegner folgte der halben Drehung und stieß einen kräftigen Laut aus den Lungen. Teile des alten Hochstandes lagen nun hinter dem Hirsch. Wenn er dessen Angriff erwiderte und ihn zurückjagte, stolperte das Wild vielleicht mit einem Hinterlauf, und er könnte zuschlagen.

War dies der Bestie bewusst? Er sah ihr direkt in die Augen und hielt den Stock ruhig in der Hand. Wann würde der Hirsch angreifen? Er würde auf eine kleine Unachtsamkeit warten, das vergessene Lied einer Amsel, einen Windkuss aus dem Tal, eine verdrängte Erinnerung …

Der Riesenhirsch fauchte. Atem stieg wie Rauch aus seiner Nase.

Wer die Entscheidung einmal getroffen hat, darf nie mehr von ihr abrücken. Sonst ist die Niederlage nur noch eine Frage der Zeit.

Würde er zuerst angreifen und die Oberhand gewinnen? Oder sollte er abwarten, bis der Hirsch angriff, dann zur Seite springen, das Blatt wenden und weiter vordringen? Oder sollte es zu einem gleichzeitigen Aufeinandertreffen kommen, bei dem er mit aller Kraft den Dämon bezwang?

Er entschied sich für den Angriff. Es war ein seltsames Gefühl, aber er wusste, dass er das Tier damit überraschen würde. Schnell, hart und unbarmherzig sprang er auf den Hirsch zu und zielte mit dem Stock auf dessen Augen.

Dabei gab er acht, dass sein Körper derselbe war, der ihn bis hierher getragen hatte. Es war derselbe, der sein Leben lang gelitten hatte, es war aber auch derselbe, der jetzt dieses Ungetüm bekämpfte: Es war ein und derselbe Körper, ein und derselbe alte Mann. Warum also sollte er angespannt sein?

Der Hirsch wich aus und ließ den Stoß ins Leere laufen. Er wandte sich um und versuchte, mit überkreuzten Schritten die Sonne hinter sich zu locken. Kaum hatte er seine Position wieder erreicht, stürzte er sich auf das Wild, mit der vollkommenen Entschlossenheit, den Stock in dessen Augen zu bohren, ohne die Schwere seines sonst so müden Herzens. Auch der zweite Angriff ging ins Leere.

Noch einmal drehte er sich gegen die Feuerscheibe, entschied sich aber für einen anderen Plan.

Dein dritter Versuch wird immer scheitern, da er deine Absicht verrät.

Also beschloss er, diesmal zu warten, bis der Hirsch auf ihn einschlug. Kaum hatte er den Gedanken gefasst, holte das Höllenwesen auch schon nach oben aus und peitschte sein Geweih auf den hundertjährigen Namenlosen. Er aber drehte geschickt den Stock und steckte ihn quer zwischen die oberen Enden des Gehörns. Sobald er das Gewicht des Hirsches spürte, stemmte er sich mit seiner eigenen Körperkraft gegen das Tier, drückte den Prügel nach unten und hebelte so den Kopf der Bestie zu Boden.

Der Hirsch fauchte, drehte sein Haupt, versuchte, sich zu schütteln, wie Kaja es tat, wenn sie das Genick eines Lebewesens brechen wollte.

Mit einem lauten Brüllen befreite sich das verwundete Wild und streckte den Kopf wieder nach oben. Ohne den Blick von seinem Feind abzuwenden, wich der Jäger zurück auf seinen Platz. Er spürte die Kraft der Jugend, die Kraft des unbeschwerten Willens.

Er sah, dass der Hirsch an Stärke verlor. Also sprang er gekonnt vor das Tier und provozierte ein paar Angriffe, die allesamt ins Leere gingen, den Gegner aber erschöpften. Der Wächter jedoch durchschaute seine List und sammelte sich wieder.

Er schien sicher zu sein, dass er über den alten Menschen siegen würde, je länger der Kampf andauerte. Er schien zu denken: Auch wenn die Entschlossenheit in dem Greis wie eine Armee wütet, es sind doch die letzten Männer, die er in die Schlacht werfen kann, und spätestens wenn die Sonne untergeht, ist der Mann besiegt und der Schleier geschlossen.

Wie um seine Vermutung zu bestätigen, stieß der Hirsch wieder ein Gebrüll des nahen Triumphes aus und wiegte sein Haupt vor dem felsigen Gebirgsdamm, an dessen Kamm erneut Rauchsäulen aufstiegen.

Er senkte den Stock und nützte die kurze Verschnaufpause. Die Sonne hatte den Waldrand verlassen und setzte nun zur großen Reise über den Himmel an. Zuvor berührte sie noch das Gesicht des Hirsches, der geblendet beinahe über ein Holz des alten Hochstandes fiel.

Er sah zum Zweibaum und erinnerte sich noch genau, wie er mit Konrad daran gebaut hatte. Sein Geheimnis um das lose Holzstück hatte ihm Kajas Vertrauen gebracht. Konnte seine Kenntnis um den zerrissenen Baum ihm auch jetzt einen Vorteil bringen?

Bevor das Biest seinen Plan erahnte, kletterte er auf die gewundene Föhre und nutzte dabei die langen, rostigen Nägel, die sie damals in den Baum geschlagen hatten, als Kletterhilfe. Zwischen den beiden Baumstämmen stehend, erhob er sich nun deutlich über den Hirsch und blickte mit einer Siegermiene auf ihn hinab.

Das Tier begriff sofort, dass es sich in einer schwächeren Position befand, und begann, wie ein Raubtier aufgeregt auf und ab zu gehen.

Er stieß einen lauten Schrei aus und starrte wie ein Berserker auf das unterlegene Tier. Der Hirsch hatte Konrad von diesem Baum in die Tiefe geschleudert, da er ihn mit seiner gewaltigen Kraft rammte. Er war sicher, dass die Bestie auch diesmal wieder den Zweibaum rammen würde – nur mit dem Unterschied, dass er vorbereitet war.

Und so geschah es.

Die Föhre krachte und ächzte unter dem Donner des Einschlags. Rindensplitter spritzten in die Höhe, der Geruch von Harz lag in der Luft.

Dreimal prallte der Hirsch mit voller Wucht gegen den Baum, der sich so weit über den Abgrund bog, dass der Jäger Mühe hatte, sich am Stamm festzuhalten. Da er aber den Rhythmus des Hirsches in sich spürte und wusste, wann er wieder zustoßen würde, klammerte er sich in genau diesem Moment mit aller noch übrigen Kraft an den Baum, nahm die Erschütterung in sich auf und ließ sie durch seinen Körper gleiten.

Kaum hatte der Hirsch seinen dritten Stoß durchgeführt, sprang der alte Mann auf das Geweih, fasste es und ließ sich an der Seite zu Boden fallen, ohne die Waffe des Hirsches loszulassen. Sofort ging das Tier in die Knie, da der Angriff des Jägers ihm beinahe das Genick gebrochen hätte. Er drückte mit der ganzen Stärke seines Körpers und dem ganzen Willen seines Geistes das Geweih nieder, bis der Hirsch wieder Kraft schöpfte und ihn an das andere Ende des Platzes schleuderte.

Als er wieder auf die Beine kam, sah er, dass das Hochwild wankte. Das verlorene Blut, das immer noch aus dem Bauch floss, schwächte das Tier sehr. Er hatte gesehen, wie verbitterte, verletzte Lebewesen um ihr Leben kämpften, also achtete er nicht weiter darauf. Vielmehr sah er in den Augen des Hirsches eine kleine Unachtsamkeit, einen gebrochenen Rhythmus, ein kurzes Blinzeln hinauf zum Kamm, wo nun insgesamt vier Rauchsäulen aufstiegen.

Jeder Zusammenbruch beginnt damit, dass wir unseren eigenen Rhythmus verlassen.

Die Atemzüge der beiden verschmolzen zu einem ungewöhnlichen Klang. Als er das gebrochene Tier sah, das mit blutigem Fell und zerschundenem Geweih immer wieder ängstlich zum Kamm hinaufsah und dann wieder zu seinem Peiniger, empfand er Mitleid mit dem Hirsch. Er kannte dieses Gefühl, dieses Ausgeliefertsein, diese Ohnmacht. In dieser Wehrlosigkeit erwachte der innere Dämon und schwang sich auf zu seiner wahren Größe. Ihm war dann, als schnappte ein Ungeheuer in ihm nach seinem Herz und versteinerte es oder sperrte es in einen Turm.

Wo hätte er denn hinziehen sollen mit seiner Frau? Zugrunde gehen wie seine eigenen Eltern? War es seine Schuld, dass seine Kinder versagt hatten? Sobald er das Haus verkauft hätte, wäre sie doch sofort zu Konrad gelaufen, da er nicht einmal mehr ein eigenes Heim gehabt hätte.

Der Drache war erwacht, es roch nach Rauch, der Hirsch blinzelte, etwas knackte, Stimmen drangen aus dem Wald.

Der Blick des großen Tieres hatte sich verändert. Die Augen wirkten dunkler und gefährlicher. Er hatte Mühe, seinen Willen aufrecht zu halten. Forderte die Bestie von ihm, sich zu rechtfertigen? Nein, er verbarg seine Absicht, er wusste, dass dies die größte Schwäche seines Lebens war, er hatte dies im Kampf gelernt, nein, diesmal nicht, diesmal nicht.

Er sah empor zu Tannenfall. Er sah sich triumphierend mit dem Geweih des Hirsches zurückkehren an den gefrorenen Teich, wo seine Frau ihm ein letztes Lächeln schenken würde und er am Ende doch gewonnen hätte.

Am Ende, am Ende, am Ende gewinne ich!

Schatten waren in Bewegung. Es gab kein Zurück mehr. Die Dämonen waren frei. Dieser Moment gehörte ihm, ihm allein. Diese letzten Stunden der letzten hundert Jahre waren seine. Nie wieder wollte er sich anderen unterordnen, wollte ihre Pulsschläge als die seinen wahrnehmen. So wollte er nicht sterben.

Der Hirsch hob den Kopf. Das Gehörn war weiß und trotz des Kampfes noch an manchen Stellen glatt wie Elfenbein. An den Enden hingen Erde und Rinde, ein paar Fäden blassgrünes Moos. Drei Blaumeisen flogen hinter dem Zweibaum hoch. Eine winzige Blume lugte durch die Eisdecke.

Er setzte den Stock ab und senkte den Blick. Das Tier drehte das Haupt. War dies eine Schwäche von ihm? Es schnaubte, kippte das Geweih nach vorne. Vom Kamm brach ein Wind los und brachte den Geruch verbrannten Holzes mit. Das Herz des Hirsches schlug immer schneller. Er spürte, wie der alte Mann schwächer wurde. War seine Stunde gekommen? Jetzt!

Er hob die vorderen Beine, winkelte die Hufe wie ein Steinbock an und stieß mit der Kraft eines Elefanten auf den Jäger nieder. In dem Augenblick aber sah er, dass sich die einst traurigen Augen des Menschen verwandelt hatten, und er starrte in die dunklen Höhlen eines Berserkers. Kaum traf der Hirsch mit den Vorderläufen wieder auf den Boden, brach er durch das dichte Gestrüpp, das hinter dem Mann wie eine Bodenfalle lauerte.

Der Namenlose sprang zur Seite und stieß den schrecklichen Ruf eines Raubtieres aus.

»HAAAAAAAAA!«

»HOOOOOOOOO!«

»JAAAAAAAAA!«

Der Wächter erschrak so sehr vor dem unmenschlichen Gebrüll, dass er das Gleichgewicht verlor und jäh umkippte. Die spröden Zweige und Äste des Gestrüpps knackten. Die Blaumeisen suchten das Weite.

Der Hirsch rappelte sich hoch und stürzte sich blind auf den brüllenden Jäger. Dabei fuhren beide Hälften des Geweihs dicht neben den Berserker, und der Hirsch stieß mit dem Haupt direkt an die Brust seines Verfolgers.

»JAAAAAA!«

Sein Herz machte einen Satz. Er senkte den Kopf und sah in die dunklen Augen der Bestie, als wollte er mit ihr verschmelzen. Der Hirsch schnaubte und setzte seine ganze Kraft gegen diesen winzigen alten Mann ein. Er schob ihn wie totes Laub über das felsige Schlachtfeld.

Der Jäger spürte den Abgrund hinter sich immer näher kommen, er schrie, wehrte sich, stach mit dem Stock gegen den blutenden Bauch des Tieres.

Dann aber wechselte das Licht in den Augen des Mannes wieder, und er hebelte sich zurück auf den Zweibaum und befreite sich von der Kraft des Hirsches. Bevor dieser erkannte, dass er in die Falle gegangen war, krachte sein Geweih mitten in den gespaltenen Baum. Als er wütend zurücksetzen wollte, bemerkte er, dass er feststeckte und sich mit jedem Befreiungsversuch nur noch mehr verkeilte. Die hilflosen Vorderläufe suchten nach Halt, waren aber die Ersten, die in den Abgrund stießen. Das verzweigte Gehörn verbiss sich und drehte den Kopf des Hirsches, dass er nur noch mit offenem Maul nach oben starrte, wo die Sonne unbarmherzig in seine Augen blitzte.

Der unbesiegbare Sonnengott.

Ein Rabe begrub sein Rufen. Die Bäume weinten. Das leise Plätschern eines vergessenen Baches versiegte. Der Jäger stieg vom Zweibaum und spuckte Blut. Der Boden war verwüstet und mit dunkelrotem Schleim überzogen. Außer dem Atem und dem Röcheln des Hirsches hörte er nichts. Er sah hinauf zum Kamm. Aus den Säulen war eine große Wand aus Rauch geworden, die über der Bärenmauer bis tief in den Himmel ragte.

Er hatte gesiegt. Er war in den Gegner eingedrungen, nun würde er ihn töten. Mit einem einzigen Hieb.

Er drehte sich zum leidenden Tier. Seine Wolfsschur roch nach frischem Blut. Der Stock war schmutzig, die Spitze stumpf. Dennoch: Sie würde reichen, um sie dem Hirsch in das Maul zu stoßen, es würde reichen.

Er wusste, dass er schnell handeln musste, denn der Wächter durfte nicht wieder zu Kräften kommen. Er hatte gewonnen. Niemand, niemand, niemand konnte ihm das mehr nehmen.

Er kletterte auf den Zweibaum und sah in den offenen Schlund des Viehs. Die dicke Zunge ragte aus dem zerfransten Maul. Die Augen waren geweitet wie bei den Rindern kurz vor ihrem Tod, wenn Vater ihnen die Hälse durchgeschnitten hatte.

Er war den Raben gefolgt, hatte seine Frau gefunden wie ein geduldiger Bräutigam, hatte das Herz des Soldaten in sich gefunden, hatte gekämpft wie ein Löwe, hatte gewonnen wie einst alle großen Krieger und war dann aufgestiegen zur Sonne, wo er ihr folgte in ihrem Bogen, bis er endlich eins geworden war mit dem Vater.

Der Speer in seiner Hand wankte. Er zog den Arm zurück. Den Stock tief in den Hirsch, durchstoßen bis zum Grund, bis zum Schädel …

… bis zum Vater …

Tränen flossen über seine schmutzigen Wangen. Sein Haar klebte auf der faltigen Haut wie Schlangen. Ein Stoß. Ein Stoß.

Vater.

Der Hirsch stieß einen Todesschrei in den rauchigen Himmel.

Die Stimmen in den Wäldern waren lauter. Als käme ein dunkles Volk aus seinem Versteck, um einem großen Ereignis beizuwohnen. Einer Entscheidung.

Fünf Geheimnisse.

Deine Haltung.

Deine Waffe.

Deine Stimme.

Deine Erinnerung.

Er holte aus, ein Stoß.

Deine Gnade.

»JAAAAAAAA!«

Er brüllte und warf den Speer, so weit er konnte, in das Tal und weinte bitterlich. Denn im Maul des Hirsches erkannte er mit einem Mal die stummen Schreie seines Vaters, die hungrigen Münder der Kinder, die er hatte verhungern lassen, die stillen Schreie seiner Mutter nach seiner Liebe und die flehenden Rufe seiner eigenen Kinder …

Sein Körper bebte, und mit ihm begann alles um ihn herum zu weinen und zu klagen.

Er war ein schlechter Mensch.

Er war schlecht.

Er stieg vom Baum und befreite den Hirsch. Er hatte sich geirrt. Sein ganzes Leben, er …

Benommen und völlig kraftlos gelang es ihm, das Geweih aus dem Zweibaum zu hebeln, als er bemerkte, dass das Ende der Trophäe immer schwerer wurde. Der riesige Hirsch hatte keine Kraft mehr, mit den Läufen den Boden zu erreichen, und gab sich der dunklen Schlucht, die unter ihm wartete, geschlagen.

Als er begriff, was er getan hatte, war es zu spät, und das glatte weiße Geweih seines Feindes rutschte ihm aus den Händen wie Elfenbein.

Und an derselben Stelle, an der Konrad sein Leben verloren hatte, krachte der Hirsch in den Abgrund.

Er hatte gewonnen. Für ihn ging es immer nur darum, seinen Gegner zu besiegen. Alles andere existierte für ihn nicht. Jetzt hatte er wieder gesiegt. Er hatte den letzten Wächter, der ihn vor seinem inneren Dämon bewahrte, besiegt.

Der Vorhang war nun zerrissen. Sein Blut, das Blut eines Ehemannes und Vaters, das Blut eines Sohnes und Freundes, das Blut eines Menschen war mit dem heutigen Tag verseucht. Es klebte an allem, was er berührt hatte, an allen Wegen, an allen Ästen, selbst am Himmel, sein Blut war wie die Pest.

Er wusste das seit jeher, deshalb hatte er sich enthalten wollen, und beinahe war es ihm gelungen. Wäre er doch gestorben, wäre er nur gestorben …

Und während er am Zweibaum hockte und an seine Verbrechen dachte, stießen die unendlichen Menschenmengen des Nachtvolkes aus dem geheimen Tal über den Kamm. Mit ihnen kam das nasse Feuer, das die blühenden Wälder in eine feuchte dunkle Wüste verwandelte und jedes Leben unter sich erstickte.

Nun war es vollbracht. Der Hirsch war tot. Sein Ziel, mit der stolzen Trophäe die letzte Liebe seiner Frau zu erzwingen, lag im selben Grab wie sein Rivale und dessen Waffe. Von diesem Moment an war er verflucht, das wusste er. Er hatte das fünfte Geheimnis erfahren und die Wahrheit über sich selbst. Nun wollte er nur noch sterben.

Er sah hoch nach Tannenfall.

Es begann wieder zu schneien. Wenn Kaja noch lebte, gab es für ihn nur noch einen letzten Weg. Tannenfall. Nur seine Frau konnte ihn von dem Fluch befreien. Sie musste ihm verzeihen … sie musste … die Mauer war gefallen.

Der Hirsch war tot und ein Drache geboren.

Die nassen Flammen

Ich habe der Welt deinen neuen Krieg gebracht.

Die Zeiten waren zu Ende. Konrads Zeit, die Zeit seiner Frau, seine Zeit. Die große Lebenslüge war mit dem Hirsch in den Abgrund gestürzt und hatte einen alten Mann zurückgelassen.

Kaja bellte. Sie lebte!

Er stieg wie benommen den schmalen Weg nach unten und verlor beinahe das Gleichgewicht.

Seine Gefährtin freute sich, als sie ihr Herrchen wiedersah. Für sie war er ein Held, ein wahrer Jäger. Er hatte das vollbracht, woran ihr erster Herr gescheitert war.

Konrad hatte das fünfte Geheimnis gekannt. Hatte er mit Absicht gegen den Hirsch verloren, um die Grenze nicht zu überschreiten und Frieden im Tod zu finden?

Gnade. Der letzte Hauch Menschlichkeit. Jetzt blieb nur noch Barbarei.

Kaja bellte und forderte ihn auf, zum erlegten Wild zu gehen, um die Trophäe zu holen. Schließlich war das sein Ziel gewesen. Die ganze Zeit. Nach Tannenfall zurückzukehren, das abgeschlagene Haupt des Dämons in den Händen, und aus dem Munde seiner Frau zu vernehmen: »Ich liebe dich, ich liebe dich, bitte verzeih mir, ich habe mich geirrt.«

Er aber wollte davon nichts mehr wissen. Zu tief brannten die schrecklichen Erinnerungen in ihm wie Feuer in einer leeren Welt. Er hatte sein Leben lang davon geträumt, Jäger zu werden. Jetzt, da er einer war, begriff er, dass er sich die ganze Zeit über selbst gejagt hatte. Die Zeiten waren zu Ende.

Er setzte sich an den Baum, an dem Kaja während des Kampfes gewartet hatte, und starrte in die Höhle. Sie war noch immer da. Wie eine Flut, die nicht zurückweichen wollte, hatte sich seine Halluzination im Gehirn eingenistet. Der Schleier war gerissen. Was würde ihn jetzt erwarten? Was war die wahre Welt außerhalb der seinen?

Hüte dich vor deinen Wünschen. Sie könnten in Erfüllung gehen.

Kaja bellte immer lauter. Im Wald knackte es. Überall. Als

wollte eine Armee langsam den Feind einkreisen, ohne dass er es bemerkte. Die dunkle Brut, das Nachtvolk. Er hatte sie befreit, sie duldeten keine Rechtfertigung, kein Flehen um Vergebung, sie kamen nur, um ihn zu holen.

Wahn, nichts weiter. Er war verrückt geworden.

Die Tannen um ihn begannen zu atmen. Schlangen fielen von den Baumkronen. Es schien, als wäre der ganze Wald voller Gifttiere, als stünde er in einem Meer nasser, schlängelnder Flammen. Und von oben stimmte ein großer Mückenschwarm ein bedrohliches Lied an und schickte vom Kamm Schatten, die in ihn hineinwollten, hineinschlüpfen wie eine Natter. Ein Wahn, ein Wahn!

Eine große schwarze Schlange erreichte die Spitze seines Schuhs und machte sich daran, in sein Hosenbein zu kriechen, als wollte sie vor etwas fliehen. Der feuchte, kalte Schleim leckte an der erfrorenen Haut.

Er fuhr hoch und wirbelte mit dem Stock herum, bis er ihn auf den Kopf des Tieres stieß und ihn zerdrückte, bis sich das Gift der Zähne in das rote Blut mischte und die Augen des Tieres platzten.

Kein Wahn, kein Wahn! Besorgt sah er zum Kamm. Was hatte er getan? Was hatte er geboren? Wartete eine stumme Armee auf die Stimme eines Drachen?

Plötzlich lief Kaja zu der Stelle, an der sein besiegter Feind lag.

»Es hat keinen Sinn mehr«, rief er ihr nach. »Ich habe etwas Schreckliches getan …«

Kaja bellte und knurrte.

Er dachte an den Augenblick, als Kaja den Rehbock gezwungen hatte, sein Leben auszuhauchen, ein furchterregender Anblick. Der Hirsch sollte hier in Frieden ruhen, nicht zerfetzt von einem sterbenden Hund, fern vom Friedhof seiner Ahnen.

Ich habe etwas Schreckliches getan.

Er hebelte sich hoch. Der Rücken schmerzte, die Lungen brannten, und er spürte eine unerträgliche Müdigkeit in sich.

Er schleppte sich mühsam zu seiner wieder zu Kräften gekommenen Gefährtin, damit er sie davon abhalten konnte, dem Hirsch seine Totenruhe zu rauben.

Als er bei Kaja ankam, zerrte sie schon am Hals des Wildes und spuckte ein Stück Fell in den blutroten Schnee. Sofort ging er dazwischen und versuchte mit dem Stock, den Hund vom Kopf des toten Tieres fernzuhalten. Kaja aber fletschte die Zähne und fauchte ihn mit ihrem verschmierten Maul an.

Die ganze Reise, der harte Weg, alles war auf ein Ziel ausgerichtet gewesen: den Hirsch zu jagen, ihn zu töten. Und jetzt sollte die prächtige Trophäe, der Beweis des Kampfes, hier am Hang der Bärenmauer verwesen und dem Nachtvolk Tür und Tor öffnen? Obwohl er bei seiner Frau hätte bleiben sollen, hatte er sich für eine letzte Jagd entschieden. Er musste sie zu Ende führen und den Hirsch nach Tannenfall bringen. Alles andere wäre eine Flucht, die ohnehin sinnlos war. Er musste sein Werk vollbringen, wollte er das wahre Geheimnis seiner stillen Reise entdecken. Zum ersten Mal ging es nicht um ihn, nicht um Genugtuung, nicht um Rache: Es ging um Kaja, einen alten Hund, dessen Treue einen Sinn bekommen sollte.

»Ihr flieht doch nur! Was erwartet ihr, dass euch die Stadt bringt? Kummer und Schmerz. Ihr werdet wiederkommen. Wie alle.«

Er dachte daran, wie seine Kinder ihre Heimat verlassen hatten. Sie hatten alles hier gehasst. Die Meinungen der Menschen, die Enge der Gedanken, die Stille der Wälder, die Gerüche des Waldes, das Summen der Blumenwiesen, das Rauschen der Bäche, all die Selbstmorde hier im Tal.

»Alles Lügen und ein Hort totalitärer Ideen!«

Die Erinnerung an damals schmerzte sehr. Er konnte das nicht ertragen. Nicht das.

Aber was hätte er machen können: ihre Wünsche nach prallem Konsum erfüllen, ihre Ideen erlauben, ihren Mut brechen? Es waren seine Kinder, wie konnten sie so anders sein?

»Lass sie gehen«, sagte sie damals.

»Ich kann nicht.«

»Du musst, wir alle müssen das lernen. Irgendwann.«

Er hatte zu ihr gesehen, als hätte sie vom Ende aller Tage gesprochen. Und im Grunde hatte er damals schon gewusst, dass er sich irgendwann für seine nicht getroffenen Entscheidungen würde rechtfertigen müssen. Irgendwann würden ihn sein Dämon und dessen Gefährten einholen.

Der Wald knackte, fluchte, peitschte. Mückenschwaden voller Rauch zogen von oben herab und verbündeten sich mit der zarten Mittagssonne, die hinter den Bergen von Edden herüberblinzelte.

Kaja zerriss den Träger des Hirsches. Sehnen, Fleisch, Blut, Adern, verklebtes Fell. Er wandte den Kopf ab, da er weder den Gestank noch den Anblick ertragen konnte. Konrad hatte ihm einmal gesagt, dass man Wild den »Letzten Bissen« gab. Bruchzeichen. Als Form des Respekts, vor dem Tod des Gegners.

»He!«, sagte er und befahl Kaja, sich neben ihn zu setzen. Diesmal klang seine Stimme entschlossener, und der Labrador gehorchte ihm sofort. Er hob die Hand und knickte einen kleinen Tannenzweig ab, der über ihm hing. Die letzten Sonnenstrahlen seines Lebens fielen wie Regen eines brüchigen Sommers über ihn herein.

Er ging zum Hirsch, hockte sich hin und steckte ihm den »Letzten Bissen« in das Maul des bizarr zugerichteten Schädels.

»Es tut mir leid«, sagte er und machte ein Kreuzzeichen über der Brust.

Dann rief er Kaja zu sich und begann, mit dem Stock den Kopf vom Rumpf des Hirsches zu trennen, bevor ihn das unwirkliche Nachtvolk, das ihn umringte, endgültig um den Verstand brachte.

»Ich bringe dich nach Hause.«

»Weißt du, was das blaue Leben ist, Vater?«

»Du denkst zu viel, mein Junge. Du trägst Verantwortung.«

»Das ist eine Orchidee. Sie wächst hier. Sie ist wie eine Droge. Viele werden süchtig davon, drehen durch. Meine Schwester und ich wissen, wovon wir sprechen. Wir haben damit experimentiert, weil wir es hier nicht ausgehalten haben mit dir und Mutter.«

»Du weißt nicht, wovon du redest.«

»Niemand will hier mehr leben. Alle gehen weg. Weil alles voller Lügen ist. Alles ist verdorben.«

»Und warum seid ihr jetzt hier? Was erwartest du von uns? Geht doch in eure Stadt, wenn euch eure Heimat nicht gut genug ist!«

Sein Sohn hatte sich auf dem Hochstand erhoben und sah über das Tal. Rauchschwaden krochen aus Kaminen.

»Dort hinten wächst sie. Sie ist wunderschön. Sie hält sich hinter dem Schierling versteckt. Wir nannten ihn damals ›den Königsweg‹. Er beschützt das blaue Leben. Du rührst ein wenig in einen Tee, trinkst davon, und in ein paar Stunden hört dein Herz auf zu schlagen, und du gehst hinüber in den Himmel, wo du empfangen wirst wie ein König, und vor dir: die Unendlichkeit des ewigen Lebens.«

»Warum erzählst du mir davon? Wie viel willst du mir und deiner Mutter noch antun?«

»Hattest du nie Träume, Vater? Du bist jetzt fünfundachtzig, was hast du erreicht? Wann warst du mutig? Wann hast du je für etwas gekämpft?«

»Wir haben zwei Kriege durchlebt, du hast …«

»Großvater hat in beiden Kriegen gekämpft. Nicht du. Was willst du mir vom Krieg erzählen?«

»Dein Großvater war ein Nazi.«

»Und du bist noch viel schlimmer, weil du dich für gar nichts entscheidest.«

»Ich bin ein guter Mensch. Ich war immer ein guter Mensch

und habe mich für euch alle eingesetzt. Deine Mutter und ich, wir haben so viele Opfer gebracht, damit du und deine Schwester alle Möglichkeiten habt, die wir nie hatten. Oder glaubst du, dass wir nicht wegwollten? Glaubst du das? Deine Mutter wollte immer ein anderes Leben.«

Sein Sohn sah zur Bärenmauer. »Warum jagst du hier nicht? Lässt Konrad dich noch immer nicht?«

Er schwieg und sah hinauf nach Tannenfall. »Wollt ihr wieder hier wohnen?«, fragte er dann mit leiser Stimme.

»Die Schulden bleiben dieselben. Wir brauchen Geld.«

»Wie viel?«

»Das ganze Haus, als Sicherheit.«

Er sah den Raben zu, die den Himmel kreuzten.

»Und wo sollen wir wohnen, wenn du wieder in Schwierigkeiten gerätst? Wie stellst du dir das vor?«

»Ich weiß es nicht …« Sein Sohn rang mit den Tränen.

Seit seiner Scheidung und der Pleite seines Orchideenhandels, den er mit seiner Schwester aufgebaut hatte, hatte er keinen Fuß mehr auf den Boden bekommen. Er wollte seinen Vater aus der Sache heraushalten, aber nachdem sich alle Freunde von ihm abgewandt hatten, war sein Vater der Einzige, an den er sich noch wenden konnte.

»Warum habt ihr nur so einen Unsinn gemacht?«

Sein Sohn presste die Augen zusammen und schluckte seinen Ärger hinunter. »Wir haben uns entschieden, unser Leben in die Hand zu nehmen, und sind gescheitert. Das macht mich nicht zu einem schlechten Menschen.«

»Du hast alles aufs Spiel gesetzt, was wir aufgebaut hatten. Deine Frau und deine Kinder sind weg, deine Schwester ist krank, und jetzt willst du auch noch unser Haus und uns auf die Straße setzen?«

»Was soll ich denn tun, Vater?« Sein Sohn begann plötzlich bitterlich zu heulen. »Ich habe die falschen Entscheidungen getroffen … sie waren alle falsch …«

»Manchmal ist es gut, keine Entscheidung zu treffen. Das Leben regelt das später von selbst.«

Wind erhob sich und brachte den Duft frischen Rosmarins.

»Das Leben regelt gar nichts. Es stürzt dich immer weiter in den Abgrund, bis du nicht mehr kannst, und dann holt es aus und zertritt dich wie ein Schuh den Kopf einer Schlange, die nichts weiter wollte als ein Stück Geborgenheit. Das ist doch alles sinnlos.«

»Ich kann mit Konrad reden.«

»Konrad hat dich immer ausgenutzt. Du bist unser Vater. Nicht er. Du musst uns helfen.«

»Ihr werdet einen Weg finden.«

»Welchen? Wo ist hier ein Weg? Wer kann uns zeigen, wo der Weg ist? Du? Mutter? Seid ihr je einen Weg gegangen, dem wir hätten folgen können? Wir waren da draußen und mussten ganz von vorne anfangen. Wir wussten nichts vom Leben oder wie man für eine Sache kämpft. Wir haben dein Leben weitergelebt. Wir haben zugesehen, wie das Leben an uns vorbeizieht, wie andere unsere Entscheidungen treffen und wie das Leben dann nach uns schlägt und unsere Familien zerreißt. Wir wussten nicht, wie das alles funktioniert.«

»Was willst du jetzt? Einen Ratschlag oder Geld? Beides kann ich dir nicht geben.«

Sein Sohn blickte vom Hochstand. Er erinnerte sich, wie sein Vater damals heimgekommen war und stolz erzählt hatte, dass er schlauer sei als Konrad, dass er ihm eines Tages alles heimzahlen würde.

»Vater, wir sind am Ende. Wir sind beide fast fünfzig.«

»Es war falsch, dass ihr gegangen seid.«

»Wie oft willst du noch damit anfangen? Du konntest dich vielleicht noch an alles klammern und dich gegen alles wehren, was anders war, als du es gerne gehabt hättest. Das geht heute nicht mehr. Wer hätte gedacht, dass Deutschland wiedervereint wird? Wer hätte gedacht, dass diese verdammte Mauer fällt? Wenn du nun an dieser Mauer gelebt hättest und eines Tages wäre sie weg gewesen, du hättest dich auch anpassen müssen. Wir müssen uns alle anpassen.«

»Eure kommunistischen Ideen waren immer verkehrt.«

»Das ist also deine Antwort: Unsere Ideen waren immer verkehrt! Was hast du uns als Alternative geboten? Ein Vakuum? Atmen? Was?«

»Natur, ein Haus, Heimat? Junge, ihr seid undankbar.«

»Dankbar in einer Lüge leben, nein, niemals!«

»Du irrst dich.«

»Glaubst du nicht, dass wir nicht alle längst begriffen haben, dass Mutter dich nie geliebt hat, dass sie und Konrad hinter deinem Rücken ein Herz und eine Seele sind? Du wolltest das nie wahrhaben. Aber es ist so. Also erzähl mir nichts von Natur, Haus und Heimat! Glaubst du, es ist einfach, mit einem Waschlappen als Vater aufzuwachsen? Niederschlagen hättest du Konrad müssen, als du es geahnt hast, wie einen Hund, das hättest du tun müssen. Seinen verfluchten Schädel spalten!«

»Du irrst dich. Deine Mutter und Konrad sind befreundet. Wir waren immer für euch da.«

»Und wieder verdrängst du die Realität.«

»Du nimmst zu viel von dieser ... diesen Drogen dort.«

Beide schwiegen.

»Ich bin ein guter Mensch, und deine Mutter ist ein guter Mensch. Und Konrad hat unserer Familie immer geholfen.«

»Wenn du mir keinen Rat geben kannst, dann will ich dir einen geben.«

»Du, der du gescheitert bist?«

»Ja, ich. Alles, was du verdrängst und wegschiebst, wird eines Tages über dich hereinbrechen. Dann wird dir nichts und niemand mehr helfen, und du bist allein. Siehst du die Bärenmauer und ihre Schatten? Sie wird eines Tages brechen und die Wahrheit ans Licht bringen. Meine Schwester und ich – wir haben unsere Entscheidungen getroffen und versagt. Aber wir haben es zumindest gewagt, obwohl es uns niemand erklärt hatte. Wir haben einen Wert, wenn auch nur einen sehr kleinen. Du aber hast gar keinen Wert. Ich wette, du hast es dein ganzes Leben lang nicht zustande gebracht, einen Hirsch zu jagen. Du schaust weg. Dein ganzes Leben lang schaust du nur weg. Und dabei vergiftest du alle Menschen um dich herum. Wenn aber jemand an dich herantritt – sogar dein eigener Sohn –, dann stößt du ihn weg. Nur weil du nicht loslassen willst, weil du lieber den Schein der Familie aufrechterhalten willst und in dein Haus gehen, um dich an deiner Lüge zu laben. Dabei vergisst du, dass du alles nur Großvater zu verdanken hast, weil er seine Seele den Nazis verkauft hat, um dich zu retten. Weil er dir verzieh, dass du ihn schon als Kind bestohlen hast! Du wirst eines Tages in der Hölle schmoren – oder nein: Die Hölle ist bereits hier, sie wartet nur darauf, dass der Damm bricht.«

Sein Sohn schob die Torstange des Hochstandes zur Seite und stieg schweigend die Leiter hinab.

»Was erwartest du von mir?«, rief er ihm nach.

»Lass nur ein einziges Mal los und sieh die Wahrheit so, wie sie ist – auch wenn es verdammt wehtut! Erst dann kann man ein neues Leben beginnen, wenn man das alte aufgibt. Und jetzt lass mich gehen.«

Sein Sohn sah ein letztes Mal zu ihm empor, sah ihn an wie einen Fremdkörper auf diesem Hochstand. Er war sich sicher, dass sein Junge ihn in dem Augenblick verabscheute, da er nicht sehen wollte, dass alles um ihn herum verdorrte. Glaubte man den Gerüchten, dann hatte Konrad seine Familie erschossen, weil sie sein Leben nicht akzeptieren wollte. Und sein eigener Vater ließ seine Kinder verhungern, indem er sich von ihnen abwandte. Wer war der schlimmere Mörder?

Sein Sohn wusste es nicht und ging zurück zu seiner Schwester, die im Wagen auf ihn wartete. Als sie sein stummes Gesicht sah, brach sie in Tränen aus.

Er selbst blieb noch eine Weile. Zum Abendessen würde er zu Hause sein. Er war glücklich, dass seine Kinder wieder hier waren. Niemals mehr sollten sie gehen. Niemals. Dazu liebte er sie zu sehr.

Er war ein guter Mensch.

Die Rückkehr

Es war Nacht geworden. Sein Blick war gebrochen und leer. Müde stieß er den Stock in den Schnee und schleppte sich langsam voran. Kaja folgte ihm, den Schwanz eingezogen, den Kopf dicht am Boden.

Der Hirschkopf war schwerer, als er gedacht hatte. Er zog den großen Schädel am Geweih durch den Schnee und grub eine tiefe blutige Spur durch die verschneiten Wiesen und Wälder. Kein Vogel, kein Baum, kein Wind wagte, ein Geräusch von sich zu geben, zu schaurig war der Anblick des alten Mannes, der einen riesigen toten Hirschschädel hinter sich herzog.

Er wollte Tannenfall erreichen, bevor die Nacht verschwand. Sein Leben war hier zu Ende. Er keuchte aus dem dichten Forst und sah noch einmal das verlassene Dorf, die leeren Straßen und Häuser. Wie bizarr das Leben doch zu Ende ging.

Er war diesen Weg oft gegangen. Er kannte jeden Winkel und jeden versteckten Platz. In Gedanken grüßte er den Bäcker, der schwitzend hinter dem Schaufenster nach draußen winkte, und hielt kurz an, um von den neu Zugezogenen ein paar freundliche Erkundigungen einzuholen. Sie waren von der Stadt aufs Land gezogen. Der Rinderwahn, der über Europa hereingebrochen war, hatte sie aufgeschreckt, erzählte der junge Mann. Jetzt wollten sie ihren eigenen Hof haben und biologisch arbeiten. »Ohne Fleisch und Kannibalismus«, murmelte die schüchterne Städterin in ihren roten Mantel.

Wie schrecklich dunkel diese letzte Nacht doch war! Kein Licht, der schale Mond, kein Laut: nur die Erinnerung an eine geronnene Zeit und ein stilles Nachtvolk, das mit ihm durch das verlassene Dorf ging.

Der Schatten des Kirchturms fiel auf den Weg. Das Kichern der Köchin, das Geifern des Pfarrers, das Weinen, die Stille, der Duft nach altem Weihrauch. Früher hatte er das alles gehasst, jetzt vermisste er es.

Oder dort oben: der große leere Hof, wo der alte Bauer wie ein Tyrann über seine Familie geherrscht und alle mit ihrem verzweifelten Blick jeden Sonntag ins Dorf getrieben hatte, um nach der Kirche beim Wirt einen guten Eindruck zu machen. Der graue Vater, der nach dem Tod seiner Frau die sieben Kinder wie Gänse durch die Straßen schob, hilflos und dennoch immer zu lächeln bemüht, vor allem wenn er die gebückte kleine Grundschullehrerin sah, die mehrmals seinen Weg kreuzte.

Ja, sie alle waren da: der Arzt, der seine Patienten lieber leiden ließ, als ihnen vernünftige Medizin zu verabreichen, da die Natur ja alles hätte, was man brauchte. Und dessen Ansichten Schule machten: Kurz vor seinem Tod bekam er des Öfteren Besuch von Gelehrten aus der Stadt, die tagelang in den Wäldern verschwanden und, so sagte man, ihre Homosexualität auslebten …

Und dann: die Ladenbesitzer, die wie zwei böse Zwerge mit giftigen Augen die Siedlung mit dem Nötigsten versorgten, und der Künstler, der sich kaum blicken ließ. Seine Frau hatte Krebs gehabt und bereits tagelang tot im Bett gelegen, bis er es bemerkt hatte. Die Suche nach einem Buch aus dem Mittelalter hatte ihn an eine andere Welt gefesselt.

Am Rande des Dorfes aber trat nun eine seltsame, große Gestalt vor ihn. Er wusste, dass es sich um eine Einbildung handelte, und dennoch wirkte die Erscheinung so, als sähe er Albert Khalberg, den hungrigen Herzog.

Der schwarze Aufhocker, wie ihn die Kinder gerufen hatten, war aus seinem Wagen gestiegen und winkte ihn zu sich her. Er musterte den Bittsteller von oben bis unten, warf ihm ein gekünsteltes Lächeln zu und reichte ihm die Hand.

»Schön, dass wir hier aufeinandertreffen! Kommen Sie, lassen Sie uns gleich reden. Ich war eben bei Ihrem Haus und dachte, ich komme Ihnen gleich auf halbem Weg entgegen, schließlich handelt es sich doch um eine delikate Sache, wie Sie mir am Telefon sagten.«

»Ha!«, antwortete er und schüttelte dessen weiche Hand. Er bewunderte die dunkle Limousine und sah, wie ein junger, talentierter Mann mit dem Ärmel die Schlammspritzer am vorderen Kotflügel wegwischte.

Albert Khalberg wollte das Gespräch so schnell wie möglich führen, da er das Geschwätz und die Pöbelhaftigkeit der Landbevölkerung hasste. Noch schlimmer allerdings war für ihn dieser leidende Ausdruck im Gesicht seiner Bittsteller, genau so wie er ihn bei seinem Gegenüber vorfand.

»Freut mich sehr, Sie zu sehen«, sagte Albert Khalberg. »Sie wollen also verkaufen?«

»Nein, ich wollte mich erkundigen, wie es aussieht mit einem Kredit, einem Darlehen … wir können aber …«

Er sah sich um nach einem besseren Ort für dieses Gespräch, da er sich hier in der Öffentlichkeit für sein Anliegen genierte.

»Um eines gleich vorweg klarzustellen: Sie sind alt. Sie bekommen nichts mehr auf Pump. Aber Sie haben ein Haus. Nicht das schönste, doch es würde für die Hälfte der Kreditsumme reichen. Für die andere Hälfte bräuchten wir eine Bürgschaft. Vielleicht von Ihren Kindern?«

Er begriff, dass es dem hungrigen Herzog nur darum ging, günstig an sein Eigentum zu gelangen. Seit Jahren hatte dieser Mann alle Häuser und Grundstücke in der Gegend aufgekauft. Da es sonst kaum Interessenten gab, führte kein Weg an Khalberg vorbei, wenn man Geld leihen wollte. Der Umstand, dass Dr. Albert Khalberg nicht nur Bürgermeister war, sondern auch im Aufsichtsrat der größten Bank des Landes saß, machte ihn mächtig wie einen Herzog, der über seine Lehen waltete und richtete, wie er es für richtig hielt.

Viele, die dachten, sie könnten der Macht des Teufels entkommen, fanden sich bald in üblen Situationen wieder, die sich aber nie auf Dr. Khalberg und seine Machenschaften zurückführen ließen.

Früher oder später verkauft jeder seine Seele dem Teufel.

»Der Herzog greift nach einem ganzen Land«, hatte eine kleine Bezirkszeitung einmal geschrieben. Der Verlag war aufgekauft worden und jede kritische Berichterstattung im Nu verschwunden.

Für viele war Dr. Khalberg ein Grund, das Dorf zu verlassen und nach Edden zu ziehen. Einem der mächtigsten Männer des Landes war das ein Dorn im Auge, denn Edden war eines der letzten Dörfer, auf das er keinen Zugriff hatte, als wäre es bewacht von einer unsichtbaren Macht.

»Nun. Wie wollen wir weiter verfahren?«

»Ich muss noch überlegen ... Mein Sohn ...«

»Hören Sie!« Khalbergs Stimme verwandelte sich in die eines Vaters, obwohl er im selben hohen Alter wie sein Bittsteller war. »Wir beide wissen, dass wir keine Zeit mehr haben. Wir müssen die Dinge, die wir zu erledigen haben, schnell erledigen. Wer zögert, verliert am Ende. Sie brauchen Geld. Ich nehme Ihr Haus.«

Er sah zu Boden. Seine Frau wusste nichts von dem Gespräch mit dem Bürgermeister. Was, wenn sie seinen Wagen gesehen hatte, als er das Haus besichtigt hatte?

Der Graf verabscheute es, zu warten, und begann, seine Tonart zu verschärfen.

»Hören Sie. Ich liebe dieses Land. Mein Vater liebte dieses Land. Meine ganze Familie liebt dieses Land. Mein Vater verließ nach dem Ersten Weltkrieg meine Mutter und fand hier eine neue Heimat. Sie kennen sicher diese alten Häuser hinter der Lichtung?«

Er nickte höflich.

»Es hat lange gedauert, bis ich ihn gefunden habe.«

Khalberg lächelte dasselbe bedrohliche Lächeln, mit dem er ihn begrüßt hatte. »Er war damals vom Isonzo heimgekehrt. Wir waren noch Kinder, und er war ein anderer Mensch. Besonnen, irgendwie eingeschüchtert und demütig. Meine Mutter und ich hielten das für albern. Nur mein Bruder war begeistert von der neuen Haltung seines Vaters. Eines Tages aber waren beide weg. Verschwunden. Sie verließen Wohlstand, Einfluss und Macht. Und das am Vorabend der großen deutschen Machtergreifung. Sie wählten das.«

Der Graf machte eine ausladende Handbewegung, als dankte er einem unsichtbaren Publikum, das in den Wäldern saß und ihm zuhörte. »Und wissen Sie, warum? Weil er dieses Land liebte! Mehr als seine Familie! Mehr als seine Kinder, mehr als mich! Damals ärgerte ich mich über ihn. Ich verfluchte ihn. Wünschte ihm den Tod im Gas. Aber dann, später, als ich ihn fand und somit dieses Land, verstand ich ihn.«

Albert Khalberg bemerkte die Unruhe seines Gegenübers und kam auf den Punkt: »Deshalb will ich die Heimat, die er gefunden hat, so lieben, wie er es getan hat. Nun, kommen wir ins Geschäft?«

Er schwieg.

»Kannte ich Ihren Vater?«, rang er sich schließlich zu einem vorsichtigen Gesprächsbrocken durch.

»Ich denke nicht. Er hat eine neue Familie gegründet und lebte sehr zurückgezogen. So wie mein Bruder, der dies hier alles ebenso liebte wie ich. Leider habe ich ihn bislang noch nicht gefunden.« Er schüttelte den Kopf. »Wissen Sie, wo mein Bruder sich versteckt hält?«

Konrad hatte etwas vor seinem Bruder geheim gehalten. Nicht nur seine Identität, sondern auch etwas, was niemals in die Hände des Teufels geraten durfte. Das Tagebuch.

Er hatte plötzlich das Gefühl, dass Dr. Albert Khalberg auf etwas ganz anderes abzielte.

»Sei's drum. Wie gesagt, ich liebe dieses Land, und ich will Ihnen gerne helfen.«

Er hielt inne. Sollte er doch mit Konrad reden? Nein, nein. Das war unmöglich. Es war sein Haus, seine Familie. Es waren seine Kinder. Er musste das allein machen.

»Hören Sie! Früher oder später gehört uns ohnehin alles. Kein Mensch wird hier in Zukunft mehr leben wollen. Niemand. Nur noch alte Menschen, die dieses Land lieben, werden da sein und hier ihren tragischen Tod finden.«

»Ich muss noch darüber nachdenken.«

»Sind Sie Jude?«

Er war über die Frage verwundert. »Wieso fragen Sie?«

»Weil ich Sie für jemanden halte, der ein Jude ist. Oder Juden sehr zugetan. Dieses Schwanken, dieses Abwarten und Abwägen. Sind Sie Jude?«

»Nein.«

»Was haben Sie früher hier gemacht? Was haben Sie gearbeitet? Waren Sie NSDAP-Mitglied?«

Er ging langsam einen Schritt zurück. In Albert Khalbergs Gesicht blitzte etwas Böses, Dunkles auf.

»Sagen Sie! Was haben Sie mit Ihrem Leben gemacht? Waren Sie Nazi? Oder waren Sie dagegen? Hatten Sie wenigstens den Mumm, aufzustehen und Nein zu sagen? Oder haben Sie an Mutters Schürze gehangen und nur gejammert? Ha? Sind Sie ein Jäger oder ein Mörder? Was sind Sie?«

Hinter dem Herzog traten mit einem Mal dunkle Gestalten mit unkenntlichen Gesichtern hervor. Sie kamen von überall, aus den Wäldern, über die Wiesen, und es waren so viele, dass sich die Sonne verdunkelte und es Nacht wurde.

Die Fratze des großen alten Mannes zerfloss wie Blut im nassen Schnee.

Verkaufen Sie mir Ihr Haus? Wer hat Sie mit einer Leidemann verkuppelt? War sie es, die wollte, dass Sie dort bauen? Ist dort der Weg hinüber? Waren Sie sein Wächter? Steht etwas darin, im Tagebuch? Steht Ihr Haus über dem stummen Dorf? Reden Sie! Mein Gott, reden Sie endlich!

Er übergab sich und sank auf die Knie. Die Halluzination stülpte mehrere Wirklichkeiten übereinander.

Du Narr glaubst, dass du mit diesem Hirsch dein Leben sühnen kannst.

Er zitterte. Die Wahnvorstellungen waren zurück. Stärker, klarer als je zuvor.

Der hungrige Herzog, der mitten in der großen Menge an dunklen, schweigenden Menschen verschwunden war, sprach aus den Mäulern Tausender Wesen des Nachtvolkes. Und als würde die Welt, die er kannte, in einem Donner auseinanderbrechen, hallte es aus allen Ecken und Winkeln hervor: *Du bist die Hölle! Führe uns nach Hause.*

Und kaum hatten die Tausenden diese Worte gesprochen, ging das Dorf hinter ihm in Flammen auf, und ein einsamer Wagen fuhr über die Straße und bog ein in Richtung seines Hauses.

Er lief hastig vorbei an den Wesen, die sich in der Einbildung um ihn drängten, den Hirschkopf in den Händen, schnell, schnell, seine Kinder. Wie konnte er nur so versagen, wie nur?

Es war zu spät. Der Geländewagen krachte in die Mauer des Hauses und ging in Flammen auf.

Das Feuer war zu hell und zu heiß. Er konnte seine Kinder nicht mehr retten. Ihm war, als hätte Gott sich selbst den Krieg erklärt und ihn zurückgelassen in seiner Ohnmacht und seiner Schwäche.

Seine Kinder ertrugen das Leben, das er ihnen vorgelebt hatte, nicht mehr und zogen es vor, alles, woran sie glaubten, zu ersticken, hier an der Mauer ihrer Vorbilder, die sie bitterlich verstoßen hatten, da sie nur an sich dachten.

Er sackte nieder auf die Knie und weinte.

Das Hämmern und Klopfen aus dem Keller schlug an seinen Schädel. Die verzweifelten Schreie seiner Frau, die nicht fassen konnte, was vor ihren Augen geschah, erstickten erst nach einem Monat im Heizraum ihres Hauses, wo sie vor sich selbst sicher war.

Nur dort. Nur dort. Bleib. Du musst bleiben. Bleib bei mir. Ich bin ein guter Mensch. Ich liebe dich, ich liebe dich so sehr.

Der Mond legte sein bleiches Tuch über ihn. Er spürte Kajas eisig nasse Zunge an seiner Wange. Er hob den Kopf. Sein Haus stand wie ein dunkles Gefängnis vor ihm. Er hockte draußen im Schnee, der Hirschkopf lag neben ihm. Das Nachtvolk war verschwunden.

Er stand auf und sah hoch nach Tannenfall. Er wusste, dass ihm nicht mehr viel Zeit blieb, bis die Brut zurückkommen würde und mit ihr sein Tod.

Tannenfall.

Tannenfall.

Tannenfall

Es waren die letzten Atemzüge, die schwer und schmerzhaft aus seinen Lungen krochen. Er war totenbleich, die Wangen waren eingefallen, sein Rücken verzogen. Das Gesicht war zerrissen. Die Hände blutig, voller Blasen. Der Schweiß, der Tod klebte an der Wolfsschur, an seiner öligen Haut.

Er zog eine kratzende Blutspur den gewundenen Weg hinauf nach Tannenfall. Überall lauerten Schatten und dunkle Wesen, die nach ihm griffen und ihn berührten, als wollten sie ihn abhalten von seiner Absicht. Er musste es beenden. Sein leeres Leben. Die Aufgabe, die einzige, die er imstande war zu bestehen, klebte nun als Blut an den Händen. Hinauf nach Tannenfall. Nach Hause in die Hölle der Sühne.

Zwischen den letzten Bäumen erreichten ihn die Lichter von Edden. Das Paradies. Seine Frau war bereit gewesen, nach Edden zu gehen, in ein kleines Häuschen, aber er wollte nicht. Jetzt war es zu spät. Die Idylle hatte ihre Tore geschlossen. Die gelben Dächer der Hütten wirkten größer als sonst. Die Säulen waren ihm noch nie aufgefallen.

Weiter, weiter.

Hatte er die Zeichen nicht gesehen, die ihn hindern wollten, den gefährlichen Weg zu gehen? Der weiße Turm, das Feuer, die Raben, seine Halluzinationen, alles stellte sich vor ihn, erhob mahnend den Zeigefinger und flüsterte ihm ins Ohr, innezuhalten.

Er aber wollte den Weg des Jägers gehen, nur ein Mal, den Königsweg, der ihn direkt in die Hölle führte. Die Welt um ihn hatte die Kriege vertrieben und verbarg seitdem ihr stummes Grollen hinter einem Schleier. Er, der in den letzten Stunden nach einem Sinn suchte, hatte den Wächter dieses Friedens getötet und Wind gesät.

Da, endlich: die Schatten Tannenfalls. Endlich.

Er keuchte, zog, zerrte. Rosmarin. Ölige Luft. Er brach zusammen.

Kaja, die selbst am Ende ihrer Kräfte war, wollte ihm helfen, stupste den Hirschschädel von hinten an, packte ein Ohr und zog und zog.

Die letzten Meter. Er konnte nicht mehr. Einen Augenblick. Nur einen einzigen Atemzug.

Eine dunkle Böe sang oben ihr stilles Lied, und ihm war, als würden die Geister des Hirschfriedhofes ihren toten Wächter heimholen.

Hatte Konrad abgelassen von der Jagd, weil er das Gute letztendlich beschützen wollte? Vor seinem Bruder? Hatte er deshalb den eigenen Tod vorgezogen, um die Welt vor dem Bösen zu bewahren? War Konrad der gute Mensch von ihnen beiden?

Obschon er es nie zugegeben hätte: Für ihn war die Welt um ihn herum immer geteilt gewesen in Gut und Böse, Hell und Dunkel, getränkt mit übersteigertem Machtbedürfnis und einem leuchtenden Selbstwertgefühl. Die anderen, die das nicht erkannt hatten, waren wertlos gewesen, als Menschen unbrauchbar, entbehrlich! Doch niemand hatte hinter seiner Maske diesen Dämon erkannt. Und da ihn keiner verstanden hatte, hatte er nicht nur begonnen, die Welt um sich zu belügen, sondern auch sich selbst, bis er irgendwann die eine Linie übertrat, von der es keinen Weg zurück gab außer dem Wahnsinn.

Das fünfte Geheimnis.

Gnade. Auch für mich?

Tannenfall kam näher. Das Nachtvolk stand in tausend Gestalten schweigend um den vereisten See. Es drängte sich zwischen den Geweihen unter den Tannen, säumte den Weg hinauf zum Pass, wartete auf den Jäger, der das Tor nach Hause geöffnet hatte.

Tannenfall. Hier hatte er seine Frau verloren. An Konrad. An die Kälte. An seinen Stolz. An seine Feigheit. An seine Gier nach Existenz, an die Angst vor seinem Dämon.

Der Mond stand hell über Tannenfall und warf sein mattes Spiegelbild auf das Eis des Sees. Die hohen dunklen Tannen umsorgten das gefrorene Wasser, in dessen Mitte seine Frau lag.

Sie war längst tot.

Vier Krähen erhoben sich, als sie ihn sahen, flogen zum Pass und krächzten ein Klagelied.

Er schluchzte und ließ den Hirschkopf am Ufer des Eissees fallen.

»Hier bin ich wieder. Siehst du?«

Er wusste, dass sie tot war. Der Wind spielte mit ihrem weißen Haar und strich durch den Wolfsmantel, in dem sie sich bis kurz vor ihrem Tod festgekrallt hatte.

»Du hast dich in mir geirrt. Ich bin ein Jäger. Siehst du?«

Tränen flossen über die Wangen. Kaja senkte den Kopf, als spürte sie das nahe Ende, das über Tannenfall lag.

»Ich habe es geschafft … warum hast du nicht auf mich gewartet …?«

Er sank auf die Knie. Das Mondlicht bleichte sein Haar. Die Lippen bebten, zitterten vor Kälte.

Bitte verzeih mir! Bitte! Ich konnte nicht anders. Bitte.

Das Nachtvolk zog den Kreis um ihn immer enger. Es kam vom Tal, vom Pass, aus den Wäldern, stieg über die toten Schädel.

Bitte. Lass mich nicht hier zurück. Ich flehe dich an. Ich nehme die ganze Schuld auf mich und übernehme die Verantwortung, aber bitte verzeihe mir.

Kaja winselte. Sie spürte seine Halluzinationen. Der Duft des blauen Lebens hatte ihr altes Gehirn verdorben und durch den Riss in der Welt auch ihr eine dunkle Wahrheit geöffnet.

Ein Sturm brach vom Pass los. Er starrte auf den See. Und wartete. Würde seine Frau noch irgendetwas sagen? Würde sie ihn ansehen, den Hirsch sehen, seinen Mut, seinen Willen, sein Leben in letzter Sekunde zu ändern? Nur ein Blick, ein Zeichen, ein Wunder, Vergebung, Gnade für ihn.

Und dann begann er. Und legte alles ab, was er im Laufe der Reise aufgesammelt hatte.

Meine Haltung.

Er zog die Wolfsschur über die Schulter und ließ sie auf den Boden fallen.

Meine Waffe.

Der Stock. Blutverschmiert. Der feuchte Schnee schnappte hungrig danach.

Meine Stimme.

»Siehst du sie, meine Hölle?«

Meine Erinnerungen.

»Das ist das Volk, das ich zur dir geführt habe? Das sind unsere Schatten? Sie waren immer hier, nur wollte ich sie nie sehen. Jetzt habe ich sie an dein Grab gebracht. Es tut mir so leid. Wenn ich könnte, ich würde das Tor wieder schließen, aber das war mein Weg.«

Meine Gnade.

Das Eis knackte. Unwirklich peitschte ein schrilles Ächzen über den See.

Kaja hob die Brauen und sah, dass der alte Mann einen Fuß auf den gefrorenen See gesetzt hatte. Sie legte den Kopf schräg und begann zu bellen. Wie Schläge eines Paddels.

Der nächste Schritt. Das Eis. Ein Knacken. Wasser quoll durch die winzigen Spalten, die sich wie ein Haarnetz über den See zogen.

Das Bellen verebbte.

Ein alter, nackter Mann ging über das Wasser, und ein blonder Hund folgte ihm.

Nun war er kein Held mehr, er war unsicher, ängstlich und schwach. Aber zum ersten Mal duldete er sich selbst so, wie er war.

Das Eis brach immer tiefer ein. Eisige Bäche strömten an die Oberfläche, gurgelten, schluchzten.

Er sah sich um und verabschiedete sich von seinem Hirsch. Er hatte ihm das Leben genommen. Die Rückkehr ins Tal seiner Ahnen war das Mindeste, was er tun konnte.

Noch einmal sah er auf seine Heimat. Rauchtürme ragten aus den Wäldern. Die Wiesen im Tal füllten sich mit Wesen, die er sonst nur hinter dem Schleier der Sagenbücher kannte: die ausschwärmenden Waldläufer, die vermummten Erdfrauen, die Schneehexen, wirbelnd um die Feuer in ihren Klöstern, die blendenden Kreise der Sonnenzirkel, die Blitze der Irrlichter, die Wachtürme der weißen Bogenschützen, die Armeen der Berserker-Horden, die versteckten Stüppnester und die Orden der Waldvampire und Geschwader der dunklen Sauger – er konnte sie alle sehen. Und sie alle zogen in den Krieg gegen eine große Bedrohung.

Er senkte sein Haupt und verbeugte sich vor dem Leben und dem Tod, den er in die Welt geholt hatte.

Ich habe der Welt deinen neuen Krieg gebracht.

Er erreichte den gekrümmten Körper seiner toten Frau. Krähen und Raben hatten ihr Gesicht entstellt, hatten ihre wunderschönen Augen zerstochen, ihre sanften Lippen zerrissen, die Zöpfe zerstört.

Sein Haus blieb von dem Treiben im Tal verschont. Sein Königsweg hatte das Tor zur wahren Schöpfung geöffnet. Das war das sechste Geheimnis. Die Wahrheit des blauen Lebens.

Von hier aus sah er, dass sein Weg ihn im Kreis geführt hatte, in dessen Mitte die ganze Zeit über sein Haus gelegen hatte, still wie das Auge eines Orkans, das Haupt eines Dämons.

Bewachten die Hirsche mit ihrem Wall diesen geheimen Mittelpunkt vor dem Nachtvolk und dessen schrecklichen Kreaturen, die nun seine Heimat überlaufen würden?

Oder war es anders? Ein Gefängnis, das die Welt vor einer Hölle schützte, auf der dieses Haus gebaut war?

Genug. Es war nicht mehr aufzuhalten.

Still legte er sich zu seiner toten Frau, griff nach ihrer kalten Hand und drückte sie fest an sich.

Ich liebe dich.

Und ein lautes Krachen verschluckte die beiden mit eisigem Maul. Es war vollbracht.

In der Ferne bliesen Hörner das Ende einer großen Jagd, und ein dunkler Planet verdeckte den Himmel.

Gottes Schöpfung war vollendet.

Das blaue Leben

Wenn er vor seinem Tod nicht endlich aussprach,
was er fühlte, und Gerechtigkeit forderte,
wie sollte er der Hölle entkommen?

Ein neuer Morgen

Seine Frau würde sterben. Wie viele Tage ihr noch blieben, wusste er nicht. Er verdrängte den Gedanken. Wenn sie im Tod ertrank, würde auch er verschwinden, versinken in ihren nassen Augen, als hätte er nie existiert.

Draußen schrien die Schneehexen. Die Heizung blieb kalt. Die knappe Rente reichte nicht mehr. Er griff nach ihrer faltigen Hand, sie war warm. Das war das Wichtigste.

Er zog die Wolldecke über die Schultern der Kranken. Ohne den Blick zu heben, rückte er das Bild zurecht, das hinter dem Bett an der Wand hing. Es zeigte einen Hirsch, gejagt von einem Rudel geifernder Menschen. Der Rahmen war vergoldet. An manchen Stellen lugte die weiße Grundierung hervor.

Ein Hund bellte.

Die zittrige Hand seiner Frau drückte seine müden Finger. »Ist was passiert?«, fragte sie und schob den Kopf in seine Richtung.

»Alles ist gut, ich bin bei dir. Ich bleibe immer bei dir.«

Sie war nahezu blind, die Kraft ihrer Augen ließ Tag für Tag nach.

»Bist du es?«, fragte sie.

Er lachte und stellte den Tee auf das Nachtkästchen neben ihrem Lager. Ein roter Stahlbecher. Mit heißer Kuhmilch.

Er war ein geduldiger Pfleger. Er machte das Bett, kümmerte sich um das Haus und hielt jede Nachricht, die seine Frau belasten würde, von ihr fern. Selbst für die kühle Wäsche, die er im alten Heizraum trocknen musste, fand er eine Erklärung – von ihrer wirtschaftlichen Situation durfte sie nichts erfahren. Solange er dem Rhythmus folgte und ihr immer zur selben Zeit den Tee zubereitete, gab es für sie keinen Anlass, Verdacht zu schöpfen.

»Was ist das? Es riecht so seltsam.«

Schlaf den ganzen Tag, bis ich ihn habe. Schlaf.

»Das ist wilder Rosmarin. Ich habe dir etwas davon in den

Tee gemischt. Wirkt Wunder. Trink den Tee schön aus. Dann bist du bald wieder auf den Beinen.«

Sie richtete sich ein wenig auf und versuchte, ihn durch den Nebel in ihren Augen zu erkennen. Ihr war, als spiegelte sich sein weiches Gesicht auf einem vereisten See, zerrissen, verzogen.

Sie spürte den heißen Becher in ihren Händen und führte ihn zum Mund. Irgendeine innere Stimme sagte ihr, dass sie den Tee nicht trinken sollte.

»Zu heiß.«

»Trink ihn. Trink ihn jetzt.«

»Ich mag nicht«, sagte sie und stellte ihn zurück auf den Nachttisch. Dabei schüttete sie ihn beinahe aus, doch seine Hand war rechtzeitig zur Stelle. »Ich habe vorhin einen Schuss gehört. Oder habe ich mich geirrt?«

Er war überrascht über diese Frage.

»Nichts. Da war nichts.«

»Warst du jagen? Hast du den Hirsch erwischt, auf den du schon so lange gehst?«

Er nickte und strich besorgt über ihre Wangen. Sie phantasierte. Er war Gemeindebeamter, der seit über dreißig Jahren in Rente war. Er hatte noch nie ein Wild erlegt, auch wenn er sich nichts sehnlicher gewünscht hätte.

Er nahm noch einmal den Tee und hielt in ihr über die Brust. Dabei trieb er mit einer Hand den duftenden Dampf in ihre Nase. »Es tut dir gut. Trink jetzt den Tee.«

Trink den Tee!

Sie riss ihre blinden Augen auf und starrte ihn an. »Wieso sprichst du so … wie er?«

Er schluckte und stellte den Tee weg. Sein Gesicht verfinsterte sich. »Was meinst du?«

»Deine Stimme, wie er … wie er …«

Ihre Augen fielen zu. Er wandte sich um und sah aus der Tür des Schlafzimmers, als würde ihn jemand beobachten. Die Fensterläden waren mit Brettern vernagelt.

»Es ist alles gut, trink, dann wird alles gut.« Wieder nahm

er den Tee, doch diesmal schlug sie mit ihrer Hand dagegen, dass der Becher auf dem Holzboden aufschlug.

Er sprang hoch und fluchte, da der Tee seine Beine verbrüht hatte.

»Du verdammtes Miststück! Du Hure! Du verdammte Hure!«

Sie begriff sofort, dass sie sich nicht geirrt hatte. Es war seine Stimme. Die Stimme ihres Mannes.

Sie kannte die unbändige Wut, die mit einem Mal aus ihm heraussprang wie ein Dämon, obwohl er sonst immer sanft und geduldig war wie ein Lamm.

Als seine Halluzinationen stärker geworden waren, hatte sie ihn ins Pflegeheim bringen lassen. Ein Entschluss, den sie kaum übers Herz gebracht hatte. Aber alle im Dorf hatten ihr zu dem Schritt geraten. Der Selbstmord ihrer Kinder hatte ihn verändert. Sie hatte seitdem wieder einen Zugang zu ihm finden wollen, aber er hatte sich immer weiter in seinen Elfenbeinturm zurückgezogen und in alten Büchern seiner Mutter gelesen. Als er eines Tages das Haus anzünden wollte, hatte ihr Konrad geholfen, ihn in die Anstalt zu bringen. Konnte er wirklich zurück sein?

»Was machst du hier? Wissen die im Pflegeheim, dass du hier bist? Sie werden dich sicher längst suchen.« Sie wollte die Situation beruhigen, um ihn nicht noch mehr zu reizen.

»Niemand weiß, dass ich hier bin. Ich gehöre hierher. Ich bin ein guter Mensch. Ich habe dir nichts getan.«

»Du musst zurückgehen. Du brauchst deine Medikamente.«

»Du schickst mich weg? Ich weiß genau, warum du mich wegschickst. Du willst mit ihm allein sein.«

»Wovon redest du?«

Sie wusste genau, dass er Konrad meinte.

»Weißt du, was das ist?«

Er holte ein Tagebuch aus seiner grauen, schmutzigen Weste. »Sieht aus wie ein Wolfspelz«, hatte eine Heimbewohnerin gesagt und wie verrückt gelacht.

»Das ist ein Tagebuch. Und weißt du, was darin steht?«

Sie schwieg.

»Geliebte, da du mich zurückstößt, versprich mir, leg eine Blume auf mein Grab.«

Sie hob die Brauen, als ob sie nicht wüsste, wovon ihr Mann sprach.

Er bemühte sich, ruhig zu sprechen, den Atem zu kontrollieren. Aber immer wieder brach ein Wort wie eine Welle aus ihm, als kündigte es einen nahen Sturm unter einer sterbenden Sonne an.

»Er hat dich geliebt, die ganze Zeit. Und du, du Hure, hast dich ihm hingegeben. Ihr habt mich abgeschoben ins Heim! Das ist die Wahrheit. Ihr habt mich vertrieben aus meinem eigenen Haus! So lange habe ich es nicht gesehen. Aber jetzt: Trink den Tee!«

Sie begriff sofort, dass mit dem Tee etwas nicht stimmte. War das der Grund, warum es hier nach Rosmarin und Öl roch?

»Konrad!«, rief sie, so laut sie konnte.

Er hob den Becher auf, schob ihn zu ihrem Mund und wollte ihr gewaltsam das Gift einflößen, als er bemerkte, dass er leer war. Er hatte Mühe, die Wirklichkeit so wahrzunehmen, wie sie war. Immer wieder fehlten kurze Abschnitte. Es war die Hölle.

»Ich werde dir einen frischen machen, ja?«, sagte er und strich sanftmütig über ihre Wange. Seine Hände waren zerschunden und schmutzig. Blut klebte an den Fingern. Die Nägel schwarz und eingerissen.

Wieder schrie sie nach Konrad. So laut sie konnte, winselnd wie ein Tier, bevor es das Messer an der Kehle spürte.

»Er wird dir nicht helfen können. Er muss sich ausruhen«, sagte er und erhob sich.

Der Schuss! Sie dachte an den Schuss! Konrad? Sie wollte sich aufrichten, schaffte aber nur ein paar Zentimeter. »Hast du ihn erschossen?«

»Ich bin kein Mörder, ich bin ein Jäger. Ich habe ihn gesucht und gefunden und zu dir gebracht.«

Sie verstand nicht und sank wieder zurück in ihr feuchtes Kissen. Erst jetzt hörte sie das Raunen und Wimmern, das von irgendwo auf sie einströmte.

»Konrad! Schnell, er ist wieder da! Du musst mir helfen!«

»Du rufst nach ihm? Er fehlt dir? Einen Moment. Ich habe eine Überraschung für dich.«

Er sprang wie ein kleiner, aufgeregter Junge aus dem Zimmer und packte entschlossen zu, als wollte er einen Kohlensack in ihre Kammer ziehen. Es war Konrads blutender Körper.

Er kniete sich vor ihn und sah in seine kleinen Augen.

»Wer ist jetzt der Stärkere von uns beiden? Du? Oder ich? Was denkst du?«

Konrads Schal war voller Blut und die Jagdjacke zerrissen. Am Kopf wucherten kahle, blutende Stellen, als hätte ihn jemand an den Haaren einen weiten Weg hierher geschleift. Am Hals klaffte eine große Wunde, wie sie entstand, wenn man mit einem Stock auf ein tollwütiges Tier losging. Konrads Beine lagen wie die Holzteile einer Marionette am Boden. Gebrochen bei einem Sturz. Es war ein schrecklicher Anblick.

Konrad wimmerte und hielt beide Hände vor den Bauch, um das Blut in der Schusswunde zu halten.

»Dann würde ich vorschlagen, dass dein Geliebter dir jetzt zusieht, wie du deinen Tee trinkst, ja?«, sagte er zu seiner Frau, die den wahren Zustand ihres treuen Freundes hinter ihrem Schleier nur erahnen konnte.

Er wollte eben in die Küche, als Konrad ausspuckte und wütend zu ihm hochsah.

»Du gibst nie auf, was?«

Konrad verlor die Fassung und brüllte: »Er ist verrückt! Er hat mich gejagt wie ein Tier! Ich kann nicht mehr! Hilfe! So helft uns doch! Bitte! Bitte!«

»Ich kenn dich. Ich weiß alles über dich. Alles über euch.«

Er nahm das Tagebuch und warf es Konrad vor die Füße.

»Du hättest es besser verstecken sollen. Jetzt weiß ich alles über dich und deine abartige Familie und deinen Bruder, den

Teufel. Ich müsste vor dir ausspucken. Vor euch. Weil ihr alles hier vergiftet habt. Ich aber bin ein guter Mensch, und ihr habt euch alle in mir geirrt!«

Ein Hund bellte.

»Kaja? Wie dumm von mir. Wie konnte ich sie nur vergessen?«, sagte er und verließ die beiden.

Konrad sah hoch und witterte eine Chance.

Der Aufstand der Schwachen

Er steckte den Kopf aus der Hintertür. Es hatte geschneit. Kaja saß vor ihm und sah ihn an, als hätte sie ein Geheimnis für ihn. Er blickte sich um, ließ den Hund ins Haus, zog die Tür hinter sich zu und sperrte ab. Zweimal. Hatte er im Augenwinkel etwas gesehen? Oben am Zaun? Einen Mann mit einer Waffe? Einen Waldläufer?

Der alte Labrador lief zu Konrad und wedelte mit dem Schwanz. Konrad wollte dem Köter schon befehlen, ihm zu helfen, seinen Peiniger zu stellen. Aber er wusste, dass Kaja nichts taugte. Sie war eine gute Fährtenleserin, mehr nicht. Er erinnerte sich daran, als ein Rehbock, den er damals verfehlt hatte, den blonden Vierbeiner attackiert hatte. Er hatte erwartet, dass sein Hund den Bock am Träger fassen und töten würde. Doch Kaja hatte nur gewinselt, war im Dickicht verschwunden und hatte gehofft, dass das Wild sie nicht aufspüren würde. Was konnte er schon von diesem nutzlosen Tier erwarten, das sein Leben nur danach ausgerichtet hatte, die ideale Schlafposition zu finden?

Er behielt recht. Nachdem Kaja an ihrem schwer verletzten Herrchen geschnuppert hatte, trapste sie in die Küche und legte sich unter den Tisch, von wo aus sie gelangweilt den alten Mann beobachtete, der eine Kräutermischung aus einer braunen Glasflasche in ein Teesieb leerte.

Kaja verabscheute den Duft von Rosmarin, der ihrem

neuen Herren anhaftete. Als er in Konrads Haus eingestiegen war, um nach einer Waffe zu suchen, hatte sie sich noch im roten Licht der Abendsonne gegen ihn gestellt wie ein Wächter. Dann war sie ihm bis zum Hochstand gefolgt, um den Speck zu bekommen, der hinter dem süßen, würzigen Geruch von Rosmarin auf sie gewartet hatte. Nach dem Hieb auf den Schädel hatte sie sich endgültig gefügt und ihn zu ihrem alten Herren geführt, da es an der Zeit gewesen war, die Schwachen zu rächen.

Aus einem Rucksack aus Leinen holte er zwei weitere Flaschen, die er neben die Teekanne stellte. Die Einweghandschuhe, die er ebenfalls aus dem Aser zog, stülpte er über die trockene Haut und schob eine zerbrochene Brille ohne Rahmen auf den Nasenrücken. Der Bügel war verbogen. Eine Tannennadel klebte auf dem Glas. Geschickt öffnete er die Apothekerflasche, die zu seiner Linken stand, hob mit zwei Fingern getrockneten Wasserschierling heraus und bröselte ihn in das Teesieb. Er hielt den Atem an, da der Kräuterstaub wie Mücken in der Nase kitzelte.

Er verschloss die eine Flasche, wiederholte die Prozedur mit der zweiten und verfeinerte die Kräutermischung mit einer Prise gefleckten Schierlings. Er nahm den Löffel, mit dem er zuvor den Schierlingsbecher für seine Frau zubereitet hatte, und vermischte die süßlich und frisch riechende Mischung. Er stellte die beiden Fläschchen wieder zurück in den Leinensack. Wenn alles vorbei war, wollte er im Keller ein wenig für Ordnung sorgen: die Regale, die Bücher, die Truhe, den Stuhl zurechtrücken nach den eiligen Schritten der letzten Tage, neue Notizen machen.

Das Wasser im Kessel schlug erste Blasen. Er holte eine kleine Blechbüchse, auf der ein Fresko des italienischen Malers Giotto abgebildet war, aus dem Rucksack und öffnete sie. Die Büchse war mit Blumen verziert. Das Emblem eines Orchideenhandels aus Ostdeutschland war auf dem Deckel zu erkennen. Er trug sie seit dem Tod seiner Kinder immer bei sich und bewahrte dort die Reste einer blauen Orchidee auf.

Ein Lächeln huschte über seine Lippen, als er die zwei letzten Blütenblätter dieser wunderbaren Schöpfung der Natur betrachtete und ein öliger Geruch seine Augen tränen ließ.

Das Andenken an seine Kinder, er hegte und pflegte es, war es doch alles, was von ihnen und ihren Träumen geblieben war. Die Zeit heilte alle Wunden. »Es ist dein Zeitheil«, hatte eine Heimbewohnerin gespottet. »Dabei bist du es, der die Zeit heilen muss«, hatte sie mit der Fratze des Wahnsinns hinzugefügt.

Oh du blaues Meer, du Farbe des Himmels,
so voller Bedeutung und Wahrheit,
oh du höchstes Entzücken, du blaue Blume
aus nicht zu schauendem Indigo.

Er hob das vorletzte blaue Blatt aus der Büchse, als ihn ein Schatten im Wasser der Teekanne anstarrte. Er drehte sich um und sah Konrad, der keuchend in der Küchentür lag.

»Hör zu …«, Konrad versuchte, das Vertrauen seines alten Freundes zurückzugewinnen, »… wir finden sicher eine Lösung. Ich kann verstehen, dass der Herrenhof dich noch … dich verrückt macht. Aber ich kenne den Leiter sehr gut, er kann dir ein anderes Zimmer geben, dich wegbringen von den anderen. Aber bitte, tu uns allen das nicht an.«

»Ein anderes Zimmer?«

Er sah Konrad an und hob die Brauen. Erkannte dieses elende Stück Fleisch dort am Boden den Ernst der Lage nicht? Glaubte Konrad wirklich, ein anderes Zimmer könnte ein vertanes Leben ersetzen?

Er schwieg.

»Ich werde auch niemandem erzählen, was passiert ist. Ich war auf einer Hirschjagd und habe mich verletzt. Als der Hirsch den Baum gerammt hat, bin ich gefallen, und dabei hat sich ein Schuss gelöst. Das sage ich. Ja?«

Das Wasser warf kleine Blasen, die schnell an die Oberfläche eilten.

»Geliebte, da du mich zurückstößt, versprich mir, leg eine Blume auf mein Grab«, sagte er ruhig und wiederholte immer wieder die Zeilen aus dem Tagebuch, während er begann, die Stimme seines Kontrahenten so getreu wie möglich nachzuahmen.

Stille kehrte wieder ein. Draußen flog neuer Schnee. Wasser kochte und schnaufte.

»Ich habe Blumen mitgebracht«, sagte er und lachte. Seine weichen Lippen breiteten sich auf dem Gesicht aus und warteten gebannt auf das Kochen des Teewassers. »Es muss heiß sein, dann entfalten sich die Stoffe am besten.«

»Was willst du damit erreichen?«, fragte Konrad und hatte Mühe, nicht das Bewusstsein zu verlieren. »Wir alle haben unser Leben gelebt. Es ist zu spät für Rache oder Wut. Schenk ihr zumindest jetzt ein wenig Frieden …«

»Ich bin ein guter Mensch. Ich war es mein Leben lang. Du hast ihr immer nachgestellt. Vom ersten Tag an. Du hast dich zwischen uns gedrängt, und ich habe es nicht bemerkt, ich habe es nicht wahrhaben wollen.«

»Ich wollte euch helfen. Wenn du jemanden bestrafen willst, dann mich, gib mir den Tee, und was auch immer drin ist, soll mich töten. Hier und jetzt. Aber lass sie in Ruhe gehen. Nach all dem, was du ihren Kindern angetan hast.«

Die Worte trafen ihn wie ein Stakkato kurz geschlagener Magenhiebe.

Bevor der Geschundene sich versah, hielt ihm sein Peiniger ein Gewehr vor den Kopf. Konrad erkannte die Bockbüchsflinte seines Vaters.

»Ich wollte meinen Kindern helfen …«

Seine Augen zitterten, waren feucht. Konrad bemühte sich, ruhig zu bleiben. Womöglich war das seine Chance. Er kannte ihn, er wusste, dass er zu feig war, um zu schießen, dass er auch jetzt die Menschen um sich lieber vergiftete und auf sie einschlug, als sie einfach zu töten. Das war seine Schwäche.

Bei der Jagd geht es um Leben und Tod. Das ist alles. Dazwischen ist kein Platz für Leid oder Schmerzen. Du musst dich entscheiden. Lebe, indem du das tötest, was zwischen dir und deiner wahren Natur steht, und erst so begreifst du, dass du ein Teil einer wunderbaren Ewigkeit bist. Das ist unser Schicksal.

»Du hast deine vier Töchter und deine Frau erschossen! Wie kannst du es wagen, mir vorzuhalten, was ich angeblich meinen Kindern angetan habe?«

In Konrads Gesicht zuckte ein winziger Muskel. »Barbara hat mich verlassen. Mit den Kindern. Ich habe niemanden getötet. Niemanden. Keine Juden, keine Eltern, keine Kinder und auch nicht meine Frau!«

Er wankte. Kopfschmerzen hämmerten an den Schädel, und die Übelkeit kroch angewidert aus seiner Kehle. »Ich bin ein guter Mensch.«

»Du bist ein Schwächling!«

»Das bin ich nicht!« Er zog den Kolben fest an die Schulter.

»Weißt du, warum ich dich nicht mit auf die Jagd genommen habe? Weil du in deinem Herzen ein Mörder bist. Kein Jäger. Nur weil du jetzt mit einem Gewehr vor mir stehst und glaubst, dass die Schwachen dieser Welt ihre große Stunde haben, denkst du, dass du selbst stark bist?«

»Ein guter Mensch ist auch ein starker Mensch!« Er zog den Stecher.

Konrad setzte alles auf eine Karte. Er spürte, wie seine vergifteten Worte in seinen Gegner eindrangen. »Wie erbärmlich es doch ist, wenn die Schwachen aus ihren armseligen Winkeln hervorkriechen und sagen, dass sie nicht klarkommen mit diesem Gefühl, gehasst zu werden. Es sind genau dieselben Menschen, die zusehen, wenn andere Menschen bespuckt werden, oder die wegsahen, als damals hier noch alle drei Tage ein Mann, eine Frau oder ein Kind an einem Baum hing. Ihr wisst gar nicht, was es heißt, stark zu sein, Haltung zu zeigen, seine Entschlossenheit zu finden, seine Waffe zu wählen, seine Stimme zu erheben und mit seinen Erinnerungen alles hinter sich zu lassen, was einen früher ausgemacht hat. Das ist Stärke!

Du hast nichts davon. Und jetzt, wenn du willst, schieß auf mich wie vorhin oben bei der Bärenmauer. Aber ziel diesmal richtig. Du jämmerlicher Schwächling. Und eines noch: ICH LIEBE DEINE FRAU! Ich habe sie immer geliebt …«

Das Wasser kochte. Draußen liefen drei Schatten vorbei. Er taumelte. Konrad schloss die Augen. Kaja hob den Kopf.

Seine Frau trat plötzlich hinter Konrad. Sie konnte sich kaum auf den Beinen halten. Wie ein verdorrter Baum. Ein Mahnmal aus einer anderen Welt. Er senkte die Waffe.

»Lass gut sein. Lass endlich gut sein.«

Der falsche Weg

»Wie sehr wollt ihr mich noch erniedrigen?«

In seinen Augen kochte Wut. Der innere Dämon, der sein Leben lang auf diesen Moment gewartet hatte, stand dicht hinter ihm wie eine stumme Armee.

Kaja bemerkte die Anspannung, setzte sich auf und blickte die drei abwechselnd an. Das Wasser sprudelte.

Er hob erneut das Gewehr und zielte auf seine Frau.

»Weißt du, wie es sich anfühlt, wenn du erfährst, dass deine Frau dich betrügt? Die Liebe deines Lebens? Weißt du, was das in dir zerreißt?«

Seine Frau stand auf zittrigen Knien neben Konrad, der auf dem Boden kauernd immer schwächer wurde, da das Blut langsam, aber unaufhaltsam aus seinem Bauch floss.

»Lass endlich gut sein«, sagte seine Frau diesmal mit gespenstischer Stimme, als spräche sie von einer anderen Welt herüber. Dann sank sie neben Konrad nieder, der seinen Kopf auf ihre alten Schultern kippte.

»Ich wollte das alles nicht. Hättest du nur den Tee getrunken. Hättest du nur. War ich denn immer so unwichtig?«

Kaja legte sich wieder auf den Boden und presste den Kopf auf die Vorderpfoten. Das Wasser sprudelte. Dampf erwärmte die kühle Küche. Draußen kroch der Morgen mit Lichtspeeren durch die Tannen.

Geliebte, da du mich zurückstößt, versprich mir, leg eine Blume auf mein Grab.

»Ich war auf seinem Begräbnis. Ich war stolz, ihn überlebt zu haben, nach all dem, was er mir angetan hatte. Albert Khalberg war ein schlechter Mensch gewesen. Im Heim hatte ich viel Zeit. Ich habe viel gelesen über ihn. Und über seine Familie. Viele nannten sie die schwarze Familie. Er wollte unbedingt hier begraben werden. Ich bat die Heimleitung, auf das Begräbnis gehen zu dürfen. Sie willigte ein und schickte mir drei Pfleger mit. Aufpasser. Wächter. Ich hatte sie noch nie vorher gesehen.«

Er schloss die Augen. Das Gewehr wankte.

»Das Begräbnis war ein trauriger Anblick. Ich war allein dort. Die drei Männer, der Pfarrer und ich. Und in der Ferne blies jemand ein Horn. Und Tannen. All die alten Tannen.«

Konrad presste die Lippen zusammen, ächzte und suchte im Blut die Hand seiner Geliebten.

»Die Zeitungen haben von einem Staatsbegräbnis geschrieben. Doch in Wahrheit war der Sarg dort leer. Da bin ich mir sicher. Er war als Kind von seinem Vater und seinem Bruder verlassen worden und hatte sie gesucht. Er hatte sie nie gefunden. Dabei hätte er sich nur umdrehen müssen.«

Konrad sah hoch.

»Ich habe mich umgedreht. Und habe euch gesehen. Mit dem roten Fahrrad. Und dem Anhänger.«

Er sah zu seinem Feind, der den Kopf langsam nach vorne schob, um seinem Freund direkt in die Augen zu sehen. Es gelang ihm nicht.

»Ihr habt uns alles genommen.«

Er senkte die Waffe und sah aus dem Fenster. Hinter den verschneiten Tannen versteckten sich Scharfschützen einer Sondereinheit. Er trat an den Herd und zog den Topf mit dem Wasser von der Platte.

»Ich wusste, dass ich schwach war. Ich hatte viel Zeit im Heim, um mir darüber klar zu werden. Aber hier beim Begräbnis wusste ich, dass ich handeln musste. Ich musste auf die Jagd gehen. Ich musste zum Mann werden, zum Jäger. Das waren die letzten Tage meines Lebens, um endlich der zu werden, der ich mein Leben lang gewesen bin.«

Er tauchte das Teesieb in das heiße Wasser.

»Die Waffe hatte ich in meinem alten Wagen beim Fernerbauern versteckt. Meine drei Begleiter rochen den Braten. Aber ich entkam ihnen, und meine Jagd begann.«

Er genoss Konrads Schwäche, der es nicht schaffte, den Blick zu heben.

»Und dann fand ich dein Versteck. Den Geruch meiner Frau erkannte ich nach all den Jahren sofort wieder.«

Eine Träne floss über die Wange der Sterbenden.

»Am Ende hat mich dein Tagebuch zu dir geführt. Zur Wahrheit.«

»Dann mach alldem endlich ein Ende. Es ist ohnehin zu spät.« Konrad sprach kaum hörbar. Seine Worte rochen nach Blut.

»Das werde ich. Aber zuvor sollst du sehen, dass ich ein Jäger geworden bin. Und meine Frau soll sehen, dass sie sich in dir geirrt hat. Ich bin derjenige von uns, der stark ist. Ich bin der Jäger, ich bin nicht verrückt.«

»Du bist kein Jäger, du bist ein Mörder.« Konrad ließ nicht ab, ihn zu provozieren.

»Du und dein Vater habt alles hier vergiftet. Ihr habt uns alles genommen. Und was ihr nicht bekommen habt, hat sich dein Bruder gekrallt. Du hast uns vergiftet.«

Er nahm das Sieb aus dem Wasser und goss den Tee in den Becher.

»Euer Schierlingsbecher. Für eure Sünden.«

»Ich war es«, sagte seine Frau plötzlich und deutlich klarer als zuvor. »Ich habe dich vergiftet.«

Heißes Wasser tropfte neben den Becher.

»Deine Leidenschaft für Kräuter, deine Naivität. Es war

einfach. All die Halluzinationen. Vielleicht ist es Gerechtigkeit, dass ich jetzt krank geworden bin, aber ich konnte das Leben mit dir nicht mehr ertragen. Ich hatte es noch nie ertragen. Und damals an jenem Sommerabend, als dein Vater von den vielen Toten in den Lagern sprach, hast du nur dagesessen und geschwiegen. Du wusstest, dass mein Bruder dort umkam, weil er wahnsinnig war wie mein Onkel, der sich vor dem Krieg gedrückt hatte. Sich in Höhlen zu verstecken und seinen Wahn in einem Kriegstagebuch festzuhalten war der falsche Weg. Kämpfen, sich stellen, das wäre der richtige Weg gewesen. Ich bin eine Leidemann, und ich ertrage dich nicht. Wäre ich ein Mann gewesen, ich hätte dich erschlagen müssen, als ich deine Feigheit zwischen den Blumen des Sommers roch.«

Wo ist der Unterschied, ob du das Deutsche Reich niederringst oder einen einzigen großen Hirsch? Es ist ein Kampf. Ein Weg. Eine Entscheidung.

Die Schatten der Tannen wankten, und die Sondereinheiten bereiteten sich auf den Krieg vor.

Der Weg der Könige

Der Morgennebel verhüllte das Haus. Stumme Raben pflügten den Himmel. Tannen ächzten unter nassem Schnee. Geschmolzenes Eis tropfte von der Dachrinne.

Die Worte seiner Frau waren wie Dinge, die am falschen Platz lagen. Ein tauber Tunnel wuchs vor ihm und starrte auf das alte, verblühte Wesen, das wie eine verhasste Schneehexe auf dem Boden jaulend zerschmolz.

Sie hatte ihn vergiftet. Vergiftet.

Er erinnerte sich an den Tee, den er so gerne getrunken hatte und den seine Frau, als sie noch gesund gewesen war, ihm zubereitet hatte, wenn er von der Arbeit gekommen war. Und während er geredet hatte von den anderen im Dorf und von seinen tumben Plänen, hatte sie geschwiegen und dem Löffel gelauscht, der monoton an das Porzellan der Tasse krachte. Ein Rhythmus. Hatte sich tatsächlich wieder alles so zugetragen?

Er suchte nach Worten, aber sein trockener Mund stand offen wie ein vergessener Abgrund. Jetzt, da ihre Absicht klar vor ihm lag, fühlte sich seine Rache taub an, ohne das prickelnde Gefühl tiefer Genugtuung. Er wusste nicht, warum. Aber die alte, kranke, wehrlose Frau auf dem kalten Fußboden ihrer gemeinsamen Küche, angelehnt an seinen schwachen, blutenden Lebensfeind, die heimliche Liebe ihres Lebens: Wie sehr würde seine Rache sie treffen? Sie hatte ihm alles gestanden und konnte in Frieden sterben, da sie Buße getan hatte. So wie Konrad, der ihn hinter einem unsichtbaren Nebel anstarrte wie ein Geist.

Er hatte sich alles ganz anders ausgemalt, hatte auf ihr Flehen gehofft, sie zu verschonen, hatte auf einen Kampf gehofft gegen Konrad, in dem er zeigen könnte, dass er – und nur er – der wahre Jäger war. Jetzt aber, da beide still wie reuige Täter vor ihm kauerten: Welchen Geschmack trug diese Rache?

Der Tee kühlte in seinen Händen ab. Kaja raunte.

»Warum hast du nie etwas gesagt?«, fragte er seine Frau. Leise.

»Ich hatte Angst vor dir.«

»Vor mir? Ich bin ein guter Mensch. Ich habe nie jemandem etwas zuleide getan.«

»Weil du zu feige warst. Du hast alles hinuntergeschluckt. Das hat dich gefährlich gemacht. Wie ein stummer Drache. Ich wusste keinen anderen Weg. Es tut mir so leid. Ich bin ein schlechter Mensch.«

Tränen flossen über die Wangen eines faltigen Totenschädels. Sie streckte den Arm aus, um nach dem Tee zu greifen.

»Ich bin nicht anders als du.«

Er konnte nicht mehr sprechen und fühlte sich elend. Etwas in ihm drängte nach draußen, blähte sich in ihm auf, als wollte es seine Haut mit einem Ruck zerreißen wie einen Vorhang. Dieses Gefühl war ihm fremd und doch so vertraut wie ein dunkler Bruder. Ihm war, als würde er jeden Augenblick einem fremden Menschen gegenüberstehen, der sein ganzes Leben lang in seinem Schatten gelebt hatte. Er hatte immer Angst vor diesem Wesen gehabt, das bald aus ihm hervorbrechen würde – und doch: Es fühlte sich an wie das Nachhausekommen in ein stummes Dorf.

»Bringen wir es zu Ende.« Das stete Tropfen von der Dachrinne schluckte ihre Worte. »Gib mir den Becher …«

Konrad bewegte sich nicht mehr. Er hatte das Bewusstsein verloren. Ihm fiel erst jetzt die große Blutlache auf, in der sein Widersacher die ganze Zeit über saß wie ein geschundener Kriegsgefangener.

»Ich verzeihe dir«, sagte sie mit der zitternden Stimme eines späten Schneefalls.

Ich verzeihe dir.

Tränen stiegen in ihm hoch, und tiefe Ergriffenheit hüllte ihn ein wie ein warmes, frisch gewaschenes Tuch nach einer kalten Dusche an einem klammen Wintertag am Rande des nahen Frühlingserwachens.

Ich verzeihe dir.

Er war immer ein guter Mensch gewesen. Zerrissen zwischen seinem vorauseilenden Gehorsam und seinen stumm tosenden Träumen. Er wollte nur einmal er selbst sein. Nur einmal als Mann sterben und nicht tausendmal als Feigling. Nur einmal Jäger sein und aussprechen, was er fühlte.

Er wollte die Kugel direkt führen, nicht um die Ecke. Er wollte vergiften und dabei zusehen, wie das Leben aus einem Menschen gerissen wurde, er wollte sehen, wie Menschen starben, die er getötet hatte. Die Juden, seinen Vater, seine Mutter, seine Kinder: Er hatte sie alle indirekt getötet, ihre Gesichter aber hatten sie in diesem Moment von ihm abgewandt, und nur der Schatten hinter ihm wusste, dass er ihr Mörder war.

Wenn er vor seinem Tod nicht endlich aussprach, was er fühlte, und Gerechtigkeit forderte, wie sollte er der Hölle entkommen?

In dem Augenblick sammelte seine Frau ihre letzten Kräfte, beugte sich vor und griff nach dem Schierlingsbecher.

»NEIN!«, rief er und stellte das rote Gefäß auf den Boden.

»Ich hätte dich nie belügen dürfen, dich nie heiraten, denn ich habe dich nie geliebt. Ich war dein Gefängnis. Wie ein dunkles Volk habe ich dich umgeben.«

»NEIN!«, rief er abermals und trat einen Schritt zurück, da er diese letzte Demütigung nicht ertragen konnte.

Kaja sprang auf und beobachtete das schaurige Schauspiel.

Seine Frau griff auf allen vieren kriechend nach dem Tee. Er dachte an den Schuppen. Die Juden. Die Kinder. Es waren dieselben Gesichter. Derselbe Ausdruck.

»NEIN!« Er trat den Tee mit dem Fuß zur Seite, griff nach dem Gewehr und zielte auf seine Frau. Sie richtete sich, gezogen von seltsamen Kräften und mit unwirklichen Bewegungen, vor ihm auf und begann zu schreien. Doch die Laute, die ihre Kehle verließen, waren stumm und längst geschrien.

Wie konnte sie ihm das antun?

Ich liebe dich. Nur diesen einen Augenblick. Ich liebe dich und bin stolz, dass du endlich der Jäger geworden bist, der seit jeher in dir wohnte. Ich liebe dich. Diesen Augenblick.

Wieso nur sagte sie diese Worte nicht? Wieso nicht?

Da packte ihn der Schatten in seinem Inneren, und eine tiefe Wut schoss durch seine Adern. Er zog den Stecher und hielt seiner Frau die Waffe direkt ins Gesicht.

»Ich verzeihe dir«, sagte sie. Sie versuchte, ein letztes Mal zu lächeln, und öffnete dabei ihren fauligen Mund.

Er ertrug den Anblick nicht mehr, drehte das Gewehr und schlug ihr mit dem Kolben ins Gesicht. Kaja sprang erschrocken hoch. Konrad zuckte und kam wieder zu Bewusstsein. Sie fiel. Ihr bleiches, langes Haar legte sich wie Gestrüpp über den Boden. Sie hob schützend die Hand und riss den Mund weit auf, als sie das hintere Ende der Flinte auf sich herniederdonnern sah. Kaja ging auf der anderen Seite der Küche in Deckung. Dabei stieß sie an den Becher und riss ihn aus seiner tiefen Wut.

Erschrocken und instinktiv drehte er sich um. Da sah er ihn.

Endlich.

Den Drachen, die Bestie, den Dämon, der sein Leben aus einem Verlies heraus diktierte. Jetzt war er frei: In den zitternden, wütenden Händen eine Waffe, die er wie einen Stock führte, bereit, ihn in das Maul des Hirsches zu stoßen.

Sein Rücken wirkte im Spiegelbild des Küchenfensters wie ein Wolf, sein gedrungenes Gesicht war verzerrt, das Haar verklebt, dazu der ständige flimmernde Duft eines Zeitheils.

Der Berserker, der in ihm wohnte, war dreimal größer als er und entschlossen und wütend und bereit, die Welt, die er jetzt endlich sah, zu vernichten, weil er durch sie nur gelitten hatte.

»HOOOOOOOOOO!«

Endlich. Er war frei. Das Tier in ihm war erwacht. Er musste nur noch ihren Kiefer zertrümmern und zusehen, wie ihr Blut an den grauen Haaren entlanglief, die wie Schlangen aus ihrem Schädel krochen. Er musste ihr Leben zerbrechen wie Eis, um dann darin unterzugehen wie ein Held in den eisigen Fluten von Tannenfall.

Endlich. Der Königsweg war frei. Das Nachtvolk drängte sich vor der Scheibe des Fensters und verdunkelte die aufgehende Sonne.

Und ein zweites Mal vollendete Gott sein Werk.

Edden

Mein Name ist …

Das letzte Geheimnis

Der hundertjährige Mann war verschwunden. Das, was von ihm übrig war, war ein Wesen, das keine Schmerzen mehr kannte, kein Leid, keine Qualen. Wie in einem Rausch packte ihn der Dämon und kroch keuchend in ihn.

Noch nie hatte er die Welt so klar und deutlich gesehen wie jetzt: Inmitten des Sturms, der in ihm tobte, war sein Verstand klar und rein wie das Auge eines Orkans. Er hatte immer am Rande seiner selbst gestanden, hatte Angst vor dem Schritt in das innere Unbekannte gehabt, hatte sich wie das Opfer eines Experiments gefühlt. Nun war er über die Schwelle getreten und bereit, seiner Frau den Schädel zu zertrümmern, weil sie ihn verraten und betrogen hatte.

Er legte den Kopf in den Nacken und begann zu schnauben. Eine Art sinnliche Energie umwarb ihn, und er fühlte sich trotz seines hohen Alters plötzlich lebendig wie nie zuvor. Zuschlagen, zustoßen, zerschmettern, auslöschen.

Kaja winselte und duckte sich unter den schmalen Spalt zwischen Herd und Küchenschrank. Der Labrador sah zum Fenster. Draußen stemmte sich die Dunkelheit erneut gegen den schwachen Tag und spiegelte das Schauspiel in der Küche in blassen Farben.

Kaja bereute den Blick, denn ihr war, als würden Tausende Menschen in den Raum starren, angeführt von zwölf großen Bestien, die alle darauf warteten, dass sich der zitternde, schwache alte Mann endlich von der Last seines Lebens befreite. Dabei fürchtete sich Kaja so sehr, dass sie ihre Notdurft nicht mehr zurückhalten konnte und ihr Wasser auf den Küchenboden ließ.

Seine Frau aber stellte sich der Angst und ließ ihre schützend nach vorne gehaltenen Arme sinken. Ihr Gesicht bekam wieder weichere Züge, und sie suchte in der Bestie vor sich die Seele ihres Mannes. Obwohl sie ihn nie geliebt hatte, verstand sie seine Wut und seinen Zorn. Also schloss sie die Augen und erwartete den Schlag, der bald auf sie niedergehen würde.

Dies alles war ihre Schuld, also verzieh sie ihrem Peiniger im Augenblick ihres nahen Todes.

Nachdem alles geschehen war und er sein Leben vergeudet hatte, weil er die falsche Frau geliebt hatte, musste er nur noch zuschlagen.

Er zog die Schultern für den großen Hieb nach hinten.

Stille.

Und dann.

Ein Scharren, ein Atmen, Tausende Blicke, das Keuchen seiner Seele, der Abgrund, der auf ihn wartete.

Der Abgrund, derselbe Abgrund, in den der Hirsch gestürzt war.

Gnade.

Gnade.

Nein, er konnte nicht.

Siehst du sie, deine Hölle?

Er senkte das Gewehr und stellte es zur Seite. Die Tobsucht wütete noch in ihm und raubte ihm den Atem. Der Kopf fühlte sich kalt an, die Zähne klapperten, und seine Gesichtsfarbe war weiß wie der Schnee hinter dem Fenster.

Er ballte die Faust und biss mit aller Kraft in die Fingerknöchel. Erst als sein Blut über das Handgelenk floss und er wieder Schmerz empfand, ließ er los.

Er sah zu seiner Frau, die wimmernd am Boden kroch und ihre Augen zupresste.

»Du hast recht. Ich bin es, der sterben muss.«

Seine Frau suchte blinzelnd ihren Mann, der wankend wie ein getroffener Riese vor ihr stand. Das Blut tropfte. Konrad ächzte, als witterte er eine Chance, aber er war zu schwach.

Der alte Mann drehte sich zum Herd, öffnete die Glasflasche mit dem gefleckten Schierling und nahm einen tiefen Atemzug. Dann griff er mit den Fingern in das Kraut. Doch bevor er das Gift packen und in den Mund schieben konnte, wandte er sich zum Fenster, wo hinter einer dunklen, dicht gedrängten Menschenmenge bewaffnete Männer ihre Stellungen wechselten.

Jemand schlich zum Haus, suchte hinter den Tannen Schutz.

Hatten die Menschen solche Angst vor ihm, dass sie sich im Mantel der Dunkelheit an ihn heranschleichen mussten? Er sah zu seiner Frau, die nun die Augen geöffnet hatte und sich mittlerweile an Konrads Arm klammerte. Beide warteten auf den letzten Akt, bis er endlich das Kraut schlucken und tot wie ein besiegter Drache vom Himmel fallen würde.

Starben die Menschen lieber, als in seiner Nähe zu leben?

Er dachte an die letzten Worte seines Sohnes, bevor dieser sich und seine Schwester in den Tod gefahren hatte.

Lass los, Vater.

Loslassen.

Was brachte das jetzt noch?

Brachte es seine Kinder zurück, seine Eltern, das Lächeln der verhungerten Judenkinder?

Er sah nach draußen. Vermutlich eine Sondereinheit. Die Pfleger hatten noch gelebt, als er die Scheune verlassen hatte. Sie mussten die Polizei gerufen haben. Die dunklen Schaulustigen warteten nur auf den Zugriff oder die Tragödie. Sie wären mit beidem zufrieden.

Aber was war das? Erkannte er in dem dunklen Volk die Gesichter seiner Kinder? Warteten auch sie auf seine letzte Handlung? War es wieder Flucht? Wieder Wegducken? Nach großen Drohungen wieder nur ein Weglaufen vor der Verantwortung?

Er sah in die Augen des Hirsches.

Er sah in die Augen seiner Frau.

Er sah in die Augen seines Feindes.

Er sah in die Augen seiner Eltern.

Er sah in die Augen der Juden.

Er sah in die Augen seiner Kinder.

Er sah in die Augen seines Dämons.

Dann schloss er die Flasche.

»Es ist vorbei«, sagte er zu den beiden am Boden.

Dann wandte er sich zu seiner Frau. »Ich liebe dich über

alles. Jeden einzelnen Tag. Du bist die Liebe meines Lebens. Aber wenn du mich nicht liebst, dann bin ich es, der die Wahrheit nicht sehen will. Es ist gut. Ich will, dass es dir gut geht und du ohne Last gehen kannst. Für die paar Stunden oder Tage, die uns allen noch bleiben: Ich vergebe euch, da ich sehe, dass du mit ihm glücklicher bist, als du es mit mir je warst.«

Seine Frau starrte ihren Mann an. Sie löste den Arm von Konrad, der nicht wusste, was vor sich ging.

Dann stellte der alte Mann die Flasche mit dem Gift wieder hin, rückte auf dem Herd alles zurecht und lehnte das Gewehr in eine Ecke. Sorgfältig beseitigte er die Spuren der letzten Stunden, so gut es eben ging. Er öffnete noch einmal die Blechdose seiner Kinder, nahm die letzte Blüte der blauen Orchidee heraus und verbarg sie in der Hand. Dann schloss er die Dose und schob sie neben die braune Kräuterflasche. Dabei bemühte er sich, Haltung zu bewahren, und brachte nicht nur den Raum in Ordnung, in dem er so viele Jahre mit seiner Frau aus dem Fenster gesehen hatte, sondern räumte auch die dunklen Schatten seiner Bestie aus dem Gesicht.

»Ich werde jetzt da hinausgehen und mich stellen. Ohne mich zu verbiegen, ohne Zwang. Ich werde bei mir sein. Mit all meinen Zügen. Ich werde da jetzt hingehen, wie ich es schon während des Krieges hätte machen sollen. Ich werde keine Waffe mitnehmen, werde aber meine Stimme erheben und offen und klar sagen, was ich getan habe und dass ich schuldig bin. All meine Erinnerungen, meine Taten sollen dazu verwendet werden, mich zu richten. Ich habe nichts zu verbergen. Ich stehe zu meinen Handlungen – oder besser: zu meinen unterlassenen Handlungen. Ich weiß, es ist spät, das zu begreifen. Aber es ist nicht zu spät. Ich will mich nicht mehr wegstehlen aus dem Leben. Ich habe nie einen Hirsch erlegt. Ich wollte immer ein Jäger sein, aber ich habe nicht verstanden, dass es auch dann gut ist, wenn man keiner ist. Ich habe mich gegen Gott aufgelehnt wie ein kleines Kind. Aber ich bestrafe mich dafür nicht. Denn ich vergebe auch mir. Für den Tod, den ich gebracht habe, übernehme ich die

Verantwortung. Auch für alles andere, was ich Schlechtes getan habe. Denn ich bin kein guter Mensch. Aber ich bin auch kein schlechter Mensch. Ich bin, ich bin ein Mensch. Endlich akzeptiere ich das und kann nach Hause gehen.«

Er wandte sich zum Fenster und hob die Arme.

»Mein Name ist …«

Das Glas zersprang mit einem lauten Knall und verschluckte seinen Namen. Eiskalte Winterluft stürmte den Raum und tobte mit prallem Schneegestöber durch die Küche.

»… und ich ergebe mich.«

Drei Krankenwagen jagten ihr Blaulicht durch den nassen Morgen. Polizisten sicherten Spuren. Zwei Sanitäter trugen die Frau auf einer Bahre. Dahinter eine weitere mit Konrad.

Drei gepanzerte Männer saßen mit dem alten Mann in einem Rettungswagen und beobachteten ihn mit angespannten Blicken. Ein Arzt verband seine Wunde an der Hand. Ein Hund bellte.

»Was wird mit Kaja?«, fragte er den Kommissar, der vor dem Krankenwagen etwas in ein schwarzes Notizbuch kritzelte.

»Ist das Ihr Hund?«

»Irgendwie schon.«

Der Kriminalpolizist sah ihn mit strengen Blicken an. Er spürte aber, dass er ihn verstand und dass er sich für ihn einsetzen würde beim Staatsanwalt. Der Zweifel in seinem Gesicht verriet ihm, dass der Kommissar noch nicht wusste, wie er das anstellen sollte, hatte er es doch mit Einbruch, Geiselnahme und schwerer Körperverletzung zu tun. Aber irgendwie hatte der Polizist das Gefühl, dass der alte Mann in diesen Stunden ein Geheimnis in sich trug, das wertvoller war als jede Gerechtigkeit. Er würde es nie zugeben, aber als der ungeschickte Greis mit erhobenen Händen aus dem Haus gekommen war, war ihm, als wäre ein Held heimgekehrt aus einem langen, unsichtbaren Krieg.

»Ich werde mit der Heimleitung reden. Ich kann aber nichts

versprechen«, sagte der Kommissar, als Kaja mit einem Satz in den Wagen sprang und sich auf die Füße des alten Mannes legte.

Er sah noch einmal auf sein Haus, an dem er so lange festgehalten hatte, und auf das Grundstück, das seine Frau und er bewirtschaftet hatten, solange ihre Kraft ausgereicht hatte. Er dachte an die vielen schönen Momente in ihrem Leben. Selbst wenn sie voller Lügen gewesen waren. In dem Augenblick waren sie schön gewesen.

Der Wagen startete. Die Schatten fielen wie Gitterstäbe über die Lichtkegel der vielen Fahrzeuge.

»Wer kümmert sich um das Haus?«, fragte er den Kommissar, bevor er die Tür zuschob.

»Das braucht Sie nicht zu interessieren.«

»Die Tannen da. Jemand sollte sie umschneiden. Manchmal ist es gut, die alten Tannen in seinem Leben zu Fall zu bringen. Es ist nie zu spät dafür. Es ist nie zu spät, ein neues Leben zu beginnen«, sagte er schließlich zu Kaja und streichelte zärtlich über ihren alten Kopf, als die Wagentür laut ins Schloss rollte.

Bringt die Tannen zu Fall und befreit euch. Geht angeln, tanzt, lacht oder jagt euren Hirsch. Es ist die Entscheidung, die euch stark macht. Die Entscheidung, frei zu sein.

Viktor Castor starb am 10. Mai 2014. In der Nacht starb auch sein Hund.

Nachwort und Danksagung

Tannenfall ist die Geschichte einer Jagd. Ein Mann jagt einen Hirsch. Ich wuchs auf in der Steiermark in Österreich, und ich wuchs auf mit der Jagd.

Schon als Kind nahm mich mein Vater mit in den Wald, da ich – wie auch mein Großvater – eines Tages Jäger werden sollte. Doch ich wollte lieber »Star Trek« sehen, und so kam es, dass ich dank der Programmierung des Kanals FS1 (heute ORF1) des Österreichischen Rundfunks die letzten zehn Minuten jeder Folge verpasste. Ich folgte dem Ruf meines Vaters und vergrub gehorsam meine Leidenschaft.

Diese Zerrissenheit gipfelte an jenem Tag, an dem ich mein erstes und einziges Reh schoss. In mir zerbrach an jenem Tag etwas, und ich wusste, dass ich mit meinem Vater reden musste, da ich nie ein Jäger werden würde. Als ich meinem Vater meine Entscheidung mitteilte, passierte etwas, was ich nie in meinem Leben vergessen werde: Er akzeptierte meinen Entschluss. Ohne auf mich einzureden, ohne mir je einen Vorwurf zu machen, ohne mir Enttäuschung entgegenzubringen, respektierte er meine Haltung. Keine Sekunde in meinem damals noch so jungen Leben hätte ich also in einer Zerrissenheit leben müssen, wenn ich nur ausgesprochen hätte, was ich dachte.

Ich danke meinem Vater dafür aus ganzem Herzen. Denn was ich von ihm in jener Zeit gelernt hatte, war weit größer und wertvoller als alles, was ich je in meinem Leben lernte: Demut vor der Natur, Respekt vor dem Lebewesen, Achtung vor der Schöpfung.

Mir ist bewusst, dass viele Leser ihre eigene Meinung zur Jagd haben. Ich will nicht urteilen. Ich habe meinen Entschluss gefasst und bin kein Jäger. Aber ich respektiere und achte das Jagdverständnis meines Vaters und der vielen anderen Jäger, die dies vielleicht ähnlich handhaben.

Tannenfall ist die Geschichte einer Jagd. Es geht um einen alten Mann und einen Hirsch. Dabei ist der Hirsch auch ein Symbol dafür, dass man einen Traum verwirklicht, eine Entscheidung fällt und seinen Weg geht. Und dafür, dass der wahre Sieg am Ende ein innerer ist und niemals ein äußerer sein kann.

Insofern ziehe ich nun meinen Hut vor dir, Vater, und sage Waidmannsheil. Ich werde niemals einen Hirsch schießen, aber ich habe ohnehin immer etwas anderes gejagt – und endlich auch gefunden: den Schriftsteller in mir.

Dass ich mich endlich meinem Traum vom Schreiben stellen konnte, verdanke ich einzig und allein meiner Frau Anna. Kein Mensch vor ihr hat es vermocht, mir direkt ins Herz zu sehen.

Anna ist für mich die Liebe meines Lebens, und ich bin ihr so unendlich dankbar, dass sie mir beim Schreiben als harte Kritikerin zur Seite steht. Und ich bin überglücklich, mit ihr zwei wundervolle Töchter zu haben. Anna, Larissa, Alma: Ihr seid die beste Familie, die man sich wünschen kann.

Danke möchte ich an dieser Stelle auch meinen Eltern und meiner Schwester sagen, die mir in schwierigen Zeiten immer ein Kompass gewesen sind.

Tief verbunden und dankbar bin ich auch meinem Freund, dem Journalisten Christian Triller, der die erste Romanfassung nicht nur gelesen, sondern mich detailliert beraten hat. Sein Feinsinn, sein scharfer Verstand und seine gut geführte Klinge haben mein Buch auf eine Ebene gehoben, die ich zuvor nicht für möglich gehalten hatte.

Bedanken möchte ich mich bei meinem Lektor Lothar Strüh. Die Arbeit mit ihm war nicht nur für mein Buch, sondern auch für mich eine wahre Bereicherung.

Ebenso gilt mein Dank den wunderbaren Menschen bei Emons, die mit viel Leidenschaft und Überzeugung hinter dem Roman stehen.

Vielen, vielen Dank euch allen.

Zu guter Letzt gilt mein Dank meinem Hund Kaja. Ich musste ihn nach der Scheidung von meiner ersten Frau schweren Herzens zu meinen Eltern bringen. Kaja war damals noch jung und liebte es, im Wald den Tausenden Düften wilder Kräuter und Wildfährten nachzugehen.

Als ich die Erstfassung von Tannenfall geschrieben hatte, spürte ich, dass Kaja sterben würde, sobald ich die Geschichte zu Ende gebracht hätte. Und genauso war es. Kaja starb am selben Tag. Sie war alt und hatte ein glückliches Leben hinter sich. Aber ich werde sie nie vergessen und hoffe, ihr mit Tannenfall ein kleines Denkmal gesetzt zu haben. Leb wohl, meine treue Freundin!

Mehr über die Welt von Tannenfall gibt es auf:
www.bernhard-hofer.com

Die Saga hat erst begonnen.